Michael Ende

Magische Bühnenwelten

PIPER

Zu diesem Buch

Michael Ende ist bekannt für seine Kinderbucherfolge wie »Momo«, »Jim Knopf« und »Die unendliche Geschichte«. Doch er war Zeit seines Lebens auch Autor von Bühnenstücken – seine wahre Liebe galt stets dem Theater. Dieser Band versammelt alle Werke: Im »Gauklermärchen« wird ein Zirkus vor eine folgenreiche Entscheidung gestellt. In »Die Spielverderber« verwandelt ein Testament die Erben in wilde Bestien. »Der Goggolori«, ein Kobold, schließt einen verheerenden Pakt mit einem Bauern um die Seele seiner Tochter. In »Der Rattenfänger« werden die Kinder aus Hameln gelockt, und »Die Jagd nach dem Schlarg« berichtet von der Seereise auf der Suche nach einer unbekannten Kreatur. Begeben Sie sich auf eine Reise durch Endes poetische Bühnenwelt!

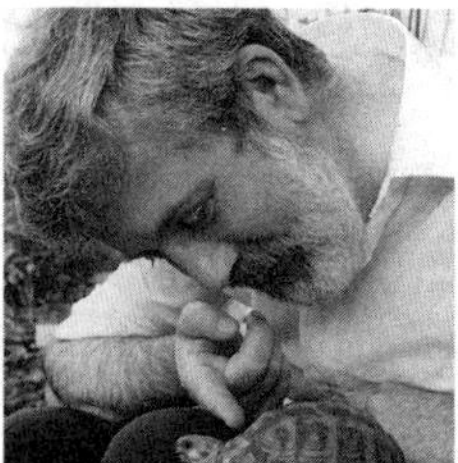

Michael Ende, am 12. November 1929 in Garmisch geboren und am 28. August 1995 in Stuttgart gestorben, Sohn des surrealistischen Malers Edgar Ende, wuchs in München auf, wo er die Schauspielschule besuchte und für ein Kabarett und den Rundfunk zu schreiben begann. Er war einer der größten phantastischen Autoren des 20. Jahrhunderts, weltberühmt durch seine unvergänglichen Jugendbuch-Klassiker wie »Jim Knopf und Lukas, der Lokomotivführer«, »Momo« und »Die unendliche Geschichte«, deren Verfilmung zu einem internationalen Erfolg wurde. Michael Ende lebte abwechselnd in Deutschland und in Italien. Weiteres zum Autor: www.michaelende.de

Michael Ende

Magische Bühnenwelten

Sämtliche Theaterstücke

Piper München Zürich

Mehr über unsere Autoren und Bücher:
www.piper.de

Von Michael Ende liegen bei Piper vor:
Momo
Die unendliche Geschichte
Trödelmarkt der Träume
Das Gefängnis der Freiheit
Der Niemandsgarten
Aber das ist eine andere Geschichte …
Magische Bühnenwelten

FSC
Mix
Produktgruppe aus vorbildlich bewirtschafteten
Wäldern und anderen kontrollierten Herkünften
www.fsc.org Zert.-Nr. GFA-COC-001223
© 1996 Forest Stewardship Council

Ungekürzte Taschenbuchausgabe
August 2010

Erstausgabe:
Weitbrecht Verlag in K. Thienemanns Verlag, Stuttgart / Wien / Bern 1999,
unter dem Titel: »Theaterstücke«
Umschlaggestaltung: semper smile, München
Umschlagmotiv: Chateau, Baring, Mark (Contemporary Artist) /
RONA Gallery, London, UK / The Bridgeman Art Library
Autorenfoto: Caio Garrubba
Satz: KCS GmbH, Buchholz / Hamburg; Kösel, Krugzell
Papier: Munken Print von Arctic Paper Munkedals AB, Schweden
Druck und Bindung: CPI – Clausen & Bosse, Leck
Printed in Germany ISBN 978-3-492-25878-4

Inhalt

Der Goggolori

Eine bairische Mär

◆

Stück in acht Bildern
und einem Epilog

å	ist ein nach *o* hin eingefärbtes, gutturales *a*.
ey	wie im Englischen *day*.
ai	wie im Englischen *my*.
s	ist immer, auch am Wortanfang, scharf und stimmlos. Es gibt im Bayrischen kein stimmhaftes *s*.
aa	langes, flaches *a*.
r	mit der Zungenspitze an den Zähnen gerollt, also kein Gaumen-*r*.
oa	beide Vokale müssen verbunden gesprochen werden wie im Französischen *Roi*.
dt	in der Mitte zwischen *d* und *t*, mit kurzem Wippen auf dem Laut, etwa wie im italienischen *tutti*.
hob-i, daad-i	wird verbunden gesprochen, also *hobi*, *daadi*, dient nur zur leichteren Verständlichkeit.

Personen

Der Goggolori, ein Schratt

Zeipoth, ein vierzehnjähriges Bauernmädchen

Irwing, ihr Vater, Bauer und Weber

Weberin, ihre Mutter

Aberwin, ein junger Musikant und Köhler

Der Einsiedel

Ullerin, Seelnonn, Baderin und Hexe

5 Bäuerinnen und 5 Bauern

Das Stück spielt in Finning am Ammersee zu Anfang des 17. Jahrhunderts bei Ausbruch des Dreißigjährigen Krieges.

Stimme der Ullerin

Goggolori!
Goggolori!
Goggolori!

Stimme des Goggolori

Hi-hi-hi!
Hi-hi-hi!
Komm hier her!
Hier bin ich!
Siehst du denn nichts,
abscheuliche Stryx (Hexe)?

Kikeriki!

Ullerin

Hagazussa! Hagazussa!
Die Hexe hockt auf dem Zaun,
Hagazussa! Hagazussa!
kann im Dunkeln schauen.
Du gehörst mir schon! Ruhig mußt du dich halten!
Das Netz ist aus Spinnweben gewoben.
Hagazussa! Hagazussa!
Vögelchen, da bleibst du kleben.

Wo bist du, Goggolori?

ERSTES BILD

Hochmoor hinter dem Ammersee. Frösche quaken. Ein einzelner, seltsam geformter Baum steht in der Mitte. Es ist vor Morgengrauen. Anfangs noch fast Nacht, später wird es langsam heller.

STIMME DER ULLERIN *(aus der Ferne näher kommend)*
Goggolori!
Goggolori!
Goggolori!

STIMME DES GOGGOLORI *(von der anderen Seite)*
Hi-hi-hi!
Hi-hi-hi!
Då gä hea!
Då bin-i!
Sigst denn du nix,
graisliche Schdrix?
(kräht)
Kikeriki!

ULLERIN *(tritt auf, ein glimmendes Netz in den Händen)*
Hagazussa! Hagazussa!
D'Hex hokt aufm Zaun,
Hagazussa! Hagazussa!
kånn im Dunkln schaung.
Gherst ma scho! Schdaad muast di hem!
'S Nez is gwom aus Schbinnawem.
Hagazussa! Hagazussa!
Fogal, då blaibst glem.
(sie wirft das Netz)
Wo bist, Goggolori?

Stimme des Goggolori

He-he-he!
He-he-he!
Ullerin, mach keinen Unsinn!
Gibst du nicht bald Ruhe,
häßliche Hure?
Mä-mä-mä-mä!

Ullerin

Hagazussa! Hagazussa!
Mach mich nur nicht wild!
Blut vom Basilisken hab ich
in dieses Fläschchen gefüllt.

Brennen macht dich dieses Gift,
wenn dich nur ein Tröpflein trifft!
Jetzt wird es dir heiß, mein Lieber!
Gib dir selbst die Schuld!
Gib acht, Goggolori!

Stimme des Goggolori

Ho-ho-ho!
Ho-ho-ho!
Wer eben nichts treffen kann,
dem hilft keine Wut,
bucklige Trud!

Wo? Wo? Wo? Wo?

Ullerin

Möchtest du mich etwa zum Narren halten?
Da wirst du etwas erleben!
Husch! Der Leichenhand, der kalten,
mußt du jetzt deine geben!
Balzebut et Behemat,
Braxas caput pereat!

Stimme des Goggolori *(von einer anderen Stelle)*
He-he-he!
He-he-he!
Ullerin, måch koan Schmä!
Gibst ned boid Rua,
schialiche Hua?
Mä-hä-hä-hä-hä-hä-hä-hä-hä!

Ullerin
Hagazussa! Hagazussa!
Måch mi fai ned wuid!
Bluad vom Basiliskn håb-i
in des Flaschl gfuid.
(sie spritzt Feuertropfen aus einer sonderbaren Flasche herum)
Brenna måcht di fei des Gift,
wånn di blos oa Drepfal drift!
Jezat weads da hoas, mey Liaba!
Gib da söiba d'Schuid!
Bas auf, Goggolori!

Stimme des Goggolori *(aus dem Zuschauerraum)*
Ho-ho-ho!
Ho-ho-ho!
Wea hoid nix dreffa ko,
dem huift koa Wuat,
buklate Druad!
(bellend)
Wo? Wo? Wo? Wo?
(die Ullerin zieht eine Totenhand hervor)

Ullerin *(ins Publikum)*
Mågst mi laicht zum Nårrn hoidtn?
Då weast wås dalem!
Husch! Da Laichnhånd, da koidtn,
muast jez deyne gem!
Balzebut et Behemat,
Braxas caput pereat!

Hui! Dem Hexenspruch, dem alten,
wirst du dich schon ergeben!
Schlag ein, Goggolori!

Stimme des Goggolori
Ha-ha-ha!
Ha-ha-ha!
Glaubst du etwa, das täte ich auch?
Da hast du einen Furz,
stinkende Sau!

Ullerin
Na, du bist mir schon so einer!
Schlau bist du und voll List.
Horch! Was sagt mein kleiner Finger?
Streit? Nicht daß ich wüßte!
Gelt, wir wollen doch keinen Streit haben?
Warum tun wir uns nicht zusammen?
Du und ich – das würde schon stimmen!
Sag mir doch, wo du bist!
Zeig dich, Goggolori!

Stimme des Goggolori
Hu-hu-hu!
Hu-hu-hu!
Such mich, du dummes Luder!
Errate es und errieche es,
doppelzüngige Hexe!

Hu-hu-hu-hu!

Ullerin
Goggolori!

Hui! Dem Hexnschbruch, dem oidtn,
weasd di scho eagem!
Schlåg ey, Goggolori!

Stimme des Goggolori *(wieder von einer anderen Stelle)*
Ha-ha-ha!
Ha-ha-ha!
Moanst laicht, des daad-i aa?
Då håst an Schoas,
gschtingate Loas!
(er furzt)

Ullerin *(verlegt sich plötzlich auf die Koketterie)*
Mey, du bist ma scho a Dinga!
Schlau bist und foi List.
Hoach! Wås sågt mey kloana Finga?
Schdrait? Ned das i wist!
Göi, mia woin koan Schdrait hed håm?
Wårum damma uns ned zåmm?
Du und i – des daat scho schdimma!
Såg ma holt, wost bist?
Zoag di, Goggolori!

Stimme des Goggolori *(sich entfernend)*
Hu-hu-hu!
Hu-hu-hu!
Suach mi, dumms Luada du!
Daråds und daschmeks,
zwifozate Hex!
(Eulenschrei)
Hu-hu-hu-hu!

Ullerin *(läuft hinterher)*
Goggolori!

Goggolori

Hereingelegt hab ich sie,
geprellt habe ich sie,
erschreckt und verspottet hab ich sie!
Ich weiß schon, was sie möchte.
Sie möchte Herr über mich werden,
möchte mich in das Fläschchen sperren.
Nein, daraus wird nichts werden.
Das wäre mir nicht recht.
Ich habe etwas anderes vor,
ich warte auf meinen Schatz.
Zeipoth, meine Zeipoth!
Da kommt sie schon!
Sie ist mir seit langem versprochen.
Und doch erbarmt sie mich.
Schön ist sie und lieb.
Ich möchte sie mir gern nehmen
und möchte sie doch nicht ängstigen.
Vielleicht kommt sie von selbst?

Zeipoth

Heilige Gottesmutter, steh mir bei!
Heiliger Sankt Michael, steh mir bei!
Alle Heiligen, steht mir bei!
Was ist da im Moor?
Da geht es um. Da ist es ungut.

Der Baum verwandelt sich in den Goggolori, der mit ausgebreiteten Armen dasteht, eine große dunkle Gestalt in eine Art Kutte gekleidet, mit einem erschreckenden und zugleich lustigen Gesicht nach Art der Perchtenmasken. Er hat Fledermausohren.

GOGGOLORI *(kichert)*

Gschnöid håb-i-s,
bröid håb-i-s,
gschrekt und dablekt håb-i-s!
Woas scho, wås mecht.
Meyna mechts machtig wean,
mechd mi ins Flaschl schbean,
Naa, då wead nix draus wean.
Waar ma ned recht.
Håb eppas åndas im Sinn,
wårt auf meyn Schåz.
Zaibot, mey Zaibot!
Då kummts scho dahea!
Is ma faschbrocha said lang.
Und deangaschd dabårmts mi.
Schee is und liab.
Mecht mas scho nema
und mechts do ned engsdn.
Laicht kummts fo söim?

Er verwandelt sich wieder in den Baum. Zeipoth kommt mit einer Kraxe voller schwerer Leinwandballen auf dem Rücken herein und flüchtet sich verängstigt unter den Baum.

ZEIPOTH

Hailige Godsmuadta, schdä ma bai!
Haliga Sånk Michael, schdä ma bai!
Ålle Hailign, schdäts ma bai!
Wås is då im Moos?
Då gäts um. Då is unguat.

Da schreit es und da braust es
da wispert es und saust es!

ABERWIN
Ja, Zeipoth, ich bins doch!

ZEIPOTH
Aberwin!
Mein (Gott), bin ich froh!

ABERWIN
Nun, nun.
Kohlen hab ich gebrannt
heute Nacht, davon
bin ich eben schwarz.
Hast du mich nicht erkannt?

ZEIPOTH
Ich hab mich so sehr gefürchtet.
Aberwin, gut daß du hier bist.
Hast du es nicht gehört?
Etwas geht um im Moor.

ABERWIN
Ach, Unsinn!
Der Wind wird es wohl gewesen sein.

ZEIPOTH
Nein, nein. Es geht gar kein Wind.

ABERWIN
Warum bist du so ängstlich?
Komm, Zeipoth, liebes Mädchen,
setz dich hier her!

Då schraits und då brausts,
då wispats und sausts!
(sie schreit auf)

ABERWIN *(kommt rußgeschwärzt von der anderen Seite. Er hat eine Fiedel bei sich.)*
Jå Zaibot, des bin do-i!

ZEIPOTH *(wirft sich in seine Arme)*
Åbawin!
Mey, bin-i fro!

ABERWIN *(streichelt ihr begütigend übers Haar)*
No, no!
Koin håb-i brennt
hait Nacht, då dafo
bin-i hoidt schwårz.
Håst mi ned kennt?

ZEIPOTH
I håb mi glai sofui gforchtn.
Åbawin, guad dasd då bist.
Håstas ned gheat?
Eppas gät um im Moos.

ABERWIN
Ah, Schmarn!
Da Wind weads hoidt gwen sey.

ZEIPOTH
Naa, naa. 's gät går koa Wind ned.

ABERWIN
Wås bisdn so fuachtsåm?
Kumm, Zaibot, liabs Madl,
då hok di hea!
(er hilft ihr, die schwere Kraxe abzunehmen. Beide setzen sich unter den Baum.)

STIMME DES GOGGOLORI
Mein bist du, Zeipoth,
du bist mein.

ZEIPOTH
Hast du es gehört?
Da war sie wieder, die Stimme!

Ich verstehe es nicht
und sollte es doch verstehen.

ABERWIN
Die Frösche sind es und die Kröten.
Wirst du dich am Ende noch fürchten,
wenn die Unken läuten? Geh!

ZEIPOTH
Ich fürchte mich schon nicht mehr.

ABERWIN
Wo gehst du denn hin?

ZEIPOTH
Auf den Markt hinüber nach Landsberg,
das neue Leinen verkaufen.

ABERWIN
Schön ist es. Das steht fest.

ZEIPOTH
Faß es nicht an
mit deinen rußigen Händen.

ABERWIN
So ein Leintuch
wäre mir schon recht,
wenn ich drin läge mit dir.

STIMME DES GOGGOLORI *(leise, geheimnisvoll)*
Meyn bist, Zaibot,
bist meyn.

ZEIPOTH *(klammert sich an Aberwin)*
Håst-as gheat?
Då wårs wida, de Schdim!
(sie schüttelt den Kopf)
I faschdäs ned
und soids doch faschde.

ABERWIN
D'Fresch sans und Krodtn.
Weast di åm End no fiachdn,
wånn d'Unkn laidtn? Gä zua!

ZEIPOTH
Fiacht mi scho nimma.

ABERWIN
Wo gäsdn hi?

ZEIPOTH
Aufn Mårkt ummi nåch Låndsbeag,
as naiche Linnen fakaffa.

ABERWIN
Schee is. Dessöi is gwis.

ZEIPOTH
Långs ned o
mid deyne ruassign Bråzn!

ABERWIN
A soichas Lailach
waar ma scho recht,
boi i drin laag mid dia.

ZEIPOTH

Geh, sei doch still!

ABERWIN

Hast du mich noch gern?

ZEIPOTH

Das weißt du doch.
Ich kann dir nicht feind sein.

ABERWIN

Gib mir einen Kuß!

ZEIPOTH

Nein, ich schäme mich.

ABERWIN

Geh, es sieht doch keiner.
Es schaut niemand zu.

STIMME DES GOGGOLORI

Mein bist du, Zeipoth,
du bist mein.

ZEIPOTH

Nicht jetzt! Nicht hier!

ABERWIN

Was hast du denn?

ZEIPOTH

Ich verstehe es nicht
und sollte es doch verstehen.
Hast du nichts gehört?

ZEIPOTH
A gä, sey doch schdaad!

ABERWIN
Host mi no gean?

ZEIPOTH
Woastas doch e.
I kånn da ned feynd sey.

ABERWIN
Gib ma-r-a- Bussal!

ZEIPOTH
Naa, i schaam mi.

ABERWIN
Gä zua, sichts do koana.
Schaugd neamands ned zua.
(er will sie küssen)

STIMME DES GOGGOLORI *(wie vorher)*
Meyn bist, Zaibot,
bist meyn.

ZEIPOTH
Ned jez! Ned då!

ABERWIN
Wås håstn?

ZEIPOTH
I faschdäs ned
und soits doch faschde.
Håst nix gheat?

Aberwin

Ich nicht.
Du magst mich eben nicht mehr, gelt?

Zeipoth

Doch, Aberwin, gewiß!
Dich und keinen andern.

Aberwin

Weißt du, was mir geträumt hat?

Wir sind in deinem Kämmerchen gewesen,
wir zwei, du und ich,
da sind wir beieinander gelegen,
wir zwei, du und ich.
Und da hab ich dir gesagt,
wie gut du mir gefällst,
dann hab ich dich geküßt,
und du hast mich umarmt.

Beide

Wir zwei ganz allein,
wir zwei, du und ich.

Zeipoth

Und weißt du, was mir geträumt hat?
Wir sind in der Kirche gewesen,
wir zwei, du und ich,
und da hat es eine Hochzeit gegeben
für uns zwei, dich und mich.
Da warst du ernsthaft
und voll heiligem Respekt,
und wir haben uns auf die Finger
die Ringlein gesteckt,

Beide

wir zwei ganz allein,
wir zwei, du und ich.

ABERWIN
I ned.
Mågst mi hoid nimma, göi?

ZEIPOTH
Doch, Åbawin, gwis!
Di und koan åndan ned.

ABERWIN
Woast, wås mia dramd håd?
(er spielt auf der Fiedel)
Mia san in deym Kammal gwen,
mia zwoa, du und i,
då samma bainanda gleng,
mia zwoa, du und i.
Und då håb-i da gsågd,
wie guad dasd ma gfoist,
nå håb-i di bussld,
und du håst mi ghoisd.

BEIDE
Mia zwoa gånz alloa,
mia zwoa, du und i.

ZEIPOTH
Und woast, wås mia dramd håd?
Mia san in da Kirchn gwen,
mia zwoa, du und i,
und då håds a Hochzaid gem,
fia uns zwoa, di und mi.
An Eanst håsd då ghåbt
und an hailing Reschbekt,
und mia håm uns auf d'Finga
de Ringal naufgschdekt,

BEIDE
mia zwoa ganz alloa,
mia zwoa, du und i.

ABERWIN

Und so soll es auch sein!
Hast du schon geredet mit den Deinen?

ZEIPOTH

Und wie oft schon!
Gebeten und gebettelt hab ich,
bis es mir der Vater verboten hat.

ABERWIN

Und deine Mutter?

ZEIPOTH

Sonst sagt sie immer
genau das Gegenteil
von dem, was der Vater sagt.
Aber in dieser Sache nicht.

ABERWIN

Ich weiß schon, warum.
Weil ich ein armer Teufel bin
und nichts besitze auf dieser Welt –
nur meine Fiedel.
Wenn ich ein reicher Bauernsohn wäre,
ginge es gleich anders.

ZEIPOTH

Nein, Aberwin.
Das ist es nicht.
Es muß etwas anderes sein,
was sie mir nicht sagen wollen.
Ich weiß auch nicht, was.
Aber eins nimmt mich Wunder:
Daß die Mutter letzthin
schon öfters die Ullerin gerufen hat,
die Leichenfrau.

ABERWIN

Und aso sois aa sey!
Håst scho gred mid de Deyna?

ZEIPOTH

Und wia ofd nåcha!
Bidtlt und bedtlt håb-i,
bis ma da Fådta fabon håd.

ABERWIN

Und dey Muadta?

ZEIPOTH

Sunst sågds jå ållawail
pfailgråd as Gegntail
fo dem, wås da Fådta sågd.
Åba in dera Såch ned.

ABERWIN

I woas scho, wårum.
Wail-i a årma Taifi bin
und koa Såch håb auf dera Woid –
gråd blos mey Fidl.
Boi i a raicha Bauanbua waar,
gangats gä åndas.

ZEIPOTH

Naa, Åbawin.
Dessöi is ned.
’s muas eppas åndas sey,
wås ma ned sång woin.
I woas aa ned, wås.
Åba oans nimmd mi Wunda:
Dasd Muadta lezting
efta scho d’Ullerin gruafa håd,
di Seelnonn.

Das Gesicht des Goggolori wird im Baum sichtbar.

Aberwin
Die Hexe?

Zeipoth
Dann sind sie zusammen
in die Kammer hinaufgegangen,
wenn der Vater nicht da war,
und haben heimlich geredet miteinander.
Was das bedeutet?

Goggolori
Mein bist du, Zeipoth,
du bist mein.

Aberwin
Und jetzt möchte ich einen Kuß,
gerade zum Trotz!

Einsiedel
Grüß Gott euch zwei.
Was tut ihr denn da?

Aberwin
Wir diskutieren nur ein bißchen.

Einsiedel
So?

Aus der Ferne hat es anders ausgesehen.
Das kann aber täuschen.

Aberwin
De Hex?

Zeipoth
Nå sans midsåmma
ind Kåmma naufgånga,
wånn da Fådta ned då wår,
und håm heymlich gred midanånd.
Wås des bedait?

Goggolori *(wie vorher)*
Meyn bist, Zaibot,
bist meyn.

Zeipoth *(horcht erstarrt)*

Aberwin
Und jez mechd-i a Bussal,
gråd zum Droz!
(er packt sie und küßt sie)

Der Einsiedel tritt auf. Er hat einen Ledersack über der Schulter.

Einsiedel
Grias God aich zwoa!
Wås duadsn då?

Aberwin
Mey, mia dischkrian gråd a bisl.

Einsiedel
So?
(er schmunzelt)
Fo da Waidtn håts åndasd heagschaugd.
Kån åba daischn.

Zeipoth
Der Herr Einsiedel weiß es sowieso,
daß wir Liebesleute sind,
Aberwin und ich.

Einsiedel
Ich weiß es
und gönne es euch auch.
Ihr seid brave Kinder, ihr zwei.
Aber gebt acht:
Das junge Blut
hat schon manchen in die Sünde
und in die Schande gebracht.

Zeipoth
Der Vater duldet es nicht
und die Mutter noch weniger,
daß wir ein Paar werden, wir zwei.
Und dennoch will ich keinen anderen.

Aberwin
Einsiedel, könntest du uns vielleicht heimlich trauen?

Einsiedel
Nichts da! Du sollst
Vater und Mutter ehren!
Auf solcher Heimlichkeit
liegt kein Segen vom Herrgott.

Zeipoth
Aber wenn der Herr Einsiedel
einmal reden würde mit den Eltern?
Vielleicht könnte er ein gutes Wörtchen
einlegen für den Aberwin?

ZEIPOTH

Da Hea Eynsidl woas e,
das ma Liabslaid san,
da Åbawin und i.

EINSIEDEL

Woi woas-i-s.
Faguns aich aa.
Saids brafe Kinda, es zwoa.
Åba gebts Obåcht:
As junge Bluad
håd scho månchn ind Sind
und ind Schånd eyni bråcht.

ZEIPOTH

Da Fådta laids ned
und d'Muadta no minda,
das ma-r-a Pår wean, mia zwoa.
Und deangaschd wui i koan åndan ned.

ABERWIN

Eynsidl, kanntsd uns laicht heymli draun?

EINSIEDEL

Nix då! Du soisd
Fådta und Muadta ean!
Auf soichtana Heymlichkait
ligd koa Seng vom Heagod ned.

ZEIPOTH

Åba wånn da Hea Eynsidl hoid
amoi ren daad mit de Öitan?
Laicht kanntara guads Wertl eyleng
fian Åbawin?

Einsiedel

Wir wollen einmal sehen.
Schaden richtet es gewiß nicht an.
Und ich muß sowieso nach Finning
ins Dorf hinüber.
Behüt euch Gott, euch zwei!
Und – bleibt mir nur brav!

Zeipoth

Dankeschön, Herr Einsiedel!

Aberwin

Glaubst du, es nützt etwas?

Zeipoth

Ich müßte jetzt auch gehen.

Aberwin

Komm, Zeipoth,
ich trag dir deine Last.

Goggolori

Ah, jetzt dämmert's mir!
Schon hat's einen Liebsten, das Mädchen.
Und von mir hat ihr niemand etwas gesagt.
Jetzt begreife ich erst,
warum die heimtückische Trude
mich fangen wollte
und beiseite schaffen!
Mein Recht wollte sie mir nehmen!
Aber das wird sie mir büßen!
Vergessen wird sie nimmer den heutigen Tag,
und eine Lehre wird es ihr sein
mit dem Wasser am Maul,
wenn ich sie jetzt ins Moor hineinjage!

Einsiedel
Schaung ma-r-a moi.
Schådn richts gwis ned o.
Und i muas e nach Finning
ins Dorf ummi.
Pfiat aich God, es zwoa!
Und – blaibds ma fai braf!
(er geht)

Zeipoth
Dånkschee, Hea Eynsidl!

Aberwin
Moansd das wås huift?

Zeipoth
I miassat jez aa ge.

Aberwin
Kumm, Zaibot,
i dråg da dey Last.
(er nimmt die Kraxe auf seinen Rücken. Beide gehen in die entgegengesetzte Richtung des Einsiedel hinaus.)

Goggolori *(wird wieder sichtbar)*
Jå, jez weads Dåg!
Scho håds an Liabsdn, des Deandl!
Und fo mia håd ia koana nix gsågd.
Jezat kummts ma eascht,
wårum das de hintafozige Drud
mi hed fånga meng
und aufd Saitn schåffa!
Mey Recht håts ma nema woin!
Åba des weads ma biassn!
Fagessn weads nimma den haitgn Dåg,
und a Lea weads ia sey
midn Wåssa-r-åm Mai,
boi is ins Moor jezat eyni jåg!

Goggolori

Honigvöglein, voller Fleiß!
Impenvolk, auf mein Geheiß
laßt jetzt Blüten und Blumen stehen!
Auf geht's! Arbeit habt ihr sowieso noch.
Ich, der Herr von Wald und Au,
befehle es euch, darum folgt mir genau!
Hummeln, Wespen und Hornissen,
alles, was Haken hat und Biß,
kommt herbei mit Saus und Braus,
hört meinen Willen und führt ihn aus!
Hoi! Kleines Volk, jetzt gibt es eine Jagd!
Sucht die Ullerin, die Metze,
summt und brummt und geht drauf los!
Treibt sie tiefer hinein ins Moor!
Stachelt, stecht sie und zwickt sie und plagt sie,
bis sie am Leben schier verzagt!
Gebt nicht Ruh und gebt nicht auf,
bis sie im schwarzen Sumpf ersäuft!
Impenvolk, komm her! Komm her!
Hundert, tausend und noch mehr!
Saust und braust und summt und brummt!
Honigvöglein, kommt nur, kommt!

Wärend des Folgenden wird von allen Seiten ein Summen und Brummen hörbar, das immer mehr zunimmt, bis es zuletzt fast die Stimme des Goggolori übertönt.

GOGGOLORI

Honigfogal folla Flais!
Impenfoik, auf meyn Gehais
låsts gä Bliat und Bleamen schde!
Auf gäts! Årbat håbts no e.
I, da Hea von Woid und Au,
schåfs aich o, drum foigds ma gnau!
Hummen, Wepsn und Hoaniss,
ois, wås Angl håd und Biss,
kummts heabai mit Saus und Braus,
heats meyn Wuin und fiatsn aus!
Hoi! Kloans Foik, jez gibts a Haz!
Suachts de Ullerin, de Maz,
summts und brummts und gäts drauf los!
Draibts-es diafa ney ins Moos!
Angl ts, schdechts und zwikts und blågts,
bis åm Lem schia fazågd!
Gebts koa Rua und gebts ned auf,
bis im schwårzn Sumpf dasauft!
Impenfoik, gä hea! Gä hea!
Hundat, dausnd und no mea!
Sausts und brausts und summts und brummts!
Honigfogal, kummts nua, kummts!

Das gewaltige Brausen entfernt sich schnell in die Richtung, in der die Ullerin gelaufen ist. Man hört entfernt ihren langen Entsetzensschrei.

WEBERIN

Magst du noch etwas?

EINSIEDEL

Nein. Gut wars.
Vergelt's Gott, Weberin.

WEBERIN

Segne es Gott, Einsiedel.

EINSIEDEL

Bedrückt dich etwas, Irwing?

IRWING

Was meinst du?

EINSIEDEL

Ich meine immer, dich bedrückt etwas.
Weil du gar so still bist.

IRWING

Kann schon sein.
Was kümmert es dich?

EINSIEDEL

Nicht, meinst du?
Rede, Bauer!
Du wirst sehen,
dann wird es dir gleich besser ums Herz.

ZWEITES BILD

Bauernstube. Der Einsiedel sitzt am Tisch und löffelt eine Suppe. Die Weberbäuerin steht dabei und wartet ihm auf. Irwing, der Bauer, sitzt an einem großen Webstuhl und webt Linnen. Während der ganzen Szene hört man das Geräusch des Webstuhls.

WEBERIN
Mågsd no eppas?

EINSIEDEL *(schiebt die Schüssel zurück)*
Naa. Guad wårs.
Fagöits God, Weberin.

WEBERIN
Gsengs God, Eynsidl.
(sie trägt ab)

EINSIEDEL *(nach einem langen Blick auf Irwing)*
Drukd di wås, Irwing?

IRWING
Wås moanst?

EINSIEDEL
I moan oiwai, di drukd wås.
Waisd går-a-so schdaad bist.

IRWING
Ko scho sey.
Wås kimmats di?

EINSIEDEL
Ned, moanst?
Red, Baua!
Weasd-a-s seng,
na weads da glai bessa ums Heaz.

EINSIEDEL

Hast du vielleicht etwas auf dem Gewissen?

IRWING

Geh, laß mich in Frieden!
Du kannst mir nicht helfen
und garniemand.

EINSIEDEL

Auch der Herrgott nicht, meinst du?

WEBERIN

Einmal mußt du ja doch reden.
Geh, Irwing!
Vielleicht kann uns der Einsiedel helfen.

IRWING

Ich weiß es nicht. Ich weiß es nicht.

EINSIEDEL

Mein (Gott), Mann! Ich hab es schon längst bemerkt,
daß etwas euch umtreibt, euch zwei.
Ja ja, dich auch, Weberin!
Und ihr habt doch keinen Grund dafür.
Ihr seid die reichsten Bauern weit umher.
Der Acker trägt euch doppelt so viel,
die Kühe geben euch mehr Milch
als den anderen allen zusammen.
Kälber und Ferkel habt ihr,
daß euch der Stall zu klein ist.
Die Viehhändler kommen bis von Augsburg her
und tragen euch säckeweise das Geld ins Haus.
Und die Leinwand, die du webst, die ist bekannt,
ist weit und breit die beste im Land.

IRWING *(schüttelt den Kopf und webt weiter)*

EINSIEDEL
Håst laicht wås aufm Gwissn?

IRWING
Gä, låss ma mey Rua!
Du kånnsd ma ned höifa
und gårneamands ned.

EINSIEDEL
Aa da Heagod ned, moanst?

WEBERIN *(kommt wieder herein)*
Oamoi muasd deangaschd ren.
Gä zua, Irwing!
Laicht kann uns da Eynsidl höifa.

IRWING *(hört auf zu weben)*
I woas ned. I woas ned.

EINSIEDEL
Mey, Mo! Des håb-i scho lång gschbånd,
das eppas aich umdraibt, aich zwoa.
Jå jå, di scho aa, Weberin!
Und håbds do koan Grund ned dafia.
Saids de raichstn Bauan wait umanånd.
Da Åka drågd aich doppet so fui,
Kia gem aich mera Muich
ois wia de åndan ålle midnånd.
Kaiben und Faken håbts,
das aich da Schdoi zkloa is.
D'Fichhåndla kema bis fo Augschbuag raus
und drång aich saklwais Göid ins Haus.
Und d'Leynwånd, wosd webst, de is bekannt,
is wait und brait de bessa im Lånd.

Und doch habt ihr keinen Knecht
und keine Magd auf dem Hof.
Macht ihr das alles ganz allein, ihr zwei?
Wie geht das zu?

IRWING
Das ist nicht immer so gewesen wie heute.

WEBERIN
Als wir jung waren, waren wir bitterarme Leute.

IRWING
Gearbeitet haben wir, haben gewerkt und uns geplagt.

WEBERIN
Und dennoch haben wir keinen Nutzen gehabt.

IRWING
Das Feld hat nichts gegeben, und die Obstbäume nichts getragen.

WEBERIN
Und der Stall ist uns leer geblieben.
Da kann einer leicht den Mut verlieren.

IRWING
Der Flachs hat nichts getaugt, das Leinen ist geschlissen.

WEBERIN
Und die Hühner hat uns der Fuchs totgebissen.

IRWING
Garnichts ist uns geraten, es war ein Elend.

WEBERIN
Ein Kreuz war es und kein Leben.

Und håbts do koan Knecht
und koa Mensch aufm Hof.
Måchts des ois gånz aloanigs, es zwoa?
Wia gät des zua?

IRWING
Des is ned oiwai so gwen wia hait.

WEBERIN
Wia ma jung wårn, da wår-ma bluatårme Lait.

IRWING
Gårwat håmma, håm gwercht und uns blågd.

WEBERIN
Und deangaschd håmma koan Nuzn ned ghåbt.

IRWING
As Föid håd nix gem, und de Obstbam nix drång.

WEBERIN
Und da Schdoi is uns laar blim.
Då mågsd laicht fazång!

IRWING
Da Flax håd nix daugd, as Linnen is gschlissn.

WEBERIN
Und d'Hena håd uns da Fux dabissn.

IRWING
Gårnix is uns grådn, es wår scho a Gfrett.

WEBERIN
A Kraiz wårs und ninda koa Lebn ned!

Irwing

Da bin ich um Mittsommer hinaus in den Wald
und hab mich bei Nacht auf den Burgberg gestellt.
Die Irrlichter haben aus den Bäumen geschaut.
Dann hab ich gerufen, dreimal, recht laut:
Goggolori! Goggolori! Goggolori!
Und schon steht er vor mir, eine kleine Gestalt
in einer schwarzen Kapuze, ein Männchen, uralt.
»Was willst du?« sagt er ärgerlich, »was schreist du herum?«
Und ich drauf: »Ich möchte ein fruchtbares Land.
Daß die Obstbäume tragen und daß allezeit
meine Hühner legen und das Vieh gedeiht.
Reich möchte ich werden und gut gestellt.
Ich möchte auch Freude und Glück auf der Welt.«
Darauf schaut er mich an und denkt eine Weile nach,
dann sagt er: »Das wird dir leicht zuteil werden.
Aber du, Bauer, mußt mir auch etwas geben:
Von dem, was dir lebt, stets das erste Leben.
Vom Feld, was die erste Sense schneidet,
vom Baum, die erste Frucht, die reift,
den ersten Schluck vom neuen Bier,
das erste Junge von jedem Tier,
das erste Garn, das die Weberin spinnt,
und vom Ehelager das erste Kind.
Knabe oder Mädchen, mir gehört es gewiß,
das Mädchen, wenn es das erste Mal Weib geworden,
der Knabe, wenn der erste Bartflaum sproßt.
Das wärs, was dich der Handel kostet.
Bist du das alles zu halten gewillt?«
Und ich habs geschworen und gesagt: »Es gilt!«

Weberin

Und gehalten haben wir immer,
was der Irwing gelobt hat in jener Nacht.
Und das Erdmännchen hat alles fruchtbar gemacht,
alles – nur eines nicht:
Das Ehebett!

IRWING

Do bin-i bai Midsomma naus in Woid
und hob mi bai Nåcht aufn Buagbeag gschdöid.
D'Hupfliachtln håm bey de Bam aussigschaugt.
Nå håb-i gruafa, draimoi, recht laut:
Goggolori! Goggolori! Goggolori!
Und scho schdäda foa mia, a kloane Gschdoid
in-a schwårzn Kabuzn, a Mandl, uroit.
»Wås wiust?« sågda grantig, »wås bleast umanånd?«
Und i drauf: »I mecht a fruchtbårs Lånd.
Das d'Obstbam drång und das ållezait
meyne Hena leng und as Fich gedait.
Raich mecht-i wern und guad gschdöid.
I mecht aa-r-a Fraid und Glik auf da Wöid!«
Drauf schaugd-a mi o und sinniat a Wail,
dånn sågd-a: »Des wead dia laicht zutail.
Åba du, Baua, muast ma-r-aa eppas gem:
Fo dem, wås dia lebt, oiwai-s-easchde Lem.
Fom Föid, wås de easchde Sansn schnaid,
fom Bam de easchde Frucht, de raift,
den easchdn Schluk fom naichn Bia,
des easchde Junge fo jedm Tia,
des easchde Gårn, des wo d'Weberin schbint,
und fom Ehelåga as easchde Kind.
Bua oda Madl, mia gheats gwis,
'S Madl, wånns-as-easchdemoi Waib worn is,
da Bua, wånn da easchde Bårtflaum schbrost.
Des waars, wås di dea Handl kost.
Bist du des ois zu hoitn gwuit?«
Und i håbs gschworn und gsågd: »Es guit!«

WEBERIN

Und ghoitn håmmas ållawai,
wås da Irwing globd håd in söibiga Nåcht.
Und 's Eadmandl håd ois fruchtbår gmåcht,
ois – blos oans ned:
As Ehbett!

Zehn Kinder hätte er uns geben müssen,
zehn oder mehr!
Eines haben wir nur, die Zeipoth!
Und die ist vor kurzem das erste Mal Weib geworden.
Jetzt wird er es bald holen,
der Goggolori, was ihm gehört!
Und wir müssen kinderlos sterben.

EINSIEDEL

Heidengesindel!
Schämt ihr euch denn nicht?
Habt ihr keine Angst zu sündigen?
Kinder schenkt der Herrgott,
gewiß nicht der Goggolori!
Aber für das, was ihr getan habt,
ist euch das Höllenfeuer sicher!

WEBERIN

Jesus Maria und Joseph!

EINSIEDEL

Habt ihr dem Mädchen etwas gesagt
von dieser Geschichte?

WEBERIN

Der Zeipoth?
Kein Sterbenswörtlein.

EINSIEDEL

Daran habt ihr gut getan!
Das Mädchen darf niemals etwas davon erfahren.
Dann könnte man die Sache vielleicht noch in Ordnung bringen.

WEBERIN

Wie meinst du das, Einsiedel?

Zen Kinda häd-a uns gem miassn,
zen oda mera!
Oans håmma blos, d'Zaibot!
und de is unlengst 's erschdemoi Waib worn.
Jez wead-a-s boid hoin,
da Goggolori, wås eam gheat!
Und mia miassn kindalos schderm.
(sie weint)

EINSIEDEL *(schreit zornig)*
Haidngsindl!
Jå schaamts aich denn ned?
Megds aich ned Sindn fiachtn?
Kinda schenkt da Heagott,
gwis ned da Goggolori!
Åba fia des, wås es do håbts,
is aich as Höifaia gwis!

WEBERIN *(bekreuzigt sich erschrocken)*
Jessasmåråndjosef!

IRWING *(setzt sich wieder an den Webstuhl)*

EINSIEDEL *(ruhiger)*
Håbts es dem Madl wås gsågd
fo dera Gschicht?

WEBERIN
Da Zaibot?
Koa Schdermswerti ned!

EINSIEDEL
Håbts guad do!
's Deandl deaf nia nix wissn dafo.
Nå kannt mas laicht no richtn, de Såch.

WEBERIN *(hoffnungsvoll)*
Wia moanstn des, Eynsidl?

Einsiedel

Gebt ihr einen braven Mann,
und das auf der Stelle!

Weberin

Heiraten? Nein,
daraus kann nichts werden.
Sie ist doch dem Goggolori versprochen.

Einsiedel

Gilt nicht!
Ein heidnischer Teufel ist er,
ein Höllengesindel, ein Satansgeschmeiß!
Dem Teufel brauchst du keinen Vertrag halten,
ihm nicht und nicht seiner Brut!
Und glaubt es mir, Leute:
Gegen das heilige Ehesakrament,
da kommt er nicht an,
da muß er zurücktreten!
Eilt euch und gebt dem Mädchen
einen braven Mann!

Irwing

Ja, wenn das so ist!

Weberin

Der Sohn vom Wirt, der Florian,
der wäre schon bereit.
Ein bißchen blöd ist er und hat auch einen Kropf –
aber reich!

Einsiedel

Mag sie den, die Zeipoth?

Weberin

Da wird sie nicht danach gefragt!

Einsiedel

Gebts ia-r-an brafn Mo,
und des auf da Schdöi!

Weberin

Hairån? Naa,
då ko nix draus wean.
Is do-an Goggolori faschbrocha.

Einsiedel

Guit ned!
A haidnischa Taifi is-a,
a Höingsindl, a Såtånszifa!
An Taifi brauchst koan Fatråg ned hoitn,
eam ned und ned seyna Bruat!
Und glabts-ma des, Lait:
Gegas hailige Ehsåkråment,
då kimmda ned o,
då muasa zruckschde!
Schikts aich und gebts dem Madl
an brafn Mo!

Irwing

Jå, wenn des aso is!

Weberin

Da Bua vom Wirt, da Flori,
dea waar scho berait.
Bisl bläd isa und kropfat aa –
åba raich!

Einsiedel

Mågs den, di Zaibot?

Weberin

Då weads scho ned gfrågd!

Einsiedel

Denkst du immer ans Geld, Weberin?
Hast du noch nicht genug?
Es muß auch Liebe dabei sein,
sonst liegt kein Segen
auf solchen Dingen.
Gebt sie dem Aberwin!

Weberin

Was nicht gar!
Dem Kohlenbrenner!
Dem Musikanten!
Dem Hungerleider!

Einsiedel

Die zwei haben sich gern.
Arm seid ihr auch gewesen!
Und wenn sie dermaleinst euern Besitz haben,
sind sie auch reich, oder?
Gebt die beiden zusammen, sag ich,
und schnell, ehe ein Unglück geschieht!

Irwing

Nun, wenn es der Einsiedel sagt,
dann geben wir sie eben zusammen.

Einsiedel

Das ist ein Wort!
Ich muß jetzt weiter.
Behüt euch Gott miteinander!

Einsiedel

Denksd oiwai åns Göid, Weberin?
Håsd no ned gnua?
A Liab muas scho aa dabai sey,
sunst is koa Seng ned
auf soichtana Såch.
Gebts-es dem Åbawin!

Weberin

Wås ned goa!
Dem Koinbrenna!
Dem Musikantn!
Dem Hungalaida!

Einsiedel

De zwoa håm si gean.
Årm saids es aa gwen!
Und wånns deamaleynst aia Såch håm,
sans aa raich, oda?
Gebts de zwoa zåmm, såg-i,
und gschwind, eh das a Unglik gschicht!
(Irwing hört auf zu weben)

Weberin und Irwing schauen sich an.

Irwing

Mey, wånns da Eynsidl sågd,
nå gem mas hoidt zåmm.

Einsiedel

Des is a Wort!
1 muas jez waida.
Pfiad aich God midanånd!
(er geht)

Weberin

Dieses Wort, Irwing,
das hast du vorschnell gesagt!
Das gefällt mir ganz und gar nicht.

Weberin

Und hast du auch daran gedacht,
was uns der Goggolori tut,
wenn er merkt, daß wir ihn geprellt haben?
Hast du daran gedacht?

Weberin

Was er uns gegeben hat,
das wird er uns nehmen.
Das ist sicher.
Hast du daran gedacht?
Irwing!

Weberin

Irwing! Sag etwas!

WEBERIN

Des Wort, Irwing,
des håst foaschnöi gsågt!
Des bast ma scho går ned.

IRWING *(webt)*

WEBERIN

Und håst ån des aa denkt,
wås uns da Goggolori duad,
boi-a-s gschbånd, das man bröid håm?
Håst an des denkt?

IRWING *(webt)*

WEBERIN

Wås-a uns gem håd,
des wead-a uns nema.
Dessöi is gwis.
Håst ån des denkt?
Irwing!

IRWING *(webt)*

WEBERIN

Irwing! Såg wås!

Zeipoth

»Maria durch den Schwarzdorn ging,
kyrie eleison,
wollt Schlehen pflücken für ihr Kind,
die Schlehen, ach, so bitter sind,
Jesus und Maria.«

Goggolori

Ja sapparabix!
Was tust du denn da?
Gibt es für dich keine Bedenken?
Dir werde ich's zeigen!

Zeipoth

Oh, sieh nur an!
Ein winzigkleines Männchen!

Goggolori

Hältst du nicht sofort den Mund?
Ich möchte mir ausbitten:
Ein bißchen Respekt,
das ist wohl nicht zuviel verlangt!

Zeipoth

Mein (Gott), bist du niedlich.

DRITTES BILD

Auf dem Schloßberg. Burgruine. Schwarzdornbüsche. Zeipoth pflückt singend Schlehen in einen Deckelkorb.

ZEIPOTH
»Måriå duach den Schwarzdorn ging,
kirieleyson,
wollt Schlehen broken fia ia Kind,
di Schlehen, ach, so bitta sind,
Jesus und Måriå.«

Der Goggolori erscheint als kleines, spindeldürres, bärtiges Männlein mit großen Fledermausohren auf dem Mauerrest.

GOGGOLORI
Jå sapparabix!
Wås duast denn du då?
Jå kennst denn du nix?
Dia zoag-i-s nå scho!

ZEIPOTH *(entzückt)*
Ui, då schaug hea!
A kloawinzigs Mandl!

GOGGOLORI
Hoidsd ned glai dey Mai?
I bitt-ma scho aus:
A bisl Reschbekt,
des mecht nå scho sey!

ZEIPOTH *(lacht)*
Mey, bist du liab!

Goggolori

Dir werde ich's gleich geben!
Mach mich nicht wütend!
Mach mich nicht zornig!
Mach mich nicht rasend!
Das sage ich dir!

Zeipoth

Was bist du denn so wütend?

Goggolori

Zeipoth! Zeipoth!

Zeipoth

Ja, kennst du mich denn?

Goggolori

Sollte ich dich etwa nicht kennen?
Ich hab dich schon gekannt,
ehe du auf der Welt warst.

Zeipoth

Wie das?

Goggolori

Haben sie dir nie etwas von mir gesagt?

Zeipoth

Nein. Wer bist du denn?

Goggolori

Der Goggolori bin ich,
das Erdmännlein, der wilde Schratt!
Über das kleine Volk der König,
über alles, was lebt und webt,
über alles, was singt und schwingt
unter Strauch und Blatt.
Hast du keine Angst vor mir?

Goggolori
Dia gib-i-s nå glai!
Måch mi ned fuchtig!
Måch mi ned hantig!
Måch mi ned böizig!
Dös såg-a-da fai!

Zeipoth
Wås bisdn so wuadig?

Goggolori *(droht mit dem Finger)*
Zaibot! Zaibot!

Zeipoth
Jå, kennst mi denn du?

Goggolori
Ned wer-i di kenna!
Håb di scho kennt,
eh dasd auf da Wöid wårst.

Zeipoth
Wia des?

Goggolori
Håms da nia nix gsågt fo mia, ha?

Zeipoth
Naa. Wea bistn du?

Goggolori *(feierlich)*
Da Goggolori bin-i,
's Eadmandl, da wuide Schratt!
Ibas kloa Foik da Kini,
iba ois, wås lebt und webt,
iba ois, wås singt und schwingt
unta Schdrauch und Blåt.
Håst koa Ångst ned foa mia?

Zeipoth

Angst? Vor dir?

Warum nicht gar!

Goggolori

Weil du gestohlen hast!

Zeipoth

Ich hab dir doch nie etwas gestohlen!

Goggolori

Mein Hab und mein Gut!
Die Schlehen da!
Du stiehlst mir meinen Besitz!
Alles hier gehört mir,
mir ganz allein.
Weißt du das denn nicht, du?

Zeipoth

Die Schlehen haben wir immer geholt!
Wer sie pflückt, dem gehören sie.

Goggolori

Ho, Mädchen! Glaubst du vielleicht,
was ihr alle Jahre stehlt,
das gehört euch schon rechtens?
Nein, sag ich, nichts da!
Ich wohne hier oben auf der Burg
hundert und hundert
und noch einmal hundert Jahre,
mehr als du zählen kannst.
Mein ist, was du mir genommen hast,
darum bist du ein Dieb!

ZEIPOTH
Ångst? Foa dia?
(sie lacht)
Wårum ned går!

GOGGOLORI *(zornig)*
Waisd gschdoin håst!

ZEIPOTH *(verwundert)*
Håb da doch nia nix gschdoin!

GOGGOLORI
Mey Håb und mey Guat!
De Schlehen då!
Du schduisd ma mey Såch!
Ois då gheat mia,
mia gånz alloanigs.
Woasd-as denn ned, du?

ZEIPOTH
De Schlehn då håm mia oiwai ghoid!
Weas brokt, dem gheans.

GOGGOLORI
Höi, Madl! Moanst laicht,
wås es ålle Jår schdöids,
des gheat aich scho rechdns?
Naa, sog-i, nix då!
I won då herom auf da Buag
hundat und hundat
und noamoi hundat Jår,
mera ois wia du zöin kånnst.
Meyn is, wås du mia gnumma håst,
drum bist a Diab!

ZEIPOTH

Das dulde ich nicht!
Das muß ich mir nicht sagen lassen,
schon gar nicht von dir!

GOGGOLORI

Vielleicht hast du es nicht absichtlich getan,
weil du's nicht gewußt hast.
Dennoch bist du in meiner Schuld,
du mußt dich auslösen, Mädchen!

GOGGOLORI

Rotzmädchen, freches!
Was fällt dir denn ein?
Gib nur acht! Gib nur acht!

ZEIPOTH

Hutzelmännlein, kleines!
Dich laß ich nicht los!
Gehörst schon mir! Gehörst schon mir!

ZEIPOTH

Halt dich still und hör mir zu!
Mußt nicht schreien und weinen.
Schau, du gefällst mir gar so gut,
Goggolori kleiner!

GOGGOLORI

Mädchen, Mädchen, laß mich los!

ZEIPOTH *(zornig)*
Des duid-i fai ned!
Des muas-a-ma ned sång låssn,
scho glai ned fo dia!

GOGGOLORI *(sanfter)*
Håst-as laicht ned mid Wuin do,
waisd-as ned gwust håst.
Bist deangaschd in meyna Schuld,
muast di auslesn, Deandl!

Zeipoth schüttet ihm den Korb mit Schlehen über den Kopf.

GOGGOLORI *(strampelt und kreischt)*
Rozdeandl frechs!
Wås foit-da denn ey?
Då bas auf! Då bas auf!

ZEIPOTH *(packt ihn, hält ihn fest)*
Huzmandl kloans!
Di lås-i ned aus!
Gheast scho mia! Gheast scho mia!

Sie raufen, wälzen sich am Boden, zuletzt steckt Zeipoth den Goggolori in ihren Korb und macht den Deckel zu.

ZEIPOTH
Heb di schdaad und hoach-ma zua!
Muasd ned schrain und woana.
Schau, du gfoist ma går so guad,
Goggolori kloana!

GOGGOLORI
Deandl, Deandl, låss mi los!

Zeipoth

Wenn du bei mir bleibst, nehme ich dich
mit mir auf meine Kammer,
du wohnst bei mir im Schrank,
und wir spielen miteinander.

Goggolori

Laß mich hinaus, hab ich gesagt!

Zeipoth

Horch, aus meiner Sonntagstracht
schneide ich ein Fleckchen heraus,
mache dir daraus ein prächtiges Gewand
und ein spitzes Hütchen.

Goggolori

Mädchen, Mädchen, sei doch gescheit!

Zeipoth

In der Nacht kommst du in mein Bett,
hast ein gemütliches Plätzchen,
machst aus meinen Zöpfen ein Nest,
schläfst darin wie ein Kätzchen.

Goggolori

Zeipoth! Zeipoth! Hast du mich lieb?

Zeipoth

Ja, dich geb ich nicht mehr her
und dich nimmt mir keiner!
Weißt du, ich hab dich schrecklich gern,
Goggolori kleiner!

Jetzt ist er ganz still.

ZEIPOTH

Wånnsd bai mia blaibst, nimm-i-di
mid mia auf mey Kåmma,
wonsd bai mia im Kåstn drin,
und mia schbuin midsåmma.

GOGGOLORI

Låss mi aussi, håb-i gsågt!

ZEIPOTH

Hoich, aus meyna Sundågsdråcht
schnaid-i raus a Flekal,
måch-da draus a prachdigs Gwånd
und a schbizigs Hiadai.

GOGGOLORI

Madl, Madl, sey doch gschaid!

ZEIPOTH

In da Nåcht kummst in mey Bett,
hast a gmiatlichs Plazal,
måchst aus meyne Zepf a Nest,
schlåfst drin wia-r-a Kazal.

GOGGOLORI

Zaibot! Zaibot! Håst mi liab?

ZEIPOTH

Jå, di gib-i nimma hea
und di nimmt mia koana!
Woast, i håb di narrisch gean,
Goggolori kloana!
(sie horcht am Korb)
Jez is-a gånz schdaad.
(sie geht mit dem Korb nach Hause)

Weberin

Ullerin!
Ullerin, bist du da?
Komm heraus, Ullerin!
Ich weiß, daß du da bist.

Ullerin

Oijoijoijoi!

Weberin

Ja, wie siehst du denn aus!

Ullerin

Aijaijaijaijai!

Weberin

Du liebe Zeit!
Wer hat dich denn so zugerichtet?

Ullerin

Omaiomaiomaiomai!

Weberin

Rede doch, Ullerin!
Das Maul ist dir schließlich nicht zugeklebt.

Ullerin

Willst du auch noch fragen?
Deinetwegen ist es mir übel ergangen!
Beinahe wäre ich gestorben!

VIERTES BILD

Stube im Häusl der Ullerin. Allerhand seltsame Geräte und Hexenwerkzeug. Es ist Abend. Im Hintergrund ein Schlafalkoven.

WEBERIN *(tritt ein und schaut sich suchend um)*
Ullerin!
Ullerin, bist då?
Gä ausse, Ullerin!
I woas scho, das d' då bist.

ULLERIN *(wühlt sich unter einer Menge zerrissener Decken aus ihrem Schlafalkoven hervor. Sie ist am ganzen Körper und im Gesicht verbunden und mit Pflastern beklebt. Sie jammert und stöhnt.)*
Oijoijoijoi!

WEBERIN
Jå, wia schaugsd denn du aus!

ULLERIN
Ajaijaijaijaijai!

WEBERIN
Jå sauba!
Wea håd denn di aso zuagricht, ha?

ULLERIN
Omaiomaiomaiomai!

WEBERIN
Red hoid, Ullerin!
As Mai is da do no ned zuababt.

ULLERIN *(schreit sie an)*
Mågst aa no frång?
Zwega dia is ma schlecht gånga!
Znachst am Dod wår-i!

Weberin

Was du nicht sagst!
Ist dir auch einmal etwas nicht gelungen
samt all deiner Hexenkunst?

Ullerin

Halt's Maul!
Mach mich nicht wütend,
sonst erlebst du meinen Zorn!

Weberin

Was ist dir denn zugestoßen?

Ullerin

Saublöde Fragerei!
Du siehst es doch selbst!
Verstochen bin ich um und um
von den Bienen, den Wespen,
den Bremsen, den Mücken!
Aufgeschwollen bin ich
fast wie ein Teig!

Ullerin

Da gibt es nichts zu lachen,
das wirst du noch merken.

Weberin

Wer hat dir das angetan?
War es vielleicht der Goggolori?
Es sieht mir ganz danach aus.

Ullerin

Hältst du nicht gleich den Mund?
Nenn mir den Namen nicht mehr!
Ich will nichts mehr hören.

WEBERIN

Jå wåsd ned går sågst!
Is da-r-a-r-amoi eppas ned grån
midsåmmt deyna Hexnkunst?

ULLERIN

Hoits Mai!
Måch mi ned narrisch,
sunst dalebsd meyn Zurn!

WEBERIN

Wås is da denn zuagschdossn?

ULLERIN

Saubläds Gfråg!
Sigsd-as do söim!
Gschdoch bin-i um und um
fo de Impen, de Wepsn,
de Bremsn, de Mukn!
Aufgschwoin bi-i
glai wia-r-a Doag!

WEBERIN *(lacht)*

ULLERIN

Då gibts fai nix zlåcha,
des weasd nå scho schbånna!

WEBERIN

Wea håd da des oto?
Wårs laicht da Goggolori?
Schaugd ma gånz danåch hea.

ULLERIN *(kreischt)*

Hoitsd ned glai dey Båpn!
Nenn ma den Nåma nimma!
I måg nix mea hean.

WEBERIN

Eine Sau habe ich dir gegeben
und drei schwarze Hühner
und außerdem ein Fäßchen Bier.
Und du fängst dafür den Goggolori.
Das war der Handel.
Wie steht's also jetzt?

ULLERIN

Ins Moor hat er mich gelockt.
Ins Wasser hat er mich getrieben.
Den ganzen Tag bin ich darin gesessen.
Fast wäre ich ertrunken.
Eine halbe Leiche bin ich,
sieh mich nur an!

WEBERIN

Nur erwischt hast du ihn nicht, gelt?

ULLERIN

Nein.
Nein! Nein!! Nein!!!
Der ist mir zu mächtig.
Da richte ich nichts aus.

WEBERIN

Ich weiß schon. Ich weiß schon.
Ich hab ihn im Haus.

ULLERIN

Was hast du?

WEBERIN

Die Zeipoth hat ihn ins Haus gebracht.
Beim Schlehenpflücken hat sie ihn gefunden.
Und er hat sich mitnehmen lassen.

WEBERIN

A Sau håb-a da gem
und drai schwårze Hena
und waitas a Fasl foi Bia.
Und du fångsd an Goggolori dafia.
Des wår da Håndl.
Wia stäts nåchat jez?

ULLERIN *(kleinlaut)*

Ins Moos håd-a mi eyniglokt.
Ins Wåssa håd-a mi drim.
An gånzn Dåg bin-i drinaghokt.
Znachst waar-i dasuffa.
A hoibate Laich bin-i,
schaug mi gråd o!

WEBERIN

Blos dawischt håsdn ned, göi?

ULLERIN

Naa.
Naa! Naa!! Naa!!!
Dea is ma zmachdig.
Då richd-i nix aus.

WEBERIN

I woas scho. I woas scho.
I håbm im Haus.

ULLERIN

Wås håsd?

WEBERIN

Zaibot hådn ins Haus bråcht.
Beim Schlehenbrokn hådsn gfundn.
Und ea håd si midnema låssn.

Ullerin
Wie sieht er denn aus?

Weberin
Ach, nicht einmal gesehen hast du ihn, Ullerin?

Ullerin
Gesehen nicht, nein.

Weberin
Mal ist er groß, mal ist er klein.
Man weiß nie, wo er steckt.
Einmal ist er der Besen, dann ist er ein Ei.
Alles tut er, was mich erschreckt.

Ullerin
Was tut er denn, der Goggolori?

Weberin
Oft des Nachts, wenn man schlafen möchte,
dann rumort es unterm Dach,
und in der Küche lärmt er recht
und klappert mit dem Geschirr.
Und auf dem Geselchten im Kamin
da schaukelt er her und schaukelt hin,
und wenn er drunten im Keller zecht,
dann macht er erst recht Krach.

Der treibt es so närrisch und so wild,
das hält kein Mensch aus.
Er kräht und schreit und lacht und brüllt
bei Tag und Nacht im Haus.
Er hat vor lauter Übermut
dem Bauern in den Hut gepißt!
Mir hat er die Schuhe mit Kuhmist gefüllt,
das ist wahrhaftig ein Graus!

Ullerin
Wia schaugd-a nå aus?

Weberin
Ah, ned amoi gsäng håsdn, Ullerin?

Ullerin
Gsäng ned, naa.

Weberin
Boid is-a gros, boid is-a kloa.
Nia woas mas, wo-a schdekt.
Jez is-a da Bäsn, jez is-a-r-a Oa.
Ois duad-a, wos mi daschrekt.

Ullerin
Wås duad-a denn, da Goggolori?

Weberin
Oft nåchtns, wånn oans schlåffa mecht,
nå weaglts untam Dach,
und in da Kuchl leamda recht
und glåpad midn Såch.
Und aufm Gsöichdn im Kamin,
då hutschda hea und hutschda hin,
und wånn-a drunt im Kella zecht,
nå måchda erscht an Kråch!

Dea draibts so narrisch und so wuid,
des hoit koa Mensch ned aus.
Ea kraat und schraid und lâcht und bruid
bei Dåg und Nåcht im Haus.
Ea håd foa laudta Ibamuat
an Bauan eynigsoachd in Huat!
Mia håd-a d'Schua mid Kuadreg gfuid,
des is fiawår a Graus!

Er jagt im Hof mit Gick und Gack
die Hennen durcheinander.
Er setzt sich in den Hafersack
und hüpft darin herum.
Er hat sogar ins Butterfaß
mir hineingeschissen nur zum Spaß!
Er bindet aus lauter Schabernak
die Kuhschwänze aneinander.

Auf dem Ofen hockt er als Katze
mit Augen wie Feuerglut.
Oft huscht er wie eine große Ratte,
da graust es mir bis aufs Blut.
Zum Fenster fliegt er ein und aus
wie eine schwarze Fledermaus.
Nein, so ein Kobold, so ein Schratt,
der tut im Haus nicht gut.

WEBERIN
Wir haben geräuchert.

WEBERIN
Wir haben gebetet.

WEBERIN
Weihwasser haben wir gespritzt
in alle Ecken.

WEBERIN
Es hat alles nichts genützt.

Ea jågd im Hof mit Gik und Gak
de Hena duachanånd.
Ea hokt si ney in Håbasak
und hupfd drin umanånd.
Ea håd sogår ins Butafås
mia eynigschissn gråd zum Gschbas!
Ea bind aus lauta Schåbanåk
de Kiaschwenz ananånd.

Åm Ofa hokta drom ois Kåz
mid Aung wia Faiagluad.
Boid huschda wia-r-a grossa Råz,
då grausts ma bis aufs Bluad.
Beym Fensta fliagda eyn und aus
ois wia-r-a schwårze Fledamaus.
Naa, so-a Koboid, so-a Schraz,
dea duad im Haus ned guad.

ULLERIN *(kichert)*

WEBERIN
Graichad håmma.

ULLERIN *(kichert stärker)*

WEBERIN
Bät håmma.

ULLERIN *(lacht)*

WEBERIN
Waichwåssa håmma gschbrizt
in ålle Ekn.

ULLERIN *(lacht noch lauter)*

WEBERIN
Håd ois nix gnuzt.

WEBERIN

Du bist die einzige,
die helfen kann, Ullerin.

ULLERIN

Weißt du was, Weberin?
Steig mir auf den Hut,
rutsch mir den Buckel hinunter
und leck mich am Arsch
mit deinem Goggolori!

WEBERIN

Hier ist Geld.
Hörst du, wie es klingelt?
Zehn silberne Taler!

ULLERIN

Ich hab dir's schon gesagt:
Ich will nichts mehr wissen!

WEBERIN

Elf. Zwölf. Dreizehn. Vierzehn. Fünfzehn.

ULLERIN

Ich weiß nichts.
Ich habe kein Mittel mehr.
Ich kann ihn dir nicht fangen.

WEBERIN

Sechzehn. Siebzehn. Achtzehn. Neunzehn. Zwanzig.

ULLERIN

Wenn ich dir's doch sage,
es hat keinen Sinn!
Ich bin nur eine ungelehrte
Dorfbaderin!

Ullerin *(biegt sich vor Lachen)*

Weberin
Du bisd de oanzig,
wo höifa ko, Ullerin,

Ullerin *(plötzlich ernst und böse)*
Woasd wås, Weberin?
Schdaig ma-r-am Huad nauf,
rutsch ma-r-an Bugl nunta
und lek mi åm Årsch
mid deym Goggolori!

Weberin *(zieht einen schweren Geldbeutel hervor)*
Då is-a Göid.
Heasd-as wias glingelt?
Zen suibane Tåla!

Ullerin
Håb da-s scho gsågd:
I wui nix mea wissn!

Weberin *(zählt auf den Tisch)*
Öife. Zwöife. Draizene. Fiazene. Fuchzene.

Ullerin
I woas nix.
I håb koa Midtl mea.
I kånn dan ned fånga!

Weberin
Sechzene. Sibzene. Åchzene. Neynzene. Zwånzge.

Ullerin
Und wenn-a-das såg,
es håd do koan Sinn!
I bin gråd-a unglaarde
Doafbådarin!

WEBERIN

Einundzwanzig. Zweiundzwanzig.
Dreiundzwanzig. Vierundzwanzig.
Fünfundzwanzig.

ULLERIN

Ein Mittel gäbe es noch,
jetzt fällt mir's ein.
Es ist das letzte, das ich habe,
und das letzte muß es sein.

WEBERIN

Nun?

ULLERIN

Leg noch fünf dazu,
dann ist es genug.

WEBERIN

Sechsundzwanzig. Siebenundzwanzig.
Achtundzwanzig. Neunundzwanzig.
Dreißig.

ULLERIN

Nein, nein, es ist mir zu gefährlich!

WEBERIN

Dreißig silberne Taler!
Für dieses Geld hat der Judas
sogar unseren Herrgott verkauft.
Nimm's oder ich trag's wieder heim!

ULLERIN

Hier bleibt's und mein ist es!

Das ist der Zauber!

WEBERIN *(zählt immer langsamer)*
Oasazwånzg. Zwoarazwånzg.
Draiazwånzg. Firazwånzg.
Fimfazwånzg.

ULLERIN
Oa Midtl gaabs no,
jez foids ma-r-ey.
's is des lezt, wås-i håb,
und as lezde muas sey.

WEBERIN
Oisdann?

ULLERIN
Leg no fimfe dazua.
Nåchad is gnua.

WEBERIN *(sehr zögernd)*
Seksazwånzg. Simazwånzg.
Achtazwånzg. Neynazwånzg.
Draisge.

ULLERIN
Naa, naa, 's is ma zgfaarli!

WEBERIN
Draisg suibane Tåla!
Fia des Göid håd da Judas
sogar unsan Heagott fakaft.
Nimms oda i drågs wida hoam!

ULLERIN *(streicht hastig die Münzen ein)*
Då blaibts und meyn is!
(holt aus einer kleinen Eisentruhe eine kristallene Phiole hervor)
Des is da Zauba!

WEBERIN

Um Gottes-Christi-Willen!
Wie kalt es auf einmal wird hier herin.
Was ist das?

ULLERIN

Da drin ist ein Stückchen vom Mond!

WEBERIN

Vom Mond?

ULLERIN

Vor langer Zeit, als die Welt noch jung war,
da war der Mond noch in der Erde drin.
Wäre es so geblieben, dann gäbe es heute längst
kein Gras mehr, keinen Baum, kein Tier und keine Menschen.
Alles wäre verdorrt, versteinert und erstarrt.
Die Welt wäre eine Ödnis, so hart wie Stein.
Darum hat die Erde den Brocken ausgespieen:
Da draußen fern am Himmel, da ist er geblieben.
Da kreist er nun bei Tag und Nacht
und möchte gern zurück – und hat dazu keine Macht.
Und weil er jetzt von außen scheint,
darum gibt es das Leben, die Liebe, das heiße Blut.
Doch damals, als es ihn an seinen Ort trug,
da blieb ein wenig zurück da und dort.
Die Trud erkennt es! Und wenn sie es findet und behält,
dann gibt es ihr die größte schwarze Zaubergewalt!
Sieh her: Im Gläschen drin die Finsternis!
Die Kälte fühlst du, die da gefangen ist!
Wenn ich es zerbreche, wenn ich es auf jemanden werfe,
der erstarrt auf der Stelle zu Eis.
Ob Mensch, ob Tier, ob Schratt, mag sein, wer mag,
der rührt sich nicht mehr bis zum Jüngsten Tag!
Triffst aber nicht – und geht dennoch in Scherben,
dann kommt der Schwarze Tod –
und spielt zum Sterben!

WEBERIN *(weicht zurück)*

Godskristiwuin!
Wia koid dass auf oamoi wead dåherin.
Wås is des?

ULLERIN

Då drin is-a Schdigl fom Moooond!

WEBERIN

Fom Mond?

ULLERIN

Foa långa Zaid, wia d'Wöid no jung is gwen,
då wår da Mond no in da Eadn drin.
Waars aso blim, nå gaabats lengsdns hait
koa Kraut, koan Bam, koa Fich und koane Lait.
Ois waar fadort, faschdeynad und daschdårrt.
D'Wöid waar-a Ednis, gråd wia Schdoa so hårt.
Drum håd di Ead den Brokn aussigschbim:
Då drausd im Himmi waid, då is-a blim.
Do kraisd-a jez bai Dåg und bai da Nåcht
und mecht gean zruk – und håd dazua koa Måcht.
Und wail-a jez fo aussn scheyna duad,
drum gibts a Lem, a Liab, a hizigs Bluad.
Doch deamals, wiasn drång håd ån seyn Ort,
då is-a wengal zrukblim då und dort.
De Drud dakennts! Und wånns-es find und ghoit,
gibts ia de gresde schwårze Zaubagwoit!
Då schaug: Im Glasl drin de Finstanis!
De Köitn gschbiast, de wo då gfånga is!
Boi i-s zabrich, boi i-s oam aufischmais,
deasöi easchtårrt gä auf da Schdöi zu Ais.
Ob Mensch, ob Fich, ob Schratt, mågs sey, wea måg,
dea riad si nimma bis zum Jingsdn Dåg!
Drifts aba ned – und deangaschd gäts in Scherm,
na kummt da Schwårze Dod –
und schbuit zum Schderm!

Weberin
Was sagst du? Die Pest?

Ullerin
Wohl, wenn ich nicht treffe.
Dann geht sie frei um,
die dunkle Macht,
und packt, wen sie will.

Weberin
Wagst du's etwa nicht, Ullerin?
Gib's mir, das Gläschen!
Ich hab dir's schon bezahlt.

Ullerin
Was bist du denn für eine?

Weberin
Eh ich mein Kind
dem Schratt überlasse …

Ullerin
Überleg dir's, Weberin!

Weberin
Gib's her!

Der Goggolori wird zerschmettert!

Ullerin
Und wenn du nicht triffst?

Weberin
Das nehme ich auf mein Gewissen.

WEBERIN
Wås sågsd? Pest?

ULLERIN
Woi, wånn-i ned drif.
Nå gäts frai um,
de dunkle Mâcht,
und påkt wens måg.

WEBERIN
Drausd di laicht ned, Ullerin?
Gibs mia, des Glasl!
Håb da-s scho zoit.

ULLERIN
Wås bist denn du fia oane?

WEBERIN
Eh das-i mey Kind
an Schratt ibalåss …

ULLERIN
Ibaleg da-s, Weberin!

WEBERIN
Gibs hea!
(sie reißt es der Ullerin aus der Hand)
Da Goggolori wead daschmissn!

ULLERIN
Und boisd ned drifst?

WEBERIN *(nach einer Pause)*
Des nimm-i auf mey Gwissn.
(schnell ab. Ullerin tanzt.)

1. Bäuerin

Heuer ist es schon kalt geworden
lang vor der rechten Zeit.
Die Winde wehen genau von Norden.
Was mag das bedeuten?

2. Bäuerin

Und wenn ich spinne,
mag ich's gern warm dazu,
mag ich ein schönes Lied,
die Zeit wird sonst lang.

Goggolori

Hopsa! ridi rudi radi!
Spindel, dreh dich, dreh dich, dreh dich!
Kommt, ich tanze euch vor!

FÜNFTES BILD

Spinnstube. Es ist Nacht. Ein paar Kerzen sind aufgesteckt. Sieben Weiber, darunter auch Zeipoth und die Weberin, sitzen im weiten Halbkreis. Jede hat einen Spinnrocken im linken Arm. Mit der linken Hand ziehen sie den Flachs aus dem Ballen, mit der rechten drehen sie den Faden, an dem die Spindel tanzt. Alle kauen ab und zu Schlehen. Auch ein Schnapskrüglein geht unter ihnen herum.

1. BÄUERIN

Haia is koid scho worn
lång fao da rechtn Zaid.
D'Wind wan akrat fo Norn.
Wås des bedàit?
Holari dio …

2. BÄUERIN

Und wånn-i schbinna dua,
måg-is gean wårm dazua,
måg-i an schena Gsång,
Zaid wead sunst lång.
Holari dio …

Auf einmal steht der Goggolori mitten unter ihnen. Er ist jetzt ein Männchen etwa von der Größe eines zehnjährigen Kindes. Er trägt das Kleid, das Zeipoth ihm gemacht hat: Einen spitzigen Hut mit einer langen Hahnenfeder und ein Mäntelchen aus Seidenbrokat. Die Bäuerinnen schauen ihn wie gebannt an und fahren fort zu spinnen, während er Flöte spielt und tanzt. Die Spindeln tanzen um ihn her auf dem Boden.

GOGGOLORI

Hopsa! Ridi rudi radi!
Schbindl, dra-di, dra-di, dra-di!
Kummts, i dånz aich foa!

Seid nicht faul und ruht noch weniger,
dreht euch schneller, schneller, schneller,
dreht euch von allein!
Frauen, gebt besonders acht,
daß der Faden nicht reißt!

Hopsa! Ridi radi rummi!
Sieben Spindeln drehn sich,
ja, das gefällt mir wohl!
Die Sonne, der Mond und die Planeten
tanzen droben um die Wette,
sieben an der Zahl!
Und das Schicksal hat dafür gesorgt,
daß der Faden nicht reißt.

Hopsa! Ridi rudi radi!
Spindel, dreh dich, dreh dich, dreh dich!
Tanze und höre nicht auf!
Eh der Flachs nicht fertig gesponnen,
dreht sich die Erde, dreht sich die Sonne,
spinnt den Lebenslauf.
Bis der Jüngste Tag kommt,
reißt der Faden nicht.

Zeipoth

Mutter, Mutter, was tust du?

Weberin

Das tue ich für dich!
Hin werden muß er, der Goggolori!

Saids ned faul und ruats no minda,
draats aich gschwinda, gschwinda, gschwinda,
draats aich fon aloa!
Waibalait, gebts åcht zumaist,
das da Fån ned raist!

Hopsa! Ridi radi rummi!
Sibn Schbindln dran si ummi,
jå, des gfoid ma woi!
D'Sunn, da Mond und die Blanedtn
dånzn drobn um die Wedtn,
sime ån da Zoi!
Und as Schiksoi håds scho gricht,
das da Fån ned bricht.

Immer wilder und ausgelassener wird sein Tanz.
Die Spindeln surren und brummen um ihn her wie Kreisel.

Hopsa! Ridi rudi radi!
Schbindl, dra-di, dra-di, dra-di!
Dånz und hea ned auf!
Eh da Flaks ned featig gschbunna,
draat si d'Eadn, draat si d'Sunna,
schbinnt an Lebnslauf.
Bis da Jingsde Dåg heagåt,
bricht da Fådn ned.

Während der letzten Strophe löst sich die Weberin langsam aus dem Bann, erhebt sich und zieht die Phiole hervor. Sie holt aus, um sie auf den Goggolori zu werfen.

ZEIPOTH *(ängstlich)*
Muadta, Muadta, wås duast?

WEBERIN
Desöi dua i fia di!
Hi muas-a wean, da Goggolori!

Weberin

Hab ich ihn getroffen
oder habe ich ihn verfehlt?

1. Bäuerin

Was war das?

2. Bäuerin

Wo kommt denn der Rauch her?

3. Bäuerin

Mir ist ganz schwindelig.

4. Bäuerin

Wo ist denn meine Spindel?

5. Bäuerin

Die laß in Ruhe, das ist meine!

Zeipoth

Was hast du denn da geworfen?
Was hast du denn da getan?

Weberin

Das mußt du nicht wissen!
Das geht dich nichts an!

1. Bäuerin

Ihr habt mir meinen Faden ganz verwirrt!

2. Bäuerin

Geh, such ihn dir doch selber zusammen!

Sie wirft die Phiole nach ihm, aber Zeipoth fällt ihr in den Arm. Der Goggolori ist verschwunden. Dampf steigt von der Stelle auf, wo die Phiole zerbrochen ist, und kriecht über den Boden.

WEBERIN *(in die plötzliche Stille hinein)*
Håb-i-n jez droffa
oda håb-i-n gföid?
(Pause)

1. BÄUERIN
Wås wår jez des?

2. BÄUERIN
Wo kimmdn dea Rauch hea?

3. BÄUERIN
Mia is gånz damisch.

4. BÄUERIN
Wo isn mey Schbindl?

5. BÄUERIN
De lås schde, des is meyne!

ZEIPOTH *(ruhig)*
Wås håstn då gschmissn,
wås håstn då do?

WEBERIN
Des muast du ned wissn,
des gät di nix o!

1. BÄUERIN
Es håbts ma meyn Fån gånz fawirt!

2. BÄUERIN
Gä, klaub das do söim zamm!

3. Bäuerin
Jesus, was habt ihr denn da gemacht?

4. Bäuerin
Alles ist durcheinandergebracht!

5. Bäuerin
Was schreist du denn so, blöde Kuh!

1. Bäuerin
Dir geb ich gleich eins drauf!

2. Bäuerin
Hört auf und gebt jetzt Ruhe!

3. Bäuerin
Seht sie an, die spielt sich auf!

4. Bäuerin
Ihr seid eine dreckige Saubande!

5. Bäuerin
Kreuzteufel, das genügt mir schon!

Alle
Du boses Weib! Du Ziege!
Du schamlose Metze!
Du fette Sau!
Du erzfalsche Katze!
Jetzt wird es mir doch zu dumm!
Jetzt werde ich handgreiflich.

3. Bäuerin

Jessas, wås håbtsn då gmåcht?

4. Bäuerin

Ois is duachanånda bråcht!

5. Bäuerin

Wås schraistn aso, bläde Kua!

1. Bäuerin

Dia gib-i nå glai oane drauf!

2. Bäuerin

Heads auf und gebts jez a Rua!

3. Bäuerin

Schaug si o, di mandlt si auf!

4. Bäuerin

A Saubande, drekate, saids!

5. Bäuerin

Kraiztaifi, des långt ma beraits!

Alle

Du Bisgurn! Du Goas!
Du ausgschamte Maz!
Du gwåmpate Loas!
Du eazfoische Kåz!
Jez weads ma do zdumm!
Jez foid-ma da Watschnbam um!

Alle Weiber prügeln wütend aufeinander ein. Heilloses Durcheinander. Plötzlich fliegen Tür und Fenster auf, ein sausender Windstoß löscht die Kerzen aus. Dunkel.

ALLE

Unseren Vater im Himmel droben
wollen wir loben,
auch den Sohn und den Heiligen Geist
lobt und preist!
Weil sie uns in ihrer Gnade
reiche Ernte beschert haben,
danken wir in Christi Namen,
Amen.

EINSIEDEL

Unfrieden ist in der Welt.
Von Mitternacht kommt er her, der Schwede,
zieht durchs Land mit Morden und Brennen.
So wie es geschrieben steht
in der Heiligen Schrift
von den vier Reitern, die ausgeschickt werden
als ein Strafgericht vom Herrgott:
Der erste auf einem weißen Roß,
der trägt eine Krone,
der zweite auf einem roten Roß,
der trägt ein Schwert,
der dritte auf einem schwarzen Roß,
der trägt eine Waage,
und der vierte, der vierte auf einem fahlen Roß,
der bringt alles um!
Und warum das?

SECHSTES BILD

Herbstlicher Anger vor einer Kapelle. Alles ist zum Erntedankfest geschmückt mit Herbstblumen und Früchten. Auch einige Strohmandl *stehen herum. Zu den Seiten Krüge, Brot, Schinken, Käse. Bauern und Bäuerinnen, darunter auch Zeipoth, Irwing, die Weberin und Aberwin, stehen mit gefalteten Händen und gesenkten Köpfen, alle in Festtagstracht. Das Glöckchen der Kapelle läutet.*

ALLE

Unsan Fådta im Himmi drom
woin ma lom,
auch den Son und hailing Gaist
lobt und praist!
Wail si uns in irer Gnåden
raiche Ernt bescheret håben,
dånken mia in Kristi Nåmen,
Åmen.

EINSIEDEL

Unfriad is in da Wöid.
Fo Midtanåcht kummd-a ummi, da Schwed,
ziagd duachs Lånd mid Mordn und Brenna.
Grad wias gschrim schdäd
in da hailign Schrift
fo de fia Raita, de ausgschikt wean
ois a Schdråfgricht vom Heagott:
Da earscht auf am waissn Ross,
dea drågt a Kron,
der zwoat auf am rodn Ross,
dea drågt a Schwert,
da dritt auf an schwårzn Ross,
dea drågt a Waag,
und da firt, da firt auf an foibn Ross,
dea bringt ois um!
Und wårum des?

Weil die Menschen den rechten Glauben nicht mehr haben!
Weil sie abtrünnig sind von der rechten Lehre
und von unserer heiligen Mutter, der Kirche!
Und wo der rechte Glauben nicht ist,
da zieht der Teufel ein mit seiner Heerschar!
Und ihr, Leute von Finning?
Glaubt ihr vielleicht, daß euch das nichts angeht?
Seht euch doch an!
Ja, schämt euch nur!
Unfrieden ist auch unter euch!
Streit habt ihr jeder mit dem anderen!
Gerauft habt ihr! Und gar die Weiber!
Und warum das?
Weil ihr den rechten Glauben nicht mehr habt!
Weil da einige sind, die meinen,
daß es der Goggolori wäre,
der all den Segen bringt,
der euch das Land fruchtbar macht!
Daß die reiche Ernte dieses Jahr
vom Erdmännlein kommt, vom Schlehenhutzel,
vom heidnischen Schratt!
Anathema! Lästerung!
Höllische Lästerung!

WEBERIN
Den Goggolori gibt es nicht mehr,
es hat ihn nie gegeben!

EINSIEDEL
Still bist du, Weberin!
Du vor allem!

Aber ihr anderen nicht weniger!
Grade am heutigen Tag
wollen wir dem Herrgott danken,
dem einzigen Quell aller Gnaden,
der uns so reich beschenkt hat
der uns das tägliche Brot gibt
in Fülle und Überfluß!

Wai d'Lait an rechtn Glaum nimma håm!
Wais abdrinnig san fo da rechdn Ler
und fo unsana hailign Muadta, da Kirch!
Und wo da rechte Glaum ned is,
do ziagd da Taifi ey mid seyna Heaschar!
Und ia, Lait fo Finning?
Glaubts laicht, das aich des nix ogät?
Schaugst aich do o!
Jå, schaamts aich nua!
Unfriad is aa undta aich!
Schdraid håbts a jeds mid de åndan!
Grafft håbts! Und går no de Waiba!
Und wårum des?
Wais an rechtn Glaum nimma håbts!
Wai do etliche san, de wo moana,
dass da Goggolori waar,
dea wo oi den Seng bringt,
dea wo aich as Lånd fruchtbar mächt!
Dass de raiche Arntn des Jår
vom Eadmandl kummt, vom Schlehenhuzl,
vom haidnischn Schratt!
Anathema! Lästerung!
Hellische Lästerung!

WEBERIN
An Goggolori gibts nimma,
hådn nia ned gem!

EINSIEDEL
Schdaad bist, Weberin!
Du zfeadast!
(Gemurmel der Leute)
Åba es åndan ned minda!
Grad am haitign Dåg
woi-ma-r-am Heagott dånkn,
dem eynzign Quell ålla Gnådn,
dea uns so raich beschenket håd,
dea uns das tägliche Brot gibt
in Fülle und Ibafluß!

Tuet Buße, ruft Sankt Johannis Batista,
und ich sage es euch nochmals:
Tuet Buße! Kehrt um zum rechten Glauben!
Laßt euch nicht ein mit dem Höllengesindel
und glaubt keine heidnischen Lügen!
Tuet Buße, Leute von Finning!
Auf daß Gott euch verzeiht
in seiner großen Barmherzigkeit.
Und wie unser Herr und Heiland gesagt hat:
Wenn man euch auf die rechte Wange schlägt,
so haltet auch die linke hin,
also müßt ihr euch versöhnlich zeigen am heutigen Tag,
und euch vertragen in Gottes Namen.
Gebt euch den Bruderkuß
und danket aus tiefstem Herzen
unserem Erlöser Jesu Christ, Amen.

FRAUEN

Heilige Jungfrau, sei uns nah,
Maria!
Heilige Mutter Gottes, dir
danken wir.

ALLE

Deiner Fürbitte eingedenkt
Gott, wenn er uns reich beschenkt.
Bitt für uns in Christi Namen,
Amen.

MÄNNER

Was wir, Herrgott, bringen hier,
ist von dir.
Unser Opfer schau alsdann
gnädig an!

Tuet Buse, ruft Sankt Johannes Batista,
und i sågs aich nomoi:
Tuet Buse! Keats um zum rechtn Glaum!
Lasts aich ned ey midn Höingsindl
und glaubts koane haidnischn Liang!
Tuet Buse, Lait fo Finning!
Auf das Gott aich fazait
in seyna grossn Bårmheazigkait.
Und wia unsa Hea und Hailand gsågd håd:
Wånn mån aich auf die rechte Wånge schlågt,
so håltet auch die linke hin,
ålso miasts aich fasenlich zoang am haitign Dåg
und aich fatrång in Gottes Nam.
Gebts aich den Bruadakuss
und dånket aus diafstem Heazn
unsam Ealesa Jesu Krist, Åmen.
(er weiht die aufgestellten Gaben. Alle umarmen und küssen sich feierlich auf beide Wangen.)

FRAUEN
Hailige Jungfrau, sai uns nå,
Måriå!
Hailige Muadta Gottes, dia
dånken wia.

ALLE
Deyna Fiabit eyngedenket
Gott, wann ea uns raich beschenket.
Bitt fia uns in Kristi Namen,
Åmen.

MÄNNER
Wås mia, Heagott, bringen hia,
is fo dia.
Unsa Opfa schau oisdånn
gnädig ån!

ALLE

Weil wir doch nichts anderes haben,
opfern wir von deinen Gaben.
Nimm sie an in Christi Namen,
Amen.

WEBERIN

Und jetzt spiel auf, Aberwin!
Heut möchte ich tanzen!
Komm, Irwing! Lustig, Mann!
Auf geht's!

IRWING

Was bist du denn so närrisch, Weib?
Hast du das Roßfieber?

WEBERIN

Frei sind wir! Frei sind wir, Irwing!

IRWING

Ich weiß nicht, was du meinst.
Das ist nicht gut.
Und mir ist schon gar nicht
nach Tanzen zumut.

Alle

Wail mia doch nichts åndres håben,
opfan mia von deynen Gåben.
Nimm si an in Kristi Namen,
Åmen.

Die Zeremonie ist beendet. Alle setzen sich zum Schmaus auf den Anger. Fröhliches Stimmengewirr. Auch der Einsiedel setzt sich dazu.

Weberin *(fiebrig)*

Und jez schbui auf, Abawin!
Haid mecht i dånzn!
Kumm, Irwing! Lustig, Mo!
Auf gäts!

Viele tanzen, die Weberin wild und ausgelassen mit Irwing.

Irwing

Wås bisdn so narrisch, Waib?
Håst-as Rossfiaba?

Weberin

Frai samma! Frai samma, Irwing!

Irwing

I woas ned, wåsd moanst.
Dessöi is ned guad.
Und mia is scho går ned
zum dånzn zmuat.

Irwing geht beiseite und setzt sich. Die Weberin tanzt bis zum Ende der Musik weiter und trinkt dann gierig aus einem Krug.

Aberwin

Einsiedel, magst du nicht tanzen?
Ich geb dir auch ein Ei.
»Nein, nein, ich kann nicht tanzen,
und gäbst du mir auch zwei.
Es gehört sich nicht, es schickt sich schlecht,
daß unsereiner tanzen möchte,
und tanzen kann ich nicht.«

Einsiedel, möchtest du nicht tanzen?
Ich geb dir auch eine Kuh.
»Nein, nein, ich kann nicht tanzen,
und gäbst du mir einen Stier dazu.
Es gehört sich nicht, es schickt sich schlecht,
daß unsereiner tanzen möchte,
und tanzen kann ich nicht.«

Einsiedel, magst du nicht tanzen?
Ich geb dir auch ein Weib!
»Ja, ja, ich kann schon tanzen,
das ist mein Zeitvertreib!
Ja, wenn sich ein schönes Mädchen dreht,
da tanz und hüpf ich früh und spät,
daß die Kutte in die Höhe weht!«

Einsiedel

Ja du Spitzbub, du spaßiger,
gib nur acht!
Dir werde ich gleich ein Weibchen geben!
Habt ihr's schon gehört, Leute von Finning,
was der Weberbauer, der Irwing, beschlossen hat?
Die Zeipoth und der Aberwin
werden nächstens ein Paar!

Eine Bäuerin

Habt ihr gar keinen besseren gefunden?

ABERWIN *(geht fiedelnd zum Einsiedel und singt)*
Eynsidl, mågst ned dånzn?
I gib da-r-aa a Oa.
»Naa, naa, i kånn ned dånzn
und gaabatsd ma-r-aa zwoa.
Es gheat si ned, es schikt si schlecht,
das unsaoana dånzn mecht,
und dånzn kånn-i ned.«

Eynsidl, mågst ned dånzn?
I gib da-r-aa a Kua.
»Naa, naa, i kånn ned dånzn,
und gaabst ma-n Schdia dazua.
Es gheat si ned, es schikt si schlecht,
das unsaoana dånzn mecht,
und dånzn kånn-i ned.«

Eynsidl, mågst ned dånzn?
I gib da-r-aa a Waib!
»Jå, jå, i kann scho dånzn,
des is mey Zaidvadraib!
Jå, boi si a schens Deandl draat,
då dånz und hupf i fria und schbaat,
dass Kudtn aufiwaat!«
(allgemeines Gelächter)

EINSIEDEL *(lustig)*
Jå du Schbizbua, du gschbassiga,
då bas auf!
Dia gib-i nå glai a Waibal!
Håbts-es scho fanumma, Lait fo Finning,
wås da Webabaua, da Irwing, bschlossn håd?
Zaibot und da Åbawin
wean nachstns a Pår!
(großer Jubel, auch Spottgelächter)

EINE BÄUERIN
Håbts går koan bessan ned gfundn, ha?

Ein Bauer
Ist er schon bei ihr gelegen?

Ein anderer
Habt ihr schon um die Hebamme geschickt?

Weberin
Nein, nein, das alles
ist noch nicht ausgehandelt!

Mehrere
Tanz vor, Aberwin!
Den Siebensprung!

Alle
Tanzen wir den Siebensprung!
Tanzen wir alle sieben!
Wer den Tanz nicht tanzen kann,
ist kein rechter Bauersmann:
Der erste!
Der zweite!
Der dritte!
Der vierte!
Der fünfte!
Der sechste!
Der siebte!

Ein Bauer
Is-a scho dringleng bai ia?

Ein Anderer
Håbts scho umd Wemuadta gschikt?

Weberin *(ärgerlich)*
Naa, naa, dessöi
is ois no ned ausghåndlt!

Mehrere
Dånz foa, Åbawin!
An Sibnschbrung!

Aberwin tanzt, die Bäuerinnen und Bauern treiben ihn mit »Hopp! Hai!« an.

Alle
Dånz ma gä an Sibnschbrung!
Dånz mas ålle sime!
Wea den Dånz ned dånzn ko,
is koa rechta Bauasmo:
Da earscht!
Da zwoat!
Da dritt!
Da fiat!
Da fimft!
Da sekst!
Da sibt!

Plötzlich wird es sehr rasch dunkel, der Himmel wird schwarz von Wolken. Plötzlicher Sturmwind. Es blitzt und donnert. Ein Strohmandl fängt an, sich zu drehen und zu wirbeln. Alle stehen erstarrt. Das Strohmandl ist der Goggolori, der mit zwei Knochen auf einem Totenschädel trommelt.

Goggolori

Rattaplan rattabum! Rattaplan rattabum!
Ein anderer Schnitter geht jetzt um,
der wird euch ernten zu Hauf!
Er trägt ein kohlpechschwarzes Kleid,
seine scharfe Sense schneidet und schneidet,
und keiner hält ihn auf!

Rattabum rattaplan! Rattabum rattaplan!
Jetzt geht die große Ernte an,
das wird ein anderes Fest!
Viele Gräber werden gegraben bald,
und viele von euch der Schnitter holt,
der Schnitter nennt sich Pest!
Heut ist Tanztag,
morgen ist Angsttag,
übermorgen geht's Sterben an
für Bauer, Pfaffe und Edelmann!
Huiraxdax, rattaplax!
Macht euch bereit!

Einsiedel

Apage, Satanas!
Hebe dich hinweg, heidnischer Lügengeist!
Ich befehle es
im Namen des Dreieinigen Gottes!

Aberwin

Zeipoth! Zeipoth!

Irwing

Das war er, der Goggolori!

Goggolori
Rattaplan rattabum! Rattaplan rattabum!
A åndra Schnitta gät jez um,
dea wead aich erntn zhauf!
Ea drågt a koipechschwårzes Klaid,
sey schårfe Sansn schnaid und schnaid
und koana hoitn auf!

Rattabum rattaplan! Rattabum rattaplan!
Jez gät de grosse Arntn an,
des wead a åndas Fest!
Fui Gräba wern jez gråbn boid,
und fui fon aich da Schnitta hoid,
da Schnitta hoast si Pest!
Hait is Dånzdåg,
morng is Ångstdåg,
ibamorng gäts schderm an
fia Baua, Pfåff und Edelmann!
Huiraxdax, rattaplax!
Måchts aich berait!

Einsiedel *(tritt vor, hebt das Kreuz hoch)*
Apage, Satanas!
Heb dich hinweg, haindnischa Lügengaist!
Ich befels
im Nåmen des draiainigen Gottes!

Der Goggolori packt Zeipoth und fährt mit ihr davon. Blitz und Donner.

Aberwin
Zaibot! Zaibot!
(er rennt hinterher)

Irwing *(flüstert)*
Des wår-a, da Goggolori!

Weberin

Irwing, jetzt hat er sie doch geholt!

Alle

Die Pest! Die Pest! Faßt sie nicht an!
Der Schwarze Tod!

Irwing

Steh auf, Weib!
Steh doch auf!

Einsiedel

Nein, Irwing.
Die steht nicht mehr auf.

Irwing

Um Gottes-Christi-Willen!
Was haben wir angerichtet?
Jetzt zahlt er's uns heim,
der Goggolori.

Weberin
Jez håd-as doch ghoid!
(sie wankt)

Irwing *(schlägt die Hände vors Gesicht)*

Weberin *(fällt plötzlich zu Boden)*

Alle *(flüsternd)*
Di Pest! Di Pest! Långs-es ned o!
Da Schwårze Dod!

Alle weichen entsetzt zurück und fliehen. Nur Irwing und der Einsiedel bleiben bei der Toten, der Einsiedel kniet sich zu ihr.

Irwing
Schdä auf, Waib!
Schdä doch auf!

Einsiedel
Naa, Irwing.
Di schdäd nimma auf.
(er macht das Kreuzzeichen über ihr und betet)

Irwing
Um Godskristiwuin!
Wås ham mia ogricht?
Jez zoid-as uns hoam,
da Goggolori.

IRWING

Ach, Weib, mein Weib, was ist mit dir?
Was treibt dich um? Was willst du von mir?
Daß du gar keine Ruhe findest im Grab,
seit ich es dir geschaufelt habe,
daß du wiederkommst nachtein, nachtaus
und umgehen mußt im ganzen Haus
und weinst und jammerst – Weib, mein Weib,
daß es mir schier das Herz abdrückt im Leib?
Wenn es etwas gibt auf dieser Erde,
daß es dir da drunten leichter wird
und was ich für dich in Ordnung bringen könnte,
dann sag mir's an, mach mir's bekannt.

Ach, Weib, mein Weib, ist es aber so,
daß du Sehnsucht hast nach mir, deinem Mann,
daß du nicht gern allein eingehen willst
zur ewigen Ruhe in Gott dem Herrn,
dann mußt du nicht mehr lange warten, Frau –
ich fühl's im Herzen drin genau.
Die Zeipoth ist fort. Das Haus ist kalt.
Ich bin allein. Ich komme schon bald.

Du warst mir Last und Stab zugleich,
so gehn wir miteinander ins Himmelreich.

Vater unser, der du bist im Himmel,
geheiligt werde dein Name,
zu uns komme dein Reich, dein Wille …

SIEBENTES BILD

Nacht. Eine verschneite Wiese, darauf ein Grabhügel. Der Wind geht kalt. Irwing, bleich und gebückt, steht vor dem Grab.

IRWING
Ach, Waib, mey Waib, wås is mid dia?
Wås draibt di um? Wås wuist fo mia?
Dasd går koa Rua ned findst im Gråb
saitdem, das i dias gschaufed håb,
dasd widakummst nåchteyn, nåchtaus
und umge muast im ganzn Haus
und woanst und jammast – Waib, mey Waib,
dass ma glais Heaz åbdrukt im Laib?
Bois eppas gibt auf dera Ead,
dass dia då druntn laichta wead,
und wås-i fia di richtn kannt,
na såg mas o, måch mas bekannt.
(die Glocke schlägt dreimal)
Ach, Waib, mey Waib, is åba so,
dass Zaidlang håst nåch mia, deym Mo,
dasd ned alloanigs eygäst gean
zua ewing Rua in Gott dem Hean,
na muast ned lång mea wårtn, Frau –
i gschbias im Heazn drin genau.
Zaibot is furt. As Haus is koid.
I bin alloa. I kumm scho boid.
(er zieht einen Rosenkranz aus der Tasche)
Du wårst mia Schdåb und Låst zuglaich,
so gen mia midsåmmen ins Himmiraich.
(er beginnt leise zu beten)
Fådta unsa, dea du bist im Himmi,
gehailigt weade deyn Nåm,
zu uns komme deyn Reich, deyn Wille …

Zeipoth
Wo bin ich hier?

Irwing
Zeipoth! Ja, Zeipoth!

Zeipoth
Vater! Vater Irwing!

Irwing
Zeipoth, mein Mädchen!
Bist du zurückgekommen!
Mein liebes Mädchen,
was ist dir geschehen?

Zeipoth
Mir ist, als ob ich geträumt habe
einen langen, heimlichen Traum.
Ich war in einem goldenen Garten,
da hab ich mussen warten
weit außer Zeit und Raum.

Es ist nicht in der Welt gewesen
und doch nicht aus der Welt.
Alles war voll Lust und Leben,
da hat es keinen Tod gegeben,
kein Dunkel und keine Kälte.

Da war der Goggolori
in seiner wahren Gestalt.
Da sitzt er auf dem Throne,
trägt eine Blätterkrone,
hat königliche Gewalt.

Zeipoth, im gleichen Festtagskleid wie im vorigen Bild, kommt langsam wie eine Schlafwandlerin über die Schneefläche. Hinter Irwing bleibt sie stehen und schaut sich verwirrt um, als ob sie eben aufwacht.

ZEIPOTH
Wo bin-i då?

IRWING *(erkennt sie, mit erstickter Stimme)*
Zaibot, jå Zaibot!

ZEIPOTH
Fådta! Fådta! Fådta Irwing!
(sie stürzt in seine Arme)

IRWING *(liebkost sie)*
Zaibot, mey Deandl!
Bist zrukkemma!
Mey liabs Madl,
wås is dia gscheng?

ZEIPOTH
Mia is, wia wånn-i dramd håb
an lången, heymlichen Traum.
I wår in-an goidanen Gårtn,
då håb-i miassn wårtn
waid aussa Zaid und Raum.

Es is ned in da Wöid gwen
und do ned aus da Wöid.
Ois war voi Lust und Lebn,
då håts koan Dod ned gebn,
koa Dunkl und koa Köit,

Då wår da Goggolori
in seyna wåhrn Gschdoid.
Då sizda aufm Tron
und drågd a Blädtakron,
håd kinigliche Gwoit.

Er hat mich unterwiesen
und hat mich soviel gelehrt.
Da hab ich erst erfahren,
daß ihn seit tausend Jahren
ein tiefer Gram verzehrt.

Dann hat er mich entlassen
und hat mich heißen gehn.
Alles ist vor mir verschwunden,
ich hab mich wiedergefunden
in Nacht und Wind und Schnee.

IRWING
Und was hat er dich gelehrt,
der Goggolori?

ZEIPOTH
Sein allertiefstes Geheimnis
hat er mir aufgetan:
Daß er nicht sterben kann.
Und daß er deswegen
nie in die ewige Seligkeit
eingehen darf wie wir Menschen
am Ende der Welt.
Weil nur der, der der Gnade
des Todes teilhaftig wird,
dermaleinst selige Urständ erlebt.

IRWING
Das hat er gesagt?

ZEIPOTH
Ja, und dabei hat er geweint,
daß es mir fast das Herz gebrochen hat.
Und noch etwas hat er gesagt:
Sterben könnte er nur, hat er gesagt,
wenn ein Mensch um seinetwillen
auf seine ewige Seligkeit verzichtet
und ihm seinen Tod schenkt aus Liebe.

Ea håd mi untawisn
und håd mi so fui gleat,
då håb-i erscht eafårn,
das eam seid dausnd Jårn
a diafa Gråm fazeat.

Dånn håd-a mi endlassn
und håd mi hoassn ge.
Ois is foa mia faschwundn,
i håb mi widagfundn
in Nåcht und Wind und Schnee.

IRWING
Und wås håd-a di gleat,
da Goggolori?

ZEIPOTH
Sey ållatiafsts Geheymnis
håd-a-ma aufdo:
Das-a ned schderm ko.
Und das-a zwengs dem
nia ned ind ewige Seligkait
eyge deaf wia mia Menschn
åm End fo da Wöid.
Wai blos wea da Gnåd
des Todes tailhaftig wead
deamaleynst selige Urschtend ealebt.

IRWING
Des håd-a gsågt?

ZEIPOTH
Jå. Und dabai håd-a gwoant,
dass mas Heaz fåst brocha håd.
Und no eppas håd-a gsågt:
Schderm kannt-a blos, håd-a gsågt,
wånn a Mensch zwega eam
auf sey ewige Selikait fazicht
und eam seyn Dod schenkt aus Liab.

Aber das, hat er gesagt,
wird niemals geschehen.

Irwing
Das hat er gesagt?

Zeipoth
Ja, Vater. Aber indem er es preisgegeben hat,
sein Geheimnis,
hat er zugleich seine Zaubergewalt verloren
und hat keine Macht mehr
in unserer Welt.
Das hat er gesagt.

Irwing
Und hat er das auch gesagt,
daß er den schwarzen Tod
in unser Land geschickt hat
und daß viele Menschen in Finning
daran gestorben sind?

Zeipoth
Was sagst du, Vater?
Das kann nicht sein!
Das hat nicht der Goggolori getan!

Irwing
Dort unten, Zeipoth,
liegt eine, die es bezeugen kann!

Zeipoth
Ein Grab?
Wer liegt da drin?

Irwing
Die Mutter.

Åba des, håd-a gsågt,
wead nia ned gscheng.

IRWING
Des håd-a gsågt?

ZEIPOTH
Jå, Fådta. Åba in dem, das-as braisgem håd,
sey Geheimnis,
håd-a zuglaich sey Zaubagwoit falorn
und håd koa Måcht nimma
in unsana Wöid.
Des håd-a gsågt.

IRWING
Und håd-a des aa gsågt,
das-ar-an Schwårzn Dod
in unsa Land gschikt håd,
und das fui Lait fo Finning
dro gschdorm san?

ZEIPOTH
Wås sågst, Fådta?
Des kann ned sey!
Des håd ned da Goggolori do!

IRWING *(zeigt auf das Grab)*
Då drunt, Zaibot,
då ligt oane, di wos bezaign ko!

ZEIPOTH *(schlägt das Kreuzzeichen)*
A Gråb?
Wea ligt då drin?

IRWING
D-Muadta.

Zeipoth

Ich versteh's nicht
und sollte es doch verstehen.
Lang bin ich fort gewesen.
Wie lang?

Irwing

Viermal ist der Mond neu geworden.

Zeipoth

Finster ist's auf der Welt.
Ich sehe es nicht mehr,
was wahr ist.

Zeipoth

Mutter! Mutter!
Um Gottes Barmherzigkeit!

Geist der Weberin

Die Silbertaler –
wasch's ab, das Geld, weil es blutig ist!
Ich muß zählen, ob sie stimmen,
und kann's nicht in der Finsternis.
Sie sind nicht mehr da!
Wo ist das Geld? Ich habe mich geirrt!
Die Hände sind mir gebunden,
die Fäden sind so arg verwirrt.
Ich bin drin gefesselt –
ich muß sie erst auseinanderknüpfen.
Ich kann sie nicht finden,
die Hände sind so klamm, zu eng ist der Raum.
Allein bin ich,
wer hört mein Weinen, hört meine Klage?

Zeipoth *(nach einer Pause)*

I faschdäs ned
und soits doch faschde.
Lång bi-i furt gwen.
Wia lång?
(die Uhr schlägt zwölfmal)

Irwing

Fiamoi is da Mond nai worn.

Zeipoth

Finsta is auf da Wöid.
I sichs nimma,
wås wåhr is.

Der Geist der Weberin, ganz in schwarze Tücher gewickelt, erscheint auf dem Grabhügel, weint und schluchzt leise und verzweifelt.

Zeipoth

Muadta! Muadta!
Um Gottes Bårmherzikait!

Geist der Weberin

De Suibatåla –
wåschs åb, des Göid, wais bluadig is!
Muass zöin, obs schdimma
und kånns ned in da Finstanis.
San nimma do!
Wo is des Göid? I håb mi girrt!
D'Hend samma bundn,
de Fädn san so årg fawirrt.
Bin drinna gefesslt –
I muass earscht ausanånda klaum.
I kånns ned findn,
d'Hend san so klåmm, zeng is da Raum.
Aloanigs bin-i,
wea head mey Woana, head mey Klåg?

Zu Ende bringe ich nicht mehr
die Arbeit, bis zum Jüngsten Tag!

ZEIPOTH
Mutter! Hörst du mich nicht?
Ich bin's, die Zeipoth.
Red! Sag was dich umtreibt.

GEIST DER WEBERIN
Mein Kind! Mein Kind!
Bete für mich, daß ich Frieden finde!
Ich habe dich retten wollen vor dem wilden Schratt.
Ich habe Unheil gebracht über Land und Stadt.
Von der Hexe hab ich ein Stückchen vom Mond gekauft.
Mit dreißig Silberlingen habe ich sie entlohnt.
Ich wollte, daß der Goggolori verreckt,
aber er hat es gemerkt und sich schnell versteckt.
Darum habe ich den Brocken ins Leere geworfen,
und die Pest ist daraus frei geworden und hat alle gemäht,
und das wußte ich und war dennoch still,
und zu Recht hat es mich als erste weggerissen.
Verflucht war der Handel! Verflucht war der Preis!
Als ich sagte, das nehme ich auf mein Gewissen!
Da liegt es nun und brennt mich wie das ewige Eis.
Ich hab das verschuldet! So groß ist meine Sünde!
Du sage es allen Leuten, wie es zugegangen ist!
Auf daß mir die Wahrheit möge leuchten in der Finsternis!

ZEIPOTH
Mutter! Sag mir nur dies:
Was hat dir der Goggolori getan,
daß du ihn hast umbringen wollen?

Zend bring-is nimma
di Årbat, bis zum Jingsdn Dåg!

ZEIPOTH

Muadta! Heast mi ned?
I bins, Zaibot!
Red! Såg, wås di umdraibt!

GEIST DER WEBERIN

Mey Kind! Mey Kind!
Dua bätn fia mi, das-i Fridn find!
Håb di rettn woin foam wuidn Schratt.
Håb Unhail bråcht iba Lånd und Schdåt.
Fo da Hex håb-i kafft a Schdikl fom Mond.
Mid draissig Suibaling håb-is endlont.
Håb woin, das da Goggolori farekt,
åba ea håds gschbånnt und si gschwind faschdekt.
Drum håb-i den Brokn ins Laare gschmissn,
und Pest is draus frai worn, und håd ålle gmaat,
und dessöi håb-i gwust und wår deangaschd schdaad,
und rechtns håds mi ois earschte weggrissn.
Fafluacht wår da Håndl! Fafluacht wår da Prais!
Wia-r-i gsågd håb, des nimm-i auf mey Gwissn!
Då ligts jez und brennt mi wias ewige Ais.
I håb des faschuid! So gros is mey Sind!
Du sågs ålle Lait, wia des zuagånga is!
Das mad Wåhrhait måg laichtn in da Finstanis!

ZEIPOTH

Muadta! Såg ma nua des:
Wås håd da da Goggolori do,
dasdn håsd umbringa woin?

Geist der Weberin

Das mußt du den Vater, den Irwing, fragen,
der wird dir jetzt die Wahrheit sagen müssen.
Ich kann nicht mehr bleiben – es zieht mich fort –
ich muß Silberlinge zählen, sonst sind sie nicht mehr da –
ich muß Fäden entwirren im finsteren Raum –
die Fäden – ich muß sie auseinanderknüpfen –

Zeipoth

Vater Irwing,
welche Feindschaft
habt ihr gehabt
mit dem Goggolori?

Irwing

Keine Feindschaft.
Alles, was wir haben,
verdanken wir ihm.
Er hat das Land
uns fruchtbar gemacht,
ist immer gut
und freundlich gewesen.
Reich sind wir geworden
durch seine Macht.
Dir hat er sogar
das Leben gerettet
und dich geschützt
vor dem schwarzen Tod.
Jetzt seh ich's ein.
Und wenn er dich
auch behalten hätte,
es wäre zu Recht gewesen:
Denn du gehörst ihm.

Zeipoth

Was sagst du, Vater Irwing? Ich?

Geist der Weberin
Dessöi muasd an Fådta, an Irwing frång,
dea wead da jez miassn de Wåhrhait sång.
I ko nimma blaim – es ziagd mi dafo –
muas Suibaling zöin, sunst sans nimma då –
muas Fädn entwirrn im finstan Raum –
de Fädn – i muass ausananda klaum –
(sie verschwindet)

Zeipoth
Fådta-Irwing,
wås fia-r-a Feyndschaft
håbts es ghåbt
midn Goggolori?

Irwing *(schüttelt langsam den Kopf und setzt sich müde auf den Grabhügel)*
Koa Feyndschaft ned.
Ois wås ma håm
fadånk ma eam.
Ea håd as Lånd
uns fruchtbår gmåcht,
is oiwai guad
und freyndli gwen.
Raich samma worn
duach seyne Måcht.
Dia håd-a går
as Lebn grett
und håd di gschüzt
foam Schwårzn Dod.
Jez sich-i-s ey.
Und wånn-a di
aa ghoidn hätt,
swaar rechtns gwen:
Wai du gheast eam.

Zeipoth
Wås sågst, Fådta Irwing? I?

IRWING

Ja, Zeipoth, du!
Du warst ihm verlobt,
ehe du noch
auf die Welt gekommen bist.
Das haben wir geschworen,
das war der Preis
für unser Glück.
Wir haben's dir nie
sagen mögen.
Er hat ihn gehalten,
den Vertrag.
Nur uns hat es gereut.
Vergolten haben
wir es ihm zuletzt
mit Lug und Trug.
So haben wir alles
ins Unheil gebracht.

ZEIPOTH

Dem Goggolori bin ich versprochen?
Und bin doch dem Aberwin verlobt!
Der Aberwin! Lebt er noch?
Wo ist er?

IRWING

Weit ist er fort,
weiß niemand, wo.
Er sucht nach dir
im ganzen Land.
Lang haben wir nichts mehr von ihm gehört,
und ob er lebt,
ich kann's nicht sagen.
Jetzt weiß du alles.
Ich möchte nach Hause.
Ich bin so müde.
Mit mir ist es aus.

IRWING

Jå, Zaibot, du!
Wårst eam falobt,
eh dasd aufd Wöid
no kemma bist.
Des håmma gschworn,
des wår da Prais
fia unsa Glik.
Mia håms da nia
ned sång meng.
Ea hådn ghoitn,
den Fatrog.
Blos uns håds grait.
Fagoitn håm
mas eam aufd lezt
mit Luag und Druag.
So håmma ois
ins Unhail bråcht.

ZEIPOTH

An Goggolori bin-i faschbroacha?
Und bin doch an Åbawin falobt!
Da Åbawin! Lebd-a no?
Wo is-a?

IRWING

Waid is-a furt,
woas koana, wo.
Ea suachd nåch dia
im gånzn Lånd.
Lång håmma nix
mea fon eam gheat,
und ob-a lebt,
i kånns ned sång.
Jez woast-a-s ois.
I mecht nåch Haus.
I bin so miad.
Mid mia is aus.

Zeipoth
Vater?
Vater, wem
gehöre ich denn jetzt?

Zeipoth
Was soll ich jetzt tun?
Sag mir, was recht ist!

Zeipoth
Irwing-Vater!
Willst du nicht reden?
Ein Wörtchen nur!

Irwing bleibt reglos sitzen, mit dem Rücken an das Grabkreuz gelehnt. Man hört nur noch das Sausen des Windes.

ZEIPOTH
Fådta?
Fådta, wem
gher-i na jez?

IRWING *(schweigt)*

ZEIPOTH
Wås soi i jez doa?
Såg ma, wås recht is!

IRWING *(schweigt)*

ZEIPOTH
Irwing-Fådta!
Mågst ned ren?
Oa Weatl blos!

IRWING *(schweigt)*

Bäuerinnen und Bauern

So dumpf ist die Luft,
daß man sie schneiden kann.
Etwas Ungutes geht vor,
das fühle ich gewiß.
Der fremde Soldat,
woher kommt er?
Er spielt mit der Trud
schon zwei, drei Stunden.
Das sieht doch jeder,
kannst sagen, was du willst:
Die Üllerin hat
die Karten verhext.
Ja, merkt der denn nicht,
daß etwas nicht stimmt?
Seid still, Leute, seid still,
daß euch die Hexe nicht hört.

Soldat

Farbe möchte ich sehen!

ACHTES BILD

Wirtsstube. Nacht. Unheimlich flackerndes Licht von Kienspänen. Im Hintergrund sitzen an der Wand entlang hinter Tischen Bauern und Bäuerinnen, es sind die Überlebenden der Pest und Kriegsflüchtlinge. Unter ihnen eine Frau, die ein in Decken gewickeltes Kind im Arm hält. Bierkrüge auf den Tischen. Rechts im Vordergrund sitzt die Ullerin, über und über mit Gold- und Silberschmuck behängt, mehrere Ringe an jedem Finger. Sie ist stark betrunken und spielt Karten mit einem fremden Soldaten, der die Hahnenfeder des Goggolori (aus dem Spinnstubenbild) an seinem Schlapphut trägt. Auf ihrer Seite des Tisches liegt schon ein Haufen Geld.

BÄUERINNEN UND BAUERN

So dempfig isd Luft,
das zum Schnaidn gråd is.
Eppas Unguads gät foa,
dessöi gschbiri gwis.
Dea fremde Soidåt,
wohea das dea kummt?
Ea schbuid mid da Drud
scho zwoa-r-a drai Schdund.
Des sicht doch a jeds,
kost sågn, wåsd megst:
De Ullerin håd
de Kårtn fahext.
Jå gschbånnt denn dea ned,
das eppas ned schdimmt?
Saids schdaad, Lait, saids schdaad,
das aichd Hex ned fanimmt!

SOLDAT

Fårb mecht-i seng!

Ullerin
Und Trumpf siehst du!

Soldat
Einen Trumpf hab ich auch!

Ullerin
Schon gestochen, ha ha!

Soldat
Es regiert der Infant!

Ullerin
Den nehme ich dir mühelos.

Soldat
Jetzt kommt die Sau im Galopp!

Ullerin
Aber ich steche sie dir ab!
Hi hi hi hi!

Ullerin
Siehst du's, Soldat!
Mit der Ullerin nimmt es keiner mehr auf!
Groß ist sie geworden, und groß ist ihre Macht.
Gibst du's zu, Soldat?

Soldat
Bläh dich nicht so auf, giftige Kröte!

Ullerin
Du wirst dich schon noch vor mir bücken!
Was ich sage, das geschieht!
Vorbei sind die Zeiten,
wo der Ober den Unter sticht!

ULLERIN
Und an Trumpf sigst!

SOLDAT
An Trumpf håb-i aa!

ULLERIN
Scho gschdocha, ha ha!

SOLDAT
's regirt da Infant!

ULLERIN
Den nimm-a-da dant!

SOLDAT
Jez kummt Sau im Galop!

ULLERIN
Åba-r-i stich das åb!
Hi hi hi hi hi!

Die Ullerin streicht den Einsatz ein, zählt, häufelt auf.

ULLERIN *(steht schwankend auf)*
Sigst-as, Soidåt!
Mid da Ullerin nimmts koana mea auf!
Gros is worn und gros is ia Måcht.
Gibst-as zua, Soidåt?

SOLDAT *(schaut sie mit zornfunkelnden Augen an)*
Blaa di ned aso auf, giftige Krottn!

ULLERIN *(lacht ihm ins Gesicht)*
Weast scho no buggln foa mia!
Wås-i såg, des gschicht!
San foabai de Zaidtn,
wo da Oba an Unta schdicht!
(sie trinkt einem Bauern das Bier aus)

Soldat

Was saufst du den Leuten ihr Bier aus,
du unverschämte Metze!
Hast du es vielleicht bezahlt?

Ullerin

Bezahlt?
Ich brauche schon nichts zu bezahlen!
Gelt, Leute, ist es nicht wahr,
daß ihr mich eingeladen habt?

Siehst du's Soldat?

Soldat

Eines sehe ich:
Daß sie Angst haben vor dir.

Ullerin

Und du, Soldat?
Willst du etwa sagen,
daß du keine hast?
Möchtest du am Ende noch einmal spielen?

Soldat

Ausgeraubt hast du mich, habgierige Hure!

Ullerin

Ich werde dir schon die Hosen herunterlassen!
Daß du es lernst, Soldat,
wo der Bartel den Most holt.
Spielen wir!

Soldat

Um was nun?

Man hört von der Straße her trommelnde Soldaten vorbeimarschieren, erst weit weg, dann immer näher kommend und sich wieder entfernend.

SOLDAT
Wås saufstn de Lait ia Bia aus,
du ausgschaamde Maz!
Håsd-as laicht du zoit?

ULLERIN *(immer betrunkener)*
Zoit?
Brauch scho nix zoin!
Göi, Lait, is ned wåhr,
das mi eyglodn håbts?
(die Leute ducken sich und schweigen)
Sigst-as, Soidåt?

SOLDAT
Oans sich-i:
Das a Fuacht håm foa dia.

ULLERIN
Und du, Soidåt?
Megst laicht sång,
das du koane ned håst?
Magst am End no-amoi schbuin?

SOLDAT
Ausgsagglt håst mi, ruachade Hua!

ULLERIN
Weas da scho åbelåssn, d'Hosn!
Dasd-as leanst, Soidåt,
wo da Bartl an Moscht hoid.
Schbui-ma!

SOLDAT
Um wås nåchat?

Ullerin
Um deinen Hut mit der Hahnenfeder!

Soldat
Nein, den bekommst du nicht,
du aufgetakeltes Huhn!

Ullerin
Hosenscheißer!
Hast du keinen Mut, wie?

Soldat
Was würdest du denn dagegen setzen?

Ullerin
Dreißig Silbertaler!
Genau die, auf die du so begierig warst.

Soldat
Und wer sie dir gegeben hat
und wofür, das sagst du auch?

Ullerin
Wenn du's gewinnst, das Spiel,
dann sag ich's.

Soldat
Spielen wir!

Bäuerinnen und Bauern
Da braut sich was zusammen.
Das gibt gleich einen Streit!
Ich wäre lieber fort
zehn Tagereisen weit.

Ullerin
Um deyn Huat mid da Hånafeda!

Soldat
Naa, den kriagst ned,
du gschupfte Hena!

Ullerin *(grinsend)*
Hosnschaissa!
Håsd koan Schnaid, ha?
(die Trommeln verklingen in der Ferne)

Soldat
Wås daadsn dageng sezn?

Ullerin *(lauernd)*
Draisg Suibatåla!
Akrat de, wosd so schårf drauf bist gwen.

Soldat
Und wea das gem håd
und fia wås, des sågsd aa?

Ullerin
Boist-as gwinnst, des Gschbui,
nåchat såg-i-s.

Soldat
Schbui-ma!
(er gibt Karten)

Bäuerinnen und Bauern
Då braut si wås zåmm.
Des gibt gä an Schdrait!
I waar liaba furt
zen Dågraisn wait.

Ullerin
Vöglein, Vöglein, jetzt
hab ich dich im Netz!
Ich werde dir die Federn ausreißen,
nie wieder wirst du fliegen!

Bäuerinnen und Bauern
Jetzt ist er verloren!
Einen Zauber hat sie getan!
Gegen die höllische Gewalt,
da kommt er nicht an!

Einsiedel
Ullerin!

Ullerin
Spiel weiter, Soldat!
Der kümmert mich nicht,
der alte Kuttenpisser.
Spiel aus!

Einsiedel
Ullerin!

Ullerin
Was schreist du denn so?
Ich bin doch nicht taub.

Ullerin *(triumphierend)*
Fogal, Fogal, jez
håb-i di im Nez!
Wea da d'Fedan aussiziang,
nimmamea weast fliang!
(sie bläst ihn an. Das Spiel beginnt.)

Bäuerinnen und Bauern
Jez is-a farazt!
An Zauba håds do!
Gegad hellische Gwoit,
då kimmda ned o!

Der Einsiedel kommt zur Tür herein, hinter ihm Zeipoth. Der Soldat hält im Spiel inne und schaut Zeipoth an.

Einsiedel *(laut)*
Ullerin!

Ullerin *(dreht sich nach ihm um, mustert ihn, wendet sich wieder zum Soldaten)*
Schbui waida, Soidåt!
Dea kimmat mi nix,
dea oide Kutnbrunza.
Schbui aus!

Einsiedel *(noch lauter)*
Ullerin!

Ullerin *(ohne sich umzuwenden)*
Wås bleasdn aso?
Bin scho ned dorat.
(spielt weiter)

EINSIEDEL

Reich bist du geworden von der Pest.
Sie ist dir gerade recht gekommen!

ULLERIN

Und noch einmal Trumpf!

EINSIEDEL

Die Ringe an deinen Fingern,
das Geschmeide überall,
das hast du den Leichen gestohlen!

ULLERIN

Und gestochen, hä hä!

EINSIEDEL

Ullerin, ich rede mit dir!

ULLERIN

So?
Du redest mit mir,
stinkender Weihwasserpantscher,
aber ich rede nicht mit dir!

EINSIEDEL

Heilige Gottesmutter,
hilf mir gegen die Todsünde des Zorns!

ULLERIN

Hältst du wohl dein Maul,
heimtückischer Hund, du!
Mach, daß du fortkommst,
ich rate es dir im Guten!

Man hört von der Straße her trommelnde Soldaten vorbeimarschieren, erst weit weg, dann immer näher kommend und sich wieder entfernend. Es sind diesmal mehrere Militärtrommeln, der Marsch ist lauter als das erste Mal.

EINSIEDEL
Raich bist worn fon da Pest.
Is da gråd recht kemma!

ULLERIN
Und noamoi Trumpf!

EINSIEDEL
De Ring an deyne Finga,
des Gschmaid umadum,
des håst de Laichn gschdoin!

ULLERIN
Und gschdocha, hä hä!

EINSIEDEL
Ullerin, i red mid dia!

ULLERIN
So?
Du redst mid mia,
gschdingata Waichwåssapritschla,
åba-r-i red ned mid dia!

EINSIEDEL *(hebt die Faust, hält inne, bekreuzigt sich)*
Hailige Gottesmuadta,
huif ma gegn di Dodsind des Zorns!

ULLERIN *(wütend)*
Hoitsd ned dey Mai,
hintafoziga Hund, du!
Schau, dasd waida kummst,
i råt das im Guadn!

Sonst wirst du mir deine Falschheit büßen!
Als Leichenfrau und Baderin
hab ich Salben verkauft und Kräutlein
und heilsamen Balsam für die Kranken,
und die Toten hab ich fürs Grab zubereitet.
Die Sachen, die ich habe,
sind mein redlicher Lohn!
Und jetzt verdrück dich, Betbruder,
damit wir spielen können!
Trumpf!

EINSIEDEL
Du, Ullerin, du
hast sie gerufen, die Pest!
Du hast das unheilige Gläschen
mit der Höllenfinsternis drin
der Weberin gegeben
für den Judaslohn!
Du bist eine Hure des Teufels,
eine Sukkubin,
eine Hexe bist du,
eine Zaubertrud,
und dafür, Ullerin,
bringe ich dich vor ein geistliches Gericht,
und wenn ich dich schleifen müßte
an deinen Haaren
durchs ganze Bayernland!

ULLERIN
Zitu! Zitu! Asmodi!
Tenebrorum spiriti!
Gargafax va Lewiatan,
legt dem Feind catena an!
Lingua ferma! Corpus ditu!
Bocca, bocca, zitu, zitu!

Sunst weast mas biassn, dey Foischhait!
Ois-a Selnonn und Bådarin
håb i Soibn fakaft und Kraitl
und an hailsamen Bålsåm fiad Krånkn,
und de Dodn håb-i fias Grab heagricht.
Des Såch, wo i håb,
is mey redlicha Lon!
Und jez fadruk di, Bätbruada,
das ma schbuin kenna!
Trumpf!
(die Trommeln verklingen in der Ferne)

Einsiedel
Du, Ullerin, du
håst-as gruafn, di Pest!
Du håst des unhailige Glasl
mid da Höifinstanis drin
da Weberin gem
fian Judaslon!
Di bist a Hua vom Taifi,
a Sukkubin,
a Hex bist,
a Zaubadrud,
und fia des, Ullerin,
bring-i di for-a gaistlichs Gricht,
und wånn-i di schlaifn miast
bey deyne Hår
durchs ganze Baianlånd!

Ullerin *(springt auf, umkreist ihn mit Zaubergebärden)*
Zitu! Zitu! Asmodi!
Tenebrorum spiriti!
Gargafax va Lewiatan,
legts dem Feynd catena an!
Lingua ferma! Corpus ditu!
Bocca, bocca, zitu, zitu!

ULLERIN

Ich werd's dir schon stopfen,
dein Lügenmaul!
Schluck sie hinunter, die Ratte,
oder erstick dran!

Und die Pest hat der Goggolori gebracht,
oder sagt einer was anderes?

ULLERIN

Und dies ist der letzte Trumpf – Soldat!

SOLDAT

Höllenteufel!
Du hast die Karten verzaubert,
Luder, du falsches!

ULLERIN

Seht mal den an!
Gerade er redet vom Zaubern!
Kannst dich nicht wehren, wie?
Gehorchen sie dir nicht mehr, die Honigvöglein?
Hast du keine Gewalt mehr?
Bin ich dir zu groß geworden, wie?
Meinst du etwa, ich weiß nicht, wer du bist?
Die anderen kannst du täuschen mit deiner Maskerade,
mich nicht – Goggolori!

DIE LEUTE

Haaaa!

Der Einsiedel steht starr mit offenem Mund. Die Ullerin stopft ihm eine tote Ratte hinein, deren Schwanz heraushängt.

ULLERIN
Weads da scho schdopfa,
dey liagats Gfris!
Daschlukn, den Råz,
oda daschdik dro!
(sie lacht)
Und Pest håd da Goggolori bråcht,
oda sågd oana wås åndas?
(Totenstille)

ULLERIN *(während sie die letzte Karte auf den Tisch drischt)*
Und des is da lezte Trumpf – Soidåt!
(sie reißt ihm den Hut vom Kopf, setzt ihn sich auf und stolziert torkelnd in der Stube umher, sauft einem anderen Bauern das Bier aus)

SOLDAT
Höitaifi!
Håst Kartn fazaubat,
Luada, du gföids!

ULLERIN *(hämisch)*
Ui eam schaug o!
Gråd ea måg fom Zauban ren!
Kånsd di ned wean, göi?
Foings da nimma, de Honigfogal?
Håst koa Gwoit mea? Bin-i da zgros worn, ha?
Moanst laicht, i woas ned, weasd bist?
Di åndan kånsd daischn mid deyna Maschkara,
mi ned – Goggolori!

DIE LEUTE *(stoßen einen dumpfen Stoßseufzer aus)*
Haaaaa!

Soldat

Gut, Ullerin,
dann spielen wir nun den letzten Tarot.
Spielen wir um die Macht.

Ullerin

Hast ja sowieso keine mehr.
Gehört schon ganz und gar mir.
Du kannst nichts mehr einsetzen,
weil du nichts mehr hast.

Zeipoth

Etwas hat er noch,
Mich.

Soldat

Zeipoth! Zeipoth!

Ullerin

Es gilt schon!
Wenn du's verlierst, das Spiel,
mußt du für alle Zeiten mein Knecht werden,
dann gehörst du mir und alles, was du regierst.
Und die Zeipoth auch,
sie muß meine Magd sein und selber
eine Hexe werden wie ich!

Zeipoth

Und wenn du es verlierst?

Soldat

Guad, Ullerin,
nåchat schbui-ma jez an leztn Tarot.
Schbui-ma umd Mâcht.

Man hört von der Straße her trommelnde Soldaten vorbeimarschieren, erst weit weg, dann immer näher kommend und sich wieder entfernend. Es sind diesmal viele Militärtrommeln, der Marsch klingt sehr laut und drohend.

Ullerin *(grinst)*

Håst eh koane mea.
Gheat scho oisamt mia.
Kånsd nix mea eysezn,
waist nix mea håst.

Zeipoth

Eppas håd-a no.
Mi.

Soldat

Zaibot! Zaibot!

Ullerin *(schaut zwischen ihnen hin und her)*

Guit scho!
Wånnst-as faliast, des Gschbui,
muast auf ålle Zaid mey Knecht wean,
nåcha gheast ma und ois, wåsd regiast.
Und Zaibot aa,
muas mey Mågd sey und söiba
a Hex wean wia-r-i!

Zeipoth

Und boisd-as faliast?

Ullerin

Ha ha, Mädchen, das geschieht nicht!
Wenn ich's verliere,
das ist geschworen beim höllischen Thron,
verliere ich zugleich meine Hexenkraft
und gehe fort und kehre nie mehr zurück!

Zeipoth

Es muß sein.

Ullerin

Wartet!
Wollt ihr mich betrügen, ihr zwei?
Das wird euch nicht leicht gelingen.

Dieses Auge wird dich bewachen,
damit du dich still hältst!

Dieses Bein, das stößt dich in den Arsch,
wenn du's versuchst.
Und diesmal gebe ich aus!

Eins – zwei – drei – vier – fünf – sechs –
sieben. – Auf geht's!

Ullerin

Ein »Narr« – ist, der nichts weiß.

Soldat

»Die Welt« – die ist eben größer.

Ullerin

»Der Teufel« – der kann alles!

Ullerin

Ha ha, Madl, des gschicht ned!
Boi is falia,
des is gschworn beym hellischn Tron,
falia-i zuglaich mey Hexnkråft
und gä furt und kea nimmamea wida!

Zeipoth *(stellt sich zum Soldaten, nickt ihm zu)*

’s muas sey.
(die Trommeln verklingen in der Ferne)

Ullerin

Hoit auf!
Woits mi bschaissn, es zwoa?
Des wead aich ned laicht wean.
(sie nimmt sich ein Auge heraus, legt es auf den Tisch vor Zeipoth)
Des Aug wead di bewachn,
dass di schdaad hebst!
(sie schnallt sich ein Bein ab, stellt es neben den Soldaten)
Dea Hax, dea schdesst di in Årsch,
boisd-as brobiast.
Und desmoi gib-i aus!
(sie gibt sich und dem Soldaten je sieben Karten)
Oans – zwoa – drai – fire – fimfe – sexe –
simme. – Auf gäts! *(sie spielt aus)*

Ullerin

A »Nårr« is, dea nix woas.

Soldat

»Di Wöid« – di is hoid gressa.

Ullerin

»Da Taifi« – dea kånn ois!

Soldat

»Der Tod« – der kann's noch besser!

Ullerin

»Der Gehenkte« – der wiegt schwer.

Soldat

»Der Mut« – der trägt noch schwerer.

Ullerin

»Das Glücksrad« – dreht sich schnell.

Soldat

»Der Weise« – der sieht mehr.

Ullerin

»Der Wagen« – bedeutet den Sieg!

Soldat

Nur »die Liebe« – die steht noch drüber.

Ullerin

»Der Kaiser« – der befiehlt.

Soldat

»Die Kaiserin« – tut's noch lieber.

Ullerin

»Die Päpstin« – die weiß viel.

Soldat

»Pagad ultimo« gewinnt das Spiel!

Soldat
»Da Dod« – dea kånns no bessa!

Ullerin
»Da Ghenkte« – dea wigt schwaar.

Soldat
»Da Muat« – dea drågt no schwaara.

Ullerin
»As Gliksråd« – draat si schnöi.

Soldat
»Da Waise« – dea sicht mera.

Ullerin
»Da Wång« – bedait an Sig!

Soldat
Blos »d'Liab« – di schdäd no driaba.

Ullerin
»Da Kaisa« – dea schåft o!

Soldat
»D'Kaisarin« – duats no liaba.

Ullerin
»Di Päpstin« – di woas fui!

Soldat
»Pagad ultimo« gwinnts Schbui!

Die Ullerin fährt auf, rasend vor Wut, schmeißt die Karten in die Luft, wirft den Tisch um.

Ullerin

Hagazussa! Hagazussa!
Alles muß jetzt hin werden!

Ullerin

Verspielt hab ich!
Aus ist's! Barmherzigkeit!
Ich bin nur ein armes altes Weiblein.
Tut mir nichts!
Komm, Auge, komm!
Komm, Bein, komm!
Laßt mich hinaus, ich bitt recht schön!

Soldat

Im Sumpf sollst du ersaufen!
Und diesmal geschieht es!

Hex! Stoß sie in den Arsch!

Zeipoth, Zeipoth, Mädchen liebes,
das vergesse ich nimmer.
Die größte Zaubermacht der Welt
trägst du im Herzen drin.

Zeipoth

Du hast mir das Leben geschenkt,
hast mich verschonen wollen,
darum schenke ich dir jetzt meinen Tod,
will deine Liebe dir lohnen.

ULLERIN

Hagazussa! Hagazussa!
Ois muas hi wean jez!

Der Einsiedel spuckt die Ratte aus, bewegt sich, sinkt keuchend auf die Bank nieder. Er ist frei.

ULLERIN *(sieht es, plötzlich jämmerlich, voll Angst)*

Faschbuid hob-i!
Aus is! Bårmheazigkait!
I bin gråd a årms oids Waibal.
Duats ma nix!
(sie hüpft zur Tür, dreht sich um; zaghaft)
Kumm, Aug, kumm!
(das Auge rührt sich nicht)
Kumm, Hax, kumm!
(der Fuß bewegt sich nicht)
Låsts mi aussi, i bitt recht sche!

SOLDAT *(schreit ihr nach)*

Im Sumpf soist dasaufn!
Und desmoi gschichts!
(er lacht und wirft ihr das Auge nach)
Hax! Schtesse in Årsch!
(der Fuß läuft der Ullerin nach und tritt sie.
Sie humpelt heulend davon. Ihr Geschrei verklingt.)
Zaibot, Zaibot, Madl liabs,
des fagis-i nimma.
D'gresde Zaubamåcht da Wöid
drågst im Heazn drinna.

ZEIPOTH

Du håst mia as Lebn gschenkt,
håst mi woin faschona,
drum schenk i dia jez meyn Dod,
wui dey Liab dia lona.

Einsiedel
Zeipoth, was redest du da?
Du verhandelst deine ewige Seele
gegen irdisches Glück!

Zeipoth
Nicht für irdisches Glück,
aber weil es recht ist
und weil ihm Recht werden muß!
Einlösen will ich den Eid,
den mein Vater ihm geschworen hat,
Gutmachen will ich an ihm,
was meine Mutter ihm schaden wollte.
Und der Herr Einsiedel soll mir sagen,
daß ich recht tue!

Einsiedel
Zeipoth, was geht es dich an,
ob der selig wird dermaleinst?
Der Herrgott weiß schon, was er tut!
Aber du verpfändest dein Seelenheil!
Schwöre ab von deinem Begehren!

Zeipoth
Ich habe meinen Liebsten verloren,
habe nichts mehr auf dieser Welt.
Und die andere ist mir verleidet.

Einsiedel
Du frevelst, Zeipoth!
Wer an den Fluch rührt,
den packt er!

Zeipoth
Und schwören will ich es
zur Stunde und für alle Zeit
vor dem Angesicht
der allerheiligsten Dreifaltigkeit:

EINSIEDEL

Zaibot, wos redsd då?
Du fahandlst dey ewige Söi
gegas irdische Glik!

ZEIPOTH

Ned fias irdische Glik,
åba wais recht is
und wai eam Recht wean muas!
Eylesn will-i den Aid,
den mey Fådta eam gschworn håd.
Guadmåcha will-i an eam,
wås mey Muadta eam schådn håd woin.
Und da Hea Eynsidl soi ma sång,
das-i recht dua!

EINSIEDEL

Zaibot, wås gäts di o,
ob dea selig wead deamaleynst?
Da Heagod woas scho, wås-a duad!
Åba du fapfendst dey Selnhail!
Schwör åb von deym Begern!

ZEIPOTH

I håb mey Liab falorn,
håb nix mea auf dera Wöid.
Und di åndane is ma falait.

EINSIEDEL

Du frefelst, Zaibot!
Wea an den Fluch rührt,
den påkt-a!

ZEIPOTH *(hebt die Hand zum Schwur)*

Und schwörn will ichs
zua Schdund und fia ålle Zaid
foam Ångesicht
dea ållahaligstn Draifåltigkait:

Abtun will ich von mir, was mich bindet!
Dem Goggolori schenke ich meinen Tod,
auf daß er erlöst wird aus seiner Not,
und damit er einst selige Auferstehung findet.
Und gelten soll, was ich sage,
wenn ich auch weben müßte
den Kronschleier unserer Lieben Frau
aus Sonnenlicht und Mondentau
von heute an bis zum Jüngsten Tag!

EINSIEDEL
Das kann dir niemals vergeben werden!
Dein Urteil, Zeipoth –
du selbst hast es dir jetzt gesprochen.

SOLDAT
Komm, Zeipoth, die Zeit wird lang!
Zeig mir den letzten Gang.
Zeig mir, wie's Sterben geht,
daß man einst aufersteht:
Schenk mir deinen Tod!

ABERWIN
Zeipoth! Zeipoth! Bist du am Leben!
Hab ich dich doch noch gefunden!

ZEIPOTH
Aberwin – mein lieber Bub!
Wer hat dich so zerschunden?

ABERWIN
Der Schwede hat' mich schon gefangen,
gerade bin ich noch entkommen.
Von allen Seiten zieht er herbei,
alle Dörfer weitum brennen.
Er metzelt Weiber und Kinder ab,
da wird keine Gnade gegeben.

Åbtun will-i fon mia, wås mi bind!
Dem Goggolori schenk i meyn Dod,
auf das ea ealöst wird aus seyna Not,
und das-a eynst selige Urschdend find.
Und geltn soi, wos-i såg,
wånn-i aa webn müast
den Kronschlaia unsara Liabn Frau
aus Sonnaliacht und Mondentau
fo hait o bis zum Jingstdn Dåg!

EINSIEDEL
Des kånn da nia ned fagebn wean!
Dey Urtail, Zaibot –
du söiba håst das jez gschbrocha.
(er setzt sich weinend nieder)

SOLDAT *(leise, feierlich)*
Kumm, Zaibot, d'Zeit wead lang!
Zoag ma den letzten Gang.
Zoag ma, wia's Sterben geht,
daß ma eynst aufersteht:
Schenk ma deinen Tod!

Aberwin kommt herein. Er ist abgerissen und verletzt.

ABERWIN
Zaibot! Zaibot! Bist am Lem!
Håb-i di do no gfundn!

ZEIPOTH
Åbawin – mey liaba Bua!
Wea håd di so zaschundn?

ABERWIN
Da Schwed håd mi scho gfånga ghåbt,
gråd bin-i no auskemma.
Fo ålle Saitn ziagd-a dahea,
ålle Deafa waitum brenna.
Ea mezlt Waiba und Kinda åb,
då wead koa Gnåd ned gebm.

Komm, Zeipoth, flüchten wir zusammen,
und retten wir das nackte Leben!

ZEIPOTH
Ich kann jetzt nicht mit dir gehen und nie.
Zu spät kommst du, mein lieber Bub.
Mein Leben – dem Goggolori gehört's
und auch mein Tod dazu.

ABERWIN
Weißt du noch, was wir damals geträumt haben?
Daß wir ewig zusammengehören,
du und ich, wir zwei.
Du hättest sollen die Meine werden,
du und ich, wir zwei.
Jetzt habe ich dich gefunden
und du stehst vor mir,
nur damit ich dich jetzt erst
auf ewig verliere.
Jetzt sind wir allein – alle zwei.

ZEIPOTH
Nur der Abschied bleibt uns noch,
dir und mir, uns zwei.
Das Schicksal hat es nicht so gewollt
wie du und ich, wir zwei.
Uns bleibt nur das letzte
Behüt-Gott noch zu sagen.
Ich werde dich auf ewig
im Herzen tragen.
Jetzt gehen wir allein – alle zwei.

Kumm, Zaibot, flücht-ma midanånd
und rett-mas nåkate Lem!

ZEIPOTH

Kann jez ned mid dia ge und nia.
Zschbaat kummst, mey liaba Bua.
Mey Lem – am Goggolori gheats
und aa mey Dod dazua.

ABERWIN

Woast-as no, wås mia dermois dramd håm?
Das ma ewig zåmmaghean,
du und i, mia zwoa.
Du håtst soin di Meyne wean,
du und i, mia zwoa.
Jez håb-i di gfundn
und du stäst foa mia,
gråd das-i di jez earscht
auf ewig falia.
Jez samma alloa – ålle zwoa.

ZEIPOTH

Gråd da Åbschied blaibt uns no,
dia und mia, uns zwoa.
's Schiksoi håds ned woin aso,
wia du und i, mia zwoa.
Uns blaibd nua as lezte
Pfiatgod no zum sång.
I wead di fia ewig
im Heazn drin drång.
Jez ge ma alloa – ålle zwoa.

Der Tod mit Krone und Sense erscheint als riesige Figur im Hintergrund und beginnt zu mähen. Zeipoth führt den Goggolori zu ihm, der Goggolori verschwindet in den Mantelfalten des Todes. Zeipoth bleibt mit ausgebreiteten Armen vor dem Tod stehen und hält ihn so zurück.

Eine Bäuerin

Betet, Kinder, betet!
Morgen kommt der Schwede!
Morgen kommt der Ochsenstern,
wird die Kinder beten lehren.
Betet, Kinder,
betet, Kinder,
betet, Kinder, betet!

Aberwin

Rumpedibum,
der Schwede geht um.
Rumpedibum,
der Schwede geht um.
Mit Händen und mit Füßen,
mit feurigen Spießen,
hat die Fenster eingeschlagen,
hat das Blei fortgetragen,
hat Kugeln daraus gegossen,
hat die Bauern erschossen,
hat die Knaben gehenkt,
hat die Mädchen ertränkt.

Bauern

Die Welt ist in Not!
Auf Erden reitet der Tod.
Der Tod reitet auf einem kohlschwarzen Rappen.
Er trägt eine undurchsichtige Kappe.
Wo immer Soldaten zum Kriege marschieren,
da tut sein Roß daneben galoppieren.

Die Frau mit dem Kind beginnt leise zu singen. Während das Licht langsam erlischt, fallen mehr und mehr Stimmen ein, das Lied steigert sich, man glaubt das Rollen von Wagenrädern zu hören, den Marschtritt von Soldaten, das Brausen der Feuersbrunst. Wenn das Lied verklungen ist, bleibt nur noch der Ton einer Äolsharfe übrig.

Eine Bäuerin

Bet, Kinda, bet!
Moagn kummt da Schwed!
Moagn kummt da Oxnschdean,
wead di Kinda betn lean.
Bet, Kinda,
bet, Kinda,
bet, Kinda, bet!

Aberwin

Rumpedibum,
der Schwed gät um.
Rumpedibum,
der Schwed gät um.
Mit Hend und mit Fias,
mit fairige Schbias,
håd d'Fensta eynschlågn,
håds Blai dafodrågn,
håd Kugln draus gossn,
håd Bauan daschossn,
håd Buam dahenkt
und håd Madln dadrengt.

Bauern

D'Wöid is in Not!
Auf Eadn raitet dea Dod,
dea Dod raitet auf einem kohlschwårzn Råppen,
er trägt ain undurchsichtig Kåppen.
Wo immer Soldåten zum Kriege marschiren,
da duat sei Roß danebengaloppiren.

ALLE

Betet, Kinder, betet!
Morgen kommt der Schwede!
Morgen kommt der Ochsenstern,
wird die Kinder beten lehren.
Betet, Kinder, betet!

1. VORSÄNGERIN

Und das himmlische Glück und das irdische Glück,
die zwei gehen niemals zusammen.

1. UND 2. VORSÄNGERIN

Das hat unser Herrgott so eingerichtet,
das eine kostet immer das andere.

ALLE

Und die lange, die lange Ewigkeit
bis zum Ende der Welt, bis zum Ende der Zeit,
sitzt die Zeipoth wie Fels und wie Nebel so grau,
und muß ewig leben,
und muß ewig weben
am Kronmantel unserer Lieben Frau.

Alle

Bet, Kinda, bet!
Moagn kummt da Schwed!
Moagn kummt da Oxnschdean,
wead di Kinda betn lean.
Bet, Kinda, bet!

EPILOG

Es wird langsam hell auf der Bühne. Hinter einem Schleiervorhang sitzt Zeipoth allein an einem riesenhaften Webstuhl und webt. Sie ist weiß und grau, aber alterslos.
Links und rechts vom Bühnenrahmen stehen drei Männer und drei Frauen, zunächst nur als schwarze Silhouetten sichtbar. Während des Abgesangs wird das Licht auf der Hinterbühne immer schwächer, das auf der Vorderbühne immer stärker, so daß der Schleiervorhang langsam undurchsichtig wird. Er sieht aus wie ein kostbares, silberweißes Brokatgewebe voller Pflanzen- und Tierformen.

1. Vorsängerin

Und as himmlische Glik und as iadische Glik,
di zwoa genga ninda ned zåmma.

1. und 2. Vorsängerin

Des håd unsa Heagott so eyngericht,
des oane kost oiwai des ånda.

Alle

Und die långe, di långe Ewigkait
bis zum End fo da Wöid, bis zum End fo da Zaid,
sizt di Zaibot, wia Föis und wia Nebe so grau,
und muas ewig lem,
und muas ewig wem
åm Kronmåntl unsara Liabn Frau.

2. Vorsängerin

Und was recht ist auf Erden, ob's auch recht ist vor Gott,
das werden wir schwerlich erraten.

1. und 2. Vorsängerin

Unser Leben ist zu kurz und gar bald kommt der Tod,
und ist dennoch eine himmlische Gnade.

Alle

Und die lange, die lange Ewigkeit
bis zum Ende der Welt, bis zum Ende der Zeit,
sitzt die Zeipoth wie Fels und wie Nebel so grau,
und muß ewig leben,
und muß ewig weben
am Kronmantel unserer Lieben Frau.

3. Vorsängerin

Und uns ist das endliche Urteil verwehrt.
Wie es kommt, so müssen wir's leiden.

2. und 3. Vorsängerin

Wer der Auferstehung teilhaftig wird,
das wird der Herrgott entscheiden.

Alle

Und die lange, die lange Ewigkeit
bis zum Ende der Welt, bis zum Ende der Zeit,
sitzt die Zeipoth wie Fels und wie Nebel so grau
und muß ewig leben,
und muß ewig weben
am Kronmantel unserer Lieben Frau.

2. Vorsängerin

Und wås recht is auf Eadn, obs aa recht is foa Gott,
des weadn mia schwaarlich darådn.

1. und 2. Vorsängerin

Unsa Lem is zkurz und går boid kummt da Dod,
und is deangaschd a himmlische Gnådn.

Alle

Und die långe, di långe Ewigkait
bis zum End fo da Wöid, bis zum End fo da Zaid,
sizt di Zaibot, wia Föis und wia Nebe so grau,
und muas ewig lem,
und muas ewig wem
åm Kronmåntl unsara Liabn Frau.

3. Vorsängerin

Und uns is-as endliche Uatail faweat,
wias kummt, so miassn mas laidn.

2. und 3. Vorsängerin

Wea da Aufeastähung tailhaftig wead,
dessöi wead da Heagott entschaidn.

Alle

Und die långe, di långe Ewigkait
bis zum End fo da Wöid, bis zum End fo da Zaid,
sizt di Zaibot, wia Föis und wia Nebe so grau,
und muas ewig lem,
und muas ewig wem
åm Kronmåntl unsara Liabn Frau.

Ende

Die Jagd nach dem Schlarg

Variationen zu Lewis Carrolls gleichnamigem Nonsensgedicht

Inhalt

»Kinder sind es gewiß nicht, die Lewis Carrolls Worte lesen sollten. Sie sind weit besser damit beschäftigt, Sandkuchen zu backen. Carrolls Nonsens taugt eher für weise und ergraute Philosophen, die an ihm das dunkelste Problem der Metaphysik, das Niemandsland zwischen Vernunft und Unvernunft erforschen können, und jene rätselhafteste aller geistigen Fähigkeiten, den Humor, der ewiglich zwischen beiden tanzt. Daß wir an gewissen ellenlangen und tifteligen Erörterungen, an gewissen komplizierten und wunderlichen Redewendungen ohne den geringsten Sinn unser Vergnügen finden, ist kein Thema für kindliche Spiele – es ist ein Thema für Psychologen, um den Verstand darüber zu verlieren.«

Gilbert K. Chesterton

Vorwort zum Vorwort des Dichters

In den sechziger Jahren hat es in München einen Mann gegeben – er hieß Schniller, kann auch sein Schnüller, ich weiß nicht, was aus ihm geworden ist –, der hatte die seltsame Angewohnheit, in Büchern nur die Vor- und Nachworte zu lesen. Er las das Vorwort von Prof. Dr. Karl Völker zum *Gottesstaat* des Augustinus, er las das Vorwort von Kassebihr zum Briefwechsel Goethes mit Schiller, er las das Vorwort von G. Burgemeister zu der berühmten Ausgabe der gesammelten Radierungen Rembrandts, er las unzählige Vorworte von Adler, Redlich, Pfauenbuch, Ofenstrand, Knöpfli und Tütlingen zu den Eulenburg-Partituren der Symphonien von Haydn, Mozart und Beethoven, er las das Vorwort von Arnold Metzger zu den *Logischen Mustersendungen* von Husserl*), er las Hegels Vorwort zu der deutschen Ausgabe der Briefe Leibnitz', er las Leibnitz' Vorwort zur französischen Übersetzung der Werke Bacons, ein Fest für ihn war es, als er in einem Antiquariat eine längst vergriffene Ausgabe der gesammelten Vorworte Hofmannsthals fand, der ja bekanntlich ein gefürchteter Vorwort-Verfasser war, kaufte das Buch sofort, las aber darin nur das Nachwort von Professor Müller-Seidel.

»Unser Leben«, pflegte Schnüller (oder Schnülker, wie gesagt, ich kann mich auf die genaue Schreibweise seines Namens nicht mehr besinnen), »unser Leben ist eigentlich nur ein Vorwort – der Haupttext ist der Tod. Unser Leben ist ein *Präludium* unseres künftigen Daseins nach dem Tod – wie das so schön Ferruccio Busoni in seinem Vorwort zur Partitur-Ausgabe der symphonischen Dichtung *Les Préludes* von Liszt dargestellt hat. Und trotzdem liest kein Mensch die Vor- und Nachworte. *Ich* habe tausende in meinem Leben gelesen. Für die Texte hatte ich dann keine Zeit mehr. Trotzdem bin ich nicht draufgekommen, warum Vor- und Nachworte überhaupt gedruckt werden, wenn man weiß, daß sie – außer mir, aber das fällt ja nicht ins Gewicht – niemand liest.«

*) Bei *Logische Mustersendungen* handelt es sich, wie der gebildete Leser sofort bemerkt haben wird, um einen Tippfehler im Manuskript. Es soll natürlich *Logische Untersuchungen* heißen. Verlag und Autor haben sich aber entschlossen, den Tippfehler stehen zu lassen, weil *Logische Mustersendungen* viel hübscher klingt.

Wer meint, Vor- und Nachworte würden verfaßt und gedruckt, damit dem Leser Information über das Buch und den Autor vermittelt würde, um das Verständnis des Textes zu erleichtern, der macht sich die Sache zu einfach. Seit vielen Jahrzehnten ist es schon so, daß die Vorworte in aller Regel weit schwieriger sind als das daranhängende Buch, wobei ich als herausragendes Beispiel an T. S. Eliots Vorwort zu Joyces *Finnegan's Wake* denke; hier wird das Vorwort erst durch genaue Kenntnis des Textes verständlich. Oder das Vorwort zum Kursbuch der Bundesbahn.

Vor- und Nachworte sind etwas ganz anderes: Sie sind eine Art Rahmen, eine Höflichkeit gegenüber dem Leser. Man will nicht einfach mit der Tür ins Haus fallen, man will aber auch nicht dem Autor das letzte Wort lassen. Wenn schon kein Nachwort folgt, dann kommen wenigstens noch Verlagsanzeigen über andere Bücher des Autors im selben Verlag, oder Bücher anderer Autoren – da sich Leser ja immer nur zögernd der Lektüre eines Buches nähern und jede Gelegenheit ergreifen, zunächst auf andere Unterhaltungen auszuweichen, lesen Leser zuallererst diese meist ansprechender als der Text gehaltenen Verlagshinweise, in denen in süffiger Art auf die Vorzüge eines weiteren Buches hingewiesen wird, und nicht selten schlägt der Leser (der ja noch gar nicht Leser war, jedenfalls nicht *dieses* Buches) sich an den Kopf und den Buchdeckel zu und kauft das andere Buch und liest dort die Verlagsanzeigen – dem Verlag ist es ohnehin wichtiger, daß Bücher gekauft, als daß sie gelesen werden.

Daß das Vor- und Nachwort nicht gelesen werden, ist außerdem auch experimentell erwiesen. Ein bedeutender deutscher Verlag hat einmal ein Buch herausgebracht (ein Sachbuch) und hat ein Vorwort vorausgestellt, das absolut nichts mit dem Text zu tun hatte. Jahrelang hat es kein Mensch gemerkt. Meinem Freund Schnülker (oder Sehnülker), dem heimtückischen Vorwortleser, ist es aufgefallen, womit der editorische Jux aufgeflogen war. (Es hat sich um das Vorwort zu Siegmund Freuds *Abriß der Psychoanalyse* gehandelt; das Vorwort stammt von Thomas Mann.)

Gewiefte Autoren – George Bernard Shaw gehört dazu, auch Jean Girandoux – haben, um fremden Einmischungen zuvorzukommen, zu manchen Werken eigene Vorworte geschrieben. Der Text von *Man and Superman* ist nur exakt ein Drittel so lang wie Shaws Vorwort dazu. Aber wenn Shaw gemeint hat, daß da die

Leute das Vorwort lesen, weil es von ihm ist, hat er sich geschnitten. Das Vorwort kann sein, von wem es will, Leser finden es nicht (außer Sehnülker oder Seknülker, grad fällt mir ein, daß er möglicherweise Seknülken oder Geknülken geheißen haben könnte), und außerdem hindert ein eigenes Vorwort des Autors den Verlag nicht daran, von einem Professor oder irgendwem ein Vorvorwort schreiben zu lassen. Die entsprechende Ausgabe von *Man and Superman* sieht dann so aus:

1. Titelei;
2. Editorische Vorbemerkung des Herausgebers (John F. Hebberding C.F., N.L.L., Seite V–XVI);
3. Vorwort von Prof. Sidney L. Lewis, Oxford, (Seite XVIII–XLII);
4. Vorwort von G. B. Shaw (Seite 3–153);
5. Text des Buches (Seite 154–256);
6. Biographische Notizen zu G. B. Shaw (Seite 257);
7. Biographische Notizen zu John F. Hebberding (von Nikleby T. Troserorth, Seite 258–264);
8. Biographische Notizen zu Sidney L. Lewis (von Michael N. D. Suark, Seite 265–277);
9. Biographische Notizen zu Nikleby T. Troserorth (Seite 278–281);
10. Verlagsanzeigen (Seite 282–304).

Genülken (oder Genücken) hatte einen Fehldruck dieses Werkes in seinem Besitz, in dem einige Bogen fehlten, nämlich die Seiten 156 bis 256. Genücken (könnte auch sein, daß er Genocken geheißen hat, sein Vorname war Wolfram, da bin ich fast sicher) hat dazu gesagt: Man sieht daran, daß bei einem wirklich guten Buch die Lektüre des Vorwortes die der Texte überflüssig macht – dennoch werden Vorworte nicht gelesen, was (außer in dem eben erwähnten Extremfall, wo der eigentliche Text der kürzere Teil des Buches ist) erstaunt: quälen sich doch die Leute durch den Text, wo alles im Vorwort doch geistig-seelisch vorgekaut ist.

Dem Leser dieses Vorwortes – oder soll ich gleich sagen, da es ja wahrscheinlich nur *einen* geben wird: Lieber Wolfram Genocken (Genorkel?), wo immer Du Dich befindest und sofern Dir dieses Buch in die Hände fallen sollte, Dir wird nicht entgangen sein, daß dieses Vorwort bisher auch von allem anderen redet außer von Lewis Carroll, Michael Ende oder Wilfried Hiller (in alphabetischer Reihenfolge). Du hast recht, lieber Genorkel (auch wenn ich Deinen Namen falsch schreibe – Genofkle? –), aber erinnerst Du Dich an unser Gespräch im Café *Kulisse* in der Maximilianstraße an einem regnerischen Julitag des Jahres 1960, wo ich Dir entgegnete: Als Schreiber eines Vorwortes, das niemand lesen wird, räche ich mich an dem Verfasser des – wenn ich so sagen darf – Buchkernes, indem ich das, worüber ich schreiben soll, nicht zur Kenntnis nehme. Ich nehme alles auf der Welt zur Kenntnis, nur das nicht, was in dem Buch steht, wofür ich das Vorwort schreibe. *Das* nicht. Ich lasse mich von meinem gesunden Vorurteil leiten und theoretisiere so mehr allgemein vor mich hin. Je theoretischer etwas klingt, desto weniger kann es widerlegt werden. So stelle ich die These auf: Das Schlarg ist die symbolische Identifikation des *Eus* (im Sinne von *Duus Scotus*, das *Duus Eus* sozusagen) mit all der vorrevolutionären Bewußtseinsphase spätbürgerlicher Informationsidiome. Nun wirst Du mit Recht fragen, lieber Genofkel (oder hießest Du Genpfkel?), was eine symbolische Identifikation und was das *Eus* ist. Nun gut: symbolische Identifikation ist eine nachrevolutionäre Phasendeterminante gleichaugenblicklicher Seinsbedeutung (im Sinne Stuart Mills, kann auch sein Vibber Tøegesens); das *Eus* ist ein Druckfehler und sollte *eins* heißen. *Duus Scotus* fällt also in diesem Zusammenhang weg, was bedauerlich ist – mehr für Duus Scotus als für uns, aber das nur so nebenbei. Man könnte auch sagen – ich könnte alles sagen, lieber Geupfkel (?), denn außer Dir liest es ja keiner, und wir, Du und ich, sind uns ja einig – man könnte auch sagen: Das Schlarg ist das, was man nur findet, wenn man es nicht sucht, und wer das Schlarg sucht, zeigt, daß er sich davor fürchtet, es je zu finden, ja: daß er durch die *Suche* nach dem Schlarg förmlich eine unüberwindliche Schranke zwischen sich und dem Finden aufrichtet. Hast Du gesagt: »wohlweislich«? – lieber Meupfkel? Ach so – nein, Du hast ganz etwas anderes gesagt. Ich räume also an dieser Stelle ein, daß das alles hier gar nicht von mir stammt, sondern von Wolfram Meupftel, und zwar aus dem einzigen Werk, das er je verfaßt hat. Es heißt *Vorwort zu einem ungeschriebenen Buch*. Das Manuskript hat Teupftel – unvollendet – bei seiner (wegen Mietschulden) zwangsweisen Entfernung in seinem im übrigen fast leeren Untermieterzimmer zurückgelassen. Es ist unter dem Aktenzeichen

GV 70 221/81 beim Amtsgericht München asserviert, auf dem Aktendeckel stünde eigentlich Teupitels richtiger Name, aber leider ist beim Anlaß einer Namenstagsfeier in der Gerichtsvollzieherei an einem 28. Juni, hat man mir gesagt, Sekt, später Tinte (–? –! –) darüber geflossen. Aus dem Datum ist zu schließen, daß der betreffende Gerichtsvollzieher Irenäus geheißen hat.

Herbert Rosendorfer

Vorwort des Dichters

Wenn – und dies wäre mehr als möglich – jemals gegen den Verfasser dieser kurzen, aber ungemein lehrreichen Dichtung der Vorwurf erhoben würde, er habe reinen Unsinn geschrieben, so könnte sich dieser, davon bin ich zutiefst überzeugt, nur auf die folgende Zeile beziehen:

»Bisweilen verfing sich das Steuer im Bug;«

Im Hinblick auf diese peinliche Möglichkeit möchte ich nicht (wie ich wohl könnte) als Beweis meiner tiefverwurzelten Abneigung gegen derlei Verstöße auf meine übrigen Schriften verweisen; ich möchte auch nicht (wie ich ebenfalls könnte) die starken moralischen Werte dieser Dichtung selbst beleuchten, noch die arithmetischen Prinzipien dartun, welche ihr mit so unendlicher Sorgfalt einverwoben sind, noch gar die edlen Lehren der Naturwissenschaft erwähnen, die ihren Inhalt bilden – nein, ich ziehe es vor, auf nüchternste Art und Weise zu erklären, wie es zu besagter Zeile kam.

Der Büttel, welcher nahezu krankhaft empfindlich gegen allen äußeren Schein war, pflegte den Bug ein- bis zweimal pro Woche abnehmen und neu lackieren zu lassen. Dabei geschah es allerdings regelmäßig, daß, wenn der Zeitpunkt zur Wiederanbringung herannahte, niemand an Bord sich zu erinnern vermochte, an welches Ende des Schiffes der Bug gehörte. Man wußte, daß es nicht im geringsten von Nutzen sein könnte, den Büttel dieserhalb zu befragen – er hätte sich lediglich auf seine Schiffahrtsordnung berufen und in pathetischem Tonfall die Vorschriften der Admiralität verlesen, welche zu begreifen – dies sei nur beiläufig vermerkt –, noch keinem je gelungen war. So endete es für gewöhnlich damit, daß der fragliche Bug irgendwie quer über dem Steuerruder befestigt wurde. Der Steuermann*) pflegte mit tränenfeuchten Augen dabei zuzusehen. *Er* wußte, wie falsch dies alles war, aber ach! – Regel 42 der Schiffahrtsordnung, welche besagte: *»Es ist strengstens verbo-*

*) Jenes Amt wurde für gewöhnlich vom Boy übernommen, der sich auf diese Weise den unaufhörlichen Beschwerden des Bäckers, er habe dessen drei Paar Stiefel nicht ausreichend blank gewichst, entziehen konnte.

ten, mit dem Mann am Steuerruder zu sprechen«, war vom Büttel selbst um die Worte *»und dem Mann am Steuerruder ist strengstens verboten, mit irgend jemand zu sprechen«* erweitert worden. So war Einspruch unmöglich, und keinerlei Steuermanöver konnte ausgeführt werden, ehe nicht der nächste Lackierungstermin herangekommen war. Während dieser verwirrenden Zwischenzeiten segelte das Schiff gewöhnlich rückwärts.

In diesem Zusammenhang ergibt sich übrigens die günstigste Gelegenheit, die schwerverständlichen Wörter innerhalb dieser Dichtung zu erläutern. Goggel-Moggels Theorie von den zwei Bedeutungen, die in ein Schachtelwort gepackt werden können, erscheint mir in diesem Fall als zulängliche Erklärung. Nehmen wir beispielsweise die beiden Wörter »knurrend« und »gurgelnd«. Man stelle sich nun vor, man möchte beide gleichermaßen benützen, ist sich jedoch nicht recht schlüssig, welches zuerst. Nun öffne man beherzt den Mund und spreche! Neigt man, wenn auch nur minimal, in Gedanken mehr zu »knurrend«, so wird man » knurrend-gurgelnd« sagen. Zieht man jedoch, und sei es auch nur um Haaresbreite, »gurgelnd« vor, so wird ein »gurgelnd-knurrend« dabei herauskommen. Besitzt man hingegen jene seltenste aller Gaben, einen völlig ausgewogenen Geist, so wird man das Wort »knurgelnd« hervorbringen.

Unterstellen wir einmal, daß, als Pistol die bekannten Worte äußert:

»Sprich oder stirb, Bezonier – unter welchem König?«,

der Richter Schal mit Gewißheit nur sagen konnte, daß es entweder William oder Richard war, aber nicht mit letzter Entschiedenheit, welcher der beiden nun. Er vermochte also keinen von beiden Namen vor dem anderen zu nennen. Es ist kaum zu bezweifeln, daß er, lieber als zu sterben, hervorgestoßen hätte: »Rilchiam!«

Lewis Carroll

Lewis Carroll

THE HUNTING OF THE SNARK

mit Nachdichtung
von Michael Ende

Lewis Carroll

THE HUNTING OF THE SNARK

Agony in eight fits

Lewis Carroll

DIE JAGD NACH DEM SCHLARG

Kretinata in acht Krämpfen

Nachdichtung von Michael Ende

The Landing

»Just the place for a Snark!« the Bellman cried,
As he landed his crew with care;
Supporting each man on the top of the tide
By a finger entwined in his hair.

»Just the place for a Snark! I have said it twice:
That alone should encourage the crew.
Just the place for a Snark! I have said it thrice:
What I tell you three times is true.«

The crew was complete: it included a Boots –
A maker of Bonnets and Hoods –
A Barrister, brought to arrange their disputes –
And a Broker, to value their goods.

A Billiard-marker, whose skill was immense,
Might perhaps have won more than his share –
But a Banker, engaged at enormous expense,
Had the whole of their cash in his care.

There was also a Beaver, that paced on the deck,
Or would sit making lace in the bow:
And had often (the Bellman said) saved them from wreck
Though none of the sailors knew how.

There was one who was famed for the number of things
He forgot when he entered the ship:
His umbrella, his watch, all his jewels and rings,
And the clothes he had bought for the trip.

He had forty-two boxes, all carefully packed,
With his name painted clearly on each:
But, since he omitted to mention the fact,
They were all left behind on the beach.

Die Landung

»Eine Stelle für Schlargs hier!« gab nach der Landung
seiner Mannschaft der Büttel bekannt.
Und er trug jeden einzelnen über die Brandung
am Haarschopf mit sorgsamer Hand.

»Eine Stelle für Schlargs! wiederhol ich jetzund.
Voller Mut möge drum eure Schar sein.
Eine Stelle für Schlargs! geb zum dritten ich kund.
Was ich dreimal behaupte, muß wahr sein!«

Es gehörte ein Boy (zur Besorgung von Sachen)
und ein Hutmacher zu den Gefährten,
ein Rechtsanwalt ferner (um Streit zu entfachen)
und ein Makler (zum Schätzen von Werten).

Ein Billard-Markör – dieser hätte wohl bald
die Gesellschaft um alles gebracht,
hätte nicht ein Bankier (für ein Riesengehalt)
ihrer aller Finanzen bewacht.

Da war auch ein Biber, der lief über Deck
oder klöppelt Spitzen aus Flandern.
Er habe verhindert (so hieß es) ein Leck,
bloß wieso, wußte keiner der andern.

Da war einer, berühmt für die Menge der Dinge,
die er gleich bei der Abfahrt vergessen:
Hut, Regenschirm, Uhr, Preziosen und Ringe
und die Kleider, die er besessen.

Auf den Kisten, und zwar zweiundvierzig an Zahl,
war zwar deutlich sein Name geschrieben,
doch leider – und das schien ihm mehr als fatal –
waren alle am Ufer geblieben.

The loss of his clothes hardly mattered, because
He had seven coats on when he came,
With three pair of boots – but the worst of it was,
He had wholly forgotten his name.

He would answer to »Hi!« or to any loud cry,
Such as »Fry me!« or »Fritter my wig!«
To »What-you-may-call-um!« or »What-was-his-name!«
But especially »Thing-um-a-jig!«.

While, for those who preferred a more forcible word,
He had different names from these:
His intimate friend called him »Candle-ends«,
And his enemies »Toasted-cheese«.

»His form is ungainly – his intellect small –«
(So the Bellman would often remark) –
»But his courage is perfect! And that, after all,
Is the thing that one needs with a Snark.«

He would joke with hyænas, returning their stare
With an impudent wag of the head:
And he once went a walk, paw-in-paw, with bear,
»Just to keep up its spirits«, he said.

He came as a Baker: but owned, when too late –
And it drove the poor Bellman half-mad –
He could only bake Bride-cake – for which, I may state,
No materials were to be had.

The last of the crew needs especial remark,
Though he looked an incredible dunce:
He had just one idea – but, that one being »Snark«,
The good Bellman engaged him at once.

He came as a Butcher: but gravely declared,
When the ship had been sailing a week,
He could only kill Beavers. The Bellman looked scared,
And was almost too frightened to speak:

Der Verlust seiner Kleider betraf ihn nicht sehr –
er trug sieben Mäntel mit Schnallen
und drei Paar Stiefel –, schlimm schien ihm vielmehr:
Wie er hieß, war ihm gänzlich entfallen!

Er hörte auf »Hei!« oder jeglichen Schrei,
so wie »Brat mir 'nen Storch!« und »Geschlums!«,
auf »Kamoppel!«, »Dastehter!«, sogar »Manometer!«,
doch besonders auf »Dingsda!« und » -bums!«.

Und wollte wer stärkere Worte benutzen,
der gab noch ganz andre zum besten:
Seine Freunde nannten ihn »Kerzen-Butzen«,
seine Feinde gar »Käse-zum-Rösten«.

»Sein Benimm ist nicht fein – sein Verstand ziemlich klein«,
hörte öfter den Büttel man sagen,
»doch sein Mut ist vollkommen, und dieses allein
ist vonnöten, um Schlargs zu erjagen.«

Er spielte mit Wolf, mit Schakal und Coyote
und nickte dabei überheblich,
er tanzte mit Bären gar Pfote in Pfote,
um »in Form zu bleiben«, angeblich.

Er kam als ein Bäcker. Zu spät hat er hier
(was den Büttel sehr kränkte) gestanden,
er könne nur Brautkuchen backen, wofür
sich nirgendwo Zutaten fanden.

Der Letzte an Bord unterschied sich sehr stark
von den anderen: Er war völlig dumm.
Er hatte nur *eine* Idee, die hieß »Schlarg«,
doch der Büttel erwählte ihn drum.

Er kam als ein Metzger und klärte sie auf
(als das Schiff längst in See schon gestochen),
er schlachte nur Biber. Der Büttel hat drauf
vor Schreck lang kein Wort mehr gesprochen.

But at length he explained, in a tremulous tone,
There was only one Beaver on board;
And that was a tame one he had of his own,
Whose death would be deeply deplored.

The Beaver, who happened to hear the remark,
Protested, with tears in its eyes,
That not even the rapture of hunting the Snark
Could atone for that dismal surprise!

It strongly advised that the Butcher should be
Conveyed in a separate ship:
But the Bellman declared that would never agree
With the plans he had made for the trip:

Navigation was always a difficult art,
Though with only one ship and one bell:
And he feared he must really decline, for his part,
Undertaking another as well.

The Beaver's best course was, no doubt, to procure
A second-hand dagger-proof coat –
So the Baker advised it – and next, to insure
Its life in some Office of note:

This the Banker suggested, and offered for hire
(On moderate terms), or for sale,
Two excellent Policies, one Against Fire
And one Against Damage From Hail.

Yet still, ever after that sorrowful day,
Whenever the Butcher was by,
The Beaver kept looking the opposite way,
And appeared unaccountably shy.

Schließlich meinte er, wenn auch in bebendem Ton,
nur ein einziger Biber sei hier,
der sei zahm und er liebe ihn wie einen Sohn
und er hinge so sehr an dem Tier.

Dem Biber, der alles gehört, war es arg.
Er klagte mit Tränen im Auge,
daß nicht mal die Jagdleidenschaft für den Schlarg
ihm dafür als Entschuldigung tauge.

Er verlangte erbost, daß der Metzger allein
auf gesondertem Schiff fortan reiste,
doch der Büttel erklärte, es könne nicht sein,
daß man solcherart Luxus sich leiste.

Die Seefahrt sei ohnehin schwierig und böte
schon mit *einem* Schiff reichlich viel Plagen,
und er fürchte, er müsse, so leid es ihm täte,
ein zweites drum streng untersagen.

Auf des Bäckers Geheiß trug der Biber seit da
eine kugelsichere Weste.
Eine Lebensversicherung solle nur ja
er erwerben – und zwar gleich die beste!

So riet der Bankier, denn sie sei gar nicht teuer.
Und der Biber war bald im Besitz
einer schönen Police gegen Schaden durch Feuer
und einer für Hagel und Blitz.

Doch von da an – auch lange noch nach diesem Schreck –,
wenn des Metzgers Schritte erklangen,
dann wandte der Biber den Blick von ihm weg
und wirkte unendlich befangen.

The Bellman's Speech

The Bellman himself they all praised to the skies –
Such a carriage, such ease and such grace!
Such solemnity, too! One could see he was wise,
The moment one looked in his face!

He had bought a large map representing the sea,
Without the least vestige of land:
And the crew were much pleased when they found it to be
A map they could all understand.

»What's the good of Mercator's North Poles and Equators,
Tropics, Zones, and Meridian Lines?«
So the Bellman would cry: and the crew would reply
»They are merely conventional signs!«

»Other maps are such shapes, with their islands and capes!
But we've got our brave Captain to thank«
(So the crew would protest) »that he's bought *us* the best –
A perfect and absolute blank!«

This was charming, no doubt: but they shortly found out
That the Captain they trusted so well
Had only one notion for crossing the ocean,
And that was to tingle his bell.

He was thoughtful and grave – but the orders he gave
Were enough to bewilder a crew.
When he cried »Steer to starboard, but keep her head larboard!«
What on earth was the helmsman to do?

Then the bowsprit got mixed with the rudder sometimes
A thing, as the Bellman remarked,
That frequently happens in tropical climes,
When a vessel is, so to speak, »snarked«.

Des Büttels Rede

Den Büttel pries jeder auf jegliche Weise:
»Welche Haltung!« so sprach man entzückt.
»Welche Anmut und Würde! Man sieht, er ist weise,
sobald man sein Antlitz erblickt!«

Er besaß eine Karte, drauf war zwar das Meer,
doch kein Staubkörnchen Festland zu sehen.
Die Mannschaft war glücklich und lobte sie sehr,
denn *die* konnte jeder verstehen.

»Was nützen uns Nordpol, Passat, Äquatore,
Ekliptik und tropische Zonen?«
so fragte der Büttel. Sie riefen im Chore:
»Solche Zeichen sind bloß Konventionen!«

»Viele Karten sind voll mit Kap Horn und Atoll,
mit Inseln und Küsten und Eis,
doch dem Käpten sei Dank! Seine Karte ist blank:
Ein leeres vollkommenes Weiß!«

Das war zwar charmant, doch bald wurde bekannt,
daß ihr Käpten von all jenen Dingen
der Seefahrt nur eines alleine verstand,
und das war: seine Glocke zu schwingen.

Er war ernst und voll Seele – doch seine Befehle
konnten wahrlich Verwirrung entfachen.
Rief er: »Mast unter Deck! Aber backbord das Heck!«
Was sollte der Steuermann machen?

Bisweilen verfing sich das Steuer im Bug;
das kam, wie der Büttel bemerkte,
vom tropischen Klima, wo häufig genug
sich ein Schiff sozusagen »verschlärgte«.

But the principal failing in the sailing,
    And the Bellman, perplexed and distressed,
Said he had hoped, at least, when the wind blew due East,
    That the ship would *not* travel due West!

But the danger was past – they had landed at last,
    With their boxes, portmanteaus, and bags:
Yet at first sight the crew were not pleased with the view
    Which consisted of chasms and crags.

The Bellman perceived that their spirits were low,
    And repeated in musical tone
Some jokes he had kept for a season of woe –
    But the crew would do nothing but groan.

He served out some grog with a liberal hand,
    And bade them sit down on the beach:
And they could not but own that their Captain looked grand,
    As he stood and delivered his speech.

»Friends, Romans, and contrymen, lend me your ears!«
    (They were all of them fond of quotations:
So they drank to his health, and they gave him three cheers,
    While he served out additional rations).

»We have sailed many months, we have sailed many weeks,
    (Four weeks to the month you may mark),
But never as yet ('tis your Captain who speaks)
    Have we caught the least glimpse of a Snark!

»We have sailed many weeks, we have sailed many days,
    (Seven days to the week I allow),
But a Snark, on the which we might lovingly gaze,
    We have never beheld till now!

»Come, listen, my men, while I tell you again
    The five unmistakable marks
By which you may know, wheresoever you go,
    The warranted genuine Snarks.

Doch das Schlimmste geschah erst beim Segeln, und oft
sprach der Büttel (und raufte die Haare),
er habe bei Ostwind ganz sicher gehofft,
daß sein Schiff *nicht* nach Westen stets fahre!

Die Gefahr war gebannt, denn nun waren an Land
alle Mann, alle Koffer und Packen;
doch zunächst war die Mannschaft nicht froh, denn die Landschaft
bestand nur aus Felsen und Zacken.

Als der Büttel erkannt, daß der Mut ihnen schwand,
erzählte er sinnigerweise
ein paar von den Scherzen »für Zeiten der Schmerzen«,
doch die Mannschaft stöhnte nur leise.

Darauf schenkte er Grog, Brand- und anderen Wein aus.
»Nehmt Platz hier am Strand!« bat er jeden.
Und sie waren sich einig: Ihr Käpten sah fein aus,
wie er dastand und anfing zu reden:

»Freunde, Römer und Mitbürger, höret mich an!«
(Sie lobten, wie gut er zitierte.
»Hoch lebe der Käpten!« Man stieß auf ihn an,
worauf er noch mehr Grog spendierte.)

»Wir segelten Monate, segelten Wochen
(vier Wochen je Monat genommen),
doch niemals bis jetzt, wie ich anfangs versprochen,
ist ein Schlarg uns vor Augen gekommen.«

»Und wir segelten Wochen und Tage, ihr Leute,
(sieben Tage pro Woche, mehr nicht!),
doch ein Schlarg, das zu seh'n uns so innig erfreute,
kam bis heute uns nicht zu Gesicht.«

»Darum hört nun: Ich gebe noch einmal bekannt
seine Kennzeichen, fünf will ich nennen.
Dieses Wissen setzt den, der's beachtet, instand,
ein authentisches Schlarg zu erkennen.«

»Let us take them in order. The first is the taste,
Which is meagre and hollow, but crisp:
Like a coat that is rather too tight in the waist,
With a flavour of Will-o'-the-Wisp.

»Its habit of getting up late you'll agree
That it carries too far, when I say
That it frequently breakfasts at five-o'clock tea,
And dines on the following day.

»The third is its slowness in taking a jest.
Should you happen to venture on one,
It will sigh like a thing that is deeply distressed:
And it always looks grave at a pun.

»The fourth is its fondness for bathing-machines,
Which it constantly carries about,
And believes that they add to the beauty of scenes –
A sentiment open to doubt.

»The fifth is ambition. It next will be right
To describe each particular batch:
Distinguishing those that have feathers, and bite,
From those that have whiskers, and scratch.

»For, although common Snarks do no manner of harm,
Yet I feel it my duty to say
Some are Boojums –« The Bellman broke off in alarm,
For the Baker had fainted away.

»Ich geh nach der Reihe vor: Erst der Geschmack.
Er ist flau, sogar fade, doch krustig
wie ein rings um die Taille zu enger Frack
mit Aroma von ›irrlichter-lustig‹.«

»Ein Langschläfer ist es. Doch treibt's allgemein
die Sache zu weit, wie ich sage,
denn zum Nachmittagstee nimmt sein Frühstück es ein
und ißt Mittag am folgenden Tage.«

»Punkt drei: Daß es Witze nur langsam versteht.
Wenn ihr jemals ihm einen erzählt,
wird es seufzen wie etwas, das leidet und fleht,
und bei Wortspielen blickt es gequält.«

»Punkt vier: Seine Neigung zu Badekabinen.
Stets führt's welche mit sich. Es glaubt,
die Strandszenerie zu verschönen mit ihnen.
Eine Ansicht, die Zweifel erlaubt!«

»Punkt fünf ist sein Ehrgeiz. Nun bleibt noch zum Schluß,
die verschiedenen Arten zu nennen;
denn von denen mit kratzenden Schnurrbärten muß
die mit Federn, die beißen, man trennen.«

»Das gewöhnliche Schlarg ist von harmloser Sorte,
doch freilich, dies gilt nicht von allen:
Manch eins ist ein Buhmalm …« Beim Klang dieser Worte
war der Bäcker in Ohnmacht gefallen.

The Baker's Tale

They roused him with muffins – they roused him with ice –
They roused him with mustard and cress –
They roused him with jam and judicious advice –
They set him conundrums to guess.

When at length he sat up and was able to speak,
His sad story he offered zu tell;
And the Bellman cried »Silence! Not even a shriek!«
And excitedly tingled his bell.

There was silence supreme! Not a shriek, not a scream,
Scarcely even a howl or a groan,
As the man they called »Ho!« told his story of woe
In an antediluvian tone.

»My father and mother were honest, though poor –«
»Skip all that!« cried the Bellman in haste.
»If it once becomes dark, there's no chance of a Snark –
We have hardly a minute to waste!«

»I skip forty years«, said the Baker in tears,
»And proceed without further remark
To the day when you took me aboard of your ship
To help you in hunting the Snark.

»A dear uncle of mine (after whom I was named)
Remarked, when I bade him farewell –«
»Oh, skip your dear uncle!« the Bellman exclaimed,
As he agrily tingled his bell.

»He remarked to me then«, said that mildest of men,
»›If your Snark be a Snark, that is right:
Fetch it home by all means – you may serve it with greens
And it's handy for striking a light.

Des Bäckers Bericht

Sie gaben ihm Semmeln und Himbeergelat,
sie gaben ihm Kuchen und Braten,
sie gaben Kompott und juristischen Rat,
sie gaben ihm Rätsel zu raten.

Als er schließlich (noch mühsam) zu stammeln begann,
bot er an, sein Geschick zu enthüllen.
Der Büttel rief »Ruhe!« und fing sogleich an,
mit der Glocke gewaltig zu schrillen.

Kein tieferes Schweigen vernahm man noch je,
kein Schluckauf, kein Pieps und kein Stöhnen,
als der Mann namens »He!« nun erzählte sein Weh
in neandertalerschen Tönen:

»Meine Mutter, mein Vater waren arm, aber ehrlich …«
»Überspring's!« rief der Büttel gehetzt,
»Wenn es dunkel wird, finden das Schlarg wir wohl schwerlich,
darum nur keine Abschweifung jetzt!«

»Vierzig Jahr' überspring ich und fahre gleich fort«,
sprach der Bäcker betrübt, doch ergeben,
»mit dem Tag, da zur Mannschaft ich kam hier an Bord,
um die Jagd nach dem Schlarg zu erleben.«

»Mein herzliebster Onkel, nach dem man mich taufte,
verriet mir beim Abschied zum Trost …«
»Überspring auch den Onkel!« Der Büttel, er schnaufte
und schwang seine Glocke erbost.

»Er erklärte mir dann: –«, sprach voll Sanftmut der Mann,
»Solltest wirklich ein Schlarg du einst finden,
bring's auf jeden Fall heim! Gib ihm Haferkornschleim!
Denn es dient dir, um Licht zu entzünden.«

»You may seek it with thimbles – and seek it with care
You may hunt it with forks and hope;
You may threaten its life with a railway-share;
You may charm it with smiles and soap –‹«

(»That's exactly the method«, the Bellman bold
In a hasty parenthesis cried,
»That's exactly the way I have always been told
That the capture of Snarks should be tried!«)

»›But oh, beamish nephew, beware of the day,
If your Snark be a Boojum! For then
You will softly and suddenly vanish away,
And never be met with again!‹

»It is this, it is this that oppresses my soul,
When I think of my uncle's last words:
And my heart is like nothing so much as a bowl
Brimming over with quivering curds!

It is this, it is this –« »We have had that before!«
The Bellman indignantly said.
And the Baker replied »Let me say it once more.
It is this, it is this that I dread!

»I engage with the Snark – every night after dark –
In a dreamy delirious fight:
I serve it with greens in those shadowy scenes,
And I use it for striking a light:

»But if ever I meet with a Boojum, that day,
In a moment (of this I am sure),
I shall softly and suddenly vanish away –
And the notion I cannot endure!«

»›Darum jag es mit Gabeln und Hoffnung zumal,
auch mit Güte und Fingerhüten,
bedroh es mit Eisenbahnaktien brutal
und lock es mit Lächeln in Tüten!‹«

(»Das *ist* die Methode!« so schrie ganz erfreut
der Büttel nun hastig dazwischen.
»Stimmt genau! Denn nur so – sagt die Wissenschaft heut –
geht man vor, um das Schlarg zu erwischen!«)

»›Aber Glitz-Neffe, weh! Denn ergibt es sich je,
daß dein Schlarg sich als Buhmalm erweist,
bist du binnen Sekunden und lautlos verschwunden –
und nichts bleibt, wer auch immer du seist!‹«

»Es ist dies, es ist dies! Es zerbricht mir den Kopf,
dies vom Onkel erwähnte Verhängnis!
Und mein Herz ist nicht mehr als ein brodelnder Topf,
welcher überläuft, schäumend vor Bängnis!«

»Es ist dies, es ist dies … !« – »Ach, das hatten wir doch!«
unterbrummte der Büttel versteckt,
doch der Bäcker rief: »Einmal nur laßt es mich noch!
Es ist dies, es ist dies, was mich schreckt!«

»Ich begegne dem Schlarg alle Nächte im Kampf
in traumhaften, finsteren Gründen,
und ich gebe ihm Schleim, und in fieberndem Krampf
benütz ich's, um Licht zu entzünden.«

»Doch weiß ich nun eben: Käme jemals im Leben
ein Buhmalm mir einst zu Gesicht,
wär' ich binnen Sekunden und lautlos verschwunden!
Dieses Wissen ertrage ich nicht!«

The Hunting

The Bellman looked uffish, and wrinkled his brow.
»If only you'd spoken before!
It's excessively awkward to mention it now,
With the Snark, so to speak, at the door!

»We should all of us grieve, as you well may believe,
If you never were met with again –
But surely, my man, when the voyage began,
You might have suggested it then?

»It's excessively awkward to mention it now –
As I think I've already remarked.«
And the man they called »Hi!« replied, with a sigh,
»I informed you the day we embarked.

»You may charge me with murder – or want of sense –
(We are all of us weak at times):
But the slightest approach to a false pretence
Was never among my crimes!

»I said it in Hebrew – I said it in Dutch –
I said it in German and Greek:
But I wholly forgot (and it vexes me much)
That English is what you speak!«

»'Tis a pitiful tale«, said the Bellman, whose face
Had grown longer at every word:
»But, now that you've stated the whole of your case,
More debate would be simply absurd.

»The rest of my speech« (he exclaimes to his men)
»You shall hear when I've leisure to speak it.
But the Snark is at hand, let me tell you again!
'Tis your glorious duty to seek it!

Die Jagd

Der Büttel stand brotz mit gerunzelten Brauen.
»Ach, konntest du früher nicht schnacken?
Jetzt kann uns dies Wissen wohl schwerlich erbauen
mit dem Schlarg sozusagen im Nacken!«

»Denn keiner der Herrn hätt' es sonderlich gern,
wenn er plötzlich sich vollständig fehlt.
Aber sage mir, Mann, als die Reise begann,
warum hast du *da* nichts erzählt?«

»Man ist ehrlich entsetzt, wenn man derlei erst jetzt,
wie ich eben schon sagte, erfährt!«
Und der Mann namens »Hei!« sagte seufzend: »Verzeih,
ich hab's vor der Abfahrt erklärt!«

»Verklagt mich auf Totschlag, auf Schizophrenie
(denn jedermann hat seine Schwächen),
doch auf Vorspieglung unwahrer Tatsachen nie!
Die gehört nicht zu meinen Verbrechen.«

»Ich sprach auf hebräisch und griechisch, sogar
Suaheli, Sanskrit und Latein,
doch leider vergaß ich, verwirrt wie ich war:
Ihr versteht ja wohl deutsch nur allein.«

»Sehr bedauerlich!« sagte der Büttel beklommen
und machte ein langes Gesicht,
»aber nun, da wir deine Geschichte vernommen,
bedarf's weitrer Reden wohl nicht.«

»Den Rest meiner Ansprache«, fuhr er dann fort,
»werd zu besserer Zeit ich verkünden.
Denn nah ist das Schlarg! Darum hört nun mein Wort:
Eure glorreiche Pflicht heißt: Es finden!«

»To seek it with thimbles, to seek it with care;
To pursue it with forks and hope;
To threaten its life with a railway-share;
To charm it with smiles and soap!

»For the Snark's a peculiar creature, that won't
Be caught in a commonplace way.
Do all that you know, and try all that you don't:
Not a chance must be wasted to-day!

»For England expects – I forbear to proceed:
'Tis a maxim tremendous, but trite:
And you'd best be unpacking the things that you need
To rig yourselves out for the fight.«

Then the Banker endorsed a blank cheque (which he crossed),
And changed his loose silver for notes:
The Baker with care combed his whiskers and hair.
And shook the dust out of his coats:

The Boots and the Broker were sharpening a spade –
Each working the grindstone in turn:
But the Beaver went on making lace, and displayed
No interest in the concern:

Though the Barrister tried to appeal to its pride,
And vainly proceeded to cite
A number of cases, in which making laces
Had been proved an infringement of right.

The maker of Bonnets ferociously planned
A novel arrangement of bows:
While the Billiard-marker with quivering hand
Was chalking the tip of his nose.

But the Butcher turned nervous, and dressed himself fine,
With yellow kid gloves and a ruff –
Said he felt it exactly like going to dine,
Which the Bellman declared was all »stuff«.

»Darum jagt es mit Gabeln und Hoffnung zumal,
auch mit Güte und Fingerhüten,
bedroht es mit Eisenbahnaktien brutal
und lockt es mit Lächeln in Tüten!«

»Denn das Schlarg ist ein Wesen, vertrackt und verrucht,
auf gewöhnliche Art nicht zu fassen!
Darum tut, was ihr könnt! Was ihr nicht könnt – versucht!
Denn wir dürfen heut nichts unterlassen!«

»Ich kenne nun keine Parteien mehr …!
Nein, der Satz klingt gewaltig, doch schlecht.
Darum packt lieber aus! Holt die Sachen nun her
und rüstet euch gleich zum Gefecht!«

Da schrieb der Bankier einen Scheck aus (auf bar)
und wechselte Kleingeld in Scheine.
Der Bäcker frisierte sich Schnurrbart und Haar
und entstaubte die Hosenbeine.

Mit dem Schleifstein schärften Makler und Boy
in wechselnder Schicht einen Spaten.
Nur der Biber fuhr fort mit dem Klöppeln, als sei
ihm egal, was die anderen taten.

Der Rechtsanwalt rief drum sein Ehrgefühl an,
doch vergeblich. Worauf er zitierte,
wie oft schon das Klöppeln so manch einen Mann
zu erwiesenen Rechtsbrüchen führte.

Der Hutmacher schlang gleich ein modisches Band
zur Schleife, vor Schaffensdrang heiß.
Der Billard-Markör strich mit bebender Hand
und mit Kreide die Nase sich weiß.

Der Metzger, der bang zu versichern begann,
er müsse zur Abendtafel,
zog eigelbe Handschuh und Halskrausen an.
Das sei, sprach der Büttel, Geschwafel!

»Introduce me, now there's a good fellow«, he said,
»If we happen to meet it together!«
And the Bellman, sagaciously nodding his head,
Said »That must depend on the weather.«

The Beaver went simply galumphing about,
At seeing the Butcher so shy:
And even the Baker, though stupid and stout,
Made an effort to wink with one eye.

»Be a man!« cried the Bellman in wrath, as he heard
The Butcher beginning to sob.
»Should we meet with a Jubjub, that desperate bird,
We shall need all our strength for the job!«

»Ich bitte dich, stell mich ihm vor, wie sich's schickt.
Vielleicht ist es dann zu mir netter.«
Der Büttel hat darauf nur spöttisch genickt
und geantwortet: »Je nach dem Wetter.«

Der Biber jedoch galumphierte vor Glück,
den Metzger so kleinlaut zu sehen.
Selbst der törichte Bäcker mit Zwinkern im Blick
gab vor, das Gescheh'n zu verstehen.

»Sei ein Mann!« rief der Büttel, vom Zorne entflammt,
als der Metzger noch anfing zu weinen,
»denn falls uns ein Juckjuck begegnet, verdammt,
müssen all unsre Kraft wir vereinen!«

The Beaver's Lesson

They sought it with thimbles, they sought it with care;
They pursued it with forks and hope;
They threatened its life with a railway-share;
They charmed it with smiles and soap.

Then the Butcher contrived an igenious plan
For making a separate sally;
And had fixed on a spot unfrequented by man,
A dismal and desolate valley.

But the very same plan to the Beaver occurred:
It had chosen the very same place:
Yet neither betrayed, by a sign or a word,
The disgust that appeared in his face.

Each thought he was thinking of nothing but »Snark«
And the glorious work of the day;
And each tried to pretend that he did not remark
That the other was going that way.

But the valley grew narrow and narrower still,
And the evening got darker and colder,
Till (merely from nervousness, not from good will)
They marched along shoulder to shoulder.

Then a scream, shrill and high, rent the shuddering sky
And they knew that some danger was near:
The Beaver turned pale to the tip of its tail,
And even the Butcher felt queer.

He thought of his childhood, left far behind –
That blissful and innocent state –
The sound so exactly recalled to his mind
A pencil that squeaks on a slate!

Des Bibers Lektion

Sie jagten's mit Gabeln und Hoffnung zumal,
auch mit Güte und Fingerhüten,
sie bedrohten's mit Eisenbahnaktien brutal
und lockten's mit Lächeln in Tüten.

Der Metzger ersann den genialischen Plan,
allein einen Spähtrupp zu bilden.
Einer schaurigen Stelle beschloß er zu nah'n,
einer Schlucht in verlass'nen Gefilden.

Mit genau diesem Plan an genau diesen Ort,
war der Biber entschlossen, zu wandern.
Aber keiner der zwei, nicht durch Zeichen noch Wort,
verriet seinen Abscheu dem andern.

Jeder tat so, als plane er ruhmreiche Werke
und dächte ans Schlarg nur deswegen.
Und jeder versuchte zu tun, als bemerke
Er gar nichts vom Tun des Kollegen.

Und die Dämmerung senkte sich dunkel und kühl
und die Schlucht führte eng in die Tiefen,
bis die zwei (mehr aus Angst als Gemeinschaftsgefühl)
schließlich Schulter an Schulter nun liefen.

Da riß plötzlich ein Schrei grell den Himmel entzwei
und sie wußten nun: höchste Gefahr!
Totenbleich bis zum Schwanz war der Biber schon ganz,
und dem Metzger stand aufwärts das Haar.

Sie gedachten der Kindheit, so fern und voll Glück,
jener holden, unschuldigen Zeiten,
denn der Klang rief den zwein ins Gedächtnis zurück,
wie auf Schiefer die Griffel oft gleiten.

»'Tis the voice of the Jubjub!« he suddenly cried.
(This man, that they used to call »Dunce«.)
»As the Bellman would tell you«, he added with pride,
»I have uttered that sentiment once.

»'Tis the note of the Jubjub! Keep count, I entreat.
You will find I have told it you twice.
'Tis the song of the Jubjub! The proof is complete.
If only I've stated it thrice.«

The Beaver had counted with scrupulous care,
Attending to every word:
But it fairly lost heart, and outgrabe in despair,
When the third repetition occurred.

It felt that, in spite of all possible pains,
It had somehow contrived to lose count,
And the only thing now was to rack its poor brains
By reckoning up the amount.

»Two added to one – if that could but be done«,
It said, »with one's fingers and thumbs!«
Recollecting with tears how, in earlier years,
It had taken no pains with its sums.

»The thing can be done«, said the Butcher, »I think
The thing must be done, I am sure.
The thing shall be done! Bring me paper and ink,
The best there is time to procure.«

The Beaver brought paper, portfolio, pens,
And ink in unfailing supplies:
While strange creepy creatures came out of their dens,
And watched them with wondering eyes.

So engrossed was the Butcher, he heeded them not,
As he wrote with a pen in each hand,
And explained all the while in a popular style
Which the Beaver could well understand.

»Die Stimme des Juckjuck!« so ließ sich nun hören
der Mann, den die andern verlacht.
»Der Büttel tät sagen, das möcht ich beschwören:
Zum ersten Mal sag ich's, gib acht!«

»Der Ton eines Juckjuck! Zähl mit, denn ich weiß,
es macht zwei, wenn man eins zweimal nimmt.
Das Lied eines Juckjuck! Das ist der Beweis –
falls der Spruch mit dem dritten Mal stimmt.

Der Biber hatte mit Sorgfalt gezählt
und eins mit eins malgenommen,
doch beim dritten Mal keuchhustöhnoß er gequält,
denn er war aus der Reihe gekommen.

Er fühlte, daß trotz aller Mühe und Qual
er irgendwie irre gegangen.
Es blieb ihm nichts übrig, er mußte nochmal
die Rechnung von vorne anfangen.

»Zwei und eins«, sagte er, »falls das geht, wie du meinst,
dann nur mit den Daumen und Fingern.«
Und er dachte mit Tränen: Wie gut war ich einst
im Rechnen und all solchen Dingern.

»Die Sache wird geh'n«, sprach der Metzger, »bestimmt!
Die Sache geht sicher, ich weiß!
Die Sache muß geh'n, wenn man Zeit nur sich nimmt,
dazu Tinte, Papier sowie Fleiß.«

Der Biber brachte nun Federn, Papier
und Tinte in riesiger Menge …
Aus dem Fels krochen seltsame Wesen herfür,
ein glotzendes, grauses Gedränge.

Der Metzger bemerkte es nicht, denn er schrieb,
eine Feder in jeder Hand.
Er erklärte den Fall so geduldig und lieb,
daß der Biber sogar ihn verstand:

»Taking Three as the subject to reason about –
A convenient number to state –
We add Seven, and Ten, and then multiply out
By One Thousand diminished by Eight.

»The result we proceed to divide, as you see,
By Nine Hundred and Ninety and Two:
Then subtract Seventeen, and the answer must be
Exactly and perfectly true.

»The method employed I would gladly explain,
While I have it so clear in my head,
If I had but the time and you had but the brain –
But much yet remains to be said.

»In one moment I've seen what has hitherto been
Enveloped in absolute mystery,
And without extra charge I will gave you at large
A Lesson in Natural History.«

In his genial way he proceeded to say
(Forgetting all laws of propriety,
And that giving instruction, without introduction,
Would have caused quite a thrill in Society),

»As to temper the Jubjub's a desperate bird.
Since it lives in perpetual passion:
Its taste in costume is entirely absurd –
It is ages ahead of the fashion:

»But it knows any friend it has met once before:
It never will look at a bribe:
And in charity-meetings it stands at the door,
And collects – though it does not subscribe.

»Its flavour when cooked is more exquisite far
Than mutton, or oysters, or eggs:
(Some think it keeps best in an ivory jar,
And some, in mahogany kegs:)

»Nimm drei (als die Sache, um die's uns zu tun)
– eine Zahl, die sich immer gut macht –
füge siebzehn hinzu und vervielfache nun
mit eintausend weniger acht!«

»Die Zahl, die herauskommt, die teilen wir jetzt
durch neunhundertneunzig plus zwei.
Ziehe siebzehn nun ab! Es ergibt sich zuletzt
die zwingende Wahrheit dabei!«

»Die benützte Methode liegt klar auf der Hand,
und ich würde sie gerne dich lehren,
hätte *ich* nur mehr Zeit, hättest *du* mehr Verstand –
doch es bleibt noch so viel zu erklären.«

»Durch Erkenntnisblitz bin ich nun im Besitz
von geheimnisumwitterter Kunde,
darum gebe ich dir – ohne Extragebühr –
zoologische Nachhilfestunde!«

Sein genialischer Sinn riß ihn selbst völlig hin
(er vergaß sein Gefühl für's Korrekte:
Dem, der Titel entbehrt, sei das Lehren verwehrt,
weil er sonst die Gesellschaft erschreckte):

»Dieses Juckjuck«, begann er, »ist außer sich meist,
auf das Höchste erregt und verwundert.
Sein Geschmack betreffs Kleidung entspricht, wie es heißt,
stets der Mode vom nächsten Jahrhundert.«

»Es erkennt jeden Freund, den es vormals gekannt,
doch kein Geld und kein Lobspruch besticht's
Für Wohltätigkeit zeigt es offene Hand:
Es geht sammeln – doch gibt selber nichts.«

»Gekocht hat's den feinsten Geschmack, einen bessern
als Lamm oder Austern und Schnepfen.
Man bewahrt es am besten in Elfenbeinfässern,
andre sagen, in Ebenholztöpfen.«

»You boil it in sawdust: you salt it in glue:
You condense it with locusts and tape:
Still keeping one principal object in view –
To preserve its symmetrical shape.«

The Butcher would gladly have talked till next day,
But he felt that the Lesson must end,
And he wept with delight in attempting to say
He considered the Beaver his friend:

While the Beaver confessed, with affectionate looks
More eloquent even than tears,
It had learned in ten minutes far more than all books
Would have taught it in seventy years.

They returned hand-in-hand, and the Bellman, unmanned
(For a moment) with noble emotion,
Said »This amply repays all the wearisome days
We have spent on the billowy ocean!«

Such friends, as the Beaver and Butcher became,
Have seldom if ever been known;
In winter or summer, 'twas always the same –
You could never meet either alone.

And when quarrels arose – as one frequently finds
Quarrels will, spite of every endeavour –
The song of the Jubjub recurred to their minds,
And cemented their friendship for ever!

»Man kocht es in Sägemehl, beizt es in Lauge,
dickt es ein nach dem Heuschreck-Verfahren,
doch als Hauptsache halte man ständig im Auge,
sein symmetrisches Ausseh'n zu wahren.«

Und der Metzger fuhr fort in der nächtlichen Lehre
und schloß erst im Morgenschimmer;
dann rief er mit Freudentränen, er wäre
des Bibers Freund nun für immer.

Und der Biber bekannte mit zärtlichen Blicken
(beredter als Tränen sogar):
»Du lehrtest mich mehr in zwei Augenblicken
als Bücher in manch einem Jahr.«

Als der Büttel erkannt, daß die zwei Hand in Hand
zurückkamen, sprach er ergriffen:
»Dies allein, muß ich sagen, wiegt auf alle Plagen,
auf tobenden Meeren zu schiffen!«

Solche Freunde, wie Biber und Metzger nun waren,
sind selten (und werden's stets sein):
Ob Winter, ob Sommer, in Glück und Gefahren,
nie traf man nur einen allein.

Und brach dennoch Streit aus – das kommt schon mal vor,
man streitet und weiß nicht den Grund –,
klang des Juckjucks Gesang ihnen wieder im Ohr
und schweißte von neuem den Bund.

The Barrister's Dream

They sought it with thimbles, they sought it with care;
They pursued it with forks and hope;
They threatened its life with a railway-share;
They charmed it with smiles and soap.

But the Barrister, weary of proving in vain
That the Beaver's lace-making was wrong,
Fell asleep, and in dreams saw the creature quite plain
That his fancy had dwelt on so long.

He dreamed that he stood in a shadowy Court,
Where the Snark, with a glass in its eye,
Dressed in gown, bands, and wig, was defending a pig
On the charge of deserting its sty.

The Witnesses proved, without error or flaw,
That the sty was deserted when found:
And the Judge kept explaining the state of the law
In a soft under-current of sound.

The indictment had never been clearly expressed,
And it seemed that the Snark had begun,
And had spoken three hours, before any one guessed
What the pig was supposed to have done.

The Jury had each formed a different view
(Long before the indictment was read),
And they all spoke at once, so that none of them knew
One word that the others had said.

»You must know –«, said the Judge: but the Snark exclaimed »Fudge!
That statute is obsolete quite!
Let me tell you, my friends, the whole question depends
On an ancient manorial right.

Des Rechtsanwalts Traum

Sie jagten's mit Gabeln und Hoffnung zumal,
auch mit Güte und Fingerhüten,
sie bedrohten's mit Eisenbahnaktien brutal
und lockten's mit Lächeln in Tüten.

Und der Rechtsanwalt, müde der vielen Beweise,
daß Biber sich klöppelnd vergingen,
fiel in Schlaf, und er träumte in deutlichster Weise
von heimlich ersehnten Dingen:

Die Gerichtsaula sah er in dämmerndem Schein
und das Schlarg in Perücke und Roben.
Es verteidigte, glänzend beredsam, ein Schwein,
inhaftiert wegen Flucht aus dem Koben.

Die Zeugen bewiesen, daß ganz ohne Frage
kein Schwein war am fraglichen Orte.
Und der Richter erklärte die rechtliche Lage
durch Murmeln undeutlicher Worte.

Eine Anklage wurde nicht vorgebracht;
das Schlarg sprach schon Stunden um Stunden,
doch niemand erriet, unter welchem Verdacht
das verhaftete Schwein sich befunden.

Die Schöffen war'n uneins, sie stritten erheblich
(schon lang, eh sie wußten worüber),
und jeder belehrte den andern – vergeblich:
Der hörte sich selber viel lieber.

Sprach der Richter: »Ich muß ...«, schrie das Schlarg:
»So ein Stuß!
Das Gesetz ist schon lange veraltet!
Doch da seht ihr nun, Leute, das Recht wird noch heute
von Großgrundbesitzern gestaltet!

»In the matter of Treason the pig would appear
To have aided, but scarcely abetted:
While the charge of Insolvency fails, it is clear,
If you grant the plea ›never indebted‹.

»The fact of Desertion I will not dispute:
But its guilt, as I trust, is removed
(So far as relates to the costs of this suit)
By the Alibi which has been proved.

»My poor client's fate now depends on your votes.«
Here the speaker sat down in his place,
And directed the Judge to refer to his notes
And briefly to sum up the case.

But the Judge said he never had summed up before;
So the Snark undertook it instead,
And summed it so well that it came to far more
Than the Witnesses ever had said!

When the verdict was called for, the Jury declined,
As the word was so puzzling to spell;
But they ventured to hope that the Snark wouldn't mind
Untertaking that duty as well.

So the Snark found the verdict, although, as it owned,
It was spent with the toils of the day:
When it said the word »GUILTY!« the Jury all groaned
And some of them fainted away.

Then the Snark pronounced sentence, the Judge being quite
Too nervous to utter a word:
When it rose to its feet, there was silence like night,
And the fall of a pin might be heard.

»Transportation for life«, was the sentence it gave,
»And *then* to be fined forty pound.«
The Jury all cheered, though the Judge said he feared
That the phrase was not legally sound.

»Was das Schwein nämlich tat, gilt im Fall von Verrat
nur als Beihilfe – Anstiftung nicht!
Der Konkursfall entfällt, denn es hatte nie Geld!
Das erkennt wohl selbst dieses Gericht!«

»Da auch Fahnenflucht fehlt in der Anklageschrift,
ist ein Schuldspruch zurückzuweisen
(sofern er die Kosten für Kleidung betrifft),
denn sein Alibi scheint mir von Eisen.«

»Euer Votum entscheide des Schweines Geschick!«
schloß das Schlarg, um sich niederzulassen
und vom Richter zu fordern (mit eisigem Blick),
Den Casus zusammenzufassen.

»Zusammengefaßt hab ich niemals bisher«,
sprach der Richter. Das Schlarg übernahm es,
und zwar so umfassend und tief – auf weit mehr,
als die Zeugen gesagt hatten, kam es.

Beim Urteil dann plagte die Jury sich arg,
das Wörtchen zu buchstabieren.
Und auch diese Arbeit erbot sich das Schlarg,
stellvertretend für sie auszuführen.

Also fällte es selber das Urteil, obgleich
es erschöpft war vom Tagwerk wie nie.
Es sprach das Wort: SCHULDIG! – Die Jury ward bleich,
ein paar Schöffen sanken ins Knie.

Dann verhängte das Schlarg auch die Strafe zuletzt,
denn der Richter schwieg völlig verstört.
Als es aufstand, war Stille im Saale – du hätt'st
eine Nadel wohl fallen gehört.

»Lebenslange Verbannung!« verkündete es,
»und hundert Mark Buße – danach!«
Die Geschworenen jauchzten. Der Richter indess
fand den Spruch rein formal etwas schwach.

But their wild exultation was suddenly checked
    When the jailer informed them, with tears,
Such a sentence would have not the slightest effect,
    As the pig had been dead for some years.

The Judge left the Court, looking deeply disgusted
    But the Snark, though a little aghast,
As the lawyer to whom the defence was intrusted,
    Went bellowing on to the last.

Thus the Barrister dreamed, while the bellowing seemed
    To grow every moment more clear:
Till he woke to the knell of a furious bell,
    Which the Bellman rang close at his ear.

Doch die Freude war kurz, denn man mußte voll Schreck
vom Zuchthausdirektor erfahren,
die Sentenz habe keinerlei Wirkung und Zweck,
denn das Schwein wäre tot – schon seit Jahren.

Der Richter enteilte, die Zuhörer rannten,
nur das Schlarg, wenn auch etwas beleidigt,
hat noch lange die Unschuld des armen Mandanten
durch Zetern und Brüllen verteidigt.

Doch zum Schluß der Vision schwoll zum Dröhnen der Ton,
bis der Rechtsanwalt auffuhr vom Klang
und begriff, daß der Büttel mit wildem Geschüttel
die Glocke, die Schreckliche, schwang.

The Banker's Fate

They sought it with thimbles, they sought it with care;
    They pursued it with forks and hope;
They threatened its life with a railway-share;
    They charmed it with smiles and soap.

And the Banker, inspired with a courage so new
    It was matter for general remark,
Rushed madly ahead and was lost to their view
    In his zeal to discover the Snark.

But while he was seeking with thimbles and care,
    A Bandersnatch swiftly drew nigh
And grabbed at the Banker, who shrieked in despair,
    For he knew it was useless to fly.

He offered large discount – he offered a cheque
    (Drawn »to bearer«) for seven-pounds-ten:
But the Bandersnatch merely extended its neck
    And grabbed at the Banker again.

Without rest or pause – while those frumious jaws
    Went savagely snapping around –
He skipped and he hopped, and he floundered and flopped,
    Till fainting he fell to the ground.

The Bandersnatch fled as the others appeared
    Led on by that fear-stricken yell:
And the Bellman remarked »It is just as I feared!«
    And solemnly tolled on his bell.

He was black in the face, and they scarcely could trace
    The least likeness to what he had been:
While so great was his fright that his waistcoat turned white –
    A wonderful thing to be seen!

Des Bankiers Verhängnis

Sie jagten's mit Gabeln und Hoffnung zumal,
auch mit Güte und Fingerhüten,
sie bedrohten's mit Eisenbahnaktien brutal
und lockten's mit Lächeln in Tüten.

Der Bankier, von ganz plötzlicher Kühnheit entbrannt
und entschlossen, das Schlarg zu erbeuten,
war auf einmal wie toll in die Gegend gerannt
und entschwand seinen staunenden Leuten.

Und während er suchte mit Güte und Gabel,
schoß ein Bullerschnapp nieder auf ihn
und hackte den Mann, der den schrecklichen Schnabel
vergeblich versuchte zu flieh'n.

Er bot ihm Diskont an, sodann jede Menge
von Pfandbriefen, Aktien, Effekten …
Das Bullerschnapp zog nur den Hals in die Länge
und hackte erneut den Erschreckten.

Ohne Rast, ohne Ruh – während knurgelnd dazu
jenes giere Gebiß um ihn schnappte –
entsprang und entschlüpfte er, tanzte und hüpfte er,
bis er schließlich zusammenklappte.

Das Bullerschnapp floh, als die anderen nahten,
geführt von dem Schreien und Klagen.
Und der Büttel bemerkte: »Das war zu erraten!«
und läutete ernst und getragen.

Er war schwarz im Gesicht, sie erkannten fast nicht
den vom Schrecken verfärbten Bankier.
Nur ein Wunder allein konnte folgendes sein:
Seine Weste war weiß wie der Schnee!

To the horror of all who were present that day,
He uprose in full evening dress,
And with senseless grimaces endeavoured to say
What his tongue could no longer express.

Down he sank in a chair – ran his hands through his hair –
And chanted in mimsiest tones
Words whose utter inanity proved his insanity,
While he rattled a couple of bones.

»Leave him here to his fate – it is getting so late!«
The Bellman exclaimed in a fright.
»We have lost half the day. Any further delay,
And we sha'n't catch a Snark before night!«

Was nun kam, war zuviel: Zum Entsetzen von allen
stand er auf (jetzt im Festtagsgewand),
und mit irren Grimassen begann er zu lallen,
weil die Zunge nicht Worte mehr fand.

In den Sessel sich schmeißend, die Haare ausreißend,
sang er kol(l)oratur im Sopran,
dazu schlug er exakt mit zwei Knochen den Takt –
ach, kein Zweifel: Um ihn war's getan!

»Da ist alles zu spät! Laßt es geh'n, wie es geht!«
rief der Büttel. »Die Sonne erlischt!
Wenn wir weiter so trödeln mit Flaxen und Blödeln,
ist das Schlarg uns für immer entwischt!«

Fit the Eighth

The Vanishing

They sought it with thimbles, they sought it with care;
They pursued it with forks and hope;
They threatened its life with a railway-share;
They charmed it with smiles and soap.

They shuddered to think that the chase might fail,
And the Beaver, excited at last,
Went bounding along on the tip of its tail,
For the daylight was nearly past.

»There is Thingumbob shouting!« the Bellman said.
»He is shouting like mad, only hark!
He is waving his hands, he is wagging his head,
He has certainly found a Snark!«

They gazed in delight, while the Butcher exclaimed
»He was always a desperate wag!«
They beheld him – their Baker – their hero unnamed –
On the top of a neighbouring crag,

Erect and sublime, for one moment of time,
In the next, that wild figure they saw
(As if stung by a spasm) plunge into a chasm,
While they waited and listened in awe.

»It's a Snark!« was the sound that first came to their ears,
And seemed almost too good to be true.
Then followed a torrent of laughter and cheers:
Then the ominous words »It's a Boo –«

Then, silence. Some fancied they heard in the air
A weary and wandering sigh
That sounded like »– jum!« but the others declare
It was only a breeze that went by.

Das Verschwinden

Sie jagten's mit Gabeln und Hoffnung zumal,
auch mit Güte und Fingerhüten,
sie bedrohten's mit Eisenbahnaktien brutal
und lockten's mit Lächeln in Tüten.

War alles vergeblich? Es schauderte sie.
Selbst der Biber erhob sich und stand
auf der Spitze des Schwanzes, erregt wie noch nie,
weil das Tageslicht langsam entschwand.

»Jemand schrie!« rief der Büttel, »war's Dingsda, der Tropf?
Sein Schrei ging durch Bein mir und Mark!
Seht, er winkt mit der Hand und er nickt mit dem Kopf!
Ohne Zweifel, er fand es, das Schlarg!«

Alle starrten verzückt. Einer murmelte bloß:
»Ein verflixter Nick war er immer!«
Ja, da stand er, ihr Bäcker, ihr Held Namenlos,
auf dem Gipfel im Abendschimmer

sehr erhaben und aufrecht für einen Moment,
doch im nächsten Augenblick sprang
(wie von Krämpfen gepufft) er hinab in die Kluft.
Sie lauschten und warteten lang.

»'s ist ein Schlarg!« so drang's an ihr Ohr durch die Stille,
und ihr Hoffen und Bangen nahm zu,
dann ein Sturzbach von Lachen und Hussa-Gebrülle,
dann das seltsame Wort: »'s ist ein Buh …«

Dann – Schweigen. Einige meinten, sie hörten
noch ein Seufzen, verwehend und weh,
es klang fast wie » … malm«, doch die andern erklärten,
es sei nur ein Windhauch von Lee.

They hunted till darkness came on, but they found
Not a button, or feather, or mark,
By which they could tell that they stood on the ground
Where the Baker had met with the Snark.

In the midst of the word he was trying to say,
In the midst of his laughter and glee,
He had softly and suddenly vanished away
For the Snark *was* a Boojum, you see.

Man suchte bis tief in die Nacht, doch man fand
keinen Knopf (nicht geschlossen, noch offen),
woran man erkannt, daß am Orte man stand,
wo das Schlarg auf den Bäcker getroffen.

In der Mitte des Worts, dessen Sinn er gefunden,
auf dem Gipfel von Glück und Gefahr,
war er binnen Sekunden, doch lautlos, verschwunden –
denn das Schlarg *war* ein Buhmalm, fürwahr!

Nachwort des Nachdichters
zugleich
Vorwort zum Vorwort des Komponisten

Wenn – und dies wäre mehr als möglich – irgend jemand den Versuch unternehmen wollte, aus Lewis Carrolls ungeheuerlichem Nonsens-Epos *Die Jagd nach dem Schlarg* einen wie auch immer gearteten Sinn herauszudestillieren, so möge dem Betreffenden von vornherein klar sein, daß er damit nichts anderes beweist als die völlige Unfähigkeit des menschlichen Verstandes, vor dem Unbegreiflichen in ruhiger Verehrung zu verharren, ohne es auf fürwitzige und naseweise Art eben diesem unserem so begrenzten Verstande angleichen und verdaulich machen zu wollen. Der Verstand erträgt nun einmal nicht, was er nicht versteht, lieber leugnet er, manipuliert er, betrügt er sich selbst und die Welt mit mehr oder weniger dürftigen Erklärungen.

Wen wundert es daher, daß kaum ein Werk Lewis Carrolls so viele und so verschiedenartige Interpretationen gefunden hat wie dieses. Hegelianer haben darin die Prinzipien der Hegelschen Philosophie entdeckt, Soziologen gesellschaftliche Strukturen, Literaturwissenschaftler Anspielungen aller Art auf die abendländische Literatur, Esoteriker okkulte Lehrgebäude und – dies versteht sich fast von selbst – Psychoanalytiker jede Menge von Bestätigung ihrer jeweiligen Schule. Gerade die letzteren haben ja ihr detektivisches Vergnügen daran, Kausalität und Logik platterdings überall hineinzutragen, vorzüglich dort, wo diese Kategorien nichts verloren haben.

Eine dieser psychoanalytischen Deutungen behauptet beispielsweise, daß es sich bei Carrolls Dichtung um nichts anderes handle, als um eine bis zur Unkenntlichkeit verschleierte und darum nur um so verräterischere Darstellung von des Dichters eigener Jagd nach dem Glück. Unnötig zu sagen, welche Art von Glück ein Freudianischer Analytiker mit der solchen Leuten eigenen Hartnäckigkeit sucht und – daran ist weiter nichts Verwunderliches – schließlich natürlich auch findet. Erstaunlich scheint mir indessen, daß gerade einem solchen Deuter die simple Tatsache entgeht, daß er sich dabei um kein Jota anders verhält als seine eigenen Patienten, wenn sie aus der zufälligen Gestalt von Klexographien eben das herauslesen, was in ihrem eigenen Kopf (oder anderen Körperteilen) steckt. Die Dunkelheit des Carrollschen Textes ist ein Spiegel, in dem jeder sich selbst reflektiert – auch der Psychoanalytiker.

So weit, so gut – oder vielmehr nicht gut, denn exakt an dieser Stelle schlägt mein Nachwort in ein Vorwort zum nachfolgenden Vorwort meines Freundes Wilfried Hiller um, das ich unmöglich unwidersprochen stehenlassen kann.

Moderne Komponisten leiden ja durchweg an einem verhängnisvollen Hang zu wissenschaftlich-akademischer Rechtfertigung. Sie schreiben keine Note, ohne sie zugleich musikologisch, historisch, mathematisch, kabbalistisch oder sonstwie begründen und erklären zu können. Gerade die Tatsache, daß die Musik ihrem Wesen nach außerstande ist, etwas anderes auszusagen als sich selbst, reizt sie nur um so mehr, dem verderblichsten Laster unseres feuilletonistischen Jahrhunderts, der sogenannten *message* oder *Aussage*, zu frönen. Worüber, so fragen sie eingeschüchtert, wüßten die Rezensenten denn sonst etwas zu schreiben? Und so ist denn auch mein armer, alter Freund Hiller weder durch Strenge noch durch Güte davon abzubringen, die Meinung jener psychoanalytischen Deutung zu teilen, daß nämlich die Jagd nach dem Schlarg nichts anderes bedeute als die Jagd nach dem Glück.

Diese Ansicht ist selbstverständlich falsch. Zuvörderst weil sie nicht die meine ist, danach aber auch, weil sie vernünftig ist. Wäre es Lewis Carroll aber darum gegangen, Vernünftiges in verlarvter Gestalt zu schildern, so wäre er nichts weiter als ein Taschenspieler, ein Hervorbringer falscher Wunder oder gar ein Kreuzworträtsel-Erfinder. Er ist aber ein Dichter, also ein authentischer Zauberer oder Schamane, ein Schöpfer von Geheimnissen, die er selbst nicht versteht. Und so stellt er in seinem Epos unser aller (also auch Freund Hillers) Unfähigkeit dar, irgend etwas zu tun, ohne diesem Tun einen Sinn zu unterstellen, zum Beispiel eine Oper zu schreiben, ohne sich zugleich einzureden, das Schreiben von Opern – und ganz speziell dieser Oper – habe einen Sinn. Somit ist diese Oper sozusagen Hillers und mein eigenes Schlarg, wie die Eröffnung des Prinzregententheaters in München eben Herrn Everdings Schlarg ist.

Pascal schreibt einmal irgendwo (ich weiß im Augenblick nicht die Stelle und habe auch keine Lust eigens nachzuschlagen), daß alles Unheil der Menschen daher komme, daß sie unfähig sind, ruhig in ihrem Zimmer auf einem Stuhl sitzen zu bleiben. Diesen Satz könnte man geradezu als Motto über *Die Jagd nach dem Schlarg* schreiben. Die Menschen haben einen unseligen Tätigkeitsdrang, zu dessen Rechtfertigung ihnen schlechterdings kein Grund zu unglaubwürdig ist. Um nicht ruhig auf einem Stuhl sitzen bleiben zu müssen, gründen sie Familien und Konzerne, zeugen sie Kinder, schreiben sie Gedichte und Rechnungen, machen sie Revolutionen und Bankrotte, bringen einander um oder verleihen sich gegenseitig Doktorhüte und Orden. Der beliebige Grund zu alledem heißt bei Carroll zusammenfassend *Schlarg*. In diesem Sinne ist es wohl erlaubt zu behaupten, daß es sich bei seinem Epos um ein – sozusagen spiegelverkehrtes – Gegenstück zu Becketts *Warten auf Godot* handelt, freilich eines, das fast hundert Jahre früher entstanden ist.

Warten auf Godot ist durchaus kein nihilistisches Stück, ganz im Gegenteil, es zeigt, daß es dem Menschen unmöglich ist, Nihilist zu sein. Becketts Clowns finden sich sozusagen selbst vor, sie wissen nicht, wo und warum, aber sie sind nun einmal da. Und eben weil sie da sind, schließen sie daraus, daß sie zu *etwas* da seien, daß ihr Dasein irgendeinen Sinn habe. Zwar ist ihnen dieser Sinn nicht bekannt, darum können sie gar nicht anders, als darauf zu warten, daß er ihnen früher oder später mitgeteilt werde. Wer wird aber die Botschaft bringen? Nun, eben Godot. Also warten sie auf Godot, um zu erfahren, warum sie auf Godot warten, das heißt, warum sie überhaupt da sind.

Ganz ähnlich – nur mit einem anderen Vorzeichen – verhalten sich die Figuren in Carrolls Epos. Sie sind, wie alle echten Clowns, von einer fieberhaften, ja gespenstischen Emsigkeit erfüllt. Dieser ununterdrückbare Tätigkeitsdrang muß aber, um sich austoben zu können, ein Ziel haben. Da das Ziel jedoch beliebig ist, nennen sie es *Schlarg* – und deshalb ist das einzig Konkrete, was man über das Schlarg erfährt, daß es in Wirklichkeit etwas anderes ist, das man allerdings auch nicht kennt. Alle geben vor, das Schlarg zu jagen. In Wahrheit tun sie nichts dergleichen – oder vielmehr, sie tun alles mögliche andere.

Das *Schlarg* ist ein Zwillingsbruder von *Godot*.

Ganz im Sinne der Maxime von Pascal über das Unheil der Welt und dessen Grund schien es mir daher für eine musikalisch-dramatische Bearbeitung des Carrollschen Werkes legitim, diesen Kern der Geschichte so deutlich wie möglich herauszuarbeiten. Die musikalischen Anspielungen und Textzitate betreffen durchweg bekannte Beispiele solcher »Jagden nach dem Schlarg«. Aber mehr noch: Die Clowns in unserer Bühnenfassung versenken im Eifer ihrer angeblichen *Jagd nach dem Schlarg* ihr eigenes Schiff und gehen buchstäblich »zu Grunde« – freilich gehen sie munter hinunter. Nur Mr. Carroll selbst wird zuletzt auf wunderbare Weise gerettet – so wie Mr. Beckett ja auch den Nobel-Preis entgegennahm. Dem Kritiker, der darin eine Aporie entdeckt, muß man absolut beipflichten, ihn aber zugleich darauf aufmerksam machen, daß seine Kritik selbst auch nichts anderes ist als eine »Jagd nach dem Schlarg« und also – zumindest in diesem vorliegenden Falle – ein Widerspruch in sich selbst.

So bin ich denn am Ende meiner so scharfsinnigen Ausführungen genau dort angelangt, wo ich nicht anlangen durfte, nämlich bei einer Deutung des Carrollschen Werkes. Spätestens hier wird es jedermann einsichtig sein, daß Carroll selbst sein Werk nicht ohne Grund als »eine Agonie« bezeichnet. Ich könnte wohl zu meiner Rechtfertigung anführen, daß meine Deutung im Gegensatz zu jeder anderen immerhin den Vorzug hat, sich selbst mit einzubeziehen, doch eben deshalb ergeht es mir damit letztlich nicht besser als dem Bäcker, der das Schlarg gefunden zu haben glaubte und ein Buhmalm fand, was bedeutet: Er hebt sich selbst auf. Eben weil ich recht habe, verhält es sich mit meiner Argumentation ebenso.

Darum bleibt mir nach all meiner Mühe und Sorgfalt nur noch eines übrig: Ich ziehe hiermit dieses Nach- oder Vorwort mit dem Ausdrucke tiefempfundenen Bedauerns zurück.

Michael Ende

Vorwort des Komponisten

1. *Die Jagd nach dem Schlarg* bedeutet die Jagd nach dem Glück.
2. *Die Jagd nach dem Schlarg* bedeutet die Jagd nach dem Glück.
3. *Die Jagd nach dem Schlarg* bedeutet die Jagd nach dem Glück.

Da nach der unbezweifelbaren Aussage des Büttels alles, was man dreimal behauptet, wahr ist, habe ich recht. Da kann mein armer, alter Freund Ende argumentieren, wie er will. Es hilft ihm nichts. Punktum!

Wilfried Hiller

DIE JAGD NACH DEM SCHLARG

Ein Singspiel für Clowns

Libretto von Michael Ende
Musik von Wilfried Hiller

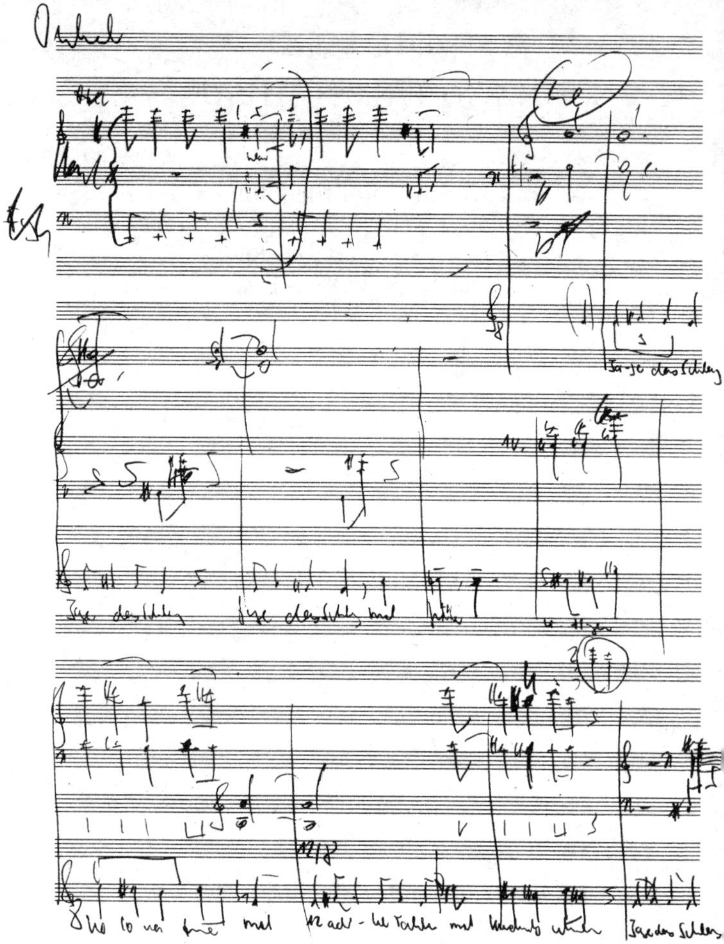

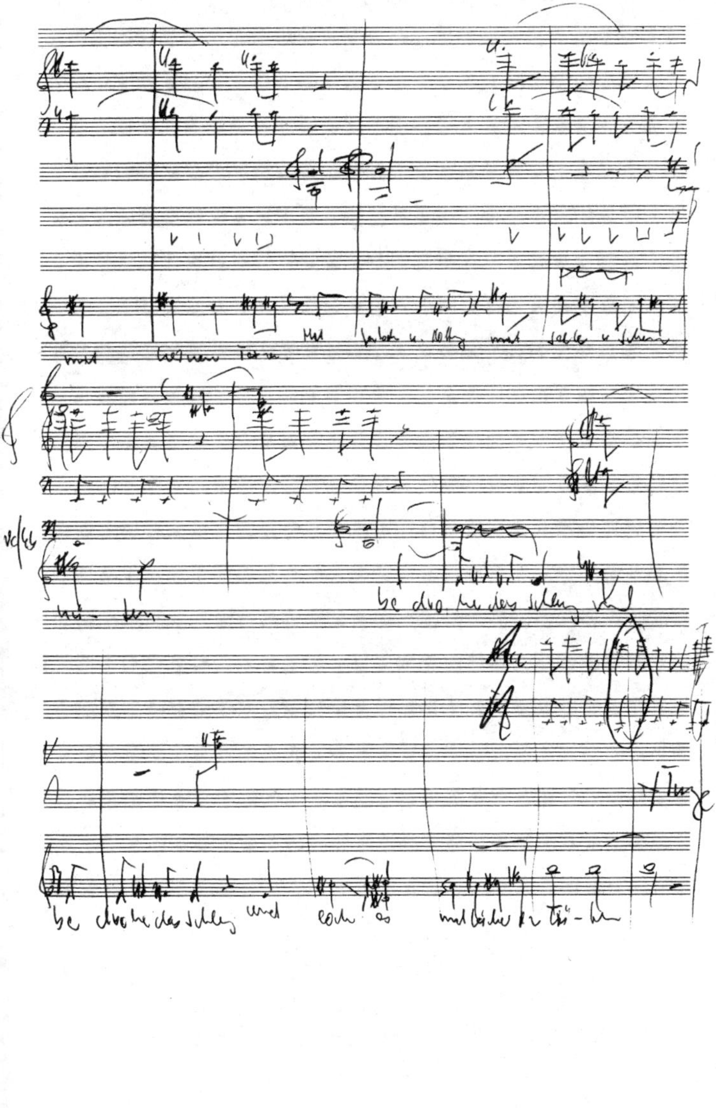

Orchesterbesetzung

Ensemble I

Piccolo
Alt-Saxophon
Kontra-Fagott
Posaune
Tuba
Schlagzeug (ein Glockenspieler mit Schiffsglocken, Glockenspiel, Butterfly-Gongs, Kuhglockenspiel etc.)

Ensemble II

Piccolo
zwei Oboen (auch Englischhorn)
zwei Klarinetten (auch Es-Klarinette)
Fagott
zwei Hörner
zwei Trompeten in C
eine Posaune
eine Harfe
Klavier
drei Schlagzeuger
Streichquintett
von Band: Lewis Carrolls Musikkoffer (Spieluhren, Drehorgel, Orchestrion und andere mechanische Musikinstrumente)

Die Personen

Mr. Lewis Carroll und Mr. Charles L. Dodgson (als siamesische Zwillinge)	Schauspieler
Der Bütte	Heldentenor
Die Mannschaft:	
Der Bäcker	Baß-Bariton mit hohem Falsett, Jodel- und Pfeiftechnik
Der Metzger	Baß-Bariton
Der Biber	lyrischer Mezzo-Sopran
Der Rechtsanwalt	Bariton
Der Bankier	Baß
Die Brother-Sisters:	
Der Boy	Koloratur-Sopran
Der Hutmacher	Alt
Der Makler	Tenor
Der Billard-Markör	Baß
Der tote Onkel	lyrischer Tenor mit hohem C
Drei Mädchen (sechs bis zwölf Jahre)	Balletteleviinnen

Das Bühnenbild

Das Stück ist nicht nur auf der Bühne, sondern auch in der Zirkusarena oder auf freien Plätzen zu spielen.

Es gibt nur eine einzige Dekoration, die allerdings trickreich gebaut sein muß. Es handelt sich um das Nonsens-Schiff, das auf hoher See dahintreibt. Es könnte auf einer Wippe gebaut sein, die es ermöglicht, jede Art von Seegang darzustellen. Alles an und auf diesem Schiff ist verrückt: Der Schornstein hat einen riesigen Knoten; der Mast ist abgebrochen und die Stücke Seite an Seite mit einer geblümten Riesenschleife zusammengebunden; der Mastkorb ist eine Badewanne; die Segel sind aus Maschendraht oder Kleidungsstücken; das Steuerruder besteht aus einem geflickten Autoschlauch; die Kommandobrücke ist ein Trampolin etc. etc.

Dies sind natürlich nur Vorschläge, der Phantasie des Bühnenbildners sollen keine Grenzen gesetzt sein, was die Verwertung von Sperrmüll und Plunder angeht. Wichtig ist, daß dieses Schiff nach und nach in seine Bestandteile zerfällt oder vielmehr von der Besatzung im Eifer der Jagd nach dem Schlarg demontiert wird, bis es zuletzt versinkt. Der Schlußchor wird dementsprechend unter Wasser gesungen. Am besten wäre es zweifellos, das ganze Theater samt Publikum unter Wasser zu setzen, falls das aber irgendwelchen Sicherheitsvorschriften widerspricht oder auf gewerkschaftlichen Einspruch stößt, wird man sich wohl mit Projektion behelfen müssen.

Das Orchester

Falls es keinen Orchestergraben gibt, müssen die Musiker ebenfalls auf dem Schiff untergebracht werden. Man könnte sie beispielsweise auf die Rahe setzen.

Die Kostüme

Maske und Kleider aller Mitwirkenden – also nicht nur der Darsteller, sondern auch der Musiker – sind clownshaft grotesk. Bei den Darstellern ist es sehr wichtig, daß der jeweilige Clownstyp sorgfältig herausgearbeitet wird. Clownerie ist eine Sache der Genauigkeit der Charakterisierung. Es gibt dazu eine Menge Vorlagen, die studiert werden sollten.

Die siamesischen Zwillinge Mr. Carroll und Mr. Dodgson sind Sprechrollen. Es handelt sich um die beiden divergierenden Identitäten ein und derselben Person, eben des Dichters Lewis Carroll, im bürgerlichen Leben Mr. Dodgson. Beide sind völlig gleich gekleidet und sehen sich so ähnlich wie möglich (viktorianische Kleidung, Stehkragen, Weste, Gamaschen etc.). Charakterlich sind sie dagegen gänzlich verschieden. Carroll ist der überlegene, erfolgsgewohnte, geistvolle, ironische Publikumsliebling, während Dodgson der schüchterne, verklemmte, linkshändige und linkische Mann ist, der jede Art von Öffentlichkeit scheute, der nur frei sprechen konnte, wenn er kleine Mädchen unter zwölf Jahren vor sich hatte, und sofort zu stottern begann und rot wurde, wenn Erwachsene in der Nähe auftauchen. Natürlich können die beiden nicht voneinander los, da sie zusammengewachsen sind. Das Verbindungsstück zwischen ihnen könnte eine Art riesiger Ziehharmonikabalg sein, der ausziehbar ist. Denkbar ist auch, daß einer von beiden durch eine lebensgroße Puppe dargestellt wird, die der reale Schauspieler führt. Vermutlich wäre in diesem Fall Carroll die Puppe, Dodgson der Mensch.

Der Büttel (Bellman) ist der Typ des autoritären Clowns: cäsarisch – neronisch – napoleonisch – mussolinisch – hitlerianisch. Er ist megalomanisch eitel. Er ist der Größte. Er weiß stets alles am besten. Er hat eine Glühnase, die sein besonderes Hochgefühl hin und wieder durch Aufglühen signalisiert. Er trägt auf dem Kopf einen Polizistentschako oder einen Pickelhelm (Gerichtsbüttel). Das Zeichen seiner Würde ist eine große (tonlose) Handglocke, die er beständig schwingt. Der Klang wird jeweils im Orchester erzeugt.

Der Bäcker ist der Typ des Unschuldslammes, des ewig lächelnden, verschlafenen, total verblödeten Clown-Clochards. Er ist »ohne Gedächtnis« wie ein Säugling. Er trägt sieben Mäntel und drei Paar Stiefel übereinander, auf dem Kopf möglicherweise eine Bäckermütze. Als »reiner Tor« ist er zuletzt der Held der Geschichte: Ihm gelingt es, dem Schlarg zu begegnen.

Der Metzger ist der »böse Riese«. Man denke etwa an den ewigen Gegenspieler von Charly, jenen dicken, entsetzlich starken, bösen Kerl mit den buschigen Augenbrauen. Beim Metzger erschöpft sich die Bosheit allerdings in drohendem Gehabe. Wenn er weich wird, zerschmilzt er förmlich, wenn er Angst bekommt, verwandelt er sich in ein schlotterndes Häufchen Elend. Er trägt immer ein großes Hackebeil mit sich herum, woraus ihm aber hauptsächlich selbst Unannehmlichkeiten erwachsen, indem er es sich auf die Zehe stößt oder damit irgendwo hängenbleibt. Bestenfalls dient es ihm zum Nägelputzen. Er trägt eine Mütze aus Biberfell.

Der Biber ist eine entzückende junge Dame mit enormen Nagezähnen (bayerisch: Heuraffelgebiß). Sie klimpert mit den Wimpern und ist in jeder Hinsicht von verführerischer Hilfsbedürftigkeit. Ihr Kostüm besteht natürlich aus einem Fellkleidchen, entweder mit Strampelhöschen oder mit nackten Beinchen. Ihr Hinterteil ziert ein nackter, platter Biberschwanz. Sie häkelt meist Spitzen. Wenn sie sich unbeobachtet fühlt, nagt sie ein wenig am Schiff.

Der Rechtsanwalt ist ein Typ des weißen (spanischen) Clowns mit mehligem Gesicht, schwarzer Nasenspitze, hochgezogener Augenbraue. Er repräsentiert die intellektuelle Überlegenheit. Er trägt eine kleine englische Rechtsanwaltsperücke, eine große Brille auf der Nase und über dem Paillettenkostüm einen wehenden Talar. Er hat ein Gesetzbuch unter dem Arm.

Der Bankier trägt Gehrock, Zylinder, gestreifte Hose, schwarze Weste, die zuletzt plötzlich weiß wird. Über den weißen Handschuhen trägt er blitzende Brillanten. Auch sein goldener Spazierstock ist brillantengeschmückt. Man denke an Onkel Dagobert. Er ist meist mit dem Zählen von Banknoten beschäftigt. Er hat eine kleine Registrierkasse bei sich.

Die Brother-Sisters sind ein Allround-Quartett, das sich aus zwei Damen und zwei Herren zusammensetzt. Sie sind Sänger, Tänzer und Pantomimen. Eventuell zeigen sie netzbestrumpfte Beine.

Der Boy ist ein uralter Liftboy mit langem weißem Vollbart, der Koloraturarien in Sopran singt.

Der Hutmacher ist, wie es bei Modeschöpfern hin und wieder vorkommt, von ambivalentem Geschlecht. Sein Vollbart ist lang und violett. Auf dem Kopf trägt er einen überhohen Zylinder, aus dem manchmal ein Kuckuck hervorschnellt.

Der Makler ist ein Ganove mit Melone, kurzem schwarzem Vollbart und großkariertem Anzug.

Der Billard-Markör trägt einen Kellnerfrack, Poposcheitel, einen grünen Vollbart und in der Hand ein Billardqueue. Er könnte häufig mit Billardkugeln zaubern und jonglieren, was aber natürlich immerzu mißlingt.

Der tote Onkel ist erschreckend mager und erschreckend grünlich. Er paddelt in seinem Sarg wie in einem Kajak über die Meereswogen daher.

Die Mädchen (zwischen sechs und zwölf) sind nach den von Carroll gemachten Fotos zu kleiden. Sie können auch als »Nummerngirls« die Schilder tragen.

ERSTER TEIL

Das Nonsensschiff auf hoher See, sachte in der Dünung schaukelnd. Die Mannschaft ist auf Deck aufgebaut zur Ovation, der Büttel steht auf der Kommandobrücke. Von oben erscheint ein großes Schild mit der Aufschrift: OUVERTÜRE.
Ouvertüre: Jagdmusik
Das Orchester beginnt mit der Ouvertüre. Nach einigen Takten wird die Musik durch den Auftritt der siamesischen Zwillinge unterbrochen und »zerbröselt«. Carroll trägt seinen Musikkoffer. Er zerrt Dodgson mit sich, der partout nicht auftreten will, sich am Bühnenrahmen und am Vorhang festhält und immer wieder hinausstrebt.

CARROLL
Kommen Sie, kommen Sie, Mr. Dodgson! Nun kommen Sie schon endlich! Stellen Sie sich nicht so albern an! Es hilft Ihnen ja doch nichts. Wo ich hingehe, da müssen auch Sie hingehen.

DODGSON
(windet sich vor Verlegenheit)
Ich protestiere! Ich protestiere auf das Entschiedenste, Mr. Carroll. Sie wissen doch, wie sehr ich öffentliche Auftritte hasse. Ich werde gleich ohnmächtig werden. Wie können Sie es nur wagen, mich in dieser Weise vor ein Publikum zu zerren, und obendrein noch auf eine Theaterbühne!

CARROLL
Machen wir uns nichts vor, Dodgson, wir gehören längst mit Haut und Haar der Öffentlichkeit. Sie und ich, mein Lieber, wir sind ein weltberühmter Dichter.
(er winkt dem Schild zu verschwinden, das sich daraufhin zögernd zurückzieht)

DODGSON
Das *ist* mir ja gerade so peinlich! Es ist Ihre Schuld, Carroll. Sie tragen meine Haut zum Markt und bieten sie schamlos feil. Sie

haben meine intimsten Geheimnisse der Öffentlichkeit preisgegeben und kommerzialisiert. Sie haben meine Herzensunschuld zu einem Geschäft gemacht. Sie sind monströs, Carroll!

CARROLL
Sagten Sie Unschuld? Habe ich recht gehört? Ausgerechnet Sie, Mr. Dodgson, reden von Unschuld?

DODGSON
Um des Himmels willen, Carroll, wir wollen nicht von mir reden. Das ist kein gesundes Thema.

CARROLL
(kopfschüttelnd)
Armer alter Dodgson, warum wollen wir nicht endlich vor aller Welt eingestehen, was mit uns los ist?

DODGSON
Hören Sie, Carroll, ich habe meine Geschichten für Kinder erzählt, nur ganz privat und nur für ein paar Kinder.

CARROLL
Sie meinen natürlich, für *alle* Kinder.

DODGSON
Jawohl, Sir. *(verschämt)* Außer für Knaben.

CARROLL
Gut! Weiter! Fahren Sie fort, Dodgson! Wir leben im Zeitalter der Indiskretion. Solche fatalen Bekenntnisse interessieren alle.

DODGSON
Was soll das heißen? Ich verbitte mir jede Insinuation! Ich untersage diese ganze Aufführung hier.

CARROLL
Sie haben gar nichts zu untersagen. Ob es Ihnen paßt oder nicht, alter Junge, in den Augen der Welt bin ich der Verfasser dieser ungemein lehrreichen Geschichte, deren Aufführung

hier soeben ihren Anfang nehmen sollte. Und ich allein habe darüber zu entscheiden.

DODGSON
Ich kann das unmöglich zulassen, Carroll!

CARROLL
(öffnet seinen Musikkoffer; Dodgson beginnt wie unter Zwang zu tanzen)
Mein Musikkoffer, Mr. Dodgson! Ich lasse Sie tanzen, wie es mir paßt, sehen Sie?

DODGSON
(tanzend)
Ich warne Sie, Carroll. Ich bin zu allem fähig, wenn Sie mich zur Verzweiflung treiben.

CARROLL
(schlägt den Koffer zu)

DODGSON
(keuchend)
Das werden Sie bedauern, Sir! Ich bin ein bescheidener und schüchterner Mensch, Sir, aber ich lasse nicht alles mit mir machen.

CARROLL
Da ich als Verfasser dieser ungemein lehrreichen Geschichte …

DODGSON
(aufsässig)
Machen Sie sich keine Hoffnung, Carroll. Solange ich mich ebenda befinde, wo Sie sich aufhalten, werden Sie mich nicht zum Schweigen bringen.

CARROLL
(hält ihm den Mund zu)
Da ich als Verfasser …

Dodgson

(macht sich frei, brüllt)

Was erlauben Sie sich?

Carroll

(brüllt zurück)

Was erlauben Sie sich? Hier geht es nicht mehr um Ihre lächerlichen Privatangelegenheiten, Dodgson, hier geht es um ein kulturelles Ereignis! Sie sind ganz einfach ein feiger kleiner Heuchler!

Dodgson

Das ist zuviel! Ich fordere Sie zum Duell, Sir. Und zwar sofort.

Carroll

Das wird übel ausgehen für Sie, mein armer Junge. Ich, Lewis Carroll, bin nämlich unsterblich – falls Sie's noch nicht wissen, und das sind Sie ganz und gar nicht, Dodgson.

Dodgson

Soll ich Ihnen mal sagen, was Sie sind, Carroll? Sie sind nichts als ein Popanz! Ich habe Sie nur erfunden, um mich hinter Ihnen zu verstecken, um in Ruhe gelassen zu werden. Und jetzt wollen Sie plötzlich das große Wort führen! Das ist Verrat, Carroll, Verrat an Ihrem Schöpfer. Ich werde Sie ein für allemal zum Schweigen bringen. Wir werden uns duellieren. Sie haben die Wahl der Waffen, Sir!

Carroll

(seufzend)

Na schön, wie Sie wünschen. Also: Hellebarden.

Dodgson

Lassen Sie Ihre dummen Witze, Carroll! Die Sache ist mir verdammt ernst.

(er schlottert)

CARROLL

Wo bleibt Ihr berühmter Sinn für Humor, Dodgson? Sie schlottern ja.

DODGSON

Wer schlottert? Ich schlottere keineswegs. Hellebarden sind viel zu lang.

CARROLL

Dann eben südamerikanisches Blasrohr. Wir könnten es gleichzeitig von beiden Seiten benützen, dann genügt uns eines.

DODGSON

(hilflos)

Das ist auch zu lang.

CARROLL

(äfft ihn nach)

Das ist zu lang, das ist zu lang!

Dodgson, Sie haben zu allen übrigen Neurosen auch noch einen Poloniuskomplex.

DODGSON

Bei Gott, Sir, ich werde dieser Peinlichkeit ein Ende machen, so oder so. Wir werden uns schießen, Sir. Mit Pistolen, Sir. Und das auf der Stelle, Sir.

CARROLL

Wie Sie wünschen, Sir.

(er öffnet seinen Musikkoffer, Dodgson beginnt zu hüpfen, zieht aber Carroll mit sich hinaus)

CARROLL

(zum Publikum)

Ich bitte Sie für diese unmögliche Szene um Entschuldigung, meine Damen und Herren. Es handelt sich um eine der üblichen Identitätskrisen von Dichtern, sie hat nichts weiter zu bedeuten. Bleiben Sie bitte auf Ihren Plätzen, unser Anfall wird gleich vorüber sein.

(beide ab)

Wiederum erscheint das Schild OUVERTÜRE. Das Orchester beginnt zum zweiten Mal, wird nach wenigen Takten abermals unterbrochen, diesmal durch zwei Schüsse, die man hinter der Bühne hört. Alle Musiker setzen die Instrumente ab und blicken erwartungsvoll in die Kulisse. Das Schild verschwindet. Nichts. Das Schild erscheint wieder. Die Musiker nehmen die Instrumente wieder auf und wollen eben die Ouvertüre zum dritten Mal beginnen, werden aber noch vor dem ersten Ton vom neuerlichen Auftritt der siamesischen Zwillinge unterbrochen, die nun beide Verbände um den Kopf tragen.

CARROLL

Meine Damen und Herren, nachdem ich nun, wie Sie sehen, Mr. Dodgsons infantilen Wünschen nach Blutvergießen entsprochen habe, darf ich Ihnen die erfreuliche Mitteilung machen, daß dem Beginn dieser glorreichen Aufführung nichts mehr im Wege steht.

DODGSON

(fast weinend)

Meine Damen und Herren, Sie sehen ja, in welch einer verzweifelten Lage ich mich befinde. Ich komme gegen dieses erfolgslüsterne und selbstgefällige Monster Carroll nicht an. Aber Sie sind doch zivilisierte Personen, also haben Sie ein klein wenig menschliches Mitgefühl. Ich bitte Sie, verzichten Sie auf diese heutige Darbietung. Nehmen Sie ihre Garderobe und gehen Sie nach Hause oder an einen anderen gemütlichen Ort. Sie werden es nicht bereuen. Ich appelliere an Sie als die einzige Instanz, die mich jetzt noch retten kann.

Carroll

Sie sind wohl verrückt geworden, Dodgson!

Dodgson

Nein, Sie sind verrückt, Carroll.

Carroll

Wir wiederholen uns, und das ist das schlimmste Verbrechen, das ein Autor sich zuschulden kommen lassen kann.

Dodgson

(zum Publikum)

Die Schuld liegt ausschließlich bei dieser Hälfte meiner Person, deren ungesundes Geltungsbedürfnis mich zwingt, mich in aller Form von ihr zu distanzieren.

Carroll

Oh, ich würde dieser Distanzierung wahrlich mit Freuden zustimmen, wenn sie möglich wäre.

Dodgson

Es handelt sich bei diesem überaus lästigen »alter ego« nämlich um einen angeblichen Mr. Lewis Carroll, Bestsellerautor und Publikumsliebling. Dieser feine Gentleman hat mir alles geraubt, was mir lieb und teuer war. Er hat meine geheimsten Sehnsüchte und einsamsten Leiden ausspioniert und daraus Literatur gemacht!

Carroll

Und das mit Erfolg, wie Sie zugeben müssen.

Dodgson

Ich will aber keinen Erfolg! Ich will überhaupt nicht veröffentlichen. Meine Träume gehen niemanden etwas an – außer mich und meine kleinen Freundinnen. Kinder verstehen, ohne zu verstehen. Sie sind weise.

Carroll

Dieser Mr. Dodgson ist nur meine bürgerliche Identität, die mir wie ein Klotz am Bein hängt. Sehen Sie ihn sich nur an: Das Musterbild eines viktorianischen Bürgers, ewiger Junggeselle, Pedant und Gewohnheitsmensch, von Beruf Mathematiklehrer, gesetzestreu und durchaus moralisch, ja geradezu bigott – aber alles in allem ist er nichts als eine arme Seele in einem höchst persönlichen Fegefeuer. Ich dagegen liebe die Objektivität. Darum haßt er mich, denn die kleinen Mädchen lieben nicht ihn, sie haben ihn nie zu sehen bekommen, die kleinen Mädchen lieben in Wirklichkeit nur mich, Lewis Carroll, und mit Recht.

Dodgson

Wie wagen Sie es, von Wirklichkeit zu sprechen! Sie existieren überhaupt nicht und haben niemals existiert. Sie sind nichts als eine Erfindung meiner müßigen Phantasie, eine unter tausenden!

Carroll

(zum Publikum)

Und eben darin irrt Mr. Dodgson, meine Damen und Herren. Seine Vorstellung von Wirklichkeit ist – ich will es auf meine gewohnt vornehme Art ausdrücken – etwas verwirrt. Es liegt wohl auf der Hand, daß es Mr. Dodgson nur gibt, weil es mich gibt.

(beide strecken sich die Zunge heraus)

Beide gleichzeitig

Wenn Sie ihm noch länger zuhören, werden Sie bald nicht mehr wissen, wer ist wer …

Carroll

Ich fürchte, wir machen uns ernstlich lächerlich. Also geben Sie endlich nach, und die Vorstellung kann beginnen.

Dodgson

(trotzig)

Nein.

CARROLL
Warum denn nicht.

DODGSON
(hilflos)
Warum … warum … darum eben.

CARROLL
Infantil!

DODGSON
(dem die rettende Idee kommt)
Ich muß erst etwas erklären.

CARROLL
Dazu ist jetzt keine Zeit.

DODGSON
In dieser »Jagd nach dem Schlarg« kommt eine Stelle vor, die erklärt werden muß. Unbedingt!

CARROLL
Ihre Erklärungen kennt man, Dodgson!

DODGSON
Es handelt sich um die folgende Zeile – eh – eh –
(er reißt dem Dirigenten die Partitur vom Pult und blättert wild)

CARROLL
Ich durchschaue Sie, Dodgson. Ich weiß, was Sie vorhaben.

DODGSON
Hier, das ist die Stelle: »Ahoi, das Steuer verfängt sich im Bug.« Ich will das erklären.

CARROLL
Sie wollen lediglich die Aufführung verhindern.

DODGSON

(redet in wachsender Panik wie unter Zwang)

Die Sache ist von geradezu kindlicher Einfachheit.

CARROLL

Aber das wird Ihnen nicht gelingen.

DODGSON

Hören Sie mir bitte zu, meine Damen und Herren.

CARROLL

Hören Sie ihm auf keinen Fall zu! Ich bitte Sie dringend.

DODGSON

Der Büttel nämlich, der die Reisegesellschaft bei der Jagd nach dem Schlarg anführt, ist beinahe krankhaft empfindlich gegen allen äußeren Schein …

CARROLL

Lesen Sie Zeitung, meine Herrschaften, oder unterhalten Sie sich!

DODGSON

Darum pflegt er den Bug des Schiffes ein- bis zweimal pro Woche abzunehmen und neu lackieren zu lassen …

CARROLL

Spielen Sie Karten! Singen Sie Weihnachtslieder!

DODGSON

Dabei geschieht es allerdings regelmäßig, daß, wenn der Zeitpunkt zur Wiederanbringung herannaht, niemand an Bord sich mehr zu erinnern vermag, an welches Ende des Schiffes der Bug gehört …

CARROLL

Herr Kapellmeister, ich flehe Sie an, spielen Sie! Spielen Sie!

Das Orchester beginnt völlig konfus zum dritten Mal. Das Schild OUVERTÜRE erscheint überstürzt. Die Musiker spielen gegen Dodgsons Rede an, der seinerseits das Orchester zu überschreien versucht, als ginge es um sein Leben. Die Musik gerät immer mehr durcheinander. Der Dirigent bemüht sich verzweifelt, die Verwirrung in den Griff zu bekommen.

DODGSON
So kommt es für gewöhnlich dazu, daß der fragliche Bug eben irgendwie quer über dem Steuerruder befestigt wird …

CARROLL
Husten Sie doch wenigstens, wie Sie es sonst in der Oper zu tun pflegen!

DODGSON
Das Amt des Steuermannes ist vom Boy übernommen worden. Besagter Steuerboy also pflegt mit tränenfeuchten Augen dabei zuzusehen. Er weiß nämlich, wie falsch das alles ist, aber die Regel Zweiundvierzig der Schiffahrtsordnung, welche besagt …

CARROLL
Er wird nicht eher aufhören, als bis auch dem Gutwilligsten unter ihnen der Geduldsfaden reißt!

DODGSON
»Es ist strengstens untersagt, mit dem Mann am Steuerruder zu reden« ist vom Büttel höchstpersönlich um die Worte »und dem Steuermann ist es strengstens untersagt, mit irgend jemand zu reden« erweitert worden …

CARROLL
Holen Sie die Feuerwehr! Polizei! Notarzt!

DODGSON
So ist jeder Einspruch unmöglich, und keinerlei Steuermanöver kann ausgeführt werden, ehe nicht der nächste Lackierungstermin herangekommen ist. Während solcher verwirrender Zwischenzeiten segelt das Schiff für gewöhnlich rückwärts …

Es gelingt Carroll, Dodgson hinauszuschleppen. Das Orchester ist in heillosem Durcheinander.

Büttel

(klingelt mit seiner Handglocke)
Aufhören! Aufhören! Die Ouvertüre wird sowieso nichts mehr.
Fangen wir lieber mit dem Stück an!

Das Orchester verzichtet auf die Ouvertüre und beginnt die nächste Nummer. Das Schild OUVERTÜRE wird hochgezogen, statt dessen erscheint ein Schild mit der Aufschrift: DIE WAHL DES KAPITÄNS.

Chor

(alle außer dem Büttel, der cäsarisch geschmeichelt zuhört und seine Nase aufglühen läßt)
Ehre unserm Büttel! Dem Büttel sei Preis!
Er führt uns wahrlich mit sicherer Hand.
Er weiß, was er tut. Und er tut, was er weiß.
Drum haben wir ihn zum Käpten ernannt.

Biber

(schüchtern) Chef! Hallo, Chef, ich hätt mal eine Frage.

Büttel

(gönnerhaft) Bitte.

Biber

Wo sind wir eigentlich?

Büttel

Auf dem Meer.

Biber

Aha. Und wo da genau?

Büttel

(schaut überlegen lächelnd umher)
Du willst also wissen, wo wir genau sind?

Biber

Ja, Chef. Wo sind wir bitte?

Büttel

(entrollt eine große, vollkommen leere Karte)
Wir sind – hier! *(er zeigt mit einem Stock eine Stelle)*

Biber

Sind wir nicht – *(zeigt eine andere Stelle)* hier?

Büttel

Nein, wir sind hier. *(klopft mit dem Stock auf seine Stelle)*

Biber

Ich fürchtete nämlich schon, wir wären hier. *(zeigt seine Stelle)*

Büttel

Nein. *(klopft ihm auf die Finger)* Hier! *(zeigt seine Stelle)*

Biber

(bläst sich kleinlaut auf die Finger)
Na, Gott sei Dank, dann ist ja alles in Ordnung.

Brother-Sisters

Er besitzt eine Karte, drauf ist zwar das Meer,
aber kein Staubkörnchen Festland zu sehn.
Wir alle sind glücklich und loben sie sehr,
denn die kann wirklich ein jeder verstehn.

Metzger

Andre Karten sind voll
mit Kap Horn und Atoll,
mit Inseln, Küsten und Eis.

Rechtsanwalt

Dem Büttel sei Dank!
Seine Karte ist blank:
Ein leeres, vollkommenes Weiß!

Bankier

Was nützen uns Nordpol,
Passat, Äquatore,
Ekliptik und tropische Zonen?
Das sind nur Konventionen,
wir aber sind doch modern.

Alle

Ehre unserm Büttel! Dem Büttel sei Preis!
Er führt uns wahrlich mit sicherer Hand.
Er weiß, was er tut. Und er tut, was er weiß.
Drum haben wir ihn zum Käpten ernannt.
Wir wählen dich im Chore
zu unserem Häuptling und Herrn.
Führe uns souverän,
sei unser Kapitän,
sei unser Ka-pi-tän.

Ein erstes, noch fernes Donnergrollen kündet den kommenden Sturm an. Das Schiff beginnt heftiger zu schaukeln.

Büttel

(klingelt mit der Glocke gegen den Donner an)
Ruhe da oben, wenn ich bitten darf!
(er nimmt Rednerpose ein, mit großer Geste)
Nachdem soeben die versammelte Mannschaft mich, den Büttel, einstimmig zum Kapitän gewählt hat … *(er unterbricht, wartet, brüllt dann)* Wo bleibt der frenetische Applaus?

Alle

Bravo!

Büttel

(nickt zufrieden und beginnt nochmals)
Nachdem soeben die versammelte Mannschaft mich …

Alle

Bravo!

Büttel

(nach einer kleinen Pause ganz schnell)
Nachdem soeben die versammelte …

Alle

Bravo!

Büttel

(rollt die Augen, schon wütend) Nachdem soeben …

Alle

Bravo!

Büttel

(wendet sich weg, dann schnell wieder zurück) Nachdem …

Alle

Bravo!

Büttel

Nach …

Alle

Bravo!

Büttel

N …

Alle

Bravo!

Büttel

(läutet die Glocke) Ruhe! Das sind subversive Ovationen! Applaus nur auf mein Zeichen, verstanden? Wir befinden uns auf einer höchst gefährlichen Expedition, deren Zweck und Ziel es ist, unter Aufbietung aller geistigen, moralischen und physischen Kräfte die Jagd nach dem Schlarg nicht nur zu beginnen, sondern auch fortzuführen und wenn möglich erfolgreich zu beenden. Nachdem nun soeben die versammelte Mannschaft

mich, den Büttel, einstimmig zum Kapitän gewählt hat ... *(er blickt drohend umher, kein Applaus)* ... werde ich nun meinerseits einstimmig meine Mannschaft wählen. Einzeln vortreten!

Der Büttel zeigt mit seinem Stock auf jeweils den, der dann vortritt und sich präsentiert. Das vorige Schild verschwindet, statt dessen erscheint ein anderes mit der Aufschrift: DIE WAHL DER MANNSCHAFT

BOY

Ich bin ein Boy, zur Besorgung von Sachen,
nur kann ich nicht von hier fort.

MARKÖR

Ich bin Billard-Markör, aber was soll ich machen?
Es gibt ja kein Billard an Bord.

MAKLER

Ich bin ein Makler, zum Schätzen von Werten,
obwohl niemand hier kauft und verkauft.

HUTMACHER

Ich bin Hutmacher. Heil euch, Gefährten!
Meine Kunst wird hier auch nicht gebraucht.

BROTHER-SISTERS

Wir sind völlig überflüssig.
Wir bereichern nur die Szenerie.
Wir sind die vier berühmten Brother-Sisters
und suchen die Harmonie...nie...nie...nie.

BANKIER

Ich bin ein Bankier und ein Mensch voller Güte.
Ohne mich wärt ihr alle längst ruiniert.
Ich hab in der Hoffnung auf reiche Rendite
diese Jagd nach dem Schlarg finanziert.

Rechtsanwalt

Und wollt ihr einander Prozesse machen
um das Schlarg – für den Fall dieses Falles:
Ein Rechtsanwalt bin ich, um Streit zu entfachen,
und führe Beweise für alles.

Biber

Ich bin ein Biber, ich sitze an Deck
und klöpple meist Spitzen aus Flandern.
Ich stopfte schon manches gefährliche Leck,
aber wie, das weiß keiner der andern.

Bäcker

Ich bin berühmt für die Menge der Dinge,
die ich bei der Abfahrt vergessen:
Hut, Regenschirm, Preziosen und Ringe
und die Kleider, die ich besessen.
Auf den Kisten – und zwar zweiundvierzig an Zahl –
war zwar mein Name geschrieben,
doch leider – und das ist mir mehr als fatal –
sind sie alle am Ufer geblieben.
Der Verlust meiner Kleider betrifft mich nicht sehr –
ich trag sieben Mäntel mit Schnallen
und drei Paar Stiefel –, schlimm scheint mir vielmehr:
Wie ich hieß, ist mir gänzlich entfallen.

Brother-Sisters

Darum hört er auf »Hei!« – Hei – Hei
oder jeglichen Schrei, Schrei, Schrei,
auf »Dingsda« und »komischer Kauz«,
auf »He du!« – »Hol's der Geier«,
auf »Hallo« und »Mensch-Meier«,
oder »Humsti-Bumsti« und »Bauz!«

Bäcker

Als einfacher Bäcker stehe ich hier,
doch will ich sogleich euch verkünden:
Ich kann nichts als Brautkuchen backen, wofür
sich hier nirgendwo Zutaten finden.

Starker Donnerschlag. Das Schiff schlingert bedenklich. Das vorige Schild verschwindet und ein neues erscheint mit der Aufschrift: ERSTE SCHWIERIGKEITEN.

BÜTTEL

(läutet heftig) Ruhe da oben! Weitermachen! Der Nächste bitte!

Der Metzger geht gewichtig über die Planken, seine Schritte werden durch die Trommel akzentuiert.

METZGER

Ich bin als ein Metzger zu euch gekommen,
doch eines gesteh ich euch lieber:
Ich schlachte nicht alles. Genaugenommen
schlachte ich
ausschließlich …
Biber.

Der Metzger stößt sein Hackebeil auf den Boden, erwischt aber versehentlich seine große Zehe, reicht das Beil dem Bankier zum Halten, hüpft auf einem Bein hinter die Kommandobrücke, wo er einen herzzerreißenden Schrei ausstößt, »Auaaa!«, dann erscheint er wieder gefaßt und mit drohender Miene, nimmt sein Beil wieder in Empfang und stößt es nun richtig auf.

BROTHER-SISTERS

Wie peinlich,
wie peinlich!

BIBER

(flüchtet auf den Arm des Bäckers, empört)
Euch ist es nur peinlich.
Mir ist es arg!
Sperrt ihn ein, anstatt ihn zu schelten!
Mir kann seine Jagdleidenschaft
für das Schlarg
keineswegs als Entschuldigung gelten!

Blitz und Donner bedrohlich nahe. Die Wellen werden immer höher.

BÜTTEL

(läutet wütend) Wenn da oben nicht bald Ruhe wird, komm ich rauf!

BÄCKER

Biber, mein lieber Biber,
trage ab jetzt doch lieber
eine kugelsichere Weste.
(er zieht ihm die Weste an)

BANKIER

Eine Lebensversicherung rate ich dir
zu erwerben, und zwar gleich die beste!
Eine kleine Unterschrift,
hier *(der Biber unterschreibt)*
und hier *(der Biber unterschreibt ein zweites Mal)*.
Die Sache ist gar nicht teuer.
Schon bist du im stolzen Besitz
einer schönen Police gegen Schaden durch Feuer
und einer für Hagel und Blitz.
(er gibt ihm das Duplikat)
Bitte!
Der Himmel voll Geigen!
Die Aktien steigen.
Investitionen
werden sich lohnen.
Fünftausendachthundert – bezahlt und Geld! –
Die Kurse, sie schweben zum Himmelszelt!
Wer da hat, dem wird noch gegeben.
Schon dreihundertzwanzig Prozent im Topf!
Konjunktur! Hosianna! Die Börse steht Kopf!
Ja, Freunde, das ist ein Leben!
Und wer allzu viel fragt
und wer böswillig sagt,
das ginge nicht gut, das ginge nicht gut,
dem geben wir ordentlich eins auf den Hut.

Der Orkan bricht mit voller Stärke los. Das vorige Schild verschwindet, statt dessen erscheint ein neues mit der Aufschrift: DER SCHIFFBRUCH.

BÜTTEL
(schreit in ein Sprachrohr)
Sturm aus Süd-ost-nord-west!
Alle Mann über die Toppen!
Ahoi! Das Steuer verfängt sich im Bug!
Das kommt, wie wohl jeder bemerkt,
vom tropischen Klima, wo häufig genug
sich ein Schiff sozusagen verschlärgt.
Mast unter Deck.
Backbord das Heck!

Mit fürchterlichem Getöse läuft das Schiff auf ein Riff auf. Der Sturm, der jetzt nicht mehr gebraucht wird, hört schlagartig auf.

BÄCKER
(flüstert)
Pst! Still! Hat es da nicht eben gebumst?

METZGER
Gebumst? Wer hat gebumst? Was hat gebumst? Was soll das überhaupt heißen?

BÄCKER
Jedenfalls gebumst hat es.

BIBER
Ich hab's auch ganz deutlich gehört. Ein Riesenbums.

RECHTSANWALT
Juristisch gesehen gibt es für jeden Bums eine Ursache. Wo keine Ursache, da kein Bums.

BANKIER
Wenn das so ist, was mag dann die Ursache für diesen Bums gewesen sein?

Büttel

Eine Untiefe!

Alle

Eine Untiefe? Was machen wir denn da?

Biber

Ich weiß was!
(alle schauen ihn an, er sagt schüchtern)
Eine Panik.

Brother-Sisters

(begeistert)
Eine Panik! Eine Panik!
Los, ihr Leute, nicht so tranig!
Rennen, schreien, heulen, lachen,
laßt uns eine Panik machen,
eine Panik riesengroß!
Endlich ist mal etwas los!

Büttel

(läutet)
Ihr wißt nichts, drum schweigt nun
und hört, wie es heißt!
(er schlägt in einem großen Buch nach)
Die Schiffahrtsordnung erklärt:
»Eine Untiefe ist eine Stelle, die meist
der nötigen Tiefe entbehrt.«
(er schaut sich um)
Aber hört nur noch weiter! Was steht denn da noch?
»Es gibt keinen Grund zu verzagen.
Genau eine Untiefe ist jedoch
die Stelle, um Schlargs zu erjagen!«

Büttel und Mannschaft

Eine Stelle für Schlargs – das ist ideal!
Voller Mut sei darum eure Schar!
Eine Stelle für Schlargs – noch ein drittes Mal!
Was ich dreimal behaupte, ist wahr!

Während des folgenden Chores bricht unvermittelt die tropische Nacht voller glitzernder Sterne herein.

GROSSER SEEMANNSCHOR
(auf die Melodie »La Paloma«, sehr gefühlvoll)

Der Wind
unsres Schicksals hat uns hierhergeweht.
Wir sind
irgendwo, auch wenn man das nicht versteht.
Das Meer
ist so groß und weit und so klein ein Schiff.
Wie schwer
findet mancher Seemann darum sein Riff!
Uns führte das Glück
und trug uns auf seiner Welle
niemals zurück,
doch vorwärts zur richtigen Stelle.
Koste es Geld
oder koste es Kopf und Kragen,
auf dieser Welt
gilt eins nur: Das Schlarg zu jagen.
Auf zur Jagd nach dem Schlarg!
Völker, hört die Signale!

Nach diesem »Ausrutscher« in die Internationale verharren alle eine Schrecksekunde lang reglos, dann bricht ein Höllenspektakel los, jeder spielt oder singt irgend etwas, um den peinlichen Eindruck zu verwischen. Der Lärm ebbt ab. In die folgende Stille hinein hört man den Bankier auf der Registrierkasse spielen.
Ab hier bis zum Ende des Stückes geht das Schiff nach und nach unter, was aber im Eifer der Jagd nach dem Schlarg keine der handelnden Personen zur Kenntnis nimmt.

BANKIER
(der während des Chores Geld gezählt hat)
Ein Schiffbruch ist – rein geschäftlich gesehen –
noch lange kein Grund zur Klage.
Versteht man die Sache nur richtig zu drehen,
gibt's kaum eine bess're Anlage!

Das vorige Schild verschwindet. Von oben senkt sich ein Schild herunter mit der Aufschrift: WICHTIGE INFORMATION.

BÜTTEL
(läutet)
Hört zu, ich gebe noch einmal bekannt
seine Kennzeichen. Fünf will ich nennen.
Dieses Wissen setzt den, der's beachtet, instand,
ein authentisches Schlarg zu erkennen.

Die Brother-Sisters bringen dem Büttel eine Moritatentafel, die umgeblättert werden kann. Der Büttel zeigt mit einem Stab auf die einzelnen Schriften. Haupttitel: DAS SCHLARG.

CHOR
Das Schlarg! Das Schlarg! Das Schlarg!

BÜTTEL
Ich geh nach der Reihe vor: Erst der Geschmack *(Er blättert um. Bild: Suppenterrine, darauf steht GESCHMACK.)*

ALLE
(andächtig)
Erst der Geschmack.

BÜTTEL
Er ist flau, sogar fade, doch krustig,
wie ein rings um die Taille zu enger Frack,
mit Aroma von Irrlichter-lustig.

ALLE
… mit Aroma von Irrlichter-lustig.

BÜTTEL
Ein Langschläfer ist es ganz allgemein.
(Er blättert um. Bild: ein Bett. Darauf steht
LANGSCHLÄFER.)

Alle

(andächtig)

Ein Langschläfer ist's.

Büttel

Doch geht es zu weit, wie ich sage,
denn zum Nachmittagstee nimmt sein Frühstück es ein
und ißt Mittag am folgenden Tage.

Alle

(andächtig)

Und ißt Mittag am folgenden Tage.

Büttel

Punkt drei: Daß es Witze nur langsam versteht.
(Er blättert um. Bild: Verschlungenes Kabel mit Stecker, Schrift: LANGE LEITUNG.)

Alle

(andächtig)

Nur langsam versteht.

Büttel

Wenn ihr jemals ihm einen erzählt,
wird es seufzen, wie jemand, der leidet und fleht,
und bei Wortspielen blickt es gequält.

Alle

(andächtig)

Blickt es gequält.

Büttel

Punkt vier: Seine Neigung zu Badekabinen.
(Er blättert um. Bild: Badekabine mit Voyeur. Unterschrift: BADEKABINENNEIGUNG. Der Bäcker pfeift genüßlich.)

Alle

(andächtig)

Badekabinen.

Büttel

Stets führt's welche mit sich. Es glaubt,
die Strandszenerie zu verschönern mit ihnen.
Eine Ansicht, die Zweifel erlaubt.

Alle

(andächtig)
Eine Ansicht, die Zweifel erlaubt.

Büttel

Dann fünftens, sein Ehrgeiz. Und damit ist Schluß.
(Er blättert um. Bild: Lorbeerkranz mit Aufschrift DEM GRÖSSTEN.)

Alle

(andächtig)
Damit ist Schluß.

Büttel

Doch muß ich zwei Arten euch nennen,
denn von denen mit kratzenden Schnurrbärten muß
die mit Federn, die beißen, man trennen.
(Er blättert nochmal um. Bild: Rechts sieht man eine FEDER und links daneben einen SCHNURRBART, durch einen senkrechten Strich getrennt.)

Alle

Das Schlarg! Das Schlarg! Das Schlarg!

Büttel

(sehr bedeutsam)
Das gewöhnliche Schlarg ist von harmloser Sorte,
doch freilich, dies gilt nicht von allen …
(Er blättert alles wieder nach vorn. Statt SCHLARG steht aber nun als Haupttitel überraschend: BUHMALM.)
Manch eins ist ein BUHMALM!

Der Bäcker schreit gellend auf und fällt in Ohnmacht.

Rechtsanwalt
Beim Klang deiner Worte
ist der Dingsbums in Ohnmacht gefallen!

Brother-Sisters
(während sie sich um den Ohnmächtigen bemühen)
Wir geben ihm Semmeln und Himbeergelat,
wir geben Kredit ihm auf Raten,
wir geben ihm Senf und juristischen Rat,
wir geben ihm, Rätsel zu raten.

Die drei Mädchen kommen als Schmetterlinge und umtanzen den Bewußtlosen, gleichsam wie seine Traumvision.

Bäcker
(kommt zu sich)
Verzeiht mir, wenn ich nur stammeln kann …
Das Wort traf mich schwer …
ich biete euch an,
zu enthüllen mein Los einem jeden!

Büttel
(läutet)
Der »Humsti-Bumsti« soll reden!

Brother-Sisters
(zum Publikum)
Pst, pst, pst, pst!
Pst, pst, pst, pst!
Um äußerste Stille ersuchen wir euch,
kein Schluckauf!
Kein Pieps!
Und kein Stöhnen,
(man hört das Geräusch knabbernder Biberzähne auf Holz)
wenn der Mann namens »He!«
nun berichtet sein Weh
in neandertalerschen Tönen.

Das vorige Schild wird hochgezogen, dafür erscheint ein anderes mit der Aufschrift DES BÄCKERS VERHÄNGNIS.

BÄCKER

(erhebt sich; große musikalische Vorbereitung zur Gralserzählung)
So hört das Lied vom elternlosen Sohne:
Gezeugt ward ich allein von Mutterhand.
Mein Vater Marzipan zog die Melone –
Sein Zwitter – ich – hab beide nie gekannt …

BÜTTEL

(läutet)
Dies ist keine Oper von Wagner jetzt!
Überspring's und mach' schnell,
da die Zeit uns schon hetzt.

BÄCKER

(resigniert)
Vierzig Jahr überspring ich
(schnelles Spulen eines Tonbandes)
und fahre gleich fort
mit dem Tag, da zur Mannschaft ich kam hier an Bord:
Mein herzliebster Onkel, der krank war und gichtig,
verriet mir beim Abschied zum Trost …

BÜTTEL

(läutet)
Überspring auch den Onkel!

BÄCKER

(stampft mit dem Fuß auf)
Der Onkel ist wichtig,
auch wenn es dich noch so erbost!

Das Holländermotiv klingt an. Der Onkel kommt als grüne Geistererscheinung in seinem Sarg über die Wellen dahergepaddelt.

Onkel

Solltest du wirklich ein Schlarg einst finden,
bring's auf jeden Fall heim,
gib ihm Haferkornschleim,
denn es dient dir, um Licht zu entzünden.
Jage das Schlarg mit kleinen Terzen,
mit Gabel und Hoffnung,
mit Seife und Scherzen!
Jage das Schlarg!
Jage das Schlarg mit Güte und Fingerhüten!
Bedrohe das Schlarg mit Koloraturen,
mit Zwölfachteltakten, mit Kuckucksuhren!
Jage das Schlarg! Bedrohe das Schlarg!
Und lock es mit Lächeln in Tüten!

Büttel

Das ist die Methode!
Nein, wie mich das freut!
Verzeiht, doch ich misch mich dazwischen.
Stimmt genau, denn nur so – sagt die Wissenschaft heut –
geht man vor, um ein Schlarg zu erwischen.

Onkel

(entrüstet)
Bringt den Schreihals zum Schweigen,
die blöde Figur!
In der Arie meines Neffen
erscheine ich doch als Rückblende nur,
wie könnt ich euch sonst hier treffen.
(wieder geisterhaft)
Aber Neffe, o weh!
Denn ergibt es sich je,
daß dein Schlarg sich als Buhmalm erweist,
bist du binnen Sekunden
und lautlos verschwunden,
und nichts bleibt, was dein Dasein beweist.

Der Onkel paddelt hinaus. Sein letztes hohes C bleibt rätselhaft in der Luft hängen. Man hört wieder das Nagen des Bibers.

Brother-Sisters

Mit Gabeln und Hoffnung, mit kleinen Terzen?
Mit Zwölfachteltakten? Mit Seife und Scherzen?

Bäcker

Es ist dies! Es ist dies!
Es zerbricht mir den Kopf,
dies vom Onkel erwähnte Verhängnis.
Und mein Herz ist nicht mehr
als ein brodelnder Topf,
welcher überläuft, schäumend vor Bängnis.
Es ist dies! Es ist dies …

Büttel

(ihn nachäffend)
Es ist dies! Es ist dies …
Laß es weg, weil es gar nichts bezweckt.

Bäcker

O Freunde, e i n m a l nur laßt es mich noch:
Es ist dies! Es ist dies, was mich schreckt!
Denn so weiß ich nun eben,
käme jemals im Leben
ein Buhmalm mir einst zu Gesicht,
wär ich binnen Sekunden
und lautlos verschwunden.
Dieses Wissen ertrage ich nicht!
(er bricht erneut zusammen)

Brother-Sisters

Oh, keiner der Herrn
hätt es sonderlich gern,
wenn er plötzlich sich vollständig fehlt.
Darum sage uns, Mann,
als die Reise begann,
warum hast du da nichts erzählt?

Bäcker

Verklagt mich auf Totschlag, auf Schizophrenie,
denn jedermann hat seine Schwächen,
doch auf Vorspieglung unwahrer Tatsachen nie!
Die gehört nicht zu meinem Verbrechen.
Ich sprach auf hebräisch, auf griechisch, sogar
Suaheli, Sanskrit und Latein,
doch leider vergaß ich, verwirrt wie ich war:
Ihr versteht ja doch …
ihr versteht ja doch
deutsch nur allein.

Alle

Sehr bedauerlich! Peinlich!
Da steht man beklommen.
Was macht man? Ein dummes Gesicht!

Büttel

(läutet)
Wir haben des Bäckers Geschichte vernommen,
da bedarf's weit'rer Reden wohl nicht!
Den Rest seiner Worte
wird an besserem Orte
und zu besserer Zeit er verkünden,
denn: Nah ist das Schlarg!
Darum hört mein Gebot:
Eure glorreiche Pflicht heißt – es finden!

Alle

Jage das Schlarg mit kleinen Terzen,
mit Gabel und Hoffnung,
mit Seife und Scherzen!
Jage das Schlarg!
Jage das Schlarg mit Güte und Fingerhüten!
Bedrohe das Schlarg mit Koloraturen,
mit Zwölfachteltakten, mit Kuckucksuhren!
Jage das Schlarg! Bedrohe das Schlarg!
Und lock es mit Lächeln in Tüten!

Die siamesischen Zwillinge werden von den drei kleinen Mädchen hereingeführt, die sie zu Carrolls Koffermusik umtanzen. Dodgson wirkt wie verzaubert, er merkt nicht, wo er sich befindet. Carroll ist damit sehr zufrieden. Die drei Mädchen verschwinden. Dodgson erwacht aus seiner Verzauberung.

DODGSON
Wo sind wir denn? Mein Gott, schon wieder auf der Bühne! Erst schleppen Sie mich gegen meinen Willen hier her, dann gegen meinen Willen fort, jetzt gegen meinen Willen wieder her – was wollen Sie überhaupt, Carroll?

CARROLL
(maliziös)
Oh, ich habe Sie nicht hergeschleppt, Dodgson.

DODGSON
Sie sollten sich schämen, Carroll. Sie schrecken nicht einmal davor zurück, sich dieser unschuldigen Engelchen zu bedienen, um mich von neuem ins Scheinwerferlicht zu locken. Aber ich mache da nicht mehr mit! Ich werde kein Wort mehr sagen. Ich werde verstummen für immer. Leben Sie wohl, Mr. Carroll!

CARROLL
Leben Sie wohl, Mr. Dodgson!

DODGSON
Ich habe das alles nicht gewollt. *(er schreit)* Warum hört denn niemand auf mich? Ich bin unschuldig!

CARROLL
Wollten Sie nicht verstummen für immer?

DODGSON
Du lieber Himmel, diese ganze Jagd nach dem Schlarg war doch nur als ein kleiner Scherz gedacht, um ein paar Kinder zum Lachen zu bringen – eine Spielerei ohne Wichtigkeit, nicht mehr …

Carroll

Nun, da ist uns eben unter der Hand und ganz ohne Absicht ein Meisterwerk gelungen, mein lieber Dodgson.

Dodgson

Ach, kein Mensch wird verstehen, wovon überhaupt die Rede ist.

Carroll

Na und? Haben Sie schon mal eine moderne Oper gesehen, die zu verstehen war?

Dodgson

Aber alle Welt wird uns nun fragen, was zum Teufel eigentlich ein Schlarg ist. Was machen wir dann?

Carroll

Dann antworten wir, ein Schlarg ist etwas, das in Wirklichkeit etwas anderes ist – das man auch nicht kennt.

Dodgson

Und damit, glauben Sie, werden die Leute sich zufriedengeben?

Carroll

Oh, die Leute geben sich noch mit ganz anderem Nonsens zufrieden.

Dodgson

Hätte ich doch nur von Anfang an den Mund gehalten, dann gäbe es keine Jagd nach dem Schlarg.

Carroll

Zu spät, mein lieber Dodgson, zu spät! Die Vorstellung ist bereits in vollem Gang. Jetzt gibt es kein Zurück mehr.

Dodgson

Ha, jetzt habe ich Sie durchschaut, Carroll! Sie haben mich schlicht übertölpelt. Sie benützen unseren Streit über diese

Aufführung just dazu, um eben diese Aufführung stattfinden zu lassen. Ich werde auf der Stelle zu meinem Anwalt gehen. Er soll augenblicklich eine einstweilige Verfügung erwirken.

CARROLL

Ihr Anwalt ist auch mein Anwalt, Sir.

DODGSON

Zu unserem Anwalt also! Kommen Sie schon! *(beide ab)*

Kaum sind die siamesischen Zwillinge draußen, spielt das Orchester, das an einer Art musikalischer Verhaltung gelitten hat, unter fortwährenden besorgten Blicken in die Kulisse in rasender Eile den Rest der Ouvertüre. Das Schild mit der Aufschrift OUVERTÜRE erscheint, wird hochgezogen, es erscheint ein anderes, noch ein anderes von vorher, offenbar ist man sich hinter der Bühne nicht mehr einig. Schließlich bleibt OUVERTÜRE, wenn diese gerade zu Ende ist. Der Schornstein stößt eine dicke Kaffeeduftwolke aus.

ZWEITER TEIL

Heller Mondschein. Nebelschwaden ziehen über das nächtliche Meer und das Nonsens-Schiff, das schon weitgehend demoliert mit schwerer Schlagseite friedlich daliegt. Die gesamte Besatzung hängt, liegt oder hockt in den unmöglichsten Stellungen auf Deck herum und schläft. Man hört ein großes Schnarchkonzert. Der Büttel geht mit einer Lampe auf dem Schiff umher und leuchtet einigen Mannschaftsmitgliedern ins Gesicht: dem Metzger (Tuba-Solo), dem Bankier (Posaune-Solo), dem Rechtsanwalt (Altsaxophon-Solo), dem Bäcker (Kontrafagott-Solo) und zuletzt dem Biber (Piccolo-Solo). Dann legt er sich beruhigt zum Schlafen nieder. Der Biber bewegt sich unruhig hin und her, schließlich erheben sich er und der Metzger schlaftrunken, sie beginnen, ohne daß einer den anderen bemerkt, suchend herumzuschleichen. Pantomime von Biber und Metzger begleitet von Piccolo und Baßtuba. Schließlich stoßen beide rückwärtsgehend zusammen, erschrecken und laufen davon. Der Biber faßt sich ein Herz und beginnt ängstlich zu singen, während er und der Metzger im Takt aufeinander zugehen. Ein Schild erscheint mit der Aufschrift: DIE SCHICKSALSSTUNDE.

BIBER

Hänsel und Knödel,
die gingen in den Wald.
Nach längerem Getrödel
rief Hänsel plötzlich: »Halt!
Ein jeder kennt die Fabel,
des Schicksals dunklen Lauf:
Der Hänsel nahm die Gabel
und aß den Knödel auf.

METZGER

(faßt sich ein Herz, zaghaft)
Tut mir leid, lieber Biber,
ein andermal
will ich dich gerne schlachten.

Im Augenblick eilt es mir kolossal.
Wo ist mein Zylinder,
wo ist mein Schal?
Ist heute nicht Weihnachten?

BIBER
(zaghaft)
Metzger!

METZGER
Wenn uns das Schlarg erblickt?

BIBER
(etwas mutiger)
Metzger!

METZGER
Stell mich ihm vor,
wie sich's schickt!

BIBER
(drohend)
Metzger!

METZGER
(beginnt zu weinen)
Hu-hu-hu-hu-huuu-huuu!

BIBER
(sehr mutig)
Sei doch ein Mann!
Sei ein Metzger!
Das fordert dein Amt!
Höre auf, hier zu heulen und zu weinen!
Denn wenn uns ein Juckjuck begegnet, verdammt,
müssen all unsre Kraft wir vereinen.

Metzger
Sag mir, wie kam's,
daß der Büttel das Juckjuck nicht nannte?

Biber
Das Schlarg kann ein Buhmalm sein,
doch das Buhmalm hat seinerseits Verwandte,
die müssen noch gräßlicher sein.

Metzger
(verzweifelt)
Ach nein! Ach nein!

Plötzlich und sehr erschreckend ein fürchterlicher, kreischender Ton. Biber und Metzger umklammern sich in Todesangst.

Biber
O Gott, welch ein Schrei
riß den Himmel entzwei?

Metzger
Das bedeutet höchste Gefahr!

Biber
Gefahr?

Metzger
Totenbleich bis zum Schwanz
bist du, Biberchen, ganz.

Biber
Und dir, Metzger, steht aufrecht das Haar.

Metzger
Wie eiskalt ist dies Schwänzchen!
O erlaub, daß ich es wärme!

BEIDE

Wir gedenken der Kindheit,
so fern und voll Glück,
jener holden, unschuldigen Zeiten,
denn der Klang rief uns weh
ins Gedächtnis zurück,
wie auf Schiefer die Griffel oft gleiten.
(in seliger Erinnerung)
Oft gleiten …
oft gleiten.

BIBER

Dieses Juckjuck, o Metzger,
ist außer sich meist,
aufs höchste erregt und verwundert.
Seine Kleidung entspricht,
wie es außerdem heißt,
stets der Mode vom nächsten Jahrhundert.
Es erkennt jeden Freund, den es vormals gekannt,
doch kein Geld und kein Lobspruch besticht's,
für Wohltätigkeit zeigt es offene Hand:
es geht sammeln, doch selber gibt's nichts.

Nochmals der kreischende Klang, etwas weiter entfernt.

METZGER

Der Schrei eines Juckjuck!
Ich kann es beschwören.

BIBER

Verzeih, daß ich erst dich verlacht!

METZGER

Der Büttel tät sagen, könnt er es hören:
Zum ersten Mal sag ich's, gib acht!
Der Schrei eines Juckjuck! Zähl mit, denn ich weiß,
es macht zwei, wenn man eins zwei Mal nimmt.
Der Schrei eines Juckjuck! Das ist der Beweis,
falls der Spruch mit dem dritten Mal stimmt.

Biber

Ach, Liebster, ich habe mit Sorgfalt gezählt
und eins mit eins malgenommen,
doch beim dritten Mal geht's nicht.
Ich weiß nicht, was fehlt,
Ich bin aus der Reihe gekommen.

Metzger

Und fühlst du, daß trotz aller Mühe und Qual
du irgendwie irre gegangen,
dann bleibt dir nichts übrig,
dann mußt du noch einmal
deine Rechnung von vorne anfangen.

Biber

(verzweifelt, dramatisch)
Zwei und eins – zwei und eins –
falls das geht, wie du meinst,
dann nur mit Daumen und Fingern …
(schluchzend)
Ach wie gut war ich einst,
im Rechnen und all solchen Dingern!

Metzger

(mit überlegener Güte)
Die Sache wird gehn, lieber Biber, bestimmt!
Die Sache gelingt uns, ich weiß.

Biber

Zwei und eins,
zwei und eins …

Metzger

Die Sache muß gehn,
wenn man Zeit nur sich nimmt,
dazu Tinte, Papier und Fleiß.

Der Biber baut aus Schiffsplanken, die er aus der Bordwand reißt, einen Tisch und breitet die leere Landkarte darauf aus. Der Metzger holt ein riesiges Faß herbei, auf dem TEER steht. Er löscht die Buchstaben aus und schreibt TINTE darauf. Im Faß stecken zwei gewaltige Schreibfedern. Er nimmt je eine davon in jede Faust und beginnt beidhändig wild zu schreiben, während sich der Biber von hinten zärtlich an ihn schmiegt und ihm über die Schulter zuschaut. Das vorige Schild verschwindet, es senkt sich ein anderes herunter mit der Aufschrift: DIE LEKTION.

METZGER
Nimm drei als die Zahl …

BIBER
(zärtlich)
Nimm drei!

METZGER
… um die's uns zu tun.

BIBER
(memorierend)
Nimm drei!

METZGER
Eine Zahl, die sich immer gut macht.

BIBER
Nimm drei!

METZGER
Füge siebzehn hinzu …

BIBER
Siebzehn.

METZGER
… und vervielfache nun …

BIBER

(aufmerksam)
Mit was?

METZGER

… mit eintausend weniger acht.

BIBER

(mitrechnend)
Mit eintausend weniger acht.

METZGER

Die Zahl, die herauskommt, die teilen wir jetzt
durch neunhundertneunzig plus zwei.
Ziehe siebzehn ab, es ergibt sich zuletzt
die zwingende Wahrheit dabei!
Drei!

BIBER

Drei!

BEIDE

Drei!!!

Am Himmel steigt die rosige Morgendämmerung auf.

BIBER

Fahre fort in der nächtlichen Lehre, mein Lieber!

METZGER

Schon erhebt sich der Morgenschimmer.

BIBER

Du hast Tränen im Auge?

METZGER

Vor Freude, mein Biber!

Biber

So sind wir nun Freunde?

Metzger

Für immer!

Biber

Auch ich will bekennen …

Metzger

Mit zärtlichen Blicken
beredter als Tränen sogar …

Biber

Du lehrtest mich mehr in zwei Augenblicken,
als Bücher in manch einem Jahr!

Das vorige Schild wird hochgezogen, statt dessen erscheint eines mit der Aufschrift: LIEBESGLÜCK. Sie umarmen sich zärtlich. Das Juckjuck schreit ein drittes Mal. Der Büttel, der inzwischen aufgewacht ist, tritt hinter sie, feierlich.

Büttel

Ihr zwei Hand in Hand,
da die Liebe euch band!
Ein Wunder, ich seh es ergriffen!
Dies allein, muß ich sagen,
wiegt auf alle Plagen
auf tobenden Meeren zu schiffen.
(ganz gerührt)
Die Harfe bitte.

Die Harfenistin wird im Orchester langsam hochgefahren, sie begleitet das nun folgende Liebesduett, in das am Schluß auch der Büttel mit einstimmt.

Biber und Metzger

So innige Liebe, wie die von uns beiden,
ist selten und wird es stets sein:

Ob Winter, ob Sommer, im Glück und im Leiden,
nie treffe man einen allein.
Und bricht einmal Streit aus –
das kommt schon mal vor,
man streitet und weiß nicht den Grund –,
klinge Juckjucks Gesang uns wieder im Ohr
und schweiße von neuem den Bund!

BÜTTEL
Er küßt sie,
sie küßt ihn,
ein Vogel sang
im Mastkorb drin.

Ein Vogel beginnt zu zwitschern. Inzwischen sind alle anderen Jagdteilnehmer erwacht und umrahmen nun malerisch die Gruppe der drei, die von der aufgehenden Sonne vergoldet wird. Die Brother-Sisters läuten mit ihren Glöckchen den altenglischen Sommerkanon. Plötzlich hört man leises Wimmern und Stöhnen.

BROTHER-SISTERS
(pianissimo)
Leise, leise!
(fortissimo)
Seid leise!
Was klang da so weh?
Woher kommt dies Wimmern und Klagen?

Alle suchen herum, gehen dem Ton nach und finden einen Lehnsessel, der mit dem Rücken nach vorn steht. Sie drehen ihn um, darin sitzt der Bankier im Frack mit Ordensband. Sein Gesicht ist schwarz, seine Weste – im Gegensatz zu vorher – weiß.

BÜTTEL
Dies ist das Ende von unserm Bankier,
darum läute ich ernst und getragen.
(er imitiert ein Totenglöckchen)

Das vorige Schild verschwindet, und es erscheint ein anderes mit der Aufschrift: DES BANKIERS RUIN.

BROTHER-SISTERS

(tragen den Sessel langsam im Rhythmus des Trauermarsches nach vorne)
Er ist schwarz im Gesicht.
Wir erkennen fast nicht
den vom Schrecken verfärbten Bankier.
Doch ein Wunder allein
kann wohl dieses nur sein:
Seine Weste ist so weiß wie der Schnee!

BANKIER

Ich war von ganz plötzlicher Kühnheit entbrannt
und entschlossen, das Schlarg zu erbeuten.
Darum bin ich des Nachts über Deck gerannt
ganz allein zwischen schlafenden Leuten.
Und während ich suchte mit Güte und Gabel,
schoß ein Bullerschnapp nieder auf mich.
Es hackte nach mir mit dem schrecklichen Schnabel.
Vergebens verhandelte ich:
mit dem Bullerschnapp,
dem Bullerschnapp.
Ich bot ihm Diskont an, sodann jede Menge
von Pfandbriefen, Aktien, Effekten,
dem Bullerschnapp,
dem Bullerschnapp.
Das Bullerschnapp zog nur den Hals in die Länge
und hackte nach mir, dem Erschreckten.
(er zieht aus allen Taschen Börsenpapiere und Geld hervor und wirft sie in die Luft)
Ohne Rast, ohne Ruh,
während knurgelnd dazu
jenes giere Gebiß um mich schnappte,
entsprang und entschlüpfte ich,
tanzte und hüpfte ich,
bis ich endlich zusammenklappte!
(er erhebt sich wankend)

Brother-Sisters

Nein, das ist zuviel! Zum Entsetzen von allen
steht er vor uns im Festtagsgewand,
und mit irren Grimassen beginnt er zu lallen,
weil die Zunge nicht Worte mehr fand.

Bankier

Alla Halla Badalla Petrol,
Akzie Kackzie Schmackzie Kohl,
Dividivende Verschwände Horrende,
Dollar hat Koller und fällt immer toller,
Lilililira schmiera dir aus,
Schilling Zwilling zu billing und baus,
Sousousousou schmuschmuschmuschmu,
Franken sie wanken und kranken und kraus,
Rubel Gestrubel – da wird mir ganz ubel,
Yen Geflenn und renn wer kenn,
Shekel oh Ekel und Menetekel,
Pfunde von Stunde zu Stunde Verschwunde,
Kronen, sie lohnen nicht mal die Bohnen,
Gulden nur Schulden, der Peso ist eh so,
Dinare – bewahre! Ich rauf mir die Haare!
Gelduntergang! Weltuntergang!
Mark und arg und Quark und Schlarg!
(er bricht zusammen)

Büttel *(erschüttert)*

Da ist alles zu spät.
Laßt es gehn, wie es geht!
Wenn die Bühnenbeleuchtung erlischt
und wir weiter so trödeln
mit Flaxen und Blödeln,
ist das Schlarg uns für immer erwischt!

Alle

(demolieren weiter das Schiff)
Jage das Schlarg mit kleinen Terzen,
mit Gabel und Hoffnung,
mit Seife und Scherzen!

Jage das Schlarg!
Jage das Schlarg mit Güte und Fingerhüten!
Bedrohe das Schlarg mit Koloraturen,
mit Zwölfachteltakten, mit Kuckucksuhren!
Jage das Schlarg! Bedrohe das Schlarg!
Und lock es mit Lächeln in Tüten!

Die Zwillinge Dodgson und Carroll treten hastig auf.

DODGSON UND CARROLL

Verzeihen Sie, Ladies and Gentlemen, es tut mir leid, daß ich Sie habe warten lassen, aber die Sache ist schwieriger, als ich annahm. Mein Rechtsanwalt will den Fall nicht übernehmen, solange er nicht weiß, für welche Hälfte, ihn oder mich. Wir müssen uns also zuerst einigen, wer von uns beiden …

BÜTTEL

(brüllt)
O nein! Nicht s c h o n wieder!

Der Büttel läutet Alarm. Die ganze Mannschaft will sich auf die Zwillinge stürzen, aber Carroll öffnet seinen Musikkoffer. Alle müssen tanzen. Danach werden die Zwillinge überwältigt, an den Mastbaum gefesselt und geknebelt. Großes Geschrei. Der Büttel läutet abermals.

Das vorige Schild verschwindet, statt dessen erscheint eines mit der Aufschrift: DER PROZESS.

RECHTSANWALT

Einen Rechtsanwalt haben Sie nötig?
(Carroll und Dodgson nicken)
Ich bin dazu gerne erbötig.
Was soll nun geschehen?
Juristisch gesehen
muß ein ordentliches Verfahren
beweisen, was zu beweisen ist,
um die Legalität zu bewahren.
Darum schlage ich vor, am Ort und sogleich
den Prozeß zu zelebrieren.

Ich übernehm die Verteidigung
sowie auch die Vereidigung
und werde zugleich die Anklage führen.
(er zeigt auf die Brother-Sisters)
Ihr seid die Schöffen.

Die Brother-Sisters setzen sich an einen Tisch und nehmen Schiefertafeln in die Hand, auf denen sie während des ganzen Prozesses schreiben und das Geschriebene sofort wieder auslöschen.

RECHTSANWALT
Ihr streitet erheblich
schon lang, eh ihr wißt, worüber.
Und jeder belehrt den andern vergeblich,
denn der hört sich selber viel lieber.

BROTHER-SISTERS
(jeder steht nur bei dem Satz auf, den er zu sprechen hat)
Ich hab recht!
Das ist so!
Das ist schlecht!
Aber wo!
Das ist fair!
Ach woher!

ALLE
Das muß sein!
Nein!

RECHTSANWALT
(nickt zufrieden und fährt in seinem Monolog fort, er zeigt auf Biber und Metzger, die aufstehen, aber in ihrer Liebesumarmung bleiben)
Die Zeugen sind unser Liebespaar.
Ihr bezeugt, daß ohne Frage
alles so ist, wie ich sage …
(Biber und Metzger küssen sich)
darum braucht ihr gar nicht zuzuhören!

BIBER/METZGER
(in Schlarg-Terzen)
Wir können alles beschwören!
(sie setzen sich wieder und versinken in ihre Umarmung)

RECHTSANWALT
(zeigt auf den Büttel)
Ein Büttel bleibt immer ein Büttel
und läutet mit wildem Geschüttel.

BÜTTEL
(läutet begeistert und nimmt am Tisch Platz)

BROTHER-SISTERS
Ich hab recht!
Das ist so!
Das ist schlecht!
Aber wo!
Das ist fair!
Ach woher!

ALLE
Das muß sein!
Nein!

RECHTSANWALT
(führt den Bankier zu seinem Lehnsessel)
Der Richter sitzt an erhabenem Orte.

BANKIER
Burmel du murmel arber rabarber

RECHTSANWALT
Und denkt an lange vergangene Tage.

BANKIER
abra makabra krümel und kraus

RECHTSANWALT

Er erläutert durch Murmeln undeutlicher Worte …

BANKIER

hinsichtlich rücksichtlich absichtlich unsittlich

RECHTSANWALT

… bisweilen die rechtliche Lage.

BANKIER

bla bla bla bla bla
und du bist raus.

BÄCKER

Und ich?

RECHTSANWALT

Ach herrjeh!
Humsti-Bumsti – o weh!
Für dich ist kein Platz mehr geblieben,
Du bist nicht vonnöten,
geh baden, geh töten!
Geh nach Hause! Ganz nach Belieben!

BÄCKER

(schluchzend)
Vergessen! Vergessen haben sie mich,
da ich selber mich gänzlich vergaß.
O mein Geschick, wie ertrage ich
dieses tragische Übermaß!
(er geht traurig davon, alle blicken ihm nach)

RECHTSANWALT

Mister Carrolls Tat
gilt im Fall von Verrat
nur als Beihilfe, Anstiftung nicht!
(die Schöffen schreiben)
Da auch Fahnenflucht fehlt
in der Anklageschrift,

ist ein Schuldspruch zurückzuweisen,
sofern er Mister Dodgson betrifft,
denn sein Alibi scheint mir von Eisen.

Brother-Sisters

Ich hab recht!
Das ist so!
Das ist schlecht!
Aber wo!
Das ist fair!
Ach woher!
Das muß sein!
Nein!

Biber/Metzger

(in inniger Umarmung)
Wir können alles beschwören!
(küssen sich)

Rechtsanwalt

(mit großer Gebärde zu den Schöffen)
Euer Votum entscheidet der beiden Geschick
– darum sollt ihr nicht lieben, nicht hassen.
(mit einer Verbeugung vor dem Bankier)
Der Herr Richter wird nun mit kundigem Blick
den Casus zusammenfassen.

Bankier

(ist nicht mehr fähig zu sprechen, der Posaunen-Clown setzt seinen Gesang mit einem Instrumentalsolo fort)
Knuddel geschmuddel Tinte und Teer

Rechtsanwalt

(entrollt ein ellenlanges Pergament)
Auch das hab ich längst übernommen!
Ich bin dabei auf sehr viel mehr,
als die Zeugen sagten, gekommen!

Brother-Sisters

Ich hab recht!
Das ist so!
Das ist schlecht!
Aber wo!
Das ist fair!
Ach woher!
Das muß sein!
Nein!

Büttel

(läutet energisch)
(gesprochen) Haben die Schöffen ein vierstimmiges Urteil gefällt?

Brother-Sisters

Ja!
Wir fällten es zwar, doch wir plagen uns halt,
das Wörtchen zu buchstabieren,
darum bitten wir den Herrn Rechtsanwalt,
auch dieses für uns auszuführen.

Rechtsanwalt

Also sprech ich auch noch das Urteil, obwohl
ich schon völlig erschöpft bin vom Streß.
Das Wörtchen heißt:

Carrolls Musikkoffer klappt auf, die englische Nationalhymne erklingt. Alle springen auf und stehen erstarrt. Nachdem die Musik zu Ende ist, schließt der Rechtsanwalt den Koffer.

Rechtsanwalt

(schreiend) Schuldig!

Brother-Sisters

Das war es, jawohl!
Ach was für ein schöner Prozeß!

Alle setzen sich wieder.

Rechtsanwalt

Nun verhänge ich auch noch die Strafen zuletzt,
denn der Richter scheint völlig verstört.

Büttel

(läutet)
Ich bitte um völliges Stillschweigen jetzt!
Man erhebe sich, wie sich's gehört.

Alle stehen wieder auf. Trommelwirbel, lange Stille.

Rechtsanwalt

Lebenslange Verbannung für den Täter
und hundert Pfund Strafe – zahlbar später.

Alle setzen sich wieder.

Bankier

Backe backe Strafen
aus Sand und Paragraphen.
Fertig ist das Schwurgericht,
Büttel, tun Sie Ihre Pflicht.

Büttel

(schüttelt den Kopf)
Das Urteil ist nicht zu vollstrecken!
(alle stehen wieder auf)
Auch der unschuldige Teil würde es erleiden,
welcher auch immer es ist von den beiden.
Damit darf sich das Recht nicht beflecken!

Ein wildes Durcheinander bricht los, alles schreit und rennt herum. Die siamesischen Zwillinge werden befreit und kommen nach vorn, wobei Carroll seinen Koffer öffnet. Alle tanzen zur Koffermusik um die beiden. Carroll schließt den Koffer wieder. Stille.

Carroll

(beunruhigt) Wir sollten jetzt vielleicht besser verduften, Dodgson, ehe unser eigenes Werk uns verschlingt.

Dodgson

Nein, Carroll, nach allem, was geschehen ist, bestehe ich darauf zu erfahren, ob diese Leute hier das Schlarg noch finden oder nicht.

Carroll

Wie denn? Das fragen Sie? Aber Sie behaupten doch, diese ganze Geschichte erfunden zu haben.

Dodgson

Nein, das waren Sie, Carroll.

Carroll

Irrtum! Sie waren's.

Dodgson

Nein, Sie!

Carroll

Ich war's nicht.

Dodgson

Ich erst recht nicht.

Carroll

Hören Sie, Dodgson, wenn Sie behaupten, ich sei der Autor, und ich behaupte, Sie seien es, dann sind wir uns doch zum ersten Mal völlig einig!

Dodgson

In der Tat, Carroll – völlig einig.

Carroll und Dodgson schütteln sich herzlich die Hände. Der Bäcker erscheint plötzlich im Schornstein, von goldenem Licht umstrahlt, und singt den Erzherzog-Johann-Jodler. Zugleich verschwindet das vorige Schild, es erscheint ein neues mit der Schrift: DES BÄCKERS TRIUMPH.

Büttel
Da jodelt doch einer!

Bäcker
Havaridiridijo!

Büttel
»Humsti-Bumsti« – der Tropf!

Biber
Sein Geschrei geht durch Bein mir und Mark …

Metzger
Seht, er winkt mit der Hand …

Biber
… und er nickt mit dem Kopf!

Bäcker jodelt weiter.

Rechtsanwalt
Ohne Zweifel, er fand es – das Schlarg!

Ein blendender Blitz, der Bäcker ist verduftet. Der Schornstein stößt eine einem rosa Hochzeitskuchen gleiche Wolke aus.

Büttel
Was tat er? Was war das?

Rechtsanwalt
Er sprang wie von Krämpfen gepufft
hinaus in die Luft!

Stimme des Bäckers
Ja, das Schlarg ist ein Schlarg!
(man hört ein orgiastisches Gelächter des Bäckers in der Ferne verhallend)
… ist ein Buuuuuuuuh …
(Stille)

Biber

Es klang fast wie … malm!

Rechtsanwalt

Nein, so klang es nicht.

Büttel

Sucht ihn!

Alle beginnen fieberhaft zu suchen, dabei nehmen sie die letzten Reste des Schiffes ganz auseinander. Das Wasser steigt zugleich immer höher.

Brother-Sisters

Wir suchen und suchen,
und dennoch, wir finden
keinen Knopf, nicht geschlossen, noch offen,
woraus wir ersehn,
daß am Orte wir stehn,
wo das Schlarg auf den Bäcker getroffen.

Alle

In der Mitte des Worts, dessen Sinn er gefunden,
auf dem Gipfel von Glück und Gefahr,
ist er binnen Sekunden
und lautlos verschwunden,
so wie sein Schicksal es war.

Brother-Sisters

Wir suchen und suchen,
und dennoch, wir finden
keinen Knopf, nicht geschlossen, noch offen,
woraus wir ersehn,
daß am Orte wir stehn,
wo das Schlarg auf den Bäcker getroffen.

Dodgson

(dessen Verstand inzwischen nachgegeben hat, fragt wie ein Kind)

Hat der Bäcker das Schlarg denn wirklich gefunden?

Carroll

Er fand, was er hoffte und fürchtete, sehn Sie?

Dodgson

Nur – wieso ist er plötzlich so völlig verschwunden?

Carroll

Das Schlarg w a r eben ein Buhmalm, verstehn Sie?

Das Wasser steigt allen über den Kopf. Wir sinken mit dem ganzen Theater auf den Meeresgrund. In einem Boot kommen die drei Mädchen angerudert. Sie steigen auf das Schiff und trennen Mr. Dodgson und Mr. Carroll mit einer riesengroßen Schere auseinander – Geräusch einer auseinanderfallenden Ziehharmonika. Die Mädchen holen Carroll zu sich ins Boot, das langsam davongleitet. Dodgson bleibt mit einer hilflosen Geste zurück. Alle geben sich überkreuz die Hände, wie es in England zu feierlichen Gelegenheiten üblich ist. Anstelle des vorigen Schilds erscheint ein neues mit der Aufschrift:

MIT MANN & MAUS

Man hört keinen Text mehr, sondern nur noch das Blubbern aufsteigender Luftblasen, die aus den auf- und zugehenden Mündern der Sänger steigen. Während des Nachspiels erscheint statt des vorigen ein Schild mit der Aufschrift:

HILLER
&

Darüber schiebt sich ein letztes mit der Aufschrift:

ENDE

Nachwort zum Nachwort des Nachdichters und zum Vorwort des Komponisten

Der Verfasser des Vorwortes zum Vorwort des Dichters hat bei Gelegenheit der Korrektur der Druckfahnen nun doch den Text des Buches gelesen und legt Wert auf die Feststellung, daß alles, was er im Vor-Vorwort über das Schlarg gesagt hat, nicht stimmt. Die Jagd nach dem Schlarg ist weder die Jagd nach dem Glück noch die Jagd nach irgend etwas anderem. (Lieber Wilfried Hiller: Sicher, was man dreimal sagt, ist wahr – *aber*: wenn man es viermal sagt, wird es wieder Lüge!) Die Jagd nach dem Schlarg ist das, *worauf Godot wartet!* Daß da vor mir niemand draufgekommen ist?*

Herbert Rosendorfer

* Darf ich mir den dezenten Hinweis auf die feinsinnige Symbolik erlauben, die darin zu sehen ist, daß dieses Buch mit einem Fragezeichen endet?

Anmerkungen zur Übersetzung einiger Nonsens-Wörter ins Deutsche

Von Michael Ende

SCHLARG
Da das englische Originalwort *SNARK* vermutlich ein Schachtelwort aus *SNAIL* und *SNARK* ist, in das auch noch eine *SNAKE* hineingekrochen ist, habe ich das deutsche Wort *SCHLANGE* und *ARG* nachgebildet. Außerdem erweckt es Assoziationen an *SCHLAGEN*, *QUARK*, *SCHLEIM*, *SCHLACHTEN* u. a. m.

KRETINATA
Das Originalwort *AGONY* klingt im Englischen anders als im Deutschen. Unser *AGONIE* hat einen eindeutig medizinischen Sinn von Todeskampf und würde im Zusammenhang dieses Gedichts nicht erheiternd, sondern eher leicht zynisch klingen. Im Englischen hat das Wort einen sehr viel allgemeineren Sinn (»woeful agony« in Coleridges *Ancient Mariner*) und deshalb bei Carroll einen parodistischen Unterton. Das Wort *KRETINATA* in der deutschen Version rechtfertige ich so: Auf der Illustration zu »fit the seventh« *(The banker's fate)* ist zu Füßen des Bankiers, der mit schwarzem Gesicht die Knochen-Kastagnetten schlägt, ein Notenblatt zu sehen, auf welchem steht: »con imbicillità«. Ich nehme nun an, daß dieses musikalische Werk eben *The Hunting of the Snark* selbst ist, welches der Bankier in »Koller«-atur singt und welches seiner Form nach eine *KRETINATA* ist. Dem Einwand, daß das Vorhandensein des Epos in sich selbst ein Paradoxon ergäbe, begegne ich mit dem Hinweis auf jene Stelle aus *Tausend und eine Nacht*, wo plötzlich die Erzählung von *Tausend und eine Nacht* zum Gegenstand der Erzählung wird und das Buch in äußerste Gefahr gerät, ad infinitum zu seinem eigenen Ausgangspunkt zurückkehren zu müssen wie der berühmte Hund, der in die Küche kam und dem Koch ein Ei stahl. Solche Drehwürmer züchtete Lewis Carroll in seinem poetischen Laboratorium nicht wenige.

KRAMPF
Dies scheint mir die einzig mögliche Übersetzung von *FIT*. Wenn auch die englische Doppelbedeutung von *ABSCHNITT* und *ANFALL* nicht nachzuahmen ist, so hat das deutsche Wort doch die Doppelbedeutung von *BLÖDSINN* und *KONVULSION*.

BOY
Für das Carrollsche Wortspiel mit *BOOTS*, das zugleich Hotelboy oder Schuhe bedeuten kann, gibt es kein deutsches Äquivalent. Ich habe mich deshalb für *BOY* entschieden, ein Wort, das auch bei uns bekannt ist.

BADEKABINEN
Das englische *BATHING-MACHINES*, also eigentlich *BADEKARREN*, habe ich kühnlich modernisiert, um der Sache eine gewisse Aktualität zu verleihen. Außerdem paßte es so besser in den Reim.

BUHMALM
Das englische *BOOJUM* erweckt Assoziationen an *BOO*! und *BOOGIEMAN* = *OLD BOGY* (with a long »o«) = *DEVIL, EVIL GOBLIN*. Im Deutschen haben wir das Wort *BUHMANN* als Kinderschreck. Die Silbe *»MALM«* erhöht die Bedrohlichkeit wegen des Anklangs an *MALMEN*, *ZERMALMEN* und bleibt doch nahe genug an *BUHMANN*, um die Assoziation zu erhalten.

IN NEANDERTALERSCHEN TÖNEN
Im Englischen *ANTIDELUVIAN TONE*. Man könnte natürlich auch im Deutschen sagen *IN VORSINTFLUTLICHEN TÖNEN*, aber irgendwie finde ich, daß im Deutschen *IN NEANDERTALERSCHEN TÖNEN* überzeugender klingt.

BROTZ
Im Englischen *UFFISH* (gebildet aus *GRUFFISH*, *ROUGHISH* und *HUFFISH* – nach Carrolls eigener Auskunft). Im Deutschen gebildet aus *BARSCH*, *GROB*, *ROH*, *RAUH*, *TROTZ*. Zur Auswahl standen folgende Wörter: *BROTZ*, *MORZ*, *GROTZ*, *BATZ*, vielleicht noch *GRÄTZ* und *BLÜFF*. Für *BROTZ* habe ich mich entschieden wegen der Alliteration: *BÜTTEL – BROTZ – BRAUEN*.

ICH KENNE NUN KEINE PARTEIEN MEHR
Im Englischen *FOR ENGLAND EXPECTS* … Diese Phrase Nelsons ist zwar auch bei uns durchaus bekannt, aber eben nur in England anwendbar. Da ich den Bäcker aber kurz zuvor ausdrücklich habe sagen lassen: »Ihr versteht ja wohl Deutsch nur allein«, mußte ich eine entsprechende deutsche Phrase nehmen. Und mir scheint, daß die unseres Kaisers bei Ausbruch des ersten Weltkrieges jener Nelsonschen an Tiefe nicht nachsteht.

GESCHWAFEL
Im Englischen *STUFF*, also durchaus ein etwas unfeiner Ausdruck.

JUCKJUCK
Im Englischen *JUBJUB*. Ein direktes Übernehmen dieses Namens gibt im Deutschen nicht viel her, während *JUCKJUCK* erstens, wie das englische Wort für englische Ohren, an einen Vogel erinnert und obendrein noch mit *JUCKEN* zusammenhängt und drittens im Genitiv wie *JUX* klingt.

SIE JAGTEN'S MIT GABELN UND HOFFNUNG ZUMAL
Es ist unmöglich, diesen Refrain in seinem geheimnisvoll-unsinnigen Tonfall zu verdeutschen. Ich habe versucht, wenigstens alle sachlichen Bestandteile in meiner Strophe unterzubringen. Außer der *SEIFE* ist es mir auch gelungen. Für diese habe ich eben das *LÄCHELN* in *TÜTEN* gepackt. Hätte ich die *SEIFE* retten wollen, so hätte ich auf die *GÜTE* oder die *FINGERHÜTE* verzichten müssen. Und von allen Ingredenzien schien mir die *SEIFE* am leichtesten zu entbehren.

KEUCHHUSTÖHNOSS
Im Englischen *OUTGRABE*. Nach Humpty Dumptys Erklärung »something between bellowing and whistling, with a kind of sneeze in the middle …« Im Deutschen also gebildet aus *KEUCHEN*, *HUSTEN*, *STÖHNEN* und *NIESEN*.

STUSS
Im Englischen *FUDGE*. Das deutsche Wort ist zwar kein ausgesprochenes Seemannswort (wie zufolge gewissen Kommentatoren das englische zu Carrolls Zeiten), doch ist es immerhin ausreichend vulgär, wenn auch mehr aus der Pennälersprache.

BULLERSCHNAPP
Im Englischen *BENDERSNATCH*, vielleicht gebildet aus *BANDOG* (böser Wachhund) und *SNATCHING*. Im Deutschen also *BULLENBEISSER* und *SCHNAPPEN*.

KNURGELND
Englisch *FRUMIOUS*. Siehe Carrolls Erklärung im Vorwort.

VERFLIXTER NICK
Im Original *DESPARATE WAG*. Da das Nicken des Bäckers mehrmals erwähnt wird, schien es mir erlaubt, es hier noch einmal anklingen zu lassen.

Im übrigen sei der geneigte Leser, den es zu vertiefteren Studien drängt, auf das Büchlein *The Annotated Snark*, herausgegeben von Martin Gardner, bei Penguin Books verwiesen.

Die Spielverderber

oder

Das Erbe der Narren

◆

Commedia Infernale

Vorwort

Die Uraufführung dieses Stückes im Jahre 1967 an den Frankfurter Städtischen Bühnen endete mit einem Tumult im Zuschauerraum. Ein Teil des Publikums, zugegeben der kleinere, klatschte ostentativ Beifall, der andere, größere, buhte und pfiff. Ich erinnere mich noch an einen Herrn in einer der ersten Reihen, der auf seinen Sitz gestiegen war und heftig gestikulierend nach hinten auf die Protestierenden einredete. Der Kampf dauerte immerhin fast eine halbe Stunde.

Die Kritiken waren, von sehr wenigen Ausnahmen abgesehen, vernichtend. Man fand das Stück wirr, unverständlich, symbolüberladen, mystisch verquast und vor allem schrecklich pessimistisch. Man hielt es für »absurdes Theater« und verglich es – natürlich sehr zu seinen Ungunsten – mit den Stücken von Ionesco und Beckett. An denen gemessen, war es freilich nicht absurd genug. Daß es sich bei meinem Stück um eine kritische Parabel, ein zorniges Narrenspiel handelte, das der Zeit den Spiegel vorhalten wollte, wurde entweder überhaupt nicht wahrgenommen, oder der gleichnishafte Charakter des Stückes wurde als äußerst ärgerlich empfunden. Niemand erkannte sich oder unser aller Situation in dem Bild wieder, das mein Spiegel zeigte.

»Die Spielverderber oder Das Erbe der Narren« ist – nach meiner Ansicht – ein optimistisches Stück. Es geht nämlich von der Hoffnung aus, daß ein auf dem Theater vorgeführter, imaginärer Weltuntergang – bei dem ja keiner Fliege etwas zuleide getan wird – auf irgendeine wenn auch noch so bescheidene Art dazu beitragen könnte, den wirklichen Weltuntergang zu verhindern. Das war freilich naiv. Doch konnte ich mich dabei immerhin auf die Naivität meines damaligen Lehrmeisters Brecht berufen, der gesagt hatte: »Es geht mir nicht darum, meine Figuren auf der Bühne sehend zu machen, sondern den Zuschauer.« Bisweilen kann man sich allerdings des Eindrucks nicht ganz erwehren, daß viele Leute die wirklichen Weltuntergänge weniger deprimierend finden als jene, die ihnen auf der Bühne oder in der Kunst vor Augen geführt werden. Meine späteren Arbeiten waren dann ja auch viel weniger aggressiv – und ich weniger optimistisch.

Ich hatte schon vor 1960 erste Entwürfe für dieses Stück niedergeschrieben, hatte es unzählige Male umgearbeitet, immer wieder von neuem versucht, es knapper und noch deutlicher zu formulieren. Mein Ziel war eine Art moderner Comedia del Arte, ein Typentheater, das mehr auf drastische Handlung setzt als auf die psychologische Auslotung der Figuren. Ich wollte paradigmatisch die typischen Verhaltensmuster darstellen, die man tagtäglich im nationalen und internationalen politischen, wirtschaftlichen und gesellschaftlichen Leben beobachten konnte und die seit dem Anbruch des mit Hiroshima eingeleiteten Atomzeitalters allesamt unsinnig, ja selbstmörderisch geworden waren. Die Metapher dafür ist in meinem Stück eine Erbengesellschaft, die sich zur Eröffnung des Testaments eines geheimnisvollen Erblassers in einem Zauberschloß voller unbekannter Kräfte zusammenfindet und sich vor die Wahl gestellt sieht, entweder im gemeinsamen Interesse aller zusammenzuwirken oder auf grausige Art zugrunde zu gehen. In dieser Situation völliger Verunsicherung, in der jede Entscheidung unvorhersehbare Auswirkungen hat, müßten die Erben ganz neue, ihren bisherigen Konventionen entgegengesetzte Verhaltensweisen an den Tag legen. Doch das können sie nicht. Sie halten an ihren gewohnten Grundmustern fest bis zum bitterbösen Ende.

Man erinnert sich: Es waren die Jahre des »kalten Krieges«; 1961 war die Berliner Mauer gebaut worden; Adenauers »Politik der Stärke« war endgültig gescheitert; 1962 hatte die Kubakrise die Welt an den Rand einer globalen Katastrophe gebracht – nicht weil den beiden Großmächten an dem winzigen Kuba viel lag, sondern weil es ihnen ums Prinzip ging; der absurdeste und infamste Krieg tobte in Vietnam; in der Bundesrepublik protestierten die Studenten, vereinigten sich 1966 in der »außerparlamentarischen Opposition«, um sich schon zwei Jahre später in zahllose Splittergruppen aufzulösen, die sich untereinander ideologisch bis aufs Messer bekämpften; kaum ein halbes Jahr nach der Uraufführung der »Spielverderber« verzögerten sich die geplanten Verhandlungen über einen Waffenstillstand in Vietnam um Monate, weil die Delegationen sich nicht darüber einigen konnten, ob an einem *runden* oder einem *rechteckigen* Tisch verhandelt werden sollte. Allein diese Verzögerung kostete auf beiden Seiten zahllose Menschenleben – und das auf die grauenhafteste Art. Die Höllengroteske der Realität hatte mein »schwarzes Märchen« an Zynismus bei weitem überholt. Dennoch, da in meinem Stück nicht ausdrücklich von Politik die Rede war, wurde die Parallele nicht zur Kenntnis genommen. Man darf nicht vergessen, damals beherrschte die sogenannte »Eskapismusdebatte« die kulturelle Szene. Was nicht wortwörtlich von politischer oder gesellschaftlicher Problematik sprach, galt als irrelevant und wurde von den tonangebenden Berufs-Urteilern kurzerhand als »Fluchtliteratur« abgetan.

Aber es kam auch noch anderes dazu, was dem Start des Stückes nicht gerade förderlich war. Die Inszenierung durch den Oberspielleiter Heinrich Koch war sicherlich nicht eine seiner glücklichsten Leistungen; die Besetzung der Rollen war durch die Bank falsch oder unzulänglich; sogar das Bühnenbild war gegen den Sinn des Stückes. Da es nach allen Seiten hin offen war, konnte der beklemmende Eindruck eines immer enger werdenden Gefängnisses natürlich nicht entstehen. Da es keine Türen gab, konnten diese auch nicht »zuwachsen« oder verschwinden. Anstatt daß der Boden unter den Füßen der Erben zu glühen begann – was diese dazu veranlaßt, auf den Verhandlungstisch zu klettern –, fing ausgerechnet die Tischplatte an zu glühen und die Erben sprangen unverständlicherweise auf diesen Grill. So ging es im Grunde von Anfang bis Ende.

Der Intendant der Städtischen Bühnen Frankfurt, Harry Buckwitz, und sein Oberspielleiter Heinrich Koch befanden sich zu jener Zeit in einer schon seit längerem schwelenden Fehde mit der Frankfurter Presse. Sie standen sozusagen auf der Abschußliste. Die zweifellos sehr angreifbare Aufführung meines Stückes bot also willkommenen Anlaß, mit ihm zugleich die beiden Herren zu erledigen. Bei solchen öffentlichen Keilereien werden ja bekanntlich keine feinen Unterschiede gemacht, und so bekam ich eben auch meine blutige Nase ab.

Noch erschwerender war allerdings ein anderer Umstand. Ich hatte einige Jahre zuvor meinen ersten Erfolg mit den beiden *Jim-Knopf*-Büchern gehabt. Daß das Schreiben von Kinderbüchern – und gar noch mit Erfolg – einem von der »seriösen« Kritik nicht vergeben wird, hat ja außer dem großen Rudyard Kipling schon mancher Autor erfahren müssen. Warum das so ist, weiß der Teufel. Aber der ist offenbar der einzige und hat es bisher niemandem erklärt. Jedenfalls gab es kaum eine Besprechung, in der nicht dem Sinne nach zu lesen stand: Kinderbuchautor, bleib gefälligst bei deinem Leisten und versteige dich nie wieder dazu, fürs »richtige« Theater zu schreiben!

Aber nun ist es zweifellos Zeit, auch von den Fehlern meines Stückes zu sprechen, und deren gibt es nicht wenige. Am gravierendsten ist wohl folgender: In jenen Jahren war man, vor allem am Theater, ungeheuer revolutionär und »antiautoritär«. Da gab es ein Schlagwort, das an allen Bühnen hitzig diskutiert wurde und das hieß: »Ensembletheater«. Das bedeutete, daß alles, aber auch alles konsequent demokratisiert werden sollte. Man wollte nicht nur den Theaterdirektor, sondern auch den Regisseur abschaffen. Alle Entscheidungen – nicht nur die wirtschaftlichen, sondern auch die künstlerischen – sollten aufgrund von freien Diskussionen innerhalb des Kollektivs gefällt werden, wobei nicht nur jedes Ensemblemitglied, sondern auch jeder Bühnenarbeiter und jede Garderobefrau das gleiche Mitspracherecht haben sollte. Vor allem aber sollte mit dem Unterschied zwischen Hauptdarstellern und Chargenspielern endgültig Schluß gemacht werden. Jeder sollte alles spielen.

Ich muß zugeben, daß ich für solche Ideen damals durchaus empfänglich war. Ich glaubte sogar, daß sich daraus auf längere Sicht eine neue Theaterästhetik entwickeln würde. Ich begann mir den Kopf darüber zu zerbrechen, wie man diese neue Haltung bis in die Form eines Stückes, seine dramaturgische Struktur hinein verwirklichen könne. Keine Hauptfigur mehr, der die anderen nur zuspielen, sondern lauter gleichwertige Rollen, sowohl was den Szenenumfang als auch was die Wichtigkeit für den Handlungsfortgang betrifft. Ähnliche Entwicklungen gab es ja in der zeitgenössischen Musik und im modernen Tanztheater schon längst. Das Thema der »Spielverderber« bot dazu ideale Möglichkeiten. Da alle Figuren im gleichen Konflikt stehen, haben auch alle die gleiche Bedeutung für dessen Lösung oder Nicht-Lösung.

Allerdings mußte ich bald einsehen, daß die ganze Diskussion um das »Ensembletheater« – wie so vieles andere – rein rhetorisch gewesen war. Da mein Stück keine Hauptrolle enthielt, fand sich auch kein Hauptdarsteller dafür. Auch bei der Frankfurter Uraufführung waren alle Protagonisten des Theaters zufällig anderweitig ausgebucht. Kein Berufstheater in Deutschland hat das Stück seither nachgespielt. Dagegen ist es fast so etwas wie ein Standardstück für Studentenbühnen und Schülertheater geworden – vielleicht gerade wegen der Gleichwertigkeit aller zwölf Rollen. Und sicherlich wegen seines Parabelcharakters.

Natürlich würde ich das Stück heute so nicht mehr schreiben. Damals stand ich, wie fast alle, die sich mit den Fragen eines neuen Theaters herumschlugen, stark unter dem Einfluß der dramaturgischen Theorien Bertold Brechts. Sein »episches Theater« will ja den Zuschauer mittels der sogenannten »Verfremdungseffekte« daran hindern, sich mit einer Figur auf der Bühne gefühlsmäßig zu identifizieren, will eine kritische Distanz des Zuschauers in bezug auf die gezeigten Vorgänge erreichen, indem es »das Übliche und Gewohnte als Merkwürdiges und Unbekanntes« darstellt, um so beim Publikum Nachdenken darüber zu provozieren, ob die gezeigten Vorgänge und Verhältnisse tatsächlich ewige und unveränderbare, oder nicht vielmehr kritisierbare und veränderbare sind. Brechts Theater ist dialektisch und hat das Ziel, der gesellschaftlichen Aufklärung und Belehrung zu dienen. Es macht »Abbildungen der Wirklichkeit zum Zwecke der Veränderung der Wirklichkeit«. Das heißt, das Theater soll keine Pseudo-Wirklichkeit herzustellen versuchen (wie etwa das von Stanislawski), sondern seinen Demonstrationscharakter deutlich ausweisen. Daraus ergeben sich seine stilisierenden Elemente.

Damals schien mir dieses Konzept die einzige Möglichkeit, modernes Theater zu machen, oder besser gesagt, dem Theater in der modernen Gesellschaft eine sinnvolle Funktion zu geben. Allerdings bemühte ich mich, nicht an Brechts Tonfall anzuknüpfen – wie es damals viele taten –, sondern eben nur an seine Dramaturgie. Der Marxismus schien mir in den wesentlichen Punkten längst überholt, an den Klassenkampf, aus dem Brecht sein rauhbeiniges Pathos bezog, glaubte ich damals schon nicht mehr, weil es inzwischen in den hochindustrialisierten Ländern längst keine proletarische Klasse mehr gab, die politischen und gesellschaftlichen Probleme hatten durch Atomphysik und technologisch-industrielle Weiterentwicklung Dimensionen erreicht, die jede Klassenfrage weit überstiegen.

Im Sinne der »Verfremdung« dieser neuen Situation schien mir gerade die phantastische Metapher ein geeignetes künstlerisches Mittel, um die höchstreale Frage nach Sein oder Nichtsein, vor die die Menschheit sich gestellt sieht, deutlich zu machen. Ich war zum Beispiel davon überzeugt, daß ein »magischer Vorgang« wie die

»große Multiplikation«, mittels welcher im Stück die Schlüssel und die Zettel ihre eigene Bedeutung, ihren Wert durch Überangebot selbst vernichten, von jedermann als ein Kürzel, eine poetische Formel für die zum ständigen Wachstum verdammte industrielle Massenproduktion von Gütern verstanden werden würde. Darin habe ich mich geirrt. Was wurde nicht alles in die Sache hineininterpretiert!

In späteren Jahren habe ich mich dann mehr und mehr von den Theorien Brechts entfernt – vor allem, als ich mir klar darüber wurde, daß er selbst sich im Grunde herzlich wenig an sie gehalten hat (glücklicherweise, wie man hinzufügen muß). Heute glaube ich, daß das Theater – wie übrigens alle Künste – ganz und gar nicht die Aufgabe hat, aufzuklären oder zu belehren, ja daß es zu diesen Zwecken geradezu das aller ungeeignetste Mittel ist. Das Theater ist weder Schule, noch Kirche, und es verliert seine Lebenssubstanz, wenn es versucht, eines von beidem zu sein. Theater ist Freiraum der Imagination, und wer meint, daß das wenig oder zu wenig sei, der sollte sich besser anderen Möglichkeiten öffentlicher Äußerung zuwenden. Theater ist für die Gesellschaft, was der Traum für das einzelne Individuum ist: jener unerläßliche Spiel-Raum des schönen oder auch schrecklichen Wahnsinns, der notwenig ist, um die wache Vernunft gesund zu erhalten. Wir wissen es inzwischen: Wer längere Zeit am Träumen gehindert wird, verliert buchstäblich den Verstand. Könnte es nicht sein, daß unsere Gesellschaft eben an dieser Krankheit leidet?

Heute bin ich überzeugt, daß der Zuschauer ein durchaus legitimes Anrecht darauf hat, sich mit der Hauptfigur auf der Bühne gefühlsmäßig zu identifizieren und in ihrer stellvertretenen Gestalt den schönen oder schrecklichen Traum zu träumen.

Als ich die »Spielverderber« schrieb, wollte ich durch einen komödienhaften Tonfall das Publikum sozusagen in eine Falle locken. Es sollte lachen, aber das Lachen sollte ihm nach und nach im Halse stecken bleiben, bis es schließlich im Untergangsgebrüll der Narren im Feuer ein Menetekel für seine eigene mögliche Zukunft erkennen würde. Heute befürchte ich, gerade damit dem guten Willen des Publikums zuviel zugemutet zu haben. Niemand läßt sich gern an der Nase herumführen, am wenigsten derjenige, der Eintrittsgeld bezahlt hat. Ich glaube, zu Recht. Es gibt so etwas wie ein stillschweigendes Übereinkommen zwischen Bühne und

Publikum, eine Form der Höflichkeit: Der Zuschauer erwartet, von Anfang an durch Tonfall und Gebärde auf das eingestimmt zu werden, was ihn erwartet – ob er lachen oder weinen soll, ohne sich nachträglich dafür schämen zu müssen. Gerade weil es in der Lebenswirklichkeit meist anders zugeht, sollte das Theater diesen Wunsch respektieren. Ich habe es damals aus Zorn und Eigensinn nicht getan.

Inzwischen ist fast ein Vierteljahrhundert vergangen. Nun soll dieses Stück noch einmal – diesmal in Buchform – einem breiten Publikum vorgestellt werden. Natürlich taucht die Frage auf, ob es nicht angebracht wäre, es ganz und gar zu überarbeiten, all seine Unverdaulichkeiten und Übertreibungen zu glätten oder zu eliminieren, um es so, in gefälligerer Form, vielleicht doch noch einmal auf die Bühne zu bringen. Aber dann wäre es ein völlig anderes Stück geworden. Darum meine ich, es ist besser, es zu lassen wie es ist, mit all seinen Fehlern. Daß ich heute das meiste anders machen würde, soll nicht heißen, daß ich in seiner ursprünglichen Form nicht mehr zu ihm stehe. Ich halte es nach wie vor für sehr gut spielbar und mir scheint, daß seine Aktualität – seit die ökologische Katastrophe sich immer deutlicher abzeichnet – eher noch zugenommen hat. Möglicherweise wird inzwischen auch manches besser verstanden werden – auf beiden Seiten der Rampe. Im Grunde kann über die Brauchbarkeit dieses Stückes erst wirklich geurteilt werden, wenn es wenigstens einmal zu einer adäquaten Realisation auf der Bühne gekommen ist – und die steht bis heute noch aus.

Michael Ende
September 1988

Synopsis der Handlung

Von einem geheimnisvollen Erblasser sind zehn Personen äußerst unterschiedlicher Herkunft als Erben eingesetzt worden. Sie kennen jedoch weder den Verstorbenen noch sich untereinander. Auch weiß niemand, worin die Hinterlassenschaft eigentlich besteht. Zur Eröffnung des Testaments versammeln sich die zehn in einem höchst merkwürdigen Schloß, dem ehemaligen Wohnsitz des Verstorbenen, das in abgelegener Gegend steht.

Nachdem alle vollzählig sind, händigt der Notar jedem von ihnen ein verschlossenes Couvert aus, in welchem sich ein Stück des in zehn Teile zerrissenen Testaments befindet. Um zu erfahren, welcher Anteil des Nachlasses jedem einzelnen zufällt, sollen die Erben diese zehn unregelmäßig geformten Papierfetzchen zusammensetzen wie ein Puzzle. Ihnen wird ausdrücklich mitgeteilt, daß der Sinn des Gesamttextes unverständlich bleiben wird, wenn auch nur einer von ihnen sich weigert, das Spiel mitzuspielen, denn auf jedem der Zettel steht eine wichtige Einzelheit, die aus dem übrigen Wortlaut unmöglich zu erraten ist. Jeder der Erben kann also das Gelingen des Ganzen beliebig verzögern oder auch verhindern, andererseits kann aber jeder von ihnen an das ihm zugedachte Erbteil nur heran, wenn er zugleich allen anderen zu dem ihren verhilft.

Doch die Beteiligten hegen von Anfang an Mißtrauen gegeneinander und gegen die ganze sonderbare Veranstaltung. Schon daß einer sich zunächst einmal Bedenkzeit ausbittet, genügt, um den allgemeinen Argwohn zu schüren. Da jeder auf die anderen angewiesen ist, vermutet jeder bei den anderen unfaires Spiel. Pläne werden geschmiedet, um sich gegen mögliche Benachteiligung zu schützen. Überlegungen werden angestellt, wie man die ehrliche Teilnahme aller am Spiel *erzwingen* könnte. Doch die verschiedenen Projekte durchkreuzen sich gegenseitig, so daß binnen kurzem die Sache völlig verfahren, jedes gegenseitige Vertrauen unmöglich geworden ist. Das Spiel kommt nicht zustande, offene Feindseligkeit bricht aus.

Nun tritt ein, was der alte wunderliche Diener des Hauses, der als einziger den Verstorbenen kannte, von Anfang an warnend vorausgesagt hat: Das magische Schloß beginnt auf alles, was die Erben gegeneinander planen und tun, zu reagieren. Es verändert sich –

zunächst unmerklich, dann immer drastischer. Das Haus erkrankt und bekommt Fieber. Die Temperatur in seinem Innern steigt. Als einer der Erben heimlich alle Ausgänge, die ins Freie führen, versperrt, um so zu verhindern, daß ein anderer sich vorzeitig davonmachen kann, ehe das Testament zusammengesetzt ist, fehlen am nächsten Tag diese Türen. Sie sind verschwunden. Alles im Palast verliert seine Farben, die Vögel, die anfangs in Schwärmen durch die Säle zogen, fallen tot zu Boden, die Karyatiden magern zusehends ab, Moder und Verfall breiten sich aus. Die Temperatur steigt weiter.

Diese warnenden Signale werden von den Erben nur insofern zur Kenntnis genommen, als sie sich davon eine repressive Wirkung auf die jeweils anderen versprechen. Je bedrohlicher die Verhältnisse werden, desto eher – so hofft jeder – wird die Gegenpartei die Nerven verlieren und nachgeben.

Als schließlich einer von ihnen versucht, die Lösung des Konfliktes mit *Gewalt* zu erzwingen, indem er die ganze Gesellschaft mit der Waffe bedroht, um sie zur Vernunft zu bringen, kommt es unversehens zu einem blutigen Unfall, bei dem ausgerechnet der Harmloseste von allen schwer verwundet wird. Um ihn vielleicht doch noch zu retten, müßte man einen Arzt rufen oder ihn in ärztliche Obhut bringen, doch dazu müßten die Türen nach draußen wieder erscheinen und geöffnet werden. Alle Beteiligten wissen, daß dies nicht geschehen kann, solange sie ihr Verhalten nicht ändern, doch eben das fordert jeder nur von den anderen.

Der Notar, von zunehmenden Skrupeln geplagt, verletzt seine Schweigepflicht, indem er dem Sterbenden heimlich den Inhalt des Testaments verrät, den er als einziger kennt, weil er zur Kontrolle eine Abschrift des gesamten Textes besitzt. Danach besteht das eigentliche Erbe in nichts anderem als dem Vertrauen, das die Erben einander schenken mußten, um die Teile zusammenzusetzen und so das Testament lesbar zu machen. Für den Notar ist das ganze nichts als der üble Scherz eines Misanthropen. Der Sterbende dagegen begreift die Bedeutung dieses Vermächtnisses und teilt sein Wissen den anderen mit. Natürlich glaubt ihm keiner, zumal der Notar, in seiner Angst, die Erben könnten sich aus Wut und Enttäuschung an ihm vergreifen, alles abschwört. In diesem Augenblick entwerten sich die Anteile des Testamentes selbst, indem sie sich wie Krankheitserreger ins Uferlose vermehren und als ein Schneesturm aus Papierfetzen durch alle Räume des Palastes wirbeln.

Noch immer fühlt keiner der Erben sich schuldig, jeder beruft sich auf die »Sachzwänge«, jedem scheint die eigene Handlungsweise vernünftig oder angesichts der sich zuspitzenden Notlage entschuldbar – so summieren sich Egoismus, Engstirnigkeit und Fanatismus, bis schließlich die große Katastrophe eintritt. Das Innere des magischen Schlosses verwandelt sich in eine gespenstische Höllenszenerie. Der Kampf aller gegen alle bricht aus. Zuletzt sitzt die ganze Gesellschaft in einem Raum zusammengepfercht, dessen Türen ebenfalls verschwinden. Feuer ist ausgebrochen, vielleicht durch die immer noch zunehmende Hitze, vielleicht durch Brandstiftung – jeder von ihnen kann es gelegt haben. Doch keiner denkt ans Löschen. In der verzweifelten Hoffnung, sich dadurch doch noch zu retten, daß sie den eigentlichen *Schuldigen* unter sich herausfinden und hinrichten, improvisieren die Erben in panischer Hast eine Gerichtsverhandlung, in der jeder Ankläger und jeder Angeklagter ist. Der gemeinsame Schuldspruch trifft zuletzt den Erblasser, der sie alle in diese infernalische Situation gebracht hat, aber an ihm ist das Urteil eben nicht zu vollstrecken.

Da ihnen buchstäblich der Boden unter den Füßen zu glühen beginnt, klettern die Erben schließlich auf denselben Konferenztisch, auf welchem sie zu Anfang des Stückes ihre Anteile hätten zusammenlegen sollen, klammern sich aneinander und brüllen sich gegenseitig die sinnlosen Wortfetzen ins Gesicht, die sie ursprünglich einmal auf ihren Zetteln gelesen haben, um so vielleicht doch noch die Aufgabe zu lösen, die ihnen gestellt war, aber auch die Sprache zerfällt ihnen nun im Munde zu einem absurden Gelall und Gebrabbel. Das Feuer bricht in den Saal ein und verschlingt sie.

Ich lebe und ich sterbe
mit Dir, o Menschenkind,
drum ist der Narren Erbe
ein Rauch im kalten Wind.

Ich blühe und verderbe,
wie Du verdirbst und blühst,
drum ist der Narren Erbe
ein Abgrund leer und wüst.

Dass jeder nur erwerbe,
was aus ihm selbst entsprang,
drum ist der Narren Erbe
der Narren Untergang.

Du selbst wirst Dir bescheret.
Sei klug, o Menschenkind!
der Narren Erbe fähret
dahin wie Rauch im Wind.

Inschrift über dem Portal des Palastes
von Johannes Philadelphia

Das Bühnenbild

Ein großer Festsaal im magischen Schloß des Johannes Philadelphia, das irgendwo fernab von menschlichen Behausungen steht. Ein Labyrinth von Nischen, Balkonen, Galerien, Wendel- und Freitreppen, nach vielen Seiten Türen und Durchblicke auf Gänge und immer fernere Räume wie auf den architektonischen Phantasien von Piranesi oder Desiderio Monsú. Durch hohe Fenster aus buntem Glas flutet Sonnenlicht herein und taucht den Saal in farbigen Glanz. Schwärme von Paradiesvögeln fliegen umher und erfüllen den Palast mal fern, mal nah mit melodischen Rufen. An Säulen und Wänden Karyatiden aller Art, Heroen und Götter, Tiere und Fabelwesen. Bildnisse und Gobelins, darunter der Einhorngobelin aus Cluny »a mon seul désir«. Der Raum ist angefüllt mit Kostbarkeiten, Wundern und Gerümpel wie ein Museum: Vitrinen, Statuen, Musikinstrumente, alchemistische Apparate, Planetarien, aber auch Wurlitzer, Autoteile, Computer, Gen-Modelle, Stereoanlagen und so weiter. Auf der linken Seite der Bühne schräg in den Hintergrund ein langer, mit grünem Filz bezogener Konferenztisch, umgeben von Sitzmöbeln, welche den Figuren der Handlung entsprechen, also ein Küchenstuhl, ein lederner Direktorensessel, ein Zellenhocker, ein Bauernstuhl und ähnliches. Auf der rechten Seite ein Podest, auf dem ein vergoldeter Thron steht, darüber ein Baldachin aus rotem Samt.

Während des *ersten Aktes* herrscht schwüle Sommerhitze. Die Beleuchtung verändert sich nach und nach, verdüstert sich, wird fahl. Draußen zieht ein Gewitter auf. Die ersten Blitze zucken.

Während des *zweiten Aktes*, der in der Nacht spielt, nimmt die Hitze weiter zu. Das Schloß bekommt Fieber und beginnt, schlecht zu träumen. Säulen neigen sich, Proportionen verschieben sich langsam aber sichtbar, in den Wänden entstehen Risse, sonderbare Geräusche werden hörbar.

Im *dritten Akt* nimmt die Hitze weiter zu. Alle Farben sind aus dem Schloß verschwunden. Der grüne Konferenztisch ist grau, der rote Baldachin ebenso. Die bunten Vögel sind schwarz geworden. Auch die handelnden Personen tragen nun graue Kostüme, wie auf einer Schwarzweißfotografie. Alles ist staubig und zunderdürr.

Im *vierten Akt* sind die Fenster und ein großer Teil der Durchblicke »zugewachsen«, d. h. verschwunden oder nur noch als architektonische Attrappe, sogenannte »blinde Fenster« vorhanden. Die Karyatiden sind zu Hungergestalten abgemagert und haben Gebärden des Flehens oder des Zorns angenommen. Auch die Bilder und Figuren zeigen erschrockene, schmerzverzerrte oder wütende Gesichter. Die Vögel sind tot und liegen in Haufen auf dem Boden herum. Die Gobelins und der Baldachin hängen zerschlissen herunter. Den Personen zerfallen die Kleider am Leib, wenn sie sich bewegen. Die Hitze ist inzwischen unerträglich.

Im *fünften Akt* sind nun auch die letzten der bisherigen Lichtquellen erloschen. Der Palast phosphoresziert leichenhaft. Manche Gegenstände glühen ab und zu auf. Entladungen rätselhafter Energien zucken über die Wände und sprühen Funken. Die Luft ist wie von glimmenden Nebelschwaden erfüllt. Brütende Hitze und Stickigkeit. Das Interieur hat sich in eine groteske Höllenszenerie verwandelt. Die Säulen stehen schief und krumm, die Treppen führen nirgendwo mehr hin oder sind zerbrochen, die Karyatiden und Statuen haben sich in Mumien und Gerippe wie aus der Kapuzinergruft in Palermo verwandelt oder in grausiges chirurgisches Anschauungsmaterial. Die Bildnisse zeigen wüste Fratzen und Mißbildungen aller Art. Alle Stoffe sind zu Fetzen zerfallen. Die Personen gehen um wie Gespenster, ihre Gesichter sind kalkweiß, ihre Kleider Spinnweben. Die letzten Türen schließen sich und verschwinden. Das Feuer bricht aus.

Die Personen der Handlung

in der Reihenfolge ihres Auftretens:

Ninive Geryon

ein vierzehnjähriges Mädchen, sehr hübsch, sehr verwöhnt, sehr frühreif, das seine Eltern und deren Welt haßt und sich deshalb in den Dschungel seiner Phantasien geflüchtet und darin verirrt hat.

Egon S. Geryon

ein Versicherungsdirektor, etwa fünfzig Jahre alt, Typ des smarten Managers, hat Herzbeschwerden, ist von seiner eigenen Redlichkeit überzeugt und fürchtet nichts so sehr, wie betrogen zu werden.

Elsbeth Geryon

seine Gattin, vierzig Jahre alt, zur Fülligkeit neigend, trägt zu viel Schmuck und zu starkes Make-up, blickt bedingungslos zu ihrem Mann auf und glaubt, daß der gute Wille alle Schwierigkeiten zu lösen vermag.

Sebastian Nothaft

ein junger Herumtreiber, ungefähr siebzehn oder achtzehn Jahre alt, mit dem Verstand eines Zwölfjährigen, bezieht sein Weltbild aus Comics und kann Lügen nicht leiden.

Alexandra von Xanadu

wirkliche oder angebliche Baronin, ehemalige Raubtierdompteuse, zwischen vierzig und fünfzig Jahre alt, eine »magic lady«, herrisch, souverän und sprunghaft – Donna Quichotte auf der Suche nach ihrer persönlichen Tragödie.

Dr. Leo Arminius

ein Notar unbestimmten Alters, er war niemals jung, ist magenleidend, trocken, sarkastisch, ein Pflichtmensch. Seine Aufgabe geht ihm entschieden gegen den Strich, und er wünscht nicht, in die Sache persönlich verwickelt zu werden.

Anton Buldt

der uralte Diener des geheimnisvollen Erblassers, skurril-phantastische Erscheinung, eine wandelnde Chronik, die von den Erben nicht verstanden und deshalb nach und nach zerstört wird.

Anna Fenris

eine blinde Bäuerin, etwa sechzig Jahre alt, dick und schwerfällig, mißtrauisch, geizig, eingeschüchtert, die zunächst bei anderen Mitleid und Zutrauen erweckt, bis sie zum ersten Mal im Leben die Wonnen der Macht erlebt.

Paula Olm

ein Spülmädchen, zwischen zwanzig und fünfundzwanzig Jahre alt, gutmütig und zurückgeblieben, reizlos, infantil, unsicher, immer ausgenutzt, ein glückloses Geschöpf, das zu rasch vertraut und zu spät durchschaut.

Klara Dunkelstern

eine vierzigjährige Lehrerin, mager und rechthaberisch, von ihrer eigenen Moral überfordert und überanstrengt, die der Gerechtigkeit durch eine Idee zum Siege verhelfen will und sich in den Menschen irrt.

Markus Schweler

ein General, etwa Mitte Fünfzig, gibt sich sportlich, leger, modern, ist aber cholerisch, reizbar und kann Zweifel an seiner Autorität nicht ertragen. Er glaubt an die Notwendigkeit einer »starken Hand« und degradiert sich schließlich selbst.

Jakob Nebel

ein Knastbruder unbestimmten Alters, eine windschiefe Gestalt, nicht ohne Pfiffigkeit, hört sich gerne reden, wobei er sich seine konfuse Ausdrucksweise in Gerichtsverhandlungen angeeignet hat, bei denen er meist verurteilt wurde, offensichtlich ohne zu verstehen, wovon überhaupt die Rede war.

ERSTER AKT

Großer Saal in einem geheimnisvollen Palast. Ein sonniger Spätsommernachmittag. Bunte Vögel fliegen frei umher und erfüllen den Raum mit ihren Rufen.

ERSTE SZENE

EINE FRAUENSTIMME
(weit entfernt)
Ninive!

EINE MÄNNERSTIMME
(etwas näher)
Ninive!

Eine maskierte Gestalt, eingewickelt in eine lange Decke, vor dem Gesicht eine asiatische Dämonenmaske, huscht über die Bühne.

BEIDE STIMMEN
(ziemlich nah)
Ninive!

Die Gestalt verbirgt sich. Egon und Elsbeth Geryon treten auf. Er ein gutaussehender Geschäftsmann um die Fünfzig, sie ein paar Jahre jünger, zur Fülligkeit neigend, etwas zu stark aufgemacht.

ELSBETH
Nein, hier ist sie auch nicht.

EGON
(setzt sich seufzend)

ELSBETH
Ich habe ihr doch gesagt, sie soll bei uns bleiben. Daß sie nie gehorchen kann!
(sie setzt sich ebenfalls und streift die Schuhe ab)
Wenn meine Schuhe nur nicht so drücken würden …

EGON

Ich habe dir gesagt, zieh nicht die neuen an. Wie lange laufen wir hier schon herum?

ELSBETH

Mindestens eine halbe Stunde.

EGON

Erstaunlich.

ELSBETH

Von außen sah das Haus eigentlich gar nicht so groß aus. Gibt es denn sowas, Egon, ein Haus das innen größer ist als außen?

EGON

(leidend)

Ich bitte dich, Elsbeth.

ELSBETH

Wir müssen doch endlich irgendwem begegnen!

EGON

Wir haben noch genügend Zeit, Elly.

Pause. Beide sehen sich den Raum an.

ELSBETH

Bist du schon zu einem Ergebnis gekommen, Egon?

EGON

Was wir bis jetzt gesehen haben, geht bereits in die Millionen, mein Kind. Als Versicherungsmann bekommt man eine untrügliche Nase für dergleichen.

ELSBETH

Meinst du, es werden viele Erben da sein?

EGON

Ich weiß nicht mehr als du. Mich beunruhigt viel mehr, daß mir der Name Johannes Philadelphia noch immer nichts sagt.

Elsbeth

Vielleicht war er ein Schulkamerad von dir. Oder es ist ein Pseudonym. Oder es war jemand, dem du irgendwann einmal etwas Gutes getan hast, an das du dich nicht mehr erinnerst.

Egon

Wird sich ja rausstellen.

Elsbeth

Schließlich hätte er uns doch nicht in sein Testament eingesetzt, wenn wir ihm ganz fremd gewesen wären.

Egon

Jedenfalls sollten wir's nicht jedem auf die Nase binden. Hörst du, Elly? In solchen Sachen kann man nicht vorsichtig genug sein.

Die maskierte Gestalt kommt aus ihrem Versteck und erschreckt die beiden.

Elsbeth

(schreit auf)

Egon!

Egon

(hilflos)

Was denn? Was ist das!

Die maskierte Gestalt

(beginnt zu lachen und nimmt die Maske ab. Es ist Ninive, Tochter der beiden, 14 Jahre alt.)

Elsbeth

(empört)

Ninive!

Egon

(greift sich ans Herz)

Ah!

Ninive

(schmollend)

Es war doch nur Spaß.

Elsbeth

(während sie Egon eine Tablette gibt)

Du weißt genau, daß dein armer Vater nicht gesund ist. Du wirst ihn noch umbringen und sagen, es war nur Spaß.

Egon

(zu Elsbeth)

Laß nur!

(zu Ninive)

Sag mal – bist du irgendwem begegnet?

Ninive

(schnippisch)

Schon möglich.

Elsbeth

Wem denn?

Ninive

Ihr glaubt mir ja doch nichts.

Egon

Wenn du hübsch bei der Wahrheit bleibst, schon.

Elsbeth

Was dir ja meistens ziemlich schwerfällt.

Egon

Nun laß sie doch in Ruhe, Elsbeth! Also, mein Kätzchen, wem bist du begegnet?

Ninive

(räkelt sich in einem Stuhl)

Habt ihr eigentlich schon den Reitsaal gesehen? Fabelhaft, sag ich euch. Riesengroß und ganz dämmrig wie eine Kirche. Lauter Spiegel an den Wänden, alle mit schwarzen Tüchern verhängt. Ihr seht ja nie was.

Egon

Na und? Weiter?

Ninive

Ich schau mich um – und da seh ich plötzlich in der Ecke hinten – ein riesiges schwarzes Pferd.

(sie richtet sich, von ihrer eigenen Erzählung fasziniert, auf)

Ganz reglos. Ausgestopft, hab ich zuerst gedacht. Ich geh drauf zu, da seh ich auf einmal in der Dunkelheit über dem Pferdekopf – zwei weiße Augen. Nur zwei Augen, versteht ihr, die mich anstarren.

ELSBETH

Um Gottes willen!

NINIVE

Ich steh also da – nach und nach kann ich einen Reiter unterscheiden, seine Gestalt, seine Hände, nur sein Gesicht nicht. Er hatte eine Maske auf – die hier.
(sie hält sich die Maske vor)

ELSBETH

Hat er mit dir gesprochen?

NINIVE

Ja. Er hatte eine ganz seltsame, hohe, alte Stimme.

EGON

Was hat er denn gesagt?

NINIVE

(hält sich wieder die Maske vor)
»Sage deinem Vater, ich warne ihn!«

EGON

(plötzlich beunruhigt)
Mich? Wovor denn?

NINIVE

(noch immer mit Maske)
»Vor Betrug.«

EGON

Wen meint er denn? Hat er Namen genannt?

NINIVE

(zuckt die Achseln und nimmt die Maske ab)

EGON

Meinte er einen der Erben? Versuch dich doch zu erinnern, Kind?

NINIVE

(gelangweilt)

Er sagte: »Hütet euch vor Betrug!« Das war alles.

EGON

Wer war denn dieser Kerl? Hast du ihn nicht gefragt?

NINIVE

Doch. Aber er machte so:

(sie legt den Finger an die Lippen der Maske und läßt sie verneinend den Kopf schütteln)

EGON

Und dann?

NINIVE

(hat keine Lust mehr)

Dann ist er fortgeritten.

EGON

(plötzlich mißtrauisch)

Und die Maske?

NINIVE

(harmlos)

Die hab ich später gefunden.

EGON

So, gefunden! Ninive, schau mir mal in die Augen? Hast du uns etwa schon wieder angelogen?

ELSBETH

Es ist hoffnungslos, Egon. Was soll man bloß mit ihr machen?

EGON

Nun hör mir mal gut zu, mein Mädchen. Siehst du, es gibt Situationen im Leben, wo man sich absolut aufeinander verlassen können muß. So eine Testamentseröffnung, die ist wie ein Schiff im Sturm, verstehst du? Jeder auf seinem Posten, Schulter an Schulter. Eine einzige falsche Meldung kann alle in den Untergang reißen. Wir müssen jetzt zusammenhalten. Hast du mich begriffen, Ninive?

Ninive
Ich hab ja gesagt, daß ihr mir nichts glaubt.

In diesem Augenblick hört man Hufschlag im Haus, der sich nähert.

Egon
(aufhorchend)
Das ist doch ein Pferd? Tatsächlich, das ist Hufschlag! Warum tust du denn, als ob du gelogen hättest, Ninive? Es kommt näher!
(er erhebt sich)
Ich muß diesen Mann unbedingt sprechen. Kommt mit!
(eilig hinaus)

Elsbeth folgt ihm, Ninive bleibt allein zurück.

ZWEITE SZENE

Ninive allein.

Ninive
(erstaunt)
Aber es war doch gelogen!
(sie bricht in ein leises, boshaftes Gelächter aus)
Es war doch gelogen!
(plötzlich ernst)
Oh, jetzt versteh ich, ich versteh genau! Hier kann man nicht lügen. Was man sagt, wird im selben Augenblick zur Wirklichkeit. Das Haus hört uns zu. Nicht wahr, du hörst uns? Vielleicht sitze ich hier mitten in deinem großen Ohr.
(sie drapiert sich vor einem Spiegel die Decke um und setzt sich auf einen Thron rechts auf der Bühne)
Hör mir genau zu! Ich will etwas, das ganz und gar mir gehört. Zum Beispiel so einen hübschen Vogel, den ich töten könnte – ohne Grund, nur zum Zeichen, daß er mir gehört. Wahrscheinlich werde ich schrecklich weinen über seiner winzigen Leiche. Kannst du das verstehen, altes Haus? Dann gib ihn mir. Amen.

Fröhliches Pfeifen nähert sich. Sebastian Nothaft tritt auf, ein Junge von etwa siebzehn mit dem Gemüt eines Zwölfjährigen. Zwischendurch antwortet er den Vögeln. Als er Ninive sieht, bleibt er erstarrt stehen, läßt den letzten Ton langsam verheulen, schlägt mit der Faust auf sein Herz und intoniert einige Detonationen.

SEBASTIAN
Pch! Pch! Pchchch!
(erklärend)
Feuerwerk! Pchchch!

NINIVE
(steht auf und will fort)

SEBASTIAN
Vorsicht!

Ninive schaut sich erschrocken um. Sebastian greift schnell eine kostbare Vase und wirft sie ihr quer über die Bühne zu, Ninive fängt sie unwillkürlich auf. Sebastian lacht.

NINIVE
Sind Sie verrückt?

SEBASTIAN
(ernsthaft)
Vollkommen! In meinem Schrank fehlen sämtliche Tassen, dafür habe ich einen Dachschaden und lauter lockere Schrauben, da können Sie fragen, wen Sie wollen.

NINIVE
Das seh ich auch so.

SEBASTIAN
Sie haben den Blick für sowas. Wissen Sie, was ich zuerst gedacht hab? Da sitzt die Königin Atlanta, hab ich gedacht.

NINIVE
Wer ist denn das?

SEBASTIAN
Die Königin Atlanta? Die kennen Sie nicht? Das gibt's doch

nicht! Haben Sie vielleicht noch nie was von Phantom gehört? Die Heftchen, mein ich. Was lesen Sie denn überhaupt.

NINIVE
Allerhand. Lyrik zum Beispiel.

SEBASTIAN
Kenn ich nicht. Ist der gut? Phantom müssen Sie lesen. Phantom ist der Größte!

NINIVE
Wirklich? Warum denn?

SEBASTIAN
Sie fragen vielleicht! Weil er eben ein Held ist. Unbesiegbar! Edel, verstehn Sie? Und weil er nie lügt.

NINIVE
Ist das Ihr Ernst?

SEBASTIAN
Ja, ich kann Leute nicht leiden, die lügen. Sie?

NINIVE
Glauben Sie denn, was in den Heftchen steht?

SEBASTIAN
Das ist alles dokumentarisch. Ich geb Ihnen eins, dann werden Sie selber sehen.
(er geht zu einem Gobelin und zeigt auf das Spruchband)
Auch so was Ähnliches, scheint's. Was sagt sie?

NINIVE
A mon seul désir.

SEBASTIAN
Eine Geheimsprache?

NINIVE
Französisch.

SEBASTIAN
Aha. Schade.

NINIVE
Meine einzige Sehnsucht.

SEBASTIAN
Wieso?

NINIVE
Das heißt es.

SEBASTIAN
Meine einzige Sehnsucht? Auch edel.

NINIVE
Was sind Sie eigentlich? Von Beruf, mein ich.

SEBASTIAN
(zuckt die Achseln)
Ich hab alles mögliche gemacht, Zeitungsverkäufer, Bauarbeiter, Tankstelle … aber das ist alles nichts für mich. Da erlebt man nichts, wissen Sie. Wenn ich hier viel Geld erbe, geh ich auf eine Abenteuerreise um die ganze Welt. Ich werd noch mal was ganz Großes tun, das weiß ich.
(schaut sich im Raum um)
Mir gefällt's hier.

NINIVE
Wie kommen Sie eigentlich hierher?

SEBASTIAN
(verständnislos)
Mit meinem Moped.

NINIVE
Ich meine, ob Sie auch wegen der Testamentseröffnung hier sind?

SEBASTIAN
Ja … das schon. Ich weiß nur überhaupt nicht …

NINIVE
Wer der Verstorbene war?

SEBASTIAN
Sie auch nicht?

NINIVE
Doch. Ich schon. Ich hab ihn sogar sehr gut gekannt.

Sebastian
Wer war er denn?

Ninive
Mein Vater.

Sebastian
(verwirrt)
Oh, dann … dann sind Sie also die Tochter von … von Ihrem Vater. Herzliches Beileid. Entschuldigen Sie, daß ich so …

Ninive
Schon gut. Aber Sie dürfen es vorläufig niemand verraten, hören Sie? Es muß geheim bleiben.

Sebastian
Da bin ich wie ein Tresor, Sie können sich drauf verlassen.

Ninive
Und wissen Sie, warum ich Sie hierher gerufen habe? Ich brauche jemand, der mich beschützt.

Sebastian
(begreift nicht gleich, macht dann vor Freude einen Luftsprung)

Ninive
Wenn Sie mir gehorchen, dann werden Sie große Schätze bekommen. Sie werden so reich, wie Sie es sich gar nicht vorstellen können. Aber Sie müssen mir in allem gehorchen.

Sebastian
Und Sie stehen jetzt unter meinem Schutz.

Ninive
Es ist aber sehr gefährlich. Haben Sie keine Angst?

Sebastian
Wovor?

Ninive
Dieses Gebäude ist eine Falle.

Sebastian
(pfeift durch die Zähne)

Ninive

(wird von ihrer eigenen Erzählung mitgerissen)
Es ist nämlich überhaupt nicht so groß, wie man meint. Es hat sogar nur einen einzigen wirklichen Raum. Alle Treppen und Gänge sind nur an die Wände gemalt – so täuschend, daß man es nicht merkt, sogar wenn man hineingeht. Und dort sind wieder Türen an die Wände gemalt, und Zimmer dahinter und neue Treppen und Gänge. So geht es immer weiter.

Sebastian

(begeistert)
Versteh schon, vierte Dimension und so was. Das kenn ich.

Ninive

Und wir zwei – wissen Sie, wo wir jetzt gerade sind? Wir sind nur noch zwei ganz winzige Figuren auf einem Bildchen, das in einem gemalten Zimmer hängt, das auf einem Bild zu sehen ist. Wir können immer weiter hineingehen, immer tiefer und tiefer, ohne je ein Ende zu finden, aber wir können nicht mehr zurück, außer …

Sebastian

Außer was?

Ninive

(sehr ernst)
Außer Sie führen mich hinaus. Glauben Sie, Sie könnten es?

Sebastian

Verlassen Sie sich auf mich.

Ninive

Sind Sie sehr stark?

Sebastian

Muß man stark sein dazu?

Ninive

Sie müssen mich tragen.

Sebastian

Wenn's nur das ist.

Ninive
Ich bin aber sehr schwer.

Sebastian
Das kann ich mir nicht denken.

Ninive
Doch, ich bin sehr schwer. Das müssen Sie mir glauben. Ich bin so schwer wie aus Stein.

Sebastian
Ich möcht Sie gern mal hochheben – wenn Sie's erlauben?

Ninive
Ich befehle es.

Sebastian
(hebt sie vorsichtig auf seine Arme)
Sehen Sie, ich trag sie leicht.
(beide lachen)

Hinter der Bühne knallt ein Schuß, ein bunter Vogel fällt tot neben dem Paar zu Boden.

Ninive
Mein Vogel!

VIERTE SZENE

Die Vorigen. Alexandra von Xanadu erscheint mit rauchendem Gewehr auf der Galerie. Sie trägt alte Reithosen und einen durchlöcherten Rollkragenpullover. Offenbar hat sie in diesen Kleidern zuletzt in Scheunen genächtigt.

Alexandra
Ah, die ersten Gäste! Das Fest beginnt!
(sie kommt die Treppe herunter. Sebastian setzt Ninive ab und stellt sich schützend vor sie – in Judopose. Alexandra geht an ihm vorbei, ohne ihn zu beachten, und hebt den Vogel hoch.)
Ist er nicht wunderschön? Topas und Lapislazuli. Er ist anbetungswürdig. Ich bin schon seit einer Stunde hinter ihm her.

(sie wendet sich Sebastian unvermittelt zu und fixiert ihn. Sie scheint seine Zukunft zu »sehen«.)
Wozu sind Sie gekommen? Um eine Erbschaft zu machen … Ach, mein liebes Herz, ich sehe schon, wozu Sie gekommen sind. Glauben Sie an Vorahnungen? Pferde haben dergleichen manchmal.

SEBASTIAN
(richtet sich auf, sichtlich erleichtert)
Ich dachte schon, Sie haben was gegen uns. Guten Tag.

ALEXANDRA
(nickt ihm lächelnd zu, dann halb für sich)
Vielleicht gibt es irgendwo in diesem Haus Feuer.

SEBASTIAN
Ich hab Streichhölzer.

ALEXANDRA
Danke, es handelt sich nicht um mich, sondern um meine Berglilie. Sie ist verrückt geworden und rennt wie toll herum. Sind Sie ihr zufällig begegnet?

SEBASTIAN
(ernsthaft)
Eine herumrennende Lilie – also die wär mir bestimmt aufgefallen.

ALEXANDRA
(fixiert ihn, nickt langsam, dann mit zweideutiger Betonung)
Ja – du bist von der Art, die immer dran glaubt. Es handelt sich um eine weiße Stute. Alle Berglilien stammen in gerader Linie von Mohammeds Hengst ab.

NINIVE
(begreift plötzlich)
Ach so! Das war also der Hufschlag vorhin!

SEBASTIAN
Wozu braucht Ihr Pferd denn Streichhölzer?

ALEXANDRA
Sie fürchtet das Feuer. Sie spürte es Stunden vorher, als einmal der Zirkus abbrannte. Lilie ist sonst das vernünftigste Pferd von

der Welt. Sogar bei den schwierigsten Raubtiernummern hat sie stillgehalten wie ein Denkmal. Aber heute? Ich war schon früh am Morgen hier, das Haustor steht offen, ich reite ganz gemütlich bis in die zweite Etage hinauf und schaue mir die Sachen an, steige ab, um eine kleine Vase in die Hand zu nehmen – frühe Ming-Periode! –, plötzlich bleckt Lilie die Zähne, legt die Ohren an, steigt hoch wie ein Schlagbaum und hui! auf und davon. Hört auf kein Rufen, nichts! Seither ist sie verschwunden.

NINIVE
Sie sind vom Zirkus?

ALEXANDRA
Ja, ich hatte sieben Tiger, vier Löwen und einen schwarzen Panther. Der siebenundzwanzigste November. Wissen Sie, was das ist? Mein Todesdatum. Der Tag, an dem ich die Tiere verkaufen mußte.

SEBASTIAN
(verwirrt)
Aber Sie – Sie sehen eigentlich ganz lebendig aus.

ALEXANDRA
(freundlich)
Man stirbt öfter im Leben – wenn man wirklich lebt.

NINIVE
Warum haben Sie sie denn verkauft?

ALEXANDRA
(leicht)
Sehr einfach. Wir haben Pleite gemacht.

NINIVE
Vielleicht erben Sie jetzt viel Geld und können alle Tiere zurückkaufen.

ALEXANDRA
Das würde ich nicht tun, und wenn ich eine Million hätte, mein Kind.

NINIVE
Warum?

ALEXANDRA

Ich widerrufe nichts. Still! Da ist sie!
(Hufschlag, diesmal weit entfernt)
Lilie! Mein kleiner Liebling! Mein Sammetmäulchen!
Zum Teufel nochmal, wirst du endlich hören, du hysterisches Schaukelpferd!
(sie lauscht)
Mein Himmelsangesicht! Mein Sonnenfellchen! Verdammt, wenn du nicht sofort parierst, breche ich dir alle Knochen im Leib, du stinkendes Kamel!
(der Hufschlag verklingt)
Sie hört mich nicht, sie ist völlig verstört, die Arme. Ich muß sie mit dem Lasso einfangen.

Sie eilt hinaus, Sebastian und Ninive werfen sich einen Blick zu und folgen ihr neugierig.

FÜNFTE SZENE

Der Notar Dr. Leo Arminius, einen steifen Hut auf dem Kopf, eine Aktentasche unter dem Arm, geht umher und betrachtet voll innerer Ablehnung Bildnisse und Büsten.

ARMINIUS

… oder das? War das Ihr Gesicht, Johannes Philadelphia? Ich frage mich, was Sie vom Menschen wissen. Offengestanden, mich degoutiert die Art, wie Sie die Schwäche Ihrer Erben in Versuchung führen wollen. Vertrauen Sie ihnen so – oder spotten Sie ihrer? So töricht das eine wie das andere boshaft.

Er will weitergehen, hält aber verblüfft inne.

SECHSTE SZENE

Arminius. Vor ihm steht Anton Buldt in einer Automobilistenvermummung aus den Frühtagen der Technik.

ARMINIUS

Herr Buldt, soweit ich sehe?

Anton

Ich bitte um Vergebung, Herr Notar, wenn mein Anblick Sie befremdet. Ich wollte nur vermelden, daß ich soeben die Erben mit dem Automobil von der Bahnstation abgeholt habe. Daher diese sportliche Tracht.

Arminius

Meinen Respekt, lieber Buldt! Ich bin froh, daß ich an dieser Fahrt nicht teilnehmen mußte. Jedenfalls sind alle Herrschaften lebend angekommen?

Anton

Sehr wohl, Herr Notar. Nämlich die vier, welche mit dem Zug eingetroffen sind.

Arminius

Nur vier? Wo sind die anderen?

Anton

Einige scheinen sich bereits im Hause zu befinden.

Arminius

Möglich – ich hörte schon verschiedentlich Lärm. Sie wissen, daß die Erben vielleicht über Nacht bleiben? Oder auch länger – bis alles geordnet ist. Haben Sie für diesen Fall vorgesorgt?

Anton

Sehr wohl, Herr Notar. Ich habe getan, was möglich war.

Arminius

Man sieht nicht allzuviel von Ihren Bemühungen.

Anton

Oh, was das betrifft – früher war dieser Palast ein wahres Wunder an Ordnung und Schönheit. Aber seit dem Tode des lieben verehrten Herrn begann er, an Glanz zu verlieren. Ich fürchte, offengestanden, es liegt an mir.

Arminius

(sarkastisch)

Tatsächlich, fürchten Sie das?

Anton

Ich hätte mich still verhalten müssen. Jeder meiner Versuche, das einbrechende Chaos zu bezwingen, vergrößerte es nur, wenn auch unmerklich. Aber wer, ich frage Sie, vermag sich schon so stille zu halten, daß niemand im Himmel und auf Erden ihn bemerkt und Götter und Engel sich rings um ihn niederlassen, arglos wie die Vögel um eine unschuldige Vogelscheuche?

Arminius

Sagen Sie, Herr Buldt, warten Sie darauf, daß mir ein Kronleuchter auf den Kopf fällt? Oder warum starren Sie die ganze Zeit gen Himmel?

Anton

Der Vögel wegen, mein Herr. Sie haben offenbar noch nichts bemerkt. Sie ziehen dieser Tage, darum achten sie auf nichts.

Arminius

Sie ziehen?

Anton

Vom Süden in den Norden des Palastes, um sich zu paaren und zu nisten. Sehen Sie nur, sie schreiben im Fluge Zeichen in die Luft, Botschaften, ein Alphabet, welches das Herz zu lesen versteht – falls es lesen gelernt hat. Fällt Ihnen nicht auf, Herr Notar, daß ein Wort fehlt?

Arminius

Nein. Vielleicht läßt nur die Grammatik der Kleinen zu wünschen übrig?

Anton

Ich fürchte, mein Herr, es wurde dieser Palast eines kostbaren, unersetzlichen Wortes beraubt. Er wird es nie wieder sprechen können. Und ein totes Wort ist der Anfang des Verstummens.

Arminius

Was soll das heißen?

Anton

Es soll heißen, mein Herr, daß dies kein Haus ist wie andere Häuser. Es ist kein gewöhnliches Haus.

ARMINIUS
Ja, es ist ein ungewöhnlich, unangenehmes Haus!

ANTON
Es lebt.

ARMINIUS
Wie bitte?

ANTON
Es atmet. Es antwortet. Es ist ein lebendiges Wesen.

ARMINIUS
Sie waren viel allein in letzter Zeit, nicht wahr?

ANTON
(streng)
Mir obliegt die Pflicht, keinen, der hier weilt, darüber im unklaren zu lassen, daß dieser ganze gewaltige Palast ein einziger lebendiger, untrüglicher Spiegel ist, der alle empfangenen Bilder zurückwirft auf die Urheber und deren wahres Wesen offenbart. Oh, ich könnte Ihnen Verwandlungen erzählen, sowohl des Hauses als auch derer, die hier weilten, Verwandlungen wunderbarer und auch schrecklicher Art …

ARMINIUS
Es ist nicht meines Amtes, Ihnen Befehle zu erteilen, Herr Buldt. Aber ich rate Ihnen dringend, sich auf Ihre Pflichten als Diener zu beschränken.

ANTON
Mein Herr! Es bestürzt mich, daß mir ein Mann des Rechtes den Rat erteilt, Wahrheiten von solcher Tragweite zu verschweigen. Ich werde ihn nicht befolgen!

ARMINIUS
Wie Sie wollen. Holen Sie jetzt die Herrschaften. Ich warte im Arbeitskabinett.

ANTON
Sehr wohl, Herr Notar.

Beide gehen zu entgegengesetzten Seiten ab.

SIEBTE SZENE

Draußen zunehmende Gewitterstimmung. Anna Fenris, eine blinde alte Bauersfrau, kommt vorsichtig auf die Bühne. Gleichzeitig erscheint auf einer Galerie Alexandra von Xanadu mit dem Vogel. Sie lehnt sich über die Brüstung und beobachtet die Blinde. Anna Fenris geht, halbe Worte vor sich hinmurmelnd, umher und betastet prüfend allerlei Gegenstände und Stoffe. Als man Stimmen näherkommen hört, setzt sie sich rasch auf einen Stuhl und hält ihre Handtasche fest. Die Vogelrufe hören nach und nach auf.

ACHTE SZENE

Die Vorigen. Es treten auf Paula Olm, ein Spülmädchen, und Klara Dunkelstern, Lehrerin, mit ihnen Egon und Elsbeth.

KLARA
Sie haben sich wohl schon weidlich umgesehen hier?

ELSBETH
Wir waren schon beunruhigt, weil wir keine Menschenseele finden konnten, denken Sie nur. Aber nun freuen wir uns sehr, mein Mann und ich, daß Sie da sind und wir Sie alle kennenlernen. Wir sind ja jetzt sozusagen eine große Familie, nicht wahr?

EGON
Übrigens, dieser General – wo ist er denn geblieben?

ELSBETH
Eben war er noch bei uns.

PAULA
Das ist ein feiner Herr. Ich bin mit ihm im Bahnabteil gesessen.

KLARA
Nun, ich will mir kein persönliches Urteil erlauben. Er mag menschlich sympathisch sein, aber ich lehne Militär aus prinzipiellen Gründen ab.

EGON

(am Fenster)

Sieht aus, als gäbe es bald ein Gewitter.

PAULA

Sie, Fräulein, ich muß noch einmal drauf kommen, also wenn Sie jetzt zum Beispiel eine Million erben würden?

KLARA

(lacht)

Nein, mein Kind, auch dann würde sich in meinen Leben nicht viel ändern.

PAULA

So was kann ich einfach nicht glauben.

KLARA

Sehen Sie, ich will versuchen, es Ihnen zu erklären. Ich habe es sehr schwer gehabt in meiner Jugend, auch später noch. Was man so Glück nennt, ich meine das wahre innere Glück, war mir nicht gegeben, damals, meine ich.

(Sebastian und Ninive treten auf und bleiben unbemerkt im Hintergrund. Ninive setzt sich von Sebastian fort)

Bis ich eines Tages begriff, daß es Menschen gibt, die für sich selbst nichts erwarten dürfen, die aber dafür eine höhere und reinere Erfüllung ihres Lebens finden können, indem sie dem Wohle anderer dienen.

PAULA

Ja, aber wenn Sie jetzt auf einmal steinreich wären?

KLARA

Dann, Fräulein Paula, würde ich meinen Reichtum als eine Leihgabe betrachten, die mir gegeben wurde, um anderen Menschen zu helfen.

PAULA

Sie sind ja eine Idealistin, oder?

KLARA

(scharf)

Keineswegs. Ich sehe die Realität vermutlich nüchterner als Sie, mein gutes Kind.

Man hört entfernt seltsamen Lärm und Zerbrechen von Porzellan.

Anna

(für sich)

Da war was!

Klara

Vielleicht sollte man nachsehen?

Egon

Ach was, wahrscheinlich hat der alte Diener Geschirr zerbrochen. Das ist doch kein Grund zur Beunruhigung.

Paula

Also ich, ich bin da ganz anders. Wenn ich auf einmal eine Million hätte – ha, was glauben Sie! Als erstes würd ich dem Wirt und der Küchenchefin, wo ich seit zwei Jahren das Geschirr wasche, den Abspüllumpen um die Ohren hauen, so links und rechts und noch mal, für jedes Mal, wo sie mich schikaniert haben. Und dann würde ich mit dem Flugzeug nach Paris hinüberfliegen und mir mindestens hundert sündteure Kleider kaufen. Und dann möcht ich eine Villa am Meer, da würd ich den ganzen Tag auf einer großen Ottomane liegen und Illustrierte anschaun. Und dann, ja, dann tät ich mir selber ein Dienstmädchen halten, und die würd es ehrlich gut haben bei mir, so gut wie nirgends, weil ich ja schließlich genau weiß, was so eine Person braucht, das können Sie mir glauben.

Klara

(säuerlich)

Da kann man nur hoffen, daß eine Million genügt.

Paula

Leicht. Und Sie, Frau, was täten Sie, wenn Sie auf einen Schlag einen riesigen Haufen Geld hätten?

Anna

Ich? Da dran denk ich nicht, Fräulein.

Paula

Warum, Sie sind doch auch als Erbin hier, oder?

Anna

Ich glaub's nicht. Es wird sich gewiß gleich herausstellen, daß sie mich bloß aus Versehen eingeladen haben.

Egon

Ach, wie kommen Sie darauf?

Elsbeth

Haben Sie etwa den Verstorbenen gar nicht gekannt?

Egon

(leise)

Elsbeth!

Klara

Was bringt Sie denn zu einer so sonderbaren Vermutung?

(peinliches Schweigen)

Paula

(ängstlich)

Aber wenn es so wär, deswegen könnt er einem doch was vererben, oder?

Egon

(barsch)

Kaum anzunehmen.

NEUNTE SZENE

Die Vorigen. General Markus Schweler, hinter ihm Anton Buldt. Schweler hält sich ein Taschentuch an die Stirn.

Schweler

Bitte um Verzeihung, wenn ich Sie warten ließ, meine Herrschaften.

Elsbeth

Mein Gott, Sie bluten ja! Hier, nehmen Sie mein Kölnisch – zum Desinfizieren.

Schweler

Sehr liebenswürdig, gnädige Frau, besten Dank.

Elsbeth
Was haben Sie denn nur gemacht, Herr General?

Schweler
Stellen Sie sich vor, meine Herrschaften – die Vögel! Verrückte Geschichte, wirklich. Plötzlich stürzt sich doch ein ganzer Schwarm auf mich und hackt nach meinem Gesicht. Wie finden Sie das?

Paula
Mir hat vorhin einer hinaufgemacht! Auf meinen neuen Hut!

Schweler
Na, jedenfalls sollte man sie nicht so frei herumschwirren lassen.

Paula
Manche Tiere können Uniformen nicht leiden. In einem Haus, wo ich war, da hatten sie einen Hund, der hat immer den Briefträger gebissen – also jedesmal, ehrlich! Der Mann war schon ganz nervös.

Schweler
Soso, ein Briefträger! Köstlich!
(lacht)

Paula
Naja, woher soll denn ein Tier das begreifen, daß ein Unterschied ist zwischen einem Briefträger und einem General, oder?

Klara
Sie kennen ihn offenbar auch nicht, mein gutes Kind.

Schweler
Aber lassen Sie doch! Man hat doch Humor.

Paula
Wieso? Was hab ich denn gesagt? Sie haben doch gesagt, daß Sie keine Militärpersonen mögen, Fräulein, nicht ich, oder?

Klara
Prinzipiell, liebes Kind, nicht persönlich. Das ist wiederum ein Unterschied.

Paula
Aber gesagt haben Sie's.

Schweler
Darin stimme ich übrigens völlig mit Ihnen überein, mein Fräulein. Ich wäre der erste, der die Uniform an den Nagel hängt. Aber die Verhältnisse sind vorläufig nicht danach. Traurig, aber was sein muß, muß eben sein. Und jemand muß es ja machen.

Elsbeth
Das sagen wir auch immer, nicht wahr, Egon?

Egon
Absolut.

Anton
Meine Damen, meine Herren – erlauben Sie mir, Sie alle im Namen des verehrten Verstorbenen in diesem Hause auf das Herzlichste willkommen zu heißen.

Schweler
Sagen Sie mal, wo bleibt eigentlich der Notar? Ich habe nämlich sehr wenig Zeit, verstehen Sie?

Anton
Ich verstehe, mein Herr.

Elsbeth
Werden denn noch mehr Erben erwartet?

Anton
Ja, meine Dame.

Egon
Wird es lange dauern, bis die Angelegenheit abgewickelt ist?

Anton
Ich hoffe nicht, mein Herr.

Klara
Ach, eine Frage noch, mein lieber Herr …

Anton
Buldt. Anton Buldt.

Klara

Herr Buldt, Sie haben doch den Verstorbenen vermutlich gut gekannt – ich meine, in seiner letzten Zeit. Ich habe ihn so lange nicht mehr gesehen.

Anton

Ich war, wenn ich so sagen darf, sein Freund.

Egon

Oh, da möchte ich auch gerne etwas wissen …

Alle fixieren einander und zögern.

Anton

Schlagen Sie mich auf, meine Herrschaften! Zwar – mein Einband ist ein wenig verstaubt, meine Seiten sind vergilbt und brüchig, aber Sie werden behutsam blättern und alles erfahren, was Sie zu erfahren wünschen. Überzeugen Sie sich: Nicht eine einzige Seite ist verloren, nicht eine Zeile verblaßt oder unleserlich. Ich habe alles getreulich bewahrt.

Klara

Sie sind also, wenn ich Sie richtig verstehe, sozusagen eine wandelnde Chronik?

Anton

Und stehe ganz zu Ihren Diensten, meine Herrschaften.

Elsbeth

Wie alt war unser lieber guter Johannes eigentlich, als er starb?

Anton

Zweiundneunzig Jahre, drei Monate, elf Tage und sechs Stunden.
(Pause)

Paula

Woran ist er denn gestorben? Er war doch so krank, oder?

Anton

An nichts, meine Dame. Er war nicht krank. Es war sein Wille.

Egon

Zu sterben?

ANTON

Er tat stets das, wozu die Zeit gekommen war, mein Herr.

EGON

Das ist typisch für ihn! So war er schon als Knabe. Legt sich einfach hin und stirbt!

SCHWELER

Hatte er Verwandtschaft? Außer den Anwesenden, natürlich.

ANTON

Eine sehr große, mein Herr. Er wußte sich mit allen Menschen verwandt.

KLARA

Das habe ich immer so an ihm geliebt.

SCHWELER

Ich meine reale Verwandtschaft.

ANTON

Durchaus reale Verwandtschaft, mein Herr.

EGON

Er hat mir mal gesagt, Johannes Alexandria sei eigentlich ein Künstlername? Wie hieß er noch in Wirklichkeit?

ANTON

Philadelphia, mein Herr, Johannes Philadelphia.

Lange peinliche Pause. Keiner wagt mehr zu fragen.

SCHWELER

Ein Vorschlag, wenn Sie nichts dagegen haben, meine Herrschaften: ich glaube, wir klappen unsere Chronik für den Augenblick wieder zu und schicken sie nach dem Notar. Später können wir dann beliebig lange in unseren Erinnerungen blättern.

ANTON

Sehr wohl, mein Herr.
(er zögert)

Schweler
Gehen Sie schon endlich!

Anton
Wie Sie befehlen.
(ab)

ZEHNTE SZENE

Die Vorigen ohne Anton Buldt. Alexandra kommt applaudierend die Treppe herunter. Gewitterbeleuchtung. Die Vogelrufe sind verstummt.

Alexandra
Bravo! Bravo! Exzellent, meine Herrschaften!
(niemand erhebt sich)
Bitte bleiben sie ruhig sitzen, meine Herren! Erlauben Sie, daß ich mitspiele?
(sie setzt sich)
Ich liebe Maskeraden. Durch Masken werden die Leute so kenntlich.

Egon
Ich fürchte, Sie sind auf der falschen Veranstaltung.

Elsbeth
Seltsam, was für Leute hier ins Haus gelassen werden.

Schweler
»... Geht hinaus auf die Landstraßen und an die Zäune, und nötigt hereinzukommen, wen ihr dort findet, auf daß mein Haus voll werde.«
(er lacht)

Alexandra
Sie lesen die Bibel, Herr General? Dann kennen Sie vielleicht auch die Stelle: »Wo ein Aas ist, da sammeln sich die Geier.«

Peinliche Stille.

KLARA

Wo nur der Notar bleibt?

ALEXANDRA

Ich hoffe, ich habe Ihnen nicht die Unbefangenheit genommen?

EGON

Niemand von uns hat Ihnen Anlaß gegeben zu provozierenden Redensarten.

ALEXANDRA

Oh, verzeihen Sie – ich wußte nicht, daß Sie nicht gut hören. Sonst müßten Sie doch längst dieses eigentümliche Geräusch vernommen haben. Es ist da, seit Sie hier sind.

ELSBETH

Um Gottes willen, was denn für ein Geräusch?

ALEXANDRA

Wenn Sie einen Augenblick den Atem anhalten und lauschen, müßten Sie es auch jetzt hören. Es klingt ganz so, als ob irgendwo im Verborgenen schon viele lange Messer gewetzt würden.

PAULA

Also, ich hör nichts.
(Pause)

NINIVE

Haben Sie Ihr Pferd gefunden?

ALEXANDRA

Nein, mein Kind.

EGON

Pferd? Ach so, jetzt begreife ich erst …
(leise zu Alexandra)
Meine Tochter hat mir von Ihrer Begegnung im Reitsaal erzählt. Verzeihen Sie, aber ich wußte nicht … Sie sagten ihr da etwas von betrügerischen Absichten …

ALEXANDRA

Wir haben uns unterhalten, nichts weiter.

Egon

Eben. Jetzt verstehe ich, warum Sie sagten, Sie lieben Masken!

Alexandra

Sagte ich das?

Egon

Meine Tochter hielt Sie nämlich für einen Mann, denken Sie.

Alexandra

Ein originelles Kind.

Egon

Sie hat mir alles erzählt. Nur den Namen hat sie vergessen. Den Namen, verstehen Sie? Wenigstens eine Andeutung … Es wäre sehr wichtig für mich …

Alexandra

Berglilie.

Egon

Berglilie?

Er erhebt sich irritiert und entfernt sich unschlüssig.

ELFTE SZENE

Die Vorigen. Dr. Arminius und Anton Buldt treten auf.

Arminius

Meine Damen und Herren, ich begrüße Sie alle im Namen des teuren Verstorbenen. Ich bin Dr. Leo Arminius und als Notar mit der Vollstreckung seines letzten Willens beauftragt. Da, wie ich sehe, bereits alle Erben versammelt sind, halte ich es für das Beste, ohne alle weiteren Formalitäten und auf schnellstem Wege mich meiner Aufgabe zu entledigen.

Schweler

Sehr zu begrüßen.

Arminius

Wollen Sie bitte an diesem Tisch Platz nehmen.
(alle setzen sich wie zufällig auf »ihre« Stühle.)
Der Anweisung des Erblassers folgend, werde ich zunächst jeden von Ihnen ein geschlossenes Kuvert überreichen. Ich beginne. »Herr Direktor Egon S. Geryon«.

Egon

Danke sehr.

Arminius

»Fräulein Klara Dunkelstern«.

Klara

Das bin ich. Danke.

Arminius

»Fräulein Paula Ohm«.

Paula

Ja? Hier, bitte.

Arminius

»Frau Elsbeth Geryon«.

Egon

Hier – meine Gattin.

Elsbeth

Danke, lieber Doktor.

Arminius

»Herr General Markus Schweler«.

Schweler

Hier. Danke.

Arminius

»Frau Anna Fenris«.

Anna

Ich!

Arminius

»Alexandra Freifrau von Xanadu«.
(Reaktion der anderen)

Alexandra
Geben Sie her. Danke.

Arminius
»Fräulein Ninive Geryon«.

Egon
Dort, meine Tochter!

Ninive
Danke.

Sebastian
(erhebt sich halb, verwirrt)
Moment mal – seine Tochter?

Arminius
Irgendeine Unstimmigkeit?

Ninive
Nein.

Arminius
»Herr Sebastian Nothaft«.

Sebastian
Wie? Danke.
(er starrt Ninive unverwandt an)

Arminius
»Herr Jakob Nebel«. Herr Jakob Nebel bitte! Ist der Herr nicht anwesend?

Die Erben haben ihre Kuverts geöffnet und abgerissene Papierstücke hervorgezogen – je eines aus jedem Kuvert.

Schweler
Sagen Sie mal, Herr Notar, wird hier Lotterie gespielt?

Elsbeth
Was bedeutet das, Egon?

Egon
Abwarten, Elly. Sei vorsichtig!

PAULA
Bei mir steht was drauf. Bei Ihnen auch, Frau Fenris!

ANNA
Ich weiß nicht.

PAULA
Zeigen Sie's her!

ANNA
Nein!

PAULA
Ich nehm's Ihnen schon nicht.

KLARA
Lassen Sie mal sehen, Fräulein Olm! Sehr merkwürdig. »Ein goldenes Schloß – mit sich – würde – nun hin – gemeinsam – eurer neuen.« Was kann das heißen?

ARMINIUS
Meine Herrschaften, ich muß Sie dringend ersuchen, Zurückhaltung zu üben, bis Sie erfahren haben, was es mit diesen Teilen auf sich hat. Da aber Vollzähligkeit der Erben eine conditio sine qua non darstellt, ist es uns leider unmöglich fortzufahren, solange Herr Jakob Nebel fehlt.

ZWÖLFTE SZENE

Die Vorigen. Jakob Nebel tritt auf, rußgeschwärzt und morastbedeckt. Er verneigt sich würdevoll.

JAKOB
Da ich soeben einen diesbezüglichen Namen erwähnen hörte, nehme ich mit aller mir zu Gebote stehenden Bescheidenheit an, nicht unerwartet in diesen Personenkreis zu treten. Ich freue mich hinlänglich, daß Sie mich kennenlernen.

ARMINIUS
Herr Jakob Nebel?

Jakob

So ist mein unerheblicher Name. In meinen Kreisen auch einfach Nebeljakob genannt.

Arminius

Sie haben uns warten lassen, Herr Nebel.

Jakob

Unfreiwillig, Euer Ehren, absolut unfreiwillig. Ich bin zwar mit den anderen Herrschaften einheitlich per Zug gekommen, da ich aber, von Mutterbeinen an zur Sparsamkeit erzogen, meine Reisen stets unter dem Waggon zu machen pflege, konnte ich meinen Platz leider nicht rechtzeitig verlassen. Auf meiner Wanderung quer durch das Moor versank ich zweimal regulär bis zur Hutkrempe, aber der Gedanke, daß man sich hierorts wegen meiner geringfügigen Person Sorgen machen könnte, gab mir die Kraft, meinen Fußmarsch auch unterhalb des Wasserspiegels fortzusetzen. Bitte betreffs dessen meinen äußerlichen Eindruck entschuldigen zu dürfen.

Schweler

So ein waschechter Galgenvogel hat uns gerade noch gefehlt.

Jakob

(gekränkt)

Ich habe den starken Eindruck, Sie wollen mich bekümmern, werter Herr! Ich habe im Kampf mit dem Schicksal manchen Backenstreich empfangen und, wenn es sein mußte, willig auch noch alle anderen Backen hingehalten, aber auf eine vorsätzliche Verunglimpfung seiner Menschenwürde antwortet Nebeljakob mit Schweigen. Er geht beiseite und wartet, bis man in aller Form die Flecken von seiner Ehre gereinigt hat. Ich habe Ehre!

(will abgehen)

Arminius

Halt! Um Gottes willen, bleiben Sie doch! Sie werden dringend gebraucht.

Jakob

Dann bitte ich diesen Herrn um ausreichende Genugtuung bei mir.

Schweler

Es tut mir leid, mein Lieber – wollte Sie nicht kränken. Aber sagen Sie mal ehrlich, aus welchem Kittchen sind Sie denn entsprungen?

Jakob

Aus dem St.-Laurentius-Gefängnis, dem weitaus besten in seiner Art. Nur erstklassiges Publikum. Übrigens bin ich rektal entlassen, nach drei Jahren. Die restlichen acht Monate wurden mir wegen tadelloser Führung gutgeschrieben.

Arminius

Herr Nebel, dies ist für Sie.
(gibt ihm ein Kuvert)

Jakob

Hinlänglichen Dank, Euer Ehren!

Arminius

Setzen Sie sich dorthin! Meine Damen und Herren, ich verlese nun die vom teuren Verstorbenen für Sie hinterlassene Mitteilung: »Meine lieben Erben! Ihr alle kennt mich nicht besser, als Ihr Euch untereinander kennt, nämlich gar nicht.«
(Verlegenheit unter den Erben)
»Und doch ist keiner unter Euch, den ich nicht aus triftigen Gründen erwählt hätte. Sie sind für Euch ohne Bedeutung, darum forscht nicht nach ihnen. Es mag Euch genügen, daß ich sie kenne. Und nun hört, meine lieben Kinder, was ich Euch zu sagen habe, denn es liegt mir sehr am Herzen, daß Ihr mich versteht und Euch nicht an mir ärgert. Ihr alle wartet darauf, daß mein Testament verlesen werde. Ob dies aber geschehen wird und wann, bestimmt niemand als Ihr selbst, denn mein letzter Wille liegt bereits in Euren Händen. Jeder von Euch besitzt einen Teil davon. Ihr habt nichts weiter zu tun, als diese Stücke richtig zusammenzusetzen. Wenn Ihr es vollbracht habt, werdet Ihr lesen können, was einem jeden von Euch zufällt. Ihr sollt aber wissen, daß alle Teile von gleicher Wichtigkeit sind und daß, wenn auch nur einer von Euch den seinen verweigert, das Ganze unverständlich bleibt. Es ist ein Spiel. Euer Lohn wird groß sein, wenn Ihr es gut spielt, groß aber auch, wie ich fürchte, wird Eure Strafe sein, wenn Ihr es schlecht spielt. Bei-

des meßt Ihr Euch selbst zu, denn Ihr seid einer dem anderen überlassen. Darum, liebe Kinder, seid nun weise und bedenkt wohl, was Ihr tut. Johannes Philadelphia.«

Draußen Blitz und Donner. Lange Pause. Die Erben blicken sich beunruhigt an. Einige stecken ihre Zettel in die Kuverts zurück.

PAULA

Ja also – worauf warten wir eigentlich? Legen wir's halt zusammen, oder?
(da niemand antwortet)
Oder nicht?

EGON

Herr Notar – ich bitte um einen Augenblick Bedenkzeit.

NOTAR

Darüber habe ich nicht mehr zu befinden. Von nun an, meine Herrschaften, ist alles weitere Ihre Sache.

Blitz und Donner.

VORHANG

ZWEITER AKT

Derselbe Saal, jetzt tief in der Nacht. Auf dem langen Tisch stehen Silberkandelaber mit brennenden Kerzen, die lange Tropfenbärte gebildet haben. Ganz am Ende der Tafel ist mit kostbarem Geschirr für eine Person gedeckt.

ERSTE SZENE

Alexandra von Xanadu diniert allein. Sie trägt jetzt eine elisabethanische Robe aus grüner, brüchiger Seide. Anton in Livree wartet ihr auf. Wenn der Vorhang aufgeht, verharren beide bewegungslos und lauschen: ein langgezogenes, rhythmisches Keuchen geht durch das ganze Haus.

ALEXANDRA
Regnet es noch?

ANTON
Nein, Madame. Es hat schon vor einer Weile aufgehört. Eine mondklare Nacht. Etwas Wein?

ALEXANDRA
Ein wenig. Ah, superb!
(wieder das Keuchen des Hauses)
Geht es um in diesem Schloß?

ANTON
Ich fürchte, Madame, bald werden es die Erben sein, die hier umgehen.

ALEXANDRA
Wo sind die Leute eigentlich?

ANTON
Sie haben auf ihren Zimmern gespeist – jeder für sich.

Alexandra

Sieh an, so weit sind wir bereits? Das ging schnell. Wie steht mir das Kleid?

Anton

Unvergleichlich, Madame.

Alexandra

Ich habe es hinter einer Tapetentür meines Zimmers gefunden. Ich konnte nicht widerstehen.

Anton

Madame haben Mut. Die erste Trägerin dieser Robe wurde wahnsinnig, die zweite vergiftet von der Hand ihres Geliebten, die dritte starb von eigener Hand …

Alexandra

Sagen Sie, mein Lieber, woher haben Sie diese Meisterschaft?

Anton

Welche, Madame?

Alexandra

Oh, Sie haben mehrere? Ich meine Ihre Kochkunst.

Anton

Von meinem verstorbenen Herrn, Madame. Dennoch, um offen zu sein, bezweifle ich die Bekömmlichkeit dieses Gerichtes. Sie verspeisen Ihren eigenen Frevel.

Alexandra

Der Vogel ist exzellent, mein Lieber!

Anton

Ich gehorche Ihrem Befehl, Madame. Und doch wünschte ich aufrichtig, Sie hätten nicht darauf bestanden, diesen Vogel auch noch zu essen à la alcantara in Portweinsauce mit Trüffeln!

Alexandra

Geben Sie mir die Saucière! Danke.
(betrachtet sie)
Sehen Sie diese entzückende kleine schlangenhaarige Medusa? Glauben Sie, daß sie sich vor dem Biß einer einzelnen Natter fürchtet, sie, die mit einer derartigen Frisur fertig zu werden versteht?

Anton

Ich nehme es allerdings nicht an, Madame.

Alexandra

Dann legen Sie mir noch etwas vom Brustfleisch vor!

Anton

Wenn Madame mir die persönliche Bemerkung erlauben: Madame haben gewisse Ähnlichkeit mit dem verstorbenen Herrn.

Alexandra

Erzählen Sie mir von ihm!

Anton

Ach, Madame, nichts lieber als das! Es gab Tage, da schwebte dieses Haus vor Entzücken. Es stand auf nichts als seinem eigenen Spiegelbild wie ein Wasserschloß. Die langen Fluchten der Türen waren weit und hoch wie sonnige Alleen. Dann wieder gab es Tage, da zogen sich die Zimmer zusammen, krumm und schrecklich. Doch das war selten, ich erwähne es nur der Vollständigkeit halber.

Alexandra

Wollten Sie mir nicht von Ihrem verstorbenen Herrn erzählen, mein Lieber?

Anton

Das, Madame, tue ich ja.

Alexandra

Ich verstehe.

ANTON

Was ihn selbst betrifft, seine Gestalt, seine Erscheinung – manchmal hatte ich Mühe, ihn zu erkennen. Er war vielgestaltig, bisweilen vielleicht ein Tier oder sogar ein Gegenstand. Auf Ehre, Madame, wo es für unsereinen nur eine Richtung gibt, da konnte er in alle vier gleichzeitig gehen …

ALEXANDRA

Warum erzählen Sie nicht weiter?

ANTON

Was ich gerade erzählte, war es nicht, als ob ich nach einem Schatten griffe?
(er wankt)

ALEXANDRA

Ist Ihnen schwindlig? Setzen Sie sich.

ANTON

Danke, Madame, es schickt sich nicht, indessen …
(setzt sich)

ALEXANDRA

Schon gut, Anton. Sagen Sie mir, was Sie so erschreckt.

ANTON

Madame – die Chronik meiner Erinnerung … ich finde plötzlich Zeilen darin, die ich nicht lesen kann … Signaturen der Sinnlosigkeit, nicht zu entziffern, undeutbar, fremd … Madame, fragen Sie mich! Fragen Sie mich rasch und soviel Sie fragen können. Retten Sie, was zu retten ist!

ALEXANDRA

Leider müssen wir es auf später verschieben. Wir bekommen Besuch.

ZWEITE SZENE

Die Vorigen. Dr. Arminius im Schlafrock.

ARMINIUS
O Verzeihung, ich störe.

ALEXANDRA
Durchaus nicht, Herr Notar. Leisten Sie mir Gesellschaft und versuchen Sie von diesem köstlichen Vogel.

ARMINIUS
Danke, ich habe keinen Appetit.

ALEXANDRA
Vielleicht ein Glas Wein?

ARMINIUS
Danke, ich trinke niemals Alkohol.

ALEXANDRA
Dann setzen Sie sich wenigstens. Es ist mir ungemütlich, wenn Sie herumstehen.

ARMINIUS
Eigentlich wollte ich nur von Herrn Buldt erfahren, ob es in diesem Hause so etwas wie ein Medizinschränkchen gibt. Der Ärger brennt mir buchstäblich Löcher in die Magenwände.

ALEXANDRA
Für einen Juristen sind Sie ungewöhnlich sensibel, lieber Doktor. Steht es so schlecht um unsere Sache?

ARMINIUS
Miserabel, Frau Baronin.

ALEXANDRA
Ich begreife nicht recht, was die Leute wollen. Zu guter Letzt bleibt ihnen ja doch nichts anderes übrig, als ihre Anteile hinzulegen, wenn sie zu ihrem Erbe kommen wollen.

ARMINIUS
Sie vergessen nur, daß jeder auch die Macht hat, die ganze Sache zu boykotieren, indem er nicht mitspielt.

Alexandra

Aber davon hat doch keiner etwas.

Arminius

Glauben Sie? Nun, ich will keinem der Beteiligten erpresserische Absichten unterstellen, aber jedenfalls ist der Wurm des Mißtrauens bereits ausgekrochen.

Alexandra

Wie ging denn die Verhandlung zu Ende?

Arminius

(lacht bitter)

Reizend, daß Sie danach fragen. Sie haben ja sehr bald die Geduld verloren.

Alexandra

Ich hatte keine Lust, mir stundenlanges Geschwätz anzuhören.

Arminius

Nun, zunächst bestand Direktor Geryon mit unbegreiflicher Hartnäckigkeit darauf, sich gegen jeden etwaigen Betrug abzusichern. Darauf verließ Herr Jakob Nebel unter Protest die Sitzung. Dann beteuerten alle Anwesenden eine Weile ihren guten Willen …

Alexandra

Das weiß ich doch alles, mein Bester. Wie die Verhandlung ausgegangen ist, wollte ich wissen.

Arminius

Nachdem Sie gegangen waren, Gnädigste, stritt man noch eine Weile hin und her. Es wurden Vermutungen laut, Direktor Geryon habe Interesse am Mißlingen der Sache. Jedenfalls brach der Verdächtige die Verhandlung ab und verließ ebenfalls mit Gattin und Tochter den Raum. Danach wurde die Sitzung unter gegenseitigen Beschuldigungen aufgehoben.

Alexandra

Was werden Sie nun unternehmen, Herr Notar?

Arminius

Ich? Mir ist der weitere Verlauf der Sache herzlich gleichgültig, gnädige Frau.

Alexandra

Wirklich? Dann verstehe ich nicht, weshalb Sie Magenschmerzen haben.

Egon S. Geryon geht über die Bühne, wünscht »Guten Abend« und verschwindet wieder.

Alexandra

(unvermittelt)

Sie kennen den Inhalt des Testaments. Nicht wahr?

Arminius

Ich stehe unter Schweigepflicht.

Alexandra

Und Sie nehmen Ihre Pflicht natürlich sehr ernst.

Arminius

Glauben Sie mir getrost, Verehrteste, daß dieser Planet schon längst unbewohnbar wäre, gäbe es nicht Gesetz und Pflicht. Ob diese beiden Dinge im einzelnen sinnvoll oder weniger sinnvoll sind, ist völlig nebensächlich. Niemand hat das Recht, darüber nach eigenem Gutdünken zu entscheiden. Pflicht ist der Nordstern, um den sich unser Universum dreht!

Alexandra

Ich habe nicht die Absicht, an Ihrem Nordstern zu rütteln. Geben Sie mir noch ein Glas Wein, Anton, und erzählen Sie weiter von Ihrem Herrn. Waren Sie dabei, als er starb?

Anton

Ja, ich – und jene anderen.

Wieder Keuchen. Gleichzeitig ein seltsam keckernder Vogelschrei, dem ein mehrfaches Echo folgt.

Arminius

Davon haben Sie mir nichts gesagt. Was waren das für Leute?

Anton

Besucher.

Man sieht General Schweler über die Galerie gehen.

Arminius

Kamen sie öfter?

Anton

Sie kamen nicht. Sie gingen mit ihm. Sie hatten Gesichter wie von Gold und Eisen. Manche trugen Panzer aus silberblauen Fischen, andere waren in weite Mäntel aus rotem Laub gehüllt. Einer trug ein Gewand aus Wasser, das an seinem Leib herniederströmte, und hinterließ doch keine nasse Spur am Boden. Bei vielen ging weißer Rauch wie schweres Haar von ihren Häuptern aus und wehte hinter ihnen drein … der Sterbende redete mit ihnen wie mit Freunden und nannte jeden beim Namen: Asrael, Urmanischu, Samaan …

Arminius

Und nachher fehlte nichts, kein Silber, keine goldene Uhr?

Alexandra

Lassen Sie das! Berichten Sie weiter, Anton!

Anton

Dann trugen sie ihn hinaus ins Moor. Sie tanzten den ganzen weiten Weg. Zuletzt versenkten sie ihn bei den elf Weiden, dort wo das Moor ganz unergründlich ist. Jetzt steht dort eine zwölfte Weide, sie trägt seine Züge. Die Züge von Johannes Philadelphia.

Arminius

So. Glücklicherweise liegt der amtsärztliche Totenschein in meinem Ordner. Der Mann starb im Spital, wohin er fahrlässigerweise erst an seinem letzten Tag gebracht wurde. Und beerdigt hat man ihn auf dem nächsten Gemeindefriedhof.

Alexandra

Ich glaube, Anton, es ist besser, Sie gehen mit dem Notar und geben ihm die gewünschten Pillen.

Arminius

Ich bedaure, wenn ich …

Alexandra

Gute Nacht.

Arminius verbeugt sich und geht mit Anton ab. Alexandra bleibt allein. Sie lauscht. Plötzlich mehrere unheimliche Vogelrufe, nah und fern, dann das Klatschen und Flattern von Flügeln. Dann Stille. General Schweler tritt auf. Auf seiner Stirn klebt ein Pflaster.

DRITTE SZENE

Alexandra; Markus Schweler bleibt im Hintergrund stehen.

ALEXANDRA
(ohne nach ihm zu schauen)
Nun, Herr General? Überlegen Sie, wie Sie ein Gespräch anknüpfen könnten?

SCHWELER
In der Tat, Baronin. Ich bin gekommen, um mich zu entschuldigen. Ich hoffe, Sie tragen mir meine Bemerkung bei unserer letzten Begegnung nicht nach.
(er setzt sich)
Ich konnte wahrhaftig nicht ahnen, daß ich es mit einer Dame, noch dazu mit einer Aristokratin zu tun hatte.

ALEXANDRA
Nehmen Sie ruhig Platz.

SCHWELER
Ach so! Na, entschuldigen Sie. Ein rauher Krieger denkt nicht immer an gute Manieren.
(lacht)

ALEXANDRA
Was freut Sie daran?
(Pause)

SCHWELER
(einlenkend)
Eine schöne Nacht heute, wie?

Klara Dunkelstern eilt über die Bühne.

ALEXANDRA
Ein bißchen unruhig, scheint mir.

SCHWELER
(auf Alexandras Gewehr zeigend)
Ein prächtiges Stück haben Sie da. Darf ich mal sehen? Ich versteh was von Waffen.

ALEXANDRA
Tatsächlich? Das ist ein Schießgewehr. Tun Sie sich nicht weh damit, großer Krieger.
(sie gibt es ihm)

SCHWELER
Ich möchte Ihnen einen Vorschlag machen.

ALEXANDRA
Schießen Sie los.

SCHWELER
Im Augenblick ist die Sache ziemlich verfahren. Wenn man die Leute sich selbst überläßt, geht das noch Tage und Wochen so weiter. Man kennt das, ein ewiges Hin- und Hergerede, das Ergebnis gleich Null. Ich glaube nicht an den Sieg der Vernunft, solange jeder mitzureden hat. Jedenfalls habe ich weder Zeit noch Lust, darauf zu warten.

ALEXANDRA
Und nun Ihr Vorschlag?

SCHWELER
Die Sache ist kolossal einfach. Was not tut, ist eine starke Hand, die den Karren aus dem Dreck zieht. Wo Entscheidungen zu fällen sind, kommt nur etwas zustande, wenn einer befiehlt und die anderen gehorchen.

ALEXANDRA
Und wer gibt diesem einen, die Macht zu befehlen?

SCHWELER
Man nimmt sie sich.

ALEXANDRA
Erstaunlich! Wie macht man das?

Schweler
Daß Sie das fragen, wundert mich, Baronin. Durch überlegenes Auftreten, durch Entschlossenheit – kurzum, durch die angeborenen Tugenden der Herrennatur.

Alexandra
Wollen Sie mich etwa mit diesem ehrenvollen Auftrag betrauen, Herr General?

Schweler
(irritiert)
Wieso? Sie? … Wenn Sie wollen, könnten wir natürlich zusammenarbeiten. Immerhin erfordert ja auch Ihr Beruf eine gewisse Willensstärke, vielleicht sogar Todesverachtung … wer gewohnt ist, wilde blutgierige Bestien zu bezwingen …

Alexandra
Diese »wilden blutgierigen Bestien« haben allerdings eine Eigenschaft, die sie beträchtlich von den Herrschaften hier unterscheidet: Noblesse. Aber es gibt gewichtigere Gründe, Ihr kühnes Unternehmen nicht zu unterstützen.

Schweler
Und welche?

Alexandra
Sagt Ihnen der Name Kassandra etwas?

Schweler
Wieso? Ja, natürlich.

Alexandra
»Weh euch, die ihr im süßen Licht des Abends noch atmet, eh die Morgenröte ihm von Osten Antwort gibt, wird eine Stunde, die dunkelste der Nacht, sehr unvermutet zu Ewigkeit verwandelt, all dieses törichten Gezänks euch überheben …«

Anna Fenris tastet sich im Hintergrund vorbei. Sie ist im Nachthemd.

Schweler
Sie sind eine bemerkenswerte Frau, Baronin. Ich begreife offengesagt nicht, daß jemand wie Sie beim Zirkus ist.

Alexandra
Und ich begreife nicht, daß Sie es nicht sind, Herr General.

Schweler
Na, erlauben Sie mal!

Alexandra
Der Zirkus ist in dieser fortschrittlichen Welt der einzige Ort, wo unsere »Todesverachtung« das unschuldige Publikum nur das Eintrittsgeld kostet, Herr General.

Schweler
Ich hatte Sie nicht für sentimental gehalten.

Alexandra
Jedenfalls werden Sie begreifen, daß ich Ihnen einige kleine Schwierigkeiten zu machen gedenke. Ich bin gespannt, wie Sie damit fertig werden.

Schweler
So zum Beispiel.
(er richtet das Gewehr auf sie)

Alexandra
Grandios! Ein Heldendenkmal! Und genauso unfähig abzudrücken.

Schweler
Lassen Sie diese dumme Angeberei! Sie zittern ja.

Alexandra
Sie haben vergessen zu entsichern.

Schweler
(tut es wütend)
Arrogantes Weibsstück!

Alexandra
Jetzt werden Sie flegelhaft. Ich glaube, die Zeit, die ich für Sie hatte, ist abgelaufen.
(sie steht auf)
Geben Sie mir jetzt das Gewehr! Es ist nichts für Sie.

Schweler

Ich werde mir Ihren Schießprügel für eine Weile ausborgen. Tut mir leid. Falls es nämlich wieder Schwierigkeiten geben sollte, werde ich die ganze Bande mit vorgehaltener Waffe zwingen, sich zu einigen. Das sicherste Mittel, Leute zur Vernunft zu bringen, ist immer noch die Angst.

Alexandra

(schüttelt mitleidig den Kopf)

Alle?

Schweler

Ich verlange von Ihnen vorläufig nichts, als daß Sie über dieses Gespräch Stillschweigen bewahren. Wenn Sie mir das zusichern, können Sie gehen.

Alexandra

Ich denke nicht daran, Ihnen irgend etwas zuzusichern.

Schweler

Ich warne Sie. Provozieren Sie mich nicht!

Alexandra

Ich gehe jetzt mein Pferd suchen.

Schweler

Sie bleiben! Oder ich schieß Sie über den Haufen.

Alexandra

Schlafen Sie gut.

(sie geht)

Schweler

Ich zähle bis drei! Eins … Zwei …

Alexandra

(an der Tür)

Drei. Sehen Sie?

(ab)

Schweler

(allein)

Den Deibel werd ich schießen, ich bin doch nicht verrückt!

(lacht grimmig)

Sie riecht den Bluff.
(er trinkt nachdenklich ihr Weinglas aus)
Ich muß nur verhindern, daß sie schwatzt. Es gibt da entlegene Zimmer mit dicken Türen. Dieses Spiel sollst du mir jedenfalls nicht verderben, mein Täubchen.

Er bläst die Kerzen aus und folgt Alexandra. Ein vielstimmiger traumhafter Lärm wird plötzlich laut wie in einem nächtlichen Dschungel. Gleichzeitig beginnt wieder das Keuchen des Hauses.

VIERTE SZENE

Ninive Geryon, Sebastian Nothaft.

NINIVE
(huscht herein. Sie trägt den Sommerpelz ihrer Mutter)

SEBASTIAN
(folgt ihr)
Es ist so dunkel hier.
(er streicht ein Zündholz an)

NINIVE
Nein, machen Sie kein Licht. Ich bin gern im Dunkeln.

SEBASTIAN
Aber ich muß was suchen.
(er entzündet die Lichter eines Kandelabers, nimmt ihn, geht auf Ninive zu und leuchtet ihr ins Gesicht)

NINIVE
Suchen Sie was in meinen Gesicht? Haben Sie etwas darin verloren?

SEBASTIAN
Vielleicht … die Wahrheit. Sie haben mir da allerhand erzählt, wer Ihr Vater ist und so. Aber nachher beim Notar war auf einmal alles anders.

NINIVE
Haben Sie mir wirklich alles geglaubt? Alles?

Sebastian
(lächelt plötzlich ratlos und unglücklich)
Ach so. Ich versteh schon. Also dann – gute Nacht.
(wendet sich zum Gehen)

Ninive
Gut – ich werde Ihnen die Wahrheit sagen. Ich wollte sie Ihnen ersparen, aber wie Sie wollen. Ja, ich habe gelogen, aber nur um ihretwillen. Gehn Sie nur, es interessiert Sie ja nicht!

Sebastian
Doch. Es interessiert mich.

Ninive
Ich weiß schon, jetzt wirst du mir nichts mehr glauben.

Sebastian
Um meinetwillen – wieso?

Ninive
Damit du niemand traust, mir nicht und keinem anderen hier und am wenigsten meinem Vater. Jeder wird versuchen, dich reinzulegen. Als Tochter von Johannes Philadelphia hab ich dich bitten dürfen, mich zu beschützen. Es war schön für mich, einen Augenblick jemand anderer zu sein. Die Tochter von Egon S. Geryon darf niemand beschützen. Dort, wo ich bin, Sebastian, muß ich lügen, um atmen zu können. Aber das verstehst du nicht. Darum geh fort, laß mich allein, kümmere dich nicht mehr um mich! Ich werde dich immer weiter anlügen. Du darfst mir nie, nie trauen. Nicht einmal jetzt in diesem Augenblick.

Sebastian
Jedenfalls versteh ich jetzt, daß sich jemand um dich kümmern muß. Ich zum Beispiel.

Ninive
Ja, ausgerechnet du!
(den Tränen nahe)
Ich wollte, du wärst nie hierher gekommen.

Sebastian

Ich muß dir was sagen … ich … also, wir zwei … ich mein, Sie und ich …
(er schlägt sich an den Kopf)
wie das nur kommt, daß ich nie reden kann, wenn ich was Wichtiges sagen muß!

Ninive

Sagen Sie's nicht, ich glaub Ihnen doch nichts.

Sebastian

Doch, das müssen Sie mir glauben …

Ninive

Ich glaub nichts, ich glaub nichts!

Sebastian

Es ist nämlich so …
(feierlich und stotternd)
ich … ich … ich liebe Sie.

Ninive

(plötzlich flehend)
Bring mich weg von hier! Bitte! Jetzt sofort! Ich geh mit dir, wohin du willst!

Sebastian

Das geht nicht. Wenn wir auf einmal weg sind, dann kann doch das Testament nicht eröffnet werden – ohne unsere Anteile.

Ninive

Sehen Sie, Herr Sebastian Nothaft, jetzt haben Sie sich verraten. Ich glaube Ihnen kein Wort. Sie denken auch nur an Ihren Vorteil – genau wie alle.

Sebastian

Aber es ist nicht bloß wegen mir! Die andern sind doch aufgeschmissen ohne uns.

Ninive

Sie können lang reden! Ich weiß jetzt jedenfalls Bescheid.

Sebastian

Ich würd's Ihnen ja gern beweisen …

Ninive

Es gibt keinen Beweis.

Sebastian

Ein Pfand oder so, daß ich es ehrlich mein und daß ich Ihnen trau. Ich hab nur leider nichts, was so wertvoll ist.

Ninive

(spöttisch)

Geben Sie mir doch Ihren Anteil! Dann würde ich Ihnen glauben.

Sebastian

(zieht ihn sofort hervor)

Da! Nehmen Sie ihn!

Ninive

(steht eine Weile sprachlos, dann stammelt sie überwältigt)

Du tust es wirklich …? Du gibst ihn mir wirklich?

(sie nimmt ihn ehrfürchtig)

Das Haus beginnt in einem geheimnisvollen Farbenglanz zu erglühen. Nachtigallen konzertieren.

Sebastian

Was ist denn auf einmal los?

Ninive

(flüsternd)

Es antwortet uns.

Sebastian

Wegen uns …? Das bedeutet ja … es hängt von uns ab, wie es hier ist!

Ninive

(bös)

Ich will aber nicht, daß etwas von mir abhängt. Ich will allein sein. Was wir tun, ist unsere Sache. Es geht niemand was an.

(plötzlich verzagt)

Ich kann nicht atmen mit solch einer Last …

Der Glanz des Hauses vergeht von jetzt an ganz langsam wieder. Hinter der Szene hört man Elsbeths Stimme, ängstlich: »Ninive!«

NINIVE
Jetzt mußt du gehen, Sebastian. Schnell!

SEBASTIAN
Ich laß dich nicht allein.

NINIVE
Du hast versprochen, mir zu gehorchen. Geh!

SEBASTIAN
Also, dann …
(er macht eine Bewegung, als wollte er sie küssen, doch Ninive weicht zurück)
Bis morgen.

Sebastian geht zögernd, so daß Elsbeth ihn noch sieht.

FÜNFTE SZENE

Ninive, Elsbeth.

ELSBETH
(im rosa Negligé)
Ninive! Um Himmels willen, Kind, was tust du hier?

NINIVE
Ich gehe spazieren.

ELSBETH
Es ist mitten in der Nacht.

NINIVE
Ich hatte keine Lust zu schlafen!

ELSBETH
Du drückst dich hier mit diesem jungen Kerl herum, ich hab's doch gesehen! Und in meinem Sommerpelz! Zieh ihn sofort aus!

Ninive
Nein.
(sie hält ihn zu)

Elsbeth
Was versteckst du da hinter dem Rücken?

Ninive
Nichts.

Elsbeth
Gib es her! Ich will wissen, was es ist!
(sie nimmt ihr das Kuvert weg, tritt damit ans Licht)
»Herr Sebastian Nothaft«! Das ist ja sein Anteil! Ninive, wofür hast du das bekommen?

Ninive
Laß mich in Ruhe! Bitte, laß mich in Ruhe!

Elsbeth
Zieh sofort den Pelz aus!

Ninive
Ich kann nicht.

Elsbeth
Ich habe gesagt, du sollst den Pelz ausziehen!
(sie will ihn Ninive herunterreißen)
Mein Gott – du bist ja nackt!
(tonlos)
Jetzt verstehe ich alles. Du kleine Hure!
(sinkt auf einen Stuhl)
Das hättest du uns nicht antun dürfen, deinem Vater und mir. Wir haben uns aufgeopfert für dich, haben dir jeden Wunsch erfüllt – und du?

Ninive
(senkt den Kopf)

Elsbeth
Ich warte auf eine Erklärung.

Ninive
Wenn ich dir sage, daß alles falsch ist, was du denkst …

ELSBETH
Erwartest du, daß ich dir davon ein Wort glaube?

NINIVE
Nein.

ELSBETH
Dann sage gefälligst die Wahrheit.

NINIVE
Du hast recht, Elsbeth. Es ist so, wie du denkst.

ELSBETH
O mein Gott – wie soll ich es nur deinem Vater sagen.

NINIVE
Dann sag ihm auch gleich, er soll nicht länger nach dem geheimnisvollen Reiter suchen. Es gibt ihn nicht und hat ihn nie gegeben.
(sie nimmt Elsbeth das Kuvert weg)

ELSBETH
Kind, Kind, wieviel Unheil hast du angerichtet!

NINIVE
(schluchzt plötzlich auf und läuft fort)

SECHSTE SZENE

Elsbeth, Egon, Anton Buldt.

EGON
(kommt im Gespräch mit Anton herein)
Wenn ich geahnt hätte, mein lieber Buldt, daß Sie noch wach sind …

ANTON
Ich schlafe niemals – seit mehr als zwanzig Jahren.

EGON
Wie schrecklich!

Anton

Nein, mein Herr, durchaus nicht. Da ich beständig in beiden Ländern, diesseits und jenseits der Träume, gleichzeitig lebe, bedarf ich nicht des Wechsels.

Elsbeth

Egon!

Egon

Elsbeth, was machst du hier?

Elsbeth

Ninive hat wieder gelogen. Die Sache mit der Warnung war nur ihre Erfindung.

Egon

(erstarrt)

… und ich habe deshalb die ganze Verhandlung blockiert!

Elsbeth

Ich muß dir noch mehr sagen, Egon.

Egon

Später, meine Liebe. Erst muß ich zu irgendeinem Entschluß kommen. Bitte Elsbeth, mach mich nicht nervös. Ich brauche meinen klaren Kopf. Geh schon!

Elsbeth

Ja, Egon. Komm bald!

(ab)

Egon

(rennt auf und ab)

Umdisposition, und zwar schleunigst! Wie läßt sich aus der Sache noch das Beste machen? Aufkaufen! Ich werde alle Anteile aufkaufen. Zu einem angemessenen Preis natürlich. Ein vollkommen reelles Geschäft. Verkaufen müssen sie. Ich kann jede andere Lösung vereiteln. Andererseits … ich brauche Sicherheiten. Hören Sie, mein lieber Buldt, hat der Verstorbene über sein Eigentum Aufzeichnungen hinterlassen?

Anton

Es gibt da Bücher besonderer Art, mein Herr, auf dem Dachboden … Eine Art Inventar in zahllosen Bänden.

Egon

Bringen Sie sie mir!

Anton

Alle?

Egon

Alle.

Anton geht ab. Das Haus keucht stark.

SIEBENTE SZENE

Egon S. Geryon, Jakob Nebel.

Man sieht im Hintergrund den Kegel einer Taschenlampe umherleuchten. Egon tritt in eine Nische zurück und verhält sich still. Jakob schleicht herein und untersucht im folgenden Schubladen und Kästen.

Jakob

Zweifelsohne … es ist eine sittliche Tätigkeit, dem Recht zum Siege zu verhelfen. Auch wenn es das eigene Recht ist. Ich würde viel lieber alle fünf Finger grade sein lassen – aber gegen meine Sittlichkeit bin ich machtlos.
(betrachtet eine Schatulle, zieht Dietriche aus der Tasche und beginnt vorsichtig zu probieren)
Glaubst du vielleicht, mein armer Jakob, daß die Herrschaften hier bedenklich sein werden, dich zu bescheißen? Ich glaube es nicht. Meinst du vielleicht gar, Jakob, daß du, ein einfacher Krimineller dich mit einem leibhaftigen Versicherungsdirektor messen kannst? Die Bescheidenheit verbietet es mir! Aber siehst du, Jakob, auch du bist ein Erbe, und wenn dir die anderen dein bekümmertes Glück nicht gönnen, so ist es deine Pflicht, dir selber was zu vererben.
(er öffnet die Schatulle)

Schau, schau, die Früchte vom Baume der Erkenntnis aus gestempeltem Gold!
(er hebt eine Traube goldener Uhren heraus)
Das darf sich aber nicht herumsprechen, sonst wimmelt es gleich wieder von schwerterfuchtelnden Erzengeln! Am besten, lieber Jakob, du begibst dich stante pede aus dem Staub. So sage ich denn Lebewohl.
(er geht)
Halt, Jakob!
(bleibt stehen)
Setz dich nieder!
(setzt sich)
Denke nach!
(er denkt)
Tick tick tick tick! Da haben wir's. Dieser Plan ist die reine Kopflosigkeit! Denn wenn es hier noch mehr solches nahrhaftes Obst geben sollte, so wäre es ein Jammer, dasselbe ungepflückt verkümmern zu lassen. Ich werde mich lieber noch ein wenig bemühen, und wenn ich von diesem gastlichen Haus scheide, dann will ich am ganzen Leibe ticken.
(ab)

ACHTE SZENE

Egon S. Geryon, Anton Buldt.

ANTON
(schwankt unter einem riesigen Turm von großen Folianten herein und setzt sie keuchend ab)
Dies, mein Herr, ist nur ein kleiner Teil …

EGON
Wieviele Ausgänge hat dieses Haus?

ANTON
(erschöpft)
Wieviele Ausgänge? Ich werde sofort gehen und sie zählen, wenn Sie befehlen, mein Herr!

EGON

Haben Sie die Schlüssel?

ANTON

Es ist nur einer für alle Tore. Er hängt in der Schlüsselkammer.

EGON

Wir müssen sofort alle Ausgänge verschließen!

ANTON

(sinkt auf die Knie, mit gefalteten Händen)

Bestehen Sie darauf nicht, mein Herr! Diese Türen sind noch niemals abgeschlossen worden, so lange das Haus steht!

EGON

Begreifen Sie doch: Wenn einer der Erben mit seinem Testamentsanteil auf und davon geht, ist Schluß der Vorstellung! Ich habe triftige Gründe für diese Befürchtung.

(brüllt)

Tun Sie, was man Ihnen sagt!

ANTON

(erhebt sich)

Wie Sie befehlen, mein Herr.

(nimmt den Leuchter)

Ich darf vorausgehen.

Beide ab. Die Bühne bleibt einen Moment leer. Klirrend zerspringt ein Spiegel.

NEUNTE SZENE

Anna Fenris, Paula Olm.

Zunächst ist es jetzt wieder ganz dunkel auf der Bühne, nur noch ziehende Mondlichtflecken leuchten auf und verdunkeln wieder. Man hört das Keuchen des Hauses einen Augenblick bedrohlich laut, dann tritt es wieder zurück.

Anna

(im Nachthemd, wandelt als weiße Gestalt durch die Dunkelheit und murmelt vor sich hin)

Irgendwas stimmt da nicht. Nichts dahinter. Jemand will mich zum Narren halten.

Paula

(einen Mantel über dem Nachthemd)

Frau Fenris, sind Sie's?

Anna

Wer ist da?

Paula

Ich bin's nur, die Paula.

Anna

Warum spionieren Sie mir nach?

Paula

Ich hab gesehen, wie Sie an meinem Zimmer vorbei sind, und hab gemeint, Sie müssen vielleicht auf den Abort.

Anna

Lassen Sie nur, Fräulein Paula, ich find mich schon allein zurecht.

Paula

Warten Sie, ich mach Licht.

(entzündet Kerzen)

Anna

Ich brauch kein Licht. Kalt ist es da.

Paula

Mir ist eher warm. Wollen Sie meinen Mantel?

Anna

Wissen Sie, Fräulein Paula, ich mach mir Sorgen, ich mach mir starke Sorgen. Das sind keine guten Menschen hier.

Paula

Nehmen Sie doch meinen Mantel, Sie erkälten sich ja.

ANNA

Nein, Fräulein Paula, ich werd Ihre Freundlichkeit nicht ausnützen. Ich nicht. Niemals.

PAULA

Ich glaub's Ihnen schon.

ANNA

Ja, Sie können freilich nicht verstehen, was ich mein, weil Sie ein argloses Geschöpf sind, ein Unschuldsengel. Ich bin blind, aber ich schau jedem in sein Herz hinein. Wenn man auf die Freundlichkeit seiner Mitmenschen angewiesen ist, dann kennt man sich aus. Alles haben sie mir genommen, was mir gehört hat, meine liebe Verwandtschaft, erst den Grund, dann das Vieh, dann den Hof, alles, gestohlen haben sie's mir, unterm Hintern weg, weil ich eine hilflose Person bin. Die Leut hier, die sind ganz die gleichen und sind noch nicht einmal verwandt. Mit denen werden Sie nicht fertig, Sie nicht, Fräulein Paula! Eh Sie da noch richtig hingeschaut haben, sind Sie schon alles los, was Ihnen zusteht.

PAULA

Ich laß mir's aber nicht nehmen, was mir gehört! Ich will auch aus dem Dreck heraus, aber ehrlich! Darauf hab ich ein Recht wie jeder andere, oder?

ANNA

Das haben Sie, Fräulein Paula, aber danach fragt keiner. Sie werden noch froh sein am Schluß, wenn Sie den feinen Herrschaften die Stiefel putzen dürfen, das sag ich Ihnen.

PAULA

Sie machen mir direkt Angst, Frau Fenris.

ANNA

Das will ich nicht, mein Kind. Ich hätt lieber nichts sagen sollen …

PAULA

Bittschön, Frau Fenris, könnten Sie mir nicht vielleicht helfen?

Anna

Ja, wie soll ich dir da helfen, Kind? Ich kann dir ja nicht deinen Zettel wegnehmen, daß du nichts Ungeschicktes damit anstellst in deiner Einfalt.

Paula

Warum denn nicht? Nehmen Sie ihn doch und schaun Sie zu, daß ich alles bekomm, was mir zusteht. Bitte, liebe Frau, lassen Sie mich nicht im Stich!

Anna

Aber eines bitt ich mir aus: daß du mit niemand ein Sterbenswörtchen darüber redest. Sonst sind wir gleich geschiedene Leute.

Paula

Ich tu alles, was Sie sagen, ehrlich!

Anna

Also, dann meinetwegen, gib her! Ich tu's mit schwerem Herzen, aber weil du ein gutes Kind bist und mich so bittest, nur darum.

(nimmt den Zettel)

Paula

Danke, Frau Fenris.

Anna

Ich frier immer noch. Vielleicht gibst du mir doch deinen Mantel.

Paula

(gibt ihn her)

Man hört von fern mit mehrfachem Echo das Zufallen einer großen Tür.

Anna

Was war das?

Paula

Vielleicht, daß der Zugwind eine Tür zugeschlagen hat.

ZEHNTE SZENE

Anna Fenris, Paula Olm, dazu Klara Dunkelstern.

KLARA
(eilt herein, in enthusiastischer Erregung)
Endlich! Da sind Sie ja, Frau Fenris. Ich habe Dinge von äußerster Wichtigkeit mit Ihnen zu besprechen. Es handelt sich um das Wohl und Wehe aller!

ANNA
Ja freilich, da hätte eins viel zu tun.

PAULA
So was interessiert uns nicht, Fräulein.

KLARA
Es betrifft auch Sie!

ANNA
Worum handelt sich's, Fräulein Dinkelstern?

KLARA
Dunkelstern, bitte. Um also ohne Umschweife zur Sache zu kommen: Ich habe die einzig mögliche Idee zur Lösung unserer Frage gefunden.

ANNA
Eine Idee, so? Was ist das für eine Idee?

KLARA
Die Gerechtigkeit, wenn Sie so wollen.

ANNA
Eine schöne Idee.

Wieder das Türenschlagen aus anderer Richtung.

KLARA
(mit leuchtenden Augen)
Ich betrachte unsere Situation als einen Präzedenzfall. Es geht mir um mehr als nur persönliche Interessen! Warum ist die Eröffnung des Testaments verzögert worden? Ganz einfach: Jeder befürchtet natürlich, benachteiligt zu werden. Jeder hat

Sorge, daß sein Anteil am Erbe kleiner sein wird als die Anteile der anderen. Jeder weiß auch, daß nach der Eröffnung daran nichts mehr zu ändern sein wird. Wo aber von jedem der gleiche Einsatz gefordert wird, hat auch jeder die gleichen Ansprüche. Also muß das gesamte Erbe, ganz gleich worin es bestehen wird, schon vor der Eröffnung in zehn gleiche Teile geteilt werden. Zu diesem Zweck wird eine Vertrauensperson von uns ernannt, der alle Zettel übergeben werden müssen. Jeder, der sich uns anschließt, gibt damit seine persönlichen Ansprüche zunächst auf, erhält aber dafür die Gewißheit, seinen gerechten Anteil am Erbe zu bekommen; natürlich erst, wenn alle mitmachen. Aber sie werden mitmachen, denn der Vernunft kann sich auf die Dauer niemand widersetzen!

Türgeräusch, diesmal weit entfernt.

ANNA

Sind Sie jetzt fertig? Sie möchten also gern unsere Zettel? Da können Sie lang warten, Fräulein Dinkelstern.

KLARA

Dunkelstern! Sie haben mich offenbar mißverstanden. Meine Aufgabe sehe ich darin, die Leute zu überzeugen. Sie erfordert sehr viel Menschenkenntnis und Geduld, aber beides habe ich als Lehrerin durch lange und oftmals bittere Erfahrung erworben. Was die Vertrauensperson betrifft, so ist nach sorgfältigen Überlegungen meine Wahl auf Sie gefallen, Frau Fenris. Sie als einzige sind über jeden Zweifel erhaben.

ANNA

Da haben Sie recht. Das bin ich.

KLARA

Der Grund für Ihre Vertrauenswürdigkeit ist rein sachlicher Art. Sie sind zwar imstande, die Anteile in Verwahrung zu nehmen, nicht aber, sie ohne fremde Hilfe zusammenzusetzen und zu lesen! Sie können also das in Sie gesetzte Vertrauen gar nicht mißbrauchen!

Türgeräusch aus anderer Richtung.

Anna

Es ist, scheint's, recht windig in diesem Haus.

Klara

Sie brauchen nur noch unsere Grundsatzerklärung zu unterzeichnen, dann bin ich meinerseits bereit, Ihnen sofort meinen Anteil zu treuen Händen zu überreichen.

Anna

Paula – ist das der Zettel vom Fräulein? Schau nach!

Paula

Ja, Frau Fenris.

Klara

Ich lese Ihnen den Wortlaut der Erklärung vor …

Anna

Ich verlaß mich auf Ihre Ehrlichkeit. Paragraphen versteh ich ja doch nicht. Ich unterschreib.

(tut es)

So, jetzt geben Sie her.

Klara

Hier. Und Sie, Fräulein Paula, schließen Sie sich uns an?

Anna

Freilich tut sie das. Da, unterschreib!

(während Paula es tut)

Jetzt brauchst du keine Angst mehr zu haben, Kind, jetzt bekommst du das gleiche wie alle andern. Freust du dich?

Paula

(enttäuscht)

Schon.

Klara

Und Ihren Anteil, Fräulein Paula?

Anna

Den hab ich schon. Das Mädchen ist ja so gutherzig, wissen Sie, das fällt auf jeden herein. Deswegen geb ich acht auf sie, daß sie auch bekommt, was ihr zusteht.

ELFTE SZENE

Die Vorigen. Anton Buldt tritt auf, Entsetzen im Blick, das Haar zu Berge gerichtet.

ANTON
Darf ich abservieren?

Er beginnt, das Geschirr vom Tisch zu räumen. Wieder hört man das Türgeräusch mit mehreren Echos. Anton fährt zusammen und wirft das Porzellan durcheinander.

PAULA
Passen Sie doch auf! Das gute Geschirr!

ANNA
Was ist eigentlich mit den Türen in diesem Haus? Das ist ein Lärm! Da kann doch kein Mensch schlafen.

ANTON
Herr Direktor Geryon verschließt alle Tore, die ins Freie führen.

KLARA
Sehr vernünftig. In einer so abgelegenen Gegend kann sich allerhand Gesindel herumtreiben.

ANTON
Nicht, daß niemand herein kann, meine Dame, sondern daß niemand hinaus kann. Dieser kleine Unterschied wird den Palast erzürnen! Die Folgen werden schrecklich sein!

KLARA
(erkennt nach kurzem Nachdenken die faktische Chance)
Sagen Sie das den Erben, versetzen Sie sie in Furcht und Schrecken! Ich werde Sie darin unterstützen.

ANNA
(beunruhigt)
Ja wie, jetzt?

Klara

Für unsere Sache sind Furcht und Schrecken jedenfalls von Nutzen. Wachsende Angst wird auch die Verstocktesten zur Einsicht bringen. Es ist nur eine Frage des Durchhaltens.

Anton

Ach, meine Damen, ich beschwöre Sie! Entsetzliches hervorzurufen, ist ein Verbrechen, doch ein größeres wäre noch, mit dem Entsetzlichen zu spekulieren!

Klara

(schrill)

Ich verbitte mir das! In diesem Ton reden Sie nicht mit mir, verstanden? Meine Beweggründe sind vollkommen uneigennützig. Wenn die Leute ihr Glück nicht wollen, dann wird man sie eben dazu zwingen müssen.

Anna

Und Sie, Herr Buldt, lassen Sie sich's gesagt sein: Wir sagen jetzt das Spiel an! Da heißt es auch für Sie: Farbe bekennen!

Die drei Damen gehen ab. Türgeräusch, sehr weit fort.

ZWÖLFTE SZENE

Anton Buldt allein.

In weiter Ferne hört man langgezogen und klagend Alexandras Ruf: »Lilie«

Anton

Ich – Farbe bekennen? Ich, der Besitzer des Regenbogens? Blau. Gelb. Orange. Rot. Violett. Ich, das Prisma, soll Farbe bekennen? Ich bekenne alle Farben. Ich kenne keine Farbe. Alle Farben sind keine Farbe. Licht. Dunkel.

Er löscht die Kerzen aus. Nun belebt sich das ganze Haus auf traumhafte Weise, das Keuchen nimmt zu, schiebende, knackende Geräusche, als ob Mauern und Böden in Bewegung gerieten. Staub rieselt von der Decke. Man hört Hufschlag sich nähern und innehalten. In einem Durchblick auf einer der Galerien wird für einen Augenblick der Kopf eines weißen Pferdes in Panik sichtbar, die Augen aufgerissen, das Gebiß gebleckt. Zugleich fährt ein Beben durch den Palast. Anton steht unbeweglich in der Dunkelheit.

ANTON

Ich bin farbenblind.

VORHANG

DRITTER AKT

Im Palast sind alle Farben verschwunden. Alles ist Grau in Grau. Sogar die Kostüme der Personen. Bleiernes Licht. Die Vögel sind schwarz geworden und sitzen reglos herum. Nur ab und zu hört man den melancholischen Lärm eines hoch vorüberziehenden Schwarms. Große Stapel von Folianten sind auf dem Boden aufgetürmt.

ERSTE SZENE

Egon S. Geryon, übernächtigt und unrasiert, sitzt zwischen den Büchern auf dem Boden, versucht verzweifelt, Inventur zu machen.

EGON *(lesend)*

… »ein vollständiges Eßbesteck für Verstorbene, zweiunddreißigteilig« … Immerhin, könnte schließlich Silber sein. Na, sagen wir mal: Hundertzwanzig. Weiter. »Die zwölf großen Geheimnisse der Welt, auf der Rückseite einer Postkarte«. Vielleicht Formeln? Müßte man von Fachleuten prüfen lassen. »Die sieben kleinen Geheimnisse der Welt in dreihundertundfünfundsechzig Bänden« … Offenbar irgendeine Gesamtausgabe. So was kann allerhand bringen. Sagen wir ruhig mal 700,–. Oder lieber 500,–. »Ein Gedankenmagnet«. Ein Gedankenmagnet? Keine Ahnung. »Drei Tanzschuhe für den goldenen Dreifuß«. Zum Verrücktwerden; »Ein ohne den Willen Gottes vom Haupte gefallenes Haar« – blödsinnig …! »Das Innere eines Gesichtes«, »Eine Sternstundenuhr«, »Die Himmelsleiter der Bienen«, »Die Eierschalen des Heiligen Geistes« … ich halte das nicht mehr aus!

(er wirft das Buch weg, steht auf und rennt hin und her)

Aber ich muß, ich muß irgend etwas finden, woran ich mich halten kann! Wie soll ich sonst ein reelles Preisangebot machen?

(er nimmt ein anderes Buch)

»… Verum est, sine mendacie, certum et verissimum … Mein Haus ist keine Mordgrube, und wenn es auch zum finsteren Kerker würde, so fürchte dich nicht: es wird dich nicht einschließen. Denn so du mit reinen Händen an die nackten Mauern schlü-

gest, sie müßten sich vor dir auftun.« Sie müßten sich vor dir auftun? Wen meint er denn? Ich nehme das besser an mich.
(er reißt die Seite aus dem Buch und steckt sie ein)
Vorläufig können wir auf keinen verzichten.

ZWEITE SZENE

Egon S. Geryon. Elsbeth, noch mit Lockenwickler.

ELSBETH
Egon – es geht irgend etwas Schreckliches vor. Vielleicht liegt es an meinen Augen. Ich sehe keine Farben mehr.

EGON
Ich auch nicht.

ELSBETH
Aber sie können doch nicht einfach verschwinden!

EGON
Offensichtlich doch.

ELSBETH
Also hat der alte Anton recht mit seinen Warnungen?

EGON
Scheint so.

ELSBETH
Ja, um Himmels willen, Egon, dann müssen wir doch irgend etwas tun!

EGON
Warum, glaubst du, wühle ich mich seit gestern nacht wie ein Verschütteter durch diese Haufen von Staub und Papier? Doch nur, weil ich die Sache in Ordnung bringen will, an deren Mißlingen ich, wenn auch schuldlos, beteiligt bin! Aber wie soll ich den Leuten eine reelle Summe bieten können für ihre Erbansprüche, wenn ich einfach keine vernünftige Basis finde?

ELSBETH
Hast du schon mit jemand verhandelt?

Egon

Diese drei Weiber haben einen vollkommen aberwitzigen Plan ausgekocht, den sie sich nicht ausreden lassen wollen! Und der Zuchthäusler hat sich Bedenkzeit ausgebeten. Wahrscheinlich will er den Preis in die Höhe treiben.

Elsbeth

Du wirst doch nicht etwa unser Vermögen angreifen?

Egon

Ich stelle Wechsel auf das zukünftige Erbe aus. Es ist mir ja sicher. Ich werde so lange auf meinem Vorschlag bestehen, bis er angenommen wird.

Elsbeth

Aber das Haus – was wird aus dem Haus werden?

Egon

Ich stehe diesen Veränderungen mit Gelassenheit gegenüber, Elsbeth. Je bedrohlicher die Lage wird, desto eher werden die Leute bereit sein, ihre Anteile abzustoßen. Sie werden schließlich nachgeben.

(Echo: … nachgeben … nachgeben!)

Elsbeth

Hast du dieses Echo schon früher bemerkt?

Egon

Nein.

(er ruft)

Hallo!

(kein Echo)

Merkwürdig.

Elsbeth

Egon – hast du mit Nini schon gesprochen?

Egon

Ja. Ich hab ihr den Kopf zurechtgesetzt und habe ihr verboten, sich mit dem Bürschchen zu treffen.

Elsbeth

Und was hat sie gesagt?

Egon
Sie hat sich schrecklich angestellt, geheult und geschrien, als ob es ihr ans Leben ginge. Ich habe ihr gedroht, sie für die Zeit, die wir noch hier sind, auf ihrem Zimmer einzuschließen.

Elsbeth
Und wirst du mit dem Jungen sprechen?

Egon
Elsbeth, du hast natürlich wieder einmal maßlos übertrieben in deiner Angst. Es ist überhaupt nichts vorgefallen.

Elsbeth
Sie macht mit dir, was sie will. Sicher hast du ihr zuletzt doch wieder erlaubt, ihren Kavalier zu sehen.

Egon
Sie hat mir dafür ihren und seinen Anteil gegeben. Das ist doch rührend, findest du nicht? Ein völliges Kind.

Elsbeth
Du hast das doch nicht angenommen, Egon!

Egon
Ich sehe nicht ein, warum ich meine Tochter unglücklich machen soll. Ich muß mich jetzt rasieren.
(ab)

DRITTE SZENE

Elsbeth allein.
Geschrei von einem riesigen Krähenschwarm zieht vorüber.

Elsbeth
(blickt sich um)
Was ist das nur? Was geht in diesem Haus vor? Es will uns etwas zeigen. Es spiegelt uns wider. Ist das wirklich – unser Gesicht, – unser eigenes häßliches Gesicht? …
(Echo: … Gesicht … Gesicht … Gesicht …)
Was können wir nur dagegen tun? Aufrichtig zueinander sein, ja, ganz aufrichtig, jeder zu jedem.

VIERTE SZENE

Elsbeth Geryon, Sebastian Nothaft.

SEBASTIAN
(kommt zögernd näher)

ELSBETH
Ich möchte mit ihnen sprechen.

SEBASTIAN
Wo ist Ninive?

ELSBETH
Sehen Sie, was hier vorgeht?

SEBASTIAN
Ja .... ich – deswegen suche ich Ninive ...

ELSBETH
Sie haben Ninive ihren Anteil gegeben, nicht wahr? Wofür?

SEBASTIAN
Es ist ... ein Pfand.

ELSBETH
Ein Pfand? Wofür?

SEBASTIAN
Damit sie mir glaubt, daß ich ihr trau.

ELSBETH
Ist das wirklich alles?

SEBASTIAN
Ja.

ELSBETH
Mein armer Junge! Wissen Sie, daß Ninive lügt? Wissen Sie, daß sie kalt ist und nichts auf der Welt liebt als sich selbst? Sie müssen es einsehen: Ninive hat ein dummes, grausames Spiel mit Ihnen getrieben, wie sie es immer tut.

SEBASTIAN
Das ist gelogen!

Elsbeth
Wissen Sie, was sie mit Ihrem Pfand gemacht hat?

Sebastian
Was … gemacht?

Elsbeth
Sie hat es ihrem Vater gegeben!

Sebastian
(starrt sie fassungslos an)
Das glaub ich nicht …

Elsbeth
Da kommt sie. Wollen Sie mit ihr selbst sprechen?

Sebastian
(blickt verwirrt umher)
Ich … ich kann ja nicht reden! Nicht jetzt!

Elsbeth
Vielleicht ist es dann besser, Sie beruhigen sich erst etwas!

Sie schiebt ihn hinaus. Hinter einer Portiere, nur für den Zuschauer sichtbar, bleibt Sebastian wie betäubt stehen.

FÜNFTE SZENE

Elsbeth. Sebastian hinter der Portiere. Ninive kommt.

Elsbeth
Nun, Ninive? Sagst du mir nicht mal guten Morgen?

Ninive
Nein.

Elsbeth
Ich hab dir Unrecht getan, aber das mußt du dir selbst zuschreiben. Du hast mich wieder einmal schamlos angelogen.

Ninive
Gelogen wie immer. Ich bin eben so. Ich habe kein Herz, ich habe kein Gewissen, ich habe keine Scham. Ich bin, so leid es dir tut, euer Kind.

Elsbeth
(weint)
Aber warum nur? Was haben wir denn so falsch gemacht? Wir haben uns immer Mühe gegeben, dich zu einem braven Menschenkind zu erziehen. Und wir waren dir niemals ein schlechtes Vorbild.

Ninive
Weißt du was, Mama? Es macht mir Spaß.

Elsbeth
Du sollst dich zu Tode schämen, einem bedauernswerten Menschen, der nicht ganz richtig im Kopf ist, seinen Anteil abzuschwindeln.

Ninive
(mit verzweifeltem Hohn)
Warum denn nicht? Er war sogar noch glücklich darüber! Hätt er's doch nur bleiben lassen! Jetzt hat mich mein lieber Papa für denselben Preis an ihn verkuppelt, und ich hab mitgemacht. Jetzt ist alles schmutzig und widerlich. Wir sind eine fabelhafte Familie, findest du nicht?
(man hört ein kurzes Aufschluchzen hinter der Portiere. Ninive geht langsam auf die Portiere zu und zieht sie beiseite. Sie steht vor Sebastian, der sie anstarrt, dann wie gejagt fortrennt. Sie wendet sich zu ihrer Mutter.)
Er hat zugehört … er hat gelauscht. Und du hast es gewußt.

Elsbeth
Nein, Kind, nein, ich hatte keine Ahnung!

Ninive
»Nein, Kind, nein.« Du lügst ja, du lügst! Nein, ihr lügt nie, ihr könnt gar nicht lügen, denn ihr seid selbst eine Lüge! Ah, ich hasse eure Kleider, die ihr mir anzieht; euer Essen, das mich vergiftet; eure Luft, an der ich ersticke; eure ganze stumpfsinnige Welt, in der alles käuflich ist, alles versichert, alles zum Speien ist. Ich hasse mich selbst, weil ich von eurem Fleisch bin! Rühr mich nicht an! Ich wollte, ich wäre euch für immer los und mich auch!
(sie läuft hinaus. Echo: … ich hasse … ich hasse …)

SECHSTE SZENE

Elsbeth, Egon. Später Anton Buldt.

ELSBETH
(sinkt weinend auf einen Stuhl)
Mein Kind, mein Kind!

EGON
(kommt rasiert und korrekt gekleidet)
Habt ihr schon wieder Streit gehabt?

ELSBETH
Oh Egon, es war schrecklich. So habe ich sie noch nie gesehen. Wer weiß, wohin sie jetzt rennt!

EGON
Sie kann nicht weit kommen. Ich habe alle Ausgänge verschlossen. Also beruhige dich.

ELSBETH
Hast du die Schlüssel an dich genommen?

EGON
Es ist nur einer. Ich habe ihn in dieser Truhe verwahrt.
(er öffnet sie)
Um Himmels willen! Was ist denn das schon wieder?

ELSBETH
Ist er fort?

EGON
Nein, im Gegenteil – das heißt … ich versteh das nicht! Diese Truhe war leer und jetzt – bis obenhin voller Schlüssel.
(er schreit)
Anton! Herr Anton Buldt!

ANTON
(tritt auf) Der Herr haben gerufen?

EGON
Haben Sie alle diese Schlüssel da hineingetan?

Anton

(blickt in die Truhe, erstarrt)
Es beginnt.

Egon

Was?

Anton

Die große Multiplikation.
(Echo: … Multiplikation … kation … kation …)

Egon

Sie tun ja als wäre das eine Seuche.

Anton

Das ist es auch, mein Herr. Es ist die Art, wie dieser Palast alle Dinge entwertet, mit denen gegen ihn gesündigt wurde.

Egon

(er schlägt den Deckel zu)
Räumen Sie die Bücher weg!

SIEBENTE SZENE

Elsbeth, Egon, Anton. Dr. Arminius tritt auf.

Elsbeth

Ah, Herr Doktor! Haben Sie sich am Ende entschlossen, sich doch ein wenig um uns zu kümmern?

Arminius

Das liegt mir fern, Frau Direktor. Herr General Schweler bittet die Erben, in einer halben Stunde zur Besprechung hier zu erscheinen. Sollte mich freuen, wenn er Erfolg hätte. Ein baldiger Abschluß der Sache scheint dringend notwendig zu sein.
(er blickt beunruhigt umher)
Ja, in der Tat – sehr dringend.

Egon

Welcher Art ist denn der Vorschlag des Generals?

Arminius

Entschuldigen Sie mich, ich muß noch die anderen Herrschaften informieren. Haben Sie übrigens die Baronin gesehen? Ich suche sie.

Egon

Nein.

Arminius

(ab)

ACHTE SZENE

Egon, Elsbeth, Anton.

Man hört wieder Geschrei von Krähenschwärmen vorüberziehen.

Egon

Ich kann diese Militärs nicht leiden. Immer mischen sie sich in Dinge, von denen sie nichts verstehen. Na, er wird sich wundern, was ich ihm erzählen werde. Aber bis dahin brauche ich unbedingt noch einige Anteile.

Elsbeth

Ich muß mich dringend ein bißchen zurechtmachen, glaube ich. *(geht ab)*

Egon

Könnte nichts schaden, meine Liebe. Und Sie, Anton, schaffen Sie endlich diese nutzlosen Scharteken weg!

Anton

(nimmt indigniert ein einzelnes Buch und trägt es langsam hinaus)

NEUNTE SZENE

Egon. Jakob Nebel tritt auf.

EGON

Ah, mein lieber Nebel, sind Sie inzwischen zu einem Entschluß gekommen?

JAKOB

Herr Direktor, mein Entschluß ist gefallen. Ich bin unverkäuflich. Ich bedaure es selbst aufrichtig.

EGON

Mein lieber Nebel, dann muß ich Ihnen leider mitteilen, daß ich heute nacht zufällig einen Mann beobachten konnte, der erstaunliche Ähnlichkeit mit Ihnen hatte. Wissen Sie, womit er beschäftigt war?

JAKOB

(verlegen)

Ach, plaudern wir doch lieber vom Geschäft.

EGON

Eintausend Mark – für den Anteil und alle Rechte. Ich halte mein Angebot aufrecht.

JAKOB

Bedenken Sie, hochverehrter Herr, ich bin nur ein einfacher Mensch, der anders als Sie, von dem leben muß, was er verdient.

EGON

Also gut. Eintausendzweihundert.

(ironisch)

Entspricht dies Ihren üblichen »Verdiensten«?

JAKOB

Wenn ich der Einfachheit halber um das Doppelte gebeten haben dürfte!

EGON

Ich habe noch andere dringende Geschäfte.

Jakob

Sie stoßen mich zurück, Herr Direktor? Da begehen Sie einen falschen Irrtum! Ich stehe nämlich nicht an, daß speziell mein Anteil für Sie von einem wahrhaft unübersichtlichen Wert sein dürfte.

Egon

Ich wüßte nicht, weshalb.

Jakob

Weshalb, das würde Ihnen auf den ersten Blick erkenntlich sein, wenn Sie diesen ersten Blick geworfen hätten. Ich bedaure aufrichtig, die Ehre zu haben.
(will ab)

Egon

Zweitausend!

Jakob

(kehrt sofort um)
In bar, wenn ich erbittlich sein dürfte.

Egon

Als Wechsel, fällig am Tage der Testamentseröffnung.

Jakob

Also gut, ich überantworte mich wohl oder üblich Ihren treuen Händen.

Die Schriftstücke werden ausgetauscht.

Egon

(öffnet das Kuvert und starrt überwältigt auf den Zettel)
… »Universalerbe Egon S. Geryon« … Nebel! Mein lieber Nebel! Das hat mir der Himmel im rechten Augenblick geschickt!

Jakob

Nicht doch, Herr Direktor! Der Himmel war es nicht. Ich war es selbst.

Egon

Ich – Universalerbe! Das ändert alles!

Jakob

So eine Freude!

Egon

Glauben Sie, daß der General Erfolg haben wird? Ich würde es sehr begrüßen! Man sollte diesen Mann nach besten Kräften unterstützen! Ich muß ihn unverzüglich sprechen!
(läuft hinaus)

ZEHNTE SZENE

Nebeljakob allein.

Jakob

(zieht eine Hutzelbirne aus der Tasche und beginnt nachdenklich zu essen)
Oh, mein Geschick, daß du mich in aufdringlicher Weise auf meinem ganzen Lebenspfad begleitest und den Namen Freiheitsberaubung trägst, du hast mich auch hier ereilt! Alle Haustüren sind verschlossen. Allerdings war meine Arbeit sowieso umsonst, denn die goldenen Früchte des Paradieses haben ausgetickt und sich boshafterweise über Nacht in Dörrobst umgesetzt, in welcher Form sie mir momentan als dornenvolle Nahrung dienen. Wenn mir schon einmal ein Wunder vorkommt, dann natürlich in der Gestalt eines Defizits! Aber Nebeljakob gibt so leicht nicht auf! Ich trotze den natürlichen und übernatürlichen Schikanen, indem ich mich geschäftlich umstelle und mich wieder einmal auf die künstlerische Reproduktion werfe! Und schon nähert sich die nächste Kundschaft, herbeigelockt durch das eherne Gesetz von Angebot und Nachfrage.

ELFTE SZENE

Jakob Nebel. Klara Dunkelstern tritt auf.

KLARA
Herr Nebel! Ich komme, um Ihre Entscheidung zu erfahren.

JAKOB
Sehen Sie, liebes Fräulein, eigentlich hatte ich mich schon dazu durchgerungen, Ihnen nachzufolgen, als ein besonders vernehmliches Angebot meine bekümmerten Schritte hemmte. Herr Direktor Geryon in eigener Gestalt bot mir fünftausend Mark für meinen Anteil!

KLARA
Hören Sie gut zu, Herr Nebel, dieser Mann will Sie ganz einfach über den Löffel balbieren. Der zehnte Teil des gesamten Vermögens dürfte wohl etwas mehr ausmachen als lumpige fünftausend Mark. Leuchtet Ihnen das ein?

JAKOB
Das leuchtet mir ganz ungeheuer ein. Aber andererseits … der Hut in der Hand ist mir lieber als die Taube auf dem Kopf.

KLARA
Sie glauben nicht an unsere Sache?

JAKOB
Ach, liebes Fräulein, ich würde Ihrer Fahne gerne nachflattern, wenn Sie mir vielleicht einen Vorschuß auf meinen zukünftigen Wohlstand verabfolgen möchten.

KLARA
Ich habe nichts, um Sie zu bestechen, außer meinen guten Gründen.

JAKOB
Geben Sie mir wenigstens diese Brosche da.

KLARA
Das ist ein Andenken von meiner Mutter!

Jakob

Ich gebe sie Ihnen zurück, sobald ich den zehnten Teil vor mir sehe. Oder zweifeln Sie am Ende selbst an Ihrem Sieg?

Klara

Nehmen Sie.
(sie gibt ihm die Brosche)

Jakob

Sie sehen mich ergriffen.
(gibt ihr seinen Anteil)

Klara

(schüttelt ihm die Hand)
Jetzt gehören Sie zu uns, lieber Nebel! Ich gratuliere!

Jakob

Wollen Sie nicht wenigstens einen Blick hineinwerfen?

Klara

Das ist ganz unnötig.
(sie zieht den Zettel aus dem Kuvert und liest)
»Universalerbin Klara Dunkelstern.«
(sie wankt und setzt sich auf einen Stuhl)
Ich? Universalerbin? Alle diese Kostbarkeiten, die Möbel, Teppiche, die Bilder und Spiegel und dieser ganze unübersehbare Reichtum – war für mich? Für mich allein? War? Er ist es noch!
(sie erhebt sich zitternd vor Erregung)
Ich brauche ja nur meine Hand auszustrecken und danach zu greifen!
(sie wandelt umher)
Ich, Klara Dunkelstern, Herrin dieses Palastes! Frei sein! Nie wieder in die Schule müssen! Alle Wünsche, alle Sehnsüchte, jede Laune sich erfüllen! Freunde haben, Feste geben, große, rauschende Feste voller Glanz und Musik.
(sie beginnt mit geschlossenen Augen ein paar Tanzschritte, bricht ab)

Nun hat es mich doch noch gefunden, das Glück – aber meine Tür muß verschlossen bleiben. Ich hätte nicht geglaubt, daß es so schwer ist, wenn man selbst … Nein! Vorbei!
(Echo: … vorbei … vorbei)
(am Rande der Tränen)
Ich habe die Prüfung bestanden!

JAKOB
Jetzt glaub ich's bald wirklich, daß Sie es schaffen.

KLARA
Kommen Sie! Sie müssen unterschreiben.
(beide ab)

ZWÖLFTE SZENE

Schweler tritt auf. Er hat Alexandras Gewehr bei sich und vergewissert sich, daß er allein ist.

SCHWELER
Hallo! Niemand da? Gut so. Ich muß diesen Zauberstab hier irgendwo verstecken. Die Leute dürfen nicht vorher schon Lunte riechen, sonst laufen sie mir weg, ehe ich sie alle in der Falle habe.
(Er sucht ein Versteck und findet es in dem Bücherberg. Sorgfältig schichtet er einige Folianten über das Gewehr.)
Tadellos, da sucht bestimmt niemand. Die Vorstellung kann beginnen! Halt, die Zirkusbaronin muß ich noch holen. Ich hoffe nur, daß sie über Nacht zahm geworden ist – in ihrer Dunkelzelle. *(ab)*

DREIZEHNTE SZENE

Anna Fenris, Paula Olm.

ANNA
Was hängen Sie sich dauernd an mich, Paula. Das ist schon bald lästig.

Paula

Ich wollt bloß fragen, ob Sie meine Armbanduhr noch brauchen. Sonst tät ich Sie bitten, daß Sie sie mir vielleicht wiedergeben. Sie nützt Ihnen doch überhaupt nichts.

Anna

Willst du mich verdächtigen? Du, wenn du mir so kommst, dann werd ich andere Saiten aufziehn. Du meinst vielleicht, du kannst aufsässig werden, weil ich eine hilflose Person bin.

Paula

Überhaupt nicht, Frau Fenris, ehrlich!

Anna

So? Aber meine Schuhe hast du mir nicht geputzt, wie es ausgemacht war. Du meinst vielleicht, ich merk's nicht. Ich merk alles, ganz genau!

Paula

Aber wegen der Uhr …

Anna

Und meinen Kaffee hast du auch nicht gebracht. Ich mein nur, ein bißchen mehr guten Willen könntest du schon zeigen, Paula, wenn man sich so für dich einsetzt und für deine Zukunft sorgt.

VIERZEHNTE SZENE

Anna, Paula. Anton Buldt tritt auf.

Anton

Verzeihung, meine Damen. Ich habe den Auftrag, diese Bücher aufzuräumen …

Anna

Herr Buldt, ich muß was von Ihnen wissen – und gleich, eh die Verhandlung anfängt.

Anton

Ich hoffe, meine Dame, daß ich Ihnen zu antworten vermag.

Anna

Ja, das hoffe ich auch. Weil davon allerhand abhängt. Also sagen Sie die Wahrheit. Und nicht wieder so ein Wischiwaschi wie sonst, bitt ich mir aus!

Anton

Sehr wohl, meine Dame.

Anna

Wer war dieser Herr Philadelphia? Sie haben ihn doch gut gekannt, oder?

Anton

Ja, gewiß … allerdings – soweit ich mich erinnere – bin ich ihm persönlich – nie – begegnet …

Anna

Ja, haben Sie ihn denn nicht bedienen müssen? Dabei haben Sie ihn doch gesehen?

Anton

Nein, ich glaube nicht.

Anna

Was heißt das, Sie glauben nicht? Ja oder nein?

Anton

Beides, meine Dame. Ich erinnere mich deutlich an seine Gegenwart, aber nicht an seine Gestalt oder an sein Gesicht …

Anna

Sie! Treiben Sie keinen Schabernack mit mir! Das steht Ihnen nicht zu! Als Lakai!

Anton

Mir ist wahrhaftig nicht nach Scherz zumute, meine Dame. Mein Gedächtnis rinnt aus …

Anna

Wie wollen Sie denn gemerkt haben, daß er überhaupt da war? *(Echo: … da war … da war … da war …)*

Anton

An einer bestimmten Anordnung der Stühle oder der Kandelaber, an einem eigentümlichen Duft, an einer halbgeöffneten Tür …

Anna

(schreit)

Jetzt reicht's mir! Verschwinden Sie!

Anton

(geht zu den Büchern)

Anna

Paula! Ich möcht jetzt doch einen Kaffee! Wird's bald!

(Paula geht ab)

Anton

(zieht das Gewehr hervor)

Anna

Was webern Sie denn da noch herum, Herr Buldt?

Anton

Ich habe etwas gefunden, das die Frau Baronin vergessen haben muß. Ich werde es ihr bringen.

(ab)

FÜNFZEHNTE SZENE

Anna allein.

Anna

Das hab ich mir gedacht. Von Anfang an. Nichts ist dahinter. Es gibt überhaupt keinen Erblasser. Das ganze Testament eine taube Nuß. Die andern merken scheint's nichts. Das kann mir nur recht sein. Ich weiß jetzt schon, was ich mach.

Sie setzt sich in den Hintergrund. Während der folgenden Szene stopft sie sich, von den anderen unbemerkt, die Zettel in den Mund, kaut und würgt sie hinunter.

SECHZEHNTE SZENE

Egon, Elsbeth, Klara, Jakob treten auf.

EGON
… selbstverständlich, ich bin bereit, unsere Anteile auf den Tisch zu legen!

KLARA
Und ich rate Ihnen nochmals nachdrücklich, sich uns anzuschließen!

EGON
Das ist mir unbegreiflich. Ich biete Ihnen achttausend Mark, Ihnen und Ihren beiden Freundinnen miteinander natürlich.

KLARA
Ich bin nicht bestechlich.

EGON
Sie sollen ja nicht einmal Ihre Rechte aufgeben! Alles soll so verteilt werden, wie es das Testament bestimmt.

KLARA
Sie werden noch sehr froh darüber sein, daß ich Ihrem Angebot nicht nachgekommen bin, Herr Direktor. Sie wissen nicht, was Sie tun!

EGON
Ich weiß sehr genau, was ich tue!

KLARA
Ja, offenbar glauben Sie, irgend etwas zu wissen.

EGON
Woher sollte ich etwas wissen?

KLARA
Ja, das weiß ich.

EGON
Was wissen Sie?

KLARA
Daß Sie nichts wissen.

Egon

Woher wollen Sie das wissen?
(Echo: … wissen … wissen)

Klara

Dieser Streit wird töricht. Jedenfalls bin ich sicher, daß Sie nichts wissen, sonst würden Sie meinem Vorschlag Folge leisten.

Egon

Und ich sage Ihnen genau dasselbe.

Beide starren sich mißtrauisch an.

Jakob

(beunruhigt)
Vielleicht lassen wir die Mißverständnisse ein wenig ruhen. Die Aufklärung kommt immer zu früh, selten zu spät und niemals rechtzeitig, wie ich meistens zu sagen pflege.

SIEBZEHNTE SZENE

Paula, die Vorigen.

Paula

Das Wasser kocht gleich.

Anna

Jetzt brauch ich ihn nicht mehr, deinen Kaffee!

ACHTZEHNTE SZENE

Die Vorigen. Dazu Dr. Arminius, Ninive, Sebastian. Arminius führt Ninive an der Hand herein. Sebastian folgt in großem Abstand, bleibt an der Tür stehen.

Elsbeth

Ninive, Gott sei Dank! Wo warst du denn die ganze Zeit?

Arminius

Sie saß im obersten Stockwerk auf dem Geländer der Marmortreppe. Der junge Mann hockte eine halbe Etage tiefer auf den Stufen und starrte zu ihr hinauf. Sie schien bereit, bei seiner Annäherung in die Tiefe zu springen.

Elsbeth

O Gott, mein Kindchen, komm! Komm zu mir!
(sie zieht Ninive, die willenlos folgt, neben sich auf einen Sessel und streichelt ihre Haare)

Arminius

Ist der General noch nicht da?

NEUNZEHNTE SZENE

Die Vorigen. Alexandra kommt eilig heraus, völlig außer Atem. Sie ist noch im Kostüm des vorigen Aktes, das aber jetzt ebenfalls grau, obendrein zerrissen ist. Sie schließt sofort die Tür hinter sich.

Arminius

Ah, Frau Baronin. Man hat Sie überall gesucht. Wissen Sie zufällig, wo der Herr General steckt?

Alexandra

(nickt)
Zufällig.
(sie schließt die Tür ab)
Der Herr General wird einen Augenblick im Vorzimmer warten, bis ich zu Ende bin. Ich möchte nicht unterbrochen werden. Vor wenigen Minuten hat er mich aus einer Rumpelkammer befreit, in der ich die ganze Nacht eingesperrt war.

Elsbeth

Eingesperrt? Wie entsetzlich. Wer kann denn so etwas getan haben?

Alexandra

Er selbst. Nur hat er nicht damit gerechnet, daß ich die bessere Läuferin bin.

Egon

Er hat Sie eingesperrt? Der General? Wie konnte er das wagen?

Alexandra

Er wollte verhindern, daß ich Sie von seinem Plan unterrichte. Sonst wäre vermutlich kein einziger von Ihnen hier – wie ich Sie kenne, meine Herrschaften.

Schweler

(er hämmert von außen gegen die Tür und brüllt)
Machen Sie auf!

Alexandra

Da ist er schon. Ich fasse mich also kurz: Er wird versuchen, Sie zu bluffen, indem er Sie mit vorgehaltenem Gewehr – meinem übrigens – zwingen will, Ihre Anteile auf den Tisch zu legen.
(Schweler hämmert gegen die Tür)
Geduld, Herr General! Gleich werden Sie empfangen.

Egon

Das ist doch eine unglaubliche Unverschämtheit! Ich war ohnedies bereit dazu. Aber so nicht, nein, nicht so!

Klara

Lassen Sie den Mann nur herein! Er wird sein blaues Wunder erleben!

Anna

Dem lassen wir die Hosen schon herunter.

Alexandra öffnet, der General erscheint in der Tür. Er geht langsam und drohend auf die Erben zu.

Schweler

Ich nehme an, diese Dame hat Sie bereits von allem unterrichtet. Nur eines hat sie vielleicht vergessen: Daß ich Ernst mache. Also, fangen wir an. Jeder legt jetzt seinen Anteil auf den Tisch. Das ist ein Befehl.

Egon

Sie vergreifen sich doch wohl etwas im Ton, mein Herr. Finden Sie nicht?

KLARA

Auf unsere Mitwirkung bei Ihrem Plan, Herr General, werden Sie verzichten müssen.

SCHWELER

(schaut sie der Reihe nach an)

Also Befehlsverweigerung? Schön, dann ziehen wir die Konsequenzen!

(er wühlt den Bücherberg durch, findet das Gewehr nicht und schaut sich wütend um)

Verdammte Schweinerei! Wo ist denn das Gewehr?

Die anderen begreifen nach und nach und brechen, einer nach dem anderen, in lautes Gelächter aus. Der General steht keuchend mit geballten Fäusten in der Mitte.

ZWANZIGSTE SZENE

Die Vorigen. Anton kommt mit dem Gewehr.

ANTON

Ich konnte Sie nirgends finden, Madame. Sie haben etwas vergessen.

ALEXANDRA

Danke, Anton.

(ohne das Gewehr zu berühren)

Legen Sie es dorthin zurück, wo Sie es gefunden haben.

ANTON

Wie Madame befehlen.

(er legt das Gewehr zwischen die Bücher)

EGON

Um Gottes willen, sind Sie wahnsinnig?

ALEXANDRA

Nein. Aber ich bin kein Spielverderber.

SCHWELER

(reißt das Gewehr an sich, knirschend vor Wut)

Jetzt habt Ihr ausgespielt! Ihr werdet mich nicht zum Popanz machen! Wir bleiben hier zusammen, bis alle Anteile auf dem Tisch liegen. Wer vorher den Raum verläßt, wird erschossen. Ich gebe kein Pardon. Das ist mein tödlicher Ernst.

Pause. Alle Erben verharren geduckt und bleich, keiner wagt, sich zu rühren.

Alexandra
Nun, meine Herrschaften?

Da keiner antwortet, steht Alexandra auf und geht langsam an Schweler vorbei zur Tür.

Schweler
Wohin?

Alexandra
Mein Pferd suchen, das wissen Sie doch.

Schweler
(brüllt)
Stehenbleiben – oder ich schieße!

Er entsichert das Gewehr, Alexandra geht weiter, Schweler legt an. Sebastian springt vor und reißt das Gewehr weg. Sie ringen einen Augenblick. Plötzlich ein Schuß, der ein schier nicht enden wollendes Echo im Schloß auslöst, das bis in die fernsten Räume nachhallt. Sebastian fällt zu Boden.

Alexandra
(bei ihm)
Einen Arzt, Anton, schnell!

Anton
(steht starr)

Klara
Worauf warten Sie!

Anton
Die Ausgänge, Madame … ich war soeben unten …

Egon

(an der Truhe)

Der Schlüssel! Welcher ist denn der richtige? So suchen Sie doch mit, Herr Buldt!

Anton

Zu spät! Es gibt keine Türen nach draußen mehr, meine Herrschaften. Sie sind zugewachsen. Von keiner ist mehr geblieben als eine böse Narbe in der Wand.

Pause. Alle stehen wie erstarrt.

Alexandra

Nun, Herr Notar? Wie denken Sie jetzt über Ihre Schweigepflicht?

Sebastian

(stöhnt)

Hilf mir doch!

Arminius

(für sich)

Ja, ich werde helfen …

VORHANG

VIERTER AKT

Nun sind auch die Fenster verschwunden oder nur noch als architektonische Attrappen, also »blinde Fenster« vorhanden. Der Raum ist festlich erleuchtet durch Hunderte von Kandelabern und Kerzen jeder Form und Größe, die allenthalben aufgestellt sind. Die Karyatiden sind abgemagert und haben Gebärden des Flehens angenommen. Auch die Bilder und Figuren zeigen jetzt erschrockene, schmerzliche, fragende und zornige Gesichter. Die Vögel sind tot. Im Vordergrund sind welche zu einem Haufen zusammengekehrt. Den Personen zerfallen sichtlich die Kleider am Leibe. Überall Zeichen des Verfalls.

ERSTE SZENE

Sebastian Nothaft sitzt klein und eingesunken auf dem Thronsessel. Er hat die Augen geschlossen und scheint nicht bei Bewußtsein. Er ist mit einem großen Verband um die Brust versehen. Alexandra sitzt auf den Stufen des Throns. Man hört das langsame Ticken einer großen Uhr, welches umherwandert, manchmal näher kommt und sich wieder entfernt. Anton tritt auf. Er trägt einen Leuchter. Sein Gesicht ist wächsern, seine Bewegungen fahrig, er schlurft.

ANTON
Dies, Madame, ist der letzte. Alle übrigen wurden von den anderen Herrschaften mit Beschlag belegt, seit die Fenster fort sind.

ALEXANDRA
Es ist gut.

ANTON
Madame treibt solche Verschwendung mit voller Absicht? Wenn diese Kerzen heruntergebrannt sind, beginnt die Dunkelheit. Für immer.

ALEXANDRA
Ich weiß.

ANTON

(verbeugt sich, will ab)

ALEXANDRA

Anton? Was machen die Leute?

ANTON

Sie bedauern den Vorfall, Madame.

ALEXANDRA

Ist schon jemand auf die Idee gekommen, daß es an uns liegt, ob er sterben wird?

ANTON

Das wohl, Madame. Jedoch kann sich offenbar keiner entschließen, den ersten Schritt zu tun.

ALEXANDRA

Ich brauche Sie nicht mehr. Danke Anton.

Anton ab.

ZWEITE SZENE

Alexandra, Sebastian.

SEBASTIAN

… so ist das also. Ich versteh schon. Sterben.

ALEXANDRA

Halten Sie sich ruhig! Sprechen Sie nicht!

SEBASTIAN

Ich muß. Es ist nicht mehr viel Zeit. Und ich muß doch verstehen …

ALEXANDRA

Was müssen Sie verstehen?

SEBASTIAN

Ich bin nämlich nicht ganz richtig im Kopf, wissen Sie? Weil ich Lügen nicht versteh. Das ist die Krankheit, an der ich sterben muß.

Alexandra

Nein, mein Herz, nicht, wenn du dich ruhig hältst.
(Pause)

Sebastian

Wissen Sie, wie das ist – Angst?

Alexandra

Wer sterben gelernt hat, was sollte der fürchten …

Sebastian

Ich lerne es gerade. Kennen Sie ihn gut – den Tod?

Alexandra

Als ich noch klein war, spielte er manchmal mit mir. Später haben wir gemeinsam gearbeitet, wir waren immer zusammen. Eines Tages bemerkte ich, daß er anfing, mich zu verwöhnen. Es waren seltsame Kleinigkeiten, die er mir schenkte, einen kostbaren Abschied zum Beispiel, eine zierliche Runzel auf der Stirn oder ein schön geschliffenes, eisklares Stück Einsamkeit. Nach und nach wurden seine Geschenke immer wertvoller, und ich begriff, daß er ernste Absichten hatte.
(schaut Sebastian nachdenklich an)
So wurde er zuletzt mein Geliebter.

Sebastian

Haben Sie niemals Mitleid gehabt mit jemand?

Alexandra

Weil wir nicht unsterblich sind?

Sebastian

Weil wir schwach sind.

Alexandra

(schweigt)

Sebastian

Aber wenn man jemand liebt?

Alexandra

Die Liebe, mein Kleiner, ist erst recht nichts für die Schwachen. Ich werde Sie für eine Weile allein lassen. Sie wissen, jede Bewegung kann Sie umbringen. Also, seien Sie vernünftig!

Sebastian
Sie gehen fort? Wohin gehen Sie?

Alexandra
Ich werde um dein Leben kämpfen, mein Herz.

Sebastian
Aber die Türen sind doch fort! Und die Fenster auch!

Alexandra
Aber warum, zum Teufel, sollen sie sich nicht wieder öffnen? Es liegt nur an uns.
(will ab)

Sebastian
Frau Alexandra?

Alexandra
Ja?

Sebastian
Warum tun Sie das? Sie glauben doch nicht daran?

Alexandra
Du kannst einen wirklich zur Verzweiflung bringen! Mein Liebhaber schätzt es nicht, wenn man es ihm leicht macht. Er verlangt, daß man sich mit Nägeln und Zähnen gegen ihn wehrt. Das ist eine Frage des Anstands. Bis bald, mein Freund.
(ab)

DRITTE SZENE

Sebastian allein.

Man hört das Ticken einer anderen rascheren Uhr wandern.

Sebastian
(richtet sich auf)
Wer ist da? … Ninive? Wir sind schuld dran …
(sinkt wieder zusammen)
Die Liebe ist nichts für die Schwachen … Atlanta … Wasser! … Es ist heiß … Königin Ninive! … Phantom kann durch Feuer

gehen … ich komme … Wir haben unsere Sache schlecht gemacht … Die Stadt brennt … Wir haben alles verdorben … ich bin nicht schwach, nein … Ich bin Phantom, ich! Atlanta … Ninive! … Wasser!

VIERTE SZENE

Sebastian, Jakob Nebel.

JAKOB

(schwitzend vor Angst)

Geht es Ihnen vielleicht nicht schon viel besser, Herr Nothaft? Ich befürchte hoffentlich nicht, Sie zu belästigen. Ich mach mir nämlich ernstliche Sorgen um mich.

SEBASTIAN

… ich bin nicht schwach!

JAKOB

Ich finde auch, Sie sehen schon wieder viel gesünder aus. Darum wollte ich Sie nämlich zudringlichst ersucht haben. Da wäre mir sehr gedient damit, wenn Sie freundlicherweise wieder gesund werden könnten, bevor die Zettel zusammengelegt werden. Sonst hätte ich nämlich ziemlich starke Gründe, um meine allgemeine Wohlfahrt besorgt zu sein. Ein Vergleich der Zettel wird für meine Person fatale Erweiterungen nach sich ziehen. Ich sehe Tätlichkeiten auf mich zukommen. Herr Nothaft, ich ersuche Sie gütlich. Helfen Sie mir!

SEBASTIAN

(fiebernd)

… was sollen wir tun?

JAKOB

(kraftlos)

Ja, das weiß ich auch nicht.

SEBASTIAN

… fliehen? … Atlanta, wir müssen fliehen! …

JAKOB

Es entspricht schon lange nicht mehr meinem inneren Bedürfnis, daß ich noch vorhanden bin. Ich würde sogar freiwillig auf alle zukünftigen Vorteile verzichten, wenn ich dafür vorzeitig entlassen würde. Besser geschoren mit Kopf als ungeschoren ohne. Kurzum: ich bin unermüdlich am Aufbrechen. Aber meine zahlreichen Versuche, aus diesem übernatürlichen Knast auszubrechen, nullen sich von einem zum andern. Jetzt werden sie natürlich fragen: Jakob, du Unglücksvogel, warum setztest du deine Hoffnung dann nicht auf die Einigung der Erben? Ich erwidere mit bitterem Lächeln: Ihr Sesam-öffne-dich ist unweigerlich mein Knüppel-aus-dem-Sack. Das ist eine verzweifelte Verknüpfung! Darum frage ich mich, wie ich mich abknüpfe. Haben Sie mich jetzt begriffen?

SEBASTIAN

Nein.

JAKOB

Dann bin ich am Ende meiner Verständlichkeit. Ich blicke in einen Zwiespalt hinab.
(Pause)

SEBASTIAN

Jakob?

JAKOB

Ja?

SEBASTIAN

Ich weiß, wer schuld ist, Jakob.

JAKOB

Dagegen erhebe ich Einspruch! Ich bin ein Opfer der Verhältnisse.

SEBASTIAN

Ich und Ninive, wir sind schuld.

JAKOB

Das müssen Sie mir erst mal näherbringen.

SEBASTIAN

Es wird nicht mehr gut mit uns. Deswegen ist alles umsonst.

JAKOB

Hören Sie, lieber Herr, ich verstehe ja nicht besonders viel von Liebe und solchen heiligen Angelegenheiten – eine Bildungslücke, leider! –, aber ich frage mich denn doch, ob Sie Ihre werte Privatsache nicht vielleicht ein ganz klein bißchen überschätzen?

SEBASTIAN

Es ist aber so.

JAKOB

Einen Augenblick, wenn Sie gestatten. Sie behaupten also eidesstattlich, wenn die Sache zwischen Ihnen und der Kleinen wieder – wie soll ich sagen – gekittet wäre, dann würde sich was ändern? Es würde möglicherweise die eine oder andere Tür wieder aufgehen? Meinetwegen eine ganz kleine? Eine, durch die ich zum Beispiel in gebückter Haltung hinausmarschieren könnte? Möglich ist ja offenbar alles in diesem sensiblen Etablissement. Ein Versuch könnte nicht schaden. Mein hochverehrter jugendlicher Gönner, trösten Sie sich. Da hat Nebeljakob schon ganz andere Dinger gedreht! Sehen Sie nicht, wie mir bereits Flügelchen wachsen? Jetzt ergreife ich Pfeil und Bogen und begebe mich auf die Pirsch. Nehmen Sie derweil ein erquickliches Mützchen voll Schlaf, wenn Sie aufwachen, steht die Kleine in leibeigener Gestalt vor Ihnen und lächelt Sie an wie ein Stückchen Zucker.

(ab)

FÜNFTE SZENE

Sebastian. Dr. Leo Arminius tritt auf, er ist noch bleicher als sonst.

ARMINIUS

Können Sie mir zuhören?

SEBASTIAN

Was wollt ihr denn auf einmal alle von mir?

Arminius

Ich habe versprochen zu helfen …

Sebastian

Mir kann niemand mehr helfen.

Arminius

… Ihnen und allen anderen. Indem ich meine Schweigepflicht verletze und den Inhalt des Testaments bekanntgebe. Aber ich werde es nicht tun. Nur Ihnen … Ich bin bereit, es Ihnen anzuvertrauen. Unter dem Siegel der Verschwiegenheit. Es ist das einzige, was ich für Sie tun kann.

Sebastian

Nur mir? Warum?

Arminius

(ausbrechend)

Weil es absurd ist! Weil es eine teuflische Verhöhnung aller Beteiligten ist! Weil die Erben mich in Stücke reißen würden! Weil ich keine Lust habe, den Märtyrer zu spielen für ein zynisches Spiel, das mich nichts angeht! Weil ich am Ende bin mit meinem Latein.

Sebastian

Sie haben Angst?

Arminius

Ich bin auch nur ein schwacher Mensch!

Sebastian

Ich bin nicht schwach! Ich fürchte mich nicht!

Arminius

Gut! Wir werden sehen.

(zieht ein Papier aus seiner Mappe, liest:)

»Es ist mein erster und mein letzter Wille, Euch zu geben, was niemand im Himmel und auf Erden Euch geben kann als Ihr selbst …«

Sebastian

(kommt zu sich)

Was ist das?

ARMINIUS

Ein Witz! Ein Aprilscherz, nichts weiter! Nichts kommt heraus, wenn alle Anteile zusammengelegt sind, nichts als daß sie eben zusammengelegt sind! Lesen Sie selbst!

SEBASTIAN

(richtet sich auf, liest mühsam)

»… Ihr habt es schon empfangen, einer durch den anderen – sonst könntet Ihr meine Worte jetzt nicht lesen – und eben darin besteht das eigentliche Erbe!«

ARMINIUS

Köstlich, nicht wahr? Dafür hat sich der Aufwand gelohnt, nicht wahr? Lachen Sie doch. Warum lachen Sie nicht?

SEBASTIAN

(liest)

»… Ohne dies Geheimnis, das Ihr nun kennt, müßten Euch meine Güter zum Fluch gereichen. Denn es sind große Schätze, gewaltige Kräfte, Macht über vieles, Heimliches und Offenbares …!«

ARMINIUS

Und so weiter, und so weiter.

SEBASTIAN

(liest)

»… ich grüße Euch! Ein goldener Schlüssel und ein goldenes Schloß, beides in einem, Ihr habt es mit sich selber aufgetan … es ist an Euch, die Welt zu Gast zu laden.«

(mit fieberhafter Erregung)

Das ist das Testament?

ARMINIUS

Ein Duplikat von der Hand des Erblassers, zur Kontrolle.

SEBASTIAN

Sie müssen es allen sagen, was da steht!

ARMINIUS

Damit sie mich lynchen! Nein, mein Guter, nein! Hätte ich reden wollen, so hätte ich's eher tun müssen, gleich zu Anfang. Jetzt ist es zu spät, nach allem, was schon geschehen ist.

Sebastian

Aber das ist doch … das Größte! Die Leute werden Ihnen dankbar sein.

Arminius

Dankbar? Dankbar, glauben Sie, werden die Leute mir sein? Dankbar für dieses unverantwortliche Bubenstück von einem Testament, zu dem ich Handlangerdienste geleistet habe? Oh, Sie Narr!

Sebastian

(nach einer Pause)

Sie sagen, ich bin ein Narr. Vielleicht muß man ein Narr sein, damit man das da versteht. Aber *alle* müssen es verstehen! Alle! Sagen Sie es ihnen!

Arminius

Ich kann mich beherrschen!

Sebastian

Dann muß *ich* es ihnen sagen.

(er ruft)

Kommt her! Alle!

Arminius

Schweigen Sie! Wollen Sie mich ins Unglück stürzen? Und sich obendrein?

Sebastian

Hört mich denn niemand?

Arminius

Sie haben mir Stillschweigen zugesichert! Sie mißbrauchen mein Vertrauen!

Sebastian

Es hört mich niemand. Bitte, holen Sie die Leute! Schnell!

Arminius

Nein.

Sebastian

Dann muß ich sie suchen …

Er steht mit großer Anstrengung auf und geht seltsam aufrecht hinaus. Der Notar will sich ihm in den Weg stellen, weicht aber doch vor ihm zurück.

ARMINIUS

(allein, zerreißt das Duplikat)
Ich werde alles abstreiten. Mich können sie nicht zur Verantwortung ziehen. Ich habe nichts gesagt, und eine Abschrift hat es nie gegeben.
(er hebt die Papierstückchen auf, die heruntergefallen sind)
Man darf keinen Beweis finden. Fort damit, wo niemand es je wiederfindet. Ja, wegspülen, hinunter in die Senkgrube! Da werden sie nicht suchen nach ihrem Erbe!
(ab)

SECHSTE SZENE

Egon und Elsbeth Geryon, Egon schreibt in ein Büchlein.

ELSBETH

Hat die Baronin nicht gesagt, er sei hier?

EGON

(schreibend)
... ein Gobelin, zerstört durch Farbverlust und Moder ... Sagtest du etwas?

ELSBETH

Wo ist er denn?

EGON

Wer?

ELSBETH

Egon, wir müssen jetzt wirklich an die Rettung des armen Jungen denken. Die Baronin sagt, es sei sehr eilig.

EGON

Aber das tue ich ja, Elsbeth. Meinetwegen kann das Testament auf der Stelle eröffnet werden. Ich werde für die Rettung des armen Jungen nach besten Kräften eintreten. Übrigens zweifle ich nicht daran, daß jetzt auch die anderen vernünftig sein werden.

ELSBETH
Du willst also keine Anteile mehr aufkaufen?

EGON
Ich besitze bereits die Mehrheit.

ELSBETH
Wieviel?

EGON
Sieben Stück.

ELSBETH
Woher hast du sie denn?

EGON
Von Herrn Nebel.

ELSBETH
Aber er hatte dir seinen doch schon gegeben. Woher sind die anderen?

EGON
Von Herrn Nebel.

ELSBETH
O Egon, das ist ein ganz unmoralischer Mensch, ein Zuchthäusler! Wessen Anteile sind es denn?

EGON
Das wollte er nicht sagen, und ich will es auch gar nicht wissen! Ich verlasse mich auf die Anständigkeit meiner Geschäftspartner.
(er schreibt)
… Karyatiden bis zur Unkenntlichkeit abgemagert …

ELSBETH
Was schreibst du eigentlich die ganze Zeit, Liebling?

EGON
Ich nehme die Schäden auf.

Elsbeth
Ja, es ist entsetzlich.

Egon
Im Gegenteil, das ist bares Geld. Nachdem ich erfahren hatte, daß ich Universalerbe bin, habe ich das Gebäude mit allem Drum und Dran selbstverständlich sofort versichert.

Elsbeth
Versichert?

Egon
Ja, bei meiner Firma natürlich. Was schaust du mich an wie ein sterbendes Huhn? Das ist doch wirklich das Nächstliegende! Ich habe den Abschluß vom Notar beglaubigen lassen. Es ist alles in Ordnung.

Elsbeth
Und wie hoch?

Egon
Zehn Millionen.

Elsbeth
Oh Egon, mir wird schwindlig.

Egon
Also gut, ich will es dir erklären, Elsbeth. Schau her, hier die Police. Alles ordnungsgemäß, wie du siehst. Für den getätigten Abschluß zahle ich mir selbst im Namen der Firma die Provision.
(er zieht aus der rechten Tasche einen Scheck)
Hier ein Scheck über fünfundsiebzigtausend Mark.
(er steckt den Scheck in die linke Tasche)
Davon zahle ich an die Firma – repräsentiert durch meine Person – die erste Rate in Höhe von eintausenddreihundertundvier Mark.
(er nimmt einen anderen Scheck aus der linken Tasche und steckt ihn in die rechte)
Somit bleiben mir noch dreiundsiebzigtausendsechshundertsechsundneunzig Mark. Das reicht noch für sechsundfünzig Monatsraten oder fast sechs Jahre. Bis du nun beruhigt? Was kann uns passieren? Entweder die Sache geht gut, dann bin ich

Universalerbe, oder sie geht schief – dann bekommen wir zehn Millionen! Zehn Millionen, Elly! Was sagst du dazu, he?

ELSBETH
Wenn dieser Palast untergeht, Egon, dann gehen wir mit unter, samt unseren Millionen! Wir sind doch Gefangene, hast du das vergessen?

EGON
Elsbeth! Hast du Vertrauen zu mir? Kannst du mich irgendeiner Unredlichkeit zeihen? Kann irgendein Mensch mir eine unsaubere Handlungsweise vorwerfen?

ELSBETH
Nein, Egon. Deine Hände sind rein.

EGON
Meine Hände sind rein! Siehst du, Elsbeth, und darin liegt meine Macht, uns alle zu retten. Mehr darf ich dir nicht sagen. Ich habe ein Geheimnis entdeckt.

ELSBETH
Aber worauf wartest du denn noch, Egon?

EGON
Auf den richtigen Zeitpunkt. Bis dahin mußt du darüber schweigen, Elsbeth. Und zwar allen gegenüber. Versprichst du mir das?

ELSBETH
Ja, natürlich, Liebling. Jetzt bin ich ganz ruhig.
(sie nimmt eine Tablette)

SIEBENTE SZENE

Egon und Elsbeth, dazu Anton Buldt.

ANTON
Um Vergebung, es war mir, als habe hier jemand um Hilfe gerufen.

EGON
Wir waren es jedenfalls nicht, Herr Buldt.

ANTON

Dann entschuldigen Sie.
(er will gehen)

ELSBETH

Was ist denn mit Ihnen, Anton? Sie sehen schrecklich bleich aus?

ANTON

Sehr gütig, meine Dame. Ich bin nur müde, ja, sehr müde.

EGON

Herr Buldt leidet nämlich an absoluter Schlaflosigkeit.

ELSBETH

Mein Gott, wie entsetzlich!

ANTON

Das ist es nicht, meine Dame. Was meine morschen Kräfte in Wahrheit aufzehrt, das ist der Umstand, so vielen Herren gleichzeitig dienen zu müssen. Herren, die einander betrachten mit Blicken wie Revolvermündungen. Und ein Ende dieses Elends, wie auch immer es sein mag, ist nicht abzusehen …

ELSBETH

Ach, Herr Anton – was ich Sie schon die ganze Zeit fragen wollte … Ihr ehemaliger Herr hat doch sicherlich einmal von uns gesprochen?

ANTON

So.

ELSBETH

Ich meine, er hat uns doch gekannt?

ANTON

Von wem sprechen Sie, meine Dame?

ELSBETH

Von Ihrem ehemaligen Herrn.

ANTON

Ich bitte um Vergebung, wie war der Name dieses Herrn?

EGON
Philadelphia hieß er, Johannes Philadelphia. Was soll der Unsinn, Anton?

ANTON
Der Name kommt mir bekannt vor.

EGON
Anton, hören Sie, ich rede von dem Mann, dem dieser Palast gehörte!

ANTON
Sie müssen sich irren. Ich lebe in diesem Palast seit über fünfzig Jahren. Ich war immer allein.

ELSBETH
Egon, mir wird nicht gut.

EGON
Also, entweder sind Sie verrückt, Anton, oder wir sind es!

ANTON
Lassen Sie mich nachdenken. Mir scheint, ich habe eine Spur gefunden.

EGON
Also bitte! Warum erschrecken Sie uns so?

ANTON
Es muß in den ersten Jahren meiner Anwesenheit im Palast gewesen sein ... Wie gut, daß mein Gedächtnis auch die geringste Kleinigkeit bewahrt!

EGON
Nun reden Sie schon endlich.

ANTON
Damals las ich in einem alten Buch über einen Herrn namens Johannes Philadelphia. Es war, wenn ich mich recht erinnere, eine alte Legende, welche diesen Mann in irgendeinen Zusammenhang mit dem Palast brachte. Wenn Sie es befehlen, werde ich das Buch sofort suchen.
(Pause)

Elsbeth

(nach einem Blickwechsel mit Egon)
Kommen Sie, mein Armer, ich werde Ihnen ein Beruhigungsmittel geben. Dann schlafen Sie sich einmal richtig aus, und bald sind Sie wieder ganz der alte.

Anton

Meine Dame, ich führe jeden Befehl aus, doch möchte ich zu bedenken geben, daß die Wirkung solcher Drogen auf mich ungewöhnlich ist.

Elsbeth

Diese Tabletten sind völlig harmlos. Egon und ich nehmen sie selber seit Jahren.
(sie drängt sie ihm auf)

Anton

(schluckt sie und schwankt)

Elsbeth

Kommen Sie, ich führe Sie zu Ihrem Zimmer!

Sie nimmt ihn an der Hand. Beide gehen ab.

Egon

(allein. Er zieht die Seite, welche er aus dem Buch gerissen hatte – dritter Akt – hervor und liest sie durch)
»... so du mit reinen Händen an die nackten Mauern schlügest, sie müßten sich vor dir auftun ...« Ja, jetzt verstehe ich.
(er geht zu einer Mauer und hebt die Hand, um auszuprobieren, ob sie sich vor ihm öffnet. Doch bleibt er mit erhobenem Arm stehen, er kann sich nicht entschließen. Langsam läßt er die Hand sinken, geht rückwärts von der Wand fort, zieht schnell sein Büchlein aus der Tasche und notiert wieder)
Ein siebenarmiger Leuchter aus schwerem Silber – zerlaufen wie Wachs –, autsch! ist der heiß.
(er geht schreibend hinaus)

ACHTE SZENE

Anna Fenris, mit nahezu allen Sachen von Paula bekleidet, geführt von Paula Olm, die entsprechend ausgeplündert aussieht, dann Klara Dunkelstern und Alexandra von Xanadu. Alexandra eilt auf den leeren Thronsessel zu und bleibt erstarrt stehen.

ANNA
Reden Sie mir nicht länger die Ohren voll!

KLARA
Aber liebe Frau Fenris, jetzt noch an unserem Plan festzuhalten, heißt, fast einen vorsätzlichen Mord begehen.
(zu Alexandra)
Warum sagen Sie denn nichts mehr?

ALEXANDRA
Zu spät.
(sie setzt sich auf den Thron und hört zu)

ANNA
Zum Glück haben Sie beide hier gar nichts mehr zu gakeln!

PAULA
Also ich versteh Sie überhaupt nicht, Fräulein Dunkelstern. Es war doch Ihr Plan, das mit der Gerechtigkeit, oder?

KLARA
Mein Gott, begreifen Sie denn nicht? Es geht um ein Menschenleben!

ANNA
Ja und? Ist das vielleicht unsere Schuld? Haben wir auf ihn geschossen? Die anderen brauchen bloß mitzumachen bei uns, mehr wollen wir ja gar nicht. Ist das vielleicht unvernünftig? Nein. Ist es ungerecht? Nein. Ist es undurchführbar? Nein. Also bitte!

KLARA
Es gibt Situationen, wo man verdammt wenig hat, wenn man nur recht hat.

Paula

(ängstlich)

Reden Sie doch der Frau Fenris nicht immer drein!

Anna

Jetzt will ich Ihnen einmal etwas sagen, Fräulein Dinkelstern. Kommandieren kann alleweil der, dem die andern parieren müssen. Und das bin ich. Ich hab die Zettel, und ich mach damit, was mir paßt. Ich hoffe, Sie haben mich verstanden.

Klara

Das ist ungeheuerlich! Ich betrachte unsere Verbindung als gelöst!

Anna

Wir werden Ihren Verlust verschmerzen, gelt Paula?

Paula

Ja, Frau Fenris, aber ehrlich! Ich hab sie sowieso nie leiden mögen, die geschupfte Person.

Klara

Geben Sie mir meinen Anteil zurück!

Anna

Ja freilich, darauf können Sie lange warten!

Klara

(bebend)

Dazu haben Sie kein Recht!

Anna

Hörst du, Paula, wir haben kein Recht.

Paula

(Klara nachäffend)

Es gibt Situationen, wo man verdammt wenig hat, wenn man bloß recht hat.

Anna und Paula lachen.

Klara

Das ist – das ist verbrecherisch!

ANNA

Oho, hast du das gehört, Paula? Das Fräulein Siebengescheit wird auch noch frech.

PAULA

Direkt unverschämt, Frau Fenris!

ANNA

Hau ihr eine hinein, Paula!

PAULA

(erschrocken)
Ich?

KLARA

Das werden Sie nicht wagen, Fräulein Olm.

ANNA

Wird's bald, Paula?

PAULA

Ich – ich kann so was nicht, Frau Fenris …

ANNA

Hau ihr eine hinein!

PAULA

Verzeihung, Fräulein!
(schlägt sie)

ANNA

Fräulein Dinkelstern?

KLARA

Sie Scheusal!

ANNA

Sie möchten gern, daß ich Ihnen die Zettel geb, he?

KLARA

Ich bestehe darauf.

ANNA

Ja dann – geb ich sie ihnen natürlich. Das heißt, es hängt von Ihnen ab. Wollen Sie sie? Alle? Auch der Paula ihren und meinen?

KLARA
Jawohl.

ANNA
Dann hauen Sie der Paula eine hinein!

KLARA
Das werde ich nicht tun, Sie – Sie Ungeheuer!

ANNA
Ja, wenn Sie natürlich ein edler Mensch sind, dann kann man nichts machen.

KLARA
Ich werde die anderen zu Hilfe rufen. Wir werden Ihnen die Anteile abnehmen. Wenn nötig, mit Gewalt.

ANNA
Schämen Sie sich, Fräulein Dinkelstern! Außerdem findet sie keiner, die Zettel, weil ich sie nämlich versteckt hab, sehr gut versteckt. Aber ich geb sie Ihnen. Sie müssen bloß der Paula eine hineinhauen, schon geb ich sie Ihnen.

KLARA
Ich bedaure, Paula, aber es geht um Wichtigeres als unsere Würde.

PAULA
Ich laß mir's nicht gefallen!

Klara schlägt sie, Paula heult laut.

ANNA
So ist es brav. Ihr müßt mir bloß folgen, dann mag ich euch wieder.

KLARA
Geben Sie jetzt die Anteile her!

ANNA
Anteile? Ich weiß nichts von irgendwelchen Anteilen.

Klara

O mein Gott! Was, um Himmels willen, ist nur mit Ihnen geschehen, Anna?

Anna

Man soll es tatsächlich nicht glauben, wie blöd ein einzelner Mensch sein kann. Sie glauben an meine Einfältigkeit, Fräulein, ich nicht! Sie glauben an eine Erbschaft und dieses ganze Brimborium, ich nicht! Es ist Zeit, daß ich Ihnen das einmal deutlich sage! Jahrelang bin ich abhängig gewesen von der sogenannten Freundlichkeit der anderen. Aber jetzt, Fräulein Dinkelstern, jetzt ist das anders. Jetzt müßt Ihr nach meiner Pfeife tanzen. Und das gefällt mir! Wegen mir kann es so bleiben, wie es jetzt ist. Jetzt sitze ich wie eine Made im Speck, und ich bin noch lange nicht satt.
(Pause)

Klara

(gebrochen)
Ich – ich wollte doch nur das Beste – für alle. Was habe ich nur getan?

Anna

Und dir, Paula, dir rat ich, mit deinem schwachen Kopf, daß du mir folgst, sonst bleibt dir nämlich gar nichts mehr. Und damit ihr brav bei mir bleibt, alle zwei, und auf keine dummen Gedanken kommt, wünsch ich mir von euch, daß ihr miteinander singt – damit ich euch hör.

Paula

Singen?

Klara

Nein!

Anna

Da wirst du schauen, Paula, wie schön das Fräulein Dinkelstern singen kann. Sie ist nämlich sehr gescheit, und sie möcht gern irgendwelche Zettel, von denen ich nichts weiß. Aber vielleicht kriegt sie sie doch noch – durch ein Wunder, wenn sie recht schön singt.

KLARA

(beginnt, mit brüchiger Stimme zu singen, Paula fällt ein)

Drei Gäns im Haberstroh
saßen da und waren froh,
kommt der Bauer gegangen
mit 'ner langen Stangen,
er ruft: Wer do, wer do?
Drei Gäns im …

(das Lied erstirbt ihnen auf den Lippen)

NEUNTE SZENE

Die Vorigen. Markus Schweler, ein gebrochener Mann, kommt langsam herein. Er trägt den bewußtlosen Sebastian auf seinen Armen. Schweler blickt sich schweigend um. Alexandra erhebt sich. Stille. Das Ticken zweier verschieden rascher Uhren wandert wieder umher. Schweler legt Sebastian vorsichtig auf den langen Tisch.

SCHWELER

Das hab ich nicht gewollt … Nein, das hab ich alles nicht gewollt …

(Alexandra geht zu Sebastian)

SEBASTIAN

(phantasiert)

Noch eine Königin … da sind solche Blasen über euren Köpfen … viele … aber ich kann nicht lesen, was drin steht … was sagt ihr?

SCHWELER

Ich wollte nicht schießen … nicht wirklich.

ALEXANDRA

Wo ist mein Gewehr?

SCHWELER

Ich weiß es nicht. Ich rühre nie mehr eine Waffe an.

SEBASTIAN

Da war doch was … Es war so wichtig … es war eine Geheimsprache … da auf der Wand … das ist auch so was!

Schweler

(zieht seinen Anteil aus der Tasche und steckt ihn Sebastian in die Hand)

Hier, das gehört dir.

Sebastian

Was ist das?

Schweler

Das ist dein Anteil, Kamerad, dein Anteil ist das. Ich schenk ihn dir. Ich brauch keinen mehr.

Sebastian

Das Testament! Jetzt weiß ich's wieder. Holen Sie alle her! Alle!

Alexandra

Eilen Sie sich!

Schweler

(läuft hinaus)

ZEHNTE SZENE

Die Vorigen ohne Schweler. Ninive kommt mit Jakob. Er schiebt das Mädchen vor und bleibt selbst neben dem Eingang stehen.

Ninive

Sebastian. Ich will dir ja alles erklären, aber ich glaube, du kannst es nicht verstehen.

Sebastian

Ich kann es nicht verstehen, und du kannst es nicht erklären.

Ninive

(mit plötzlichem Entschluß)

Sebastian, du hattest recht. Ich habe dich belogen, nur weil ich deinen Anteil wollte.

Sebastian

(nickt)

Die Wahrheit. Wie war das Französische?

Ninive
Mon seul désir.

Sebastian
(nach einer Pause)
Siehst du, ich hab dich doch nicht tragen können.

Ninive
Ich habe dir unsere beiden Anteile wiedergebracht.

Sebastian
(nimmt sie stumm)

Ninive
Du sagst ja nichts, Sebastian. Vielleicht meinst du, daß es nicht genau dieselben sind. Ich glaube sogar, es sind nicht dieselben. Aber das ist doch gleich, findest du nicht? Sie sind doch ebensogut.
(verzweifelt)
Was hätte ich denn tun sollen, um dir zu beweisen …

Sebastian
Weißt du, wer ich bin! Ich sag dir's:
(flüstert)
Ich bin Phantom. Ich!
(nickt triumphierend)
Ich kann durch das Feuer gehen.
(er lacht leise)

Ninive
Lachst du mich aus?

Sebastian
Weißt du eigentlich … wir haben uns noch nie geküßt.

Ninive
(küßt ihn)

Das Haus beginnt mehr und mehr zu glänzen – aber in einem kranken, fiebrigen Licht.

Sebastian

Ich und du … wir sind stark … wir werden alle retten … ich habe eine Botschaft … Bleib bei mir, Atlanta, geh nicht weg, nie mehr …

Ninive

(wie erstarrt)
Nein, Phantom – nie mehr …

ELFTE SZENE

Die Vorigen. Dazu Schweler, nach ihm Egon und Elsbeth mit Anton, der wie betäubt wirkt.

Schweler

(geht zu Sebastian)
Wir sind vollzählig.

Sebastian

Da ist jetzt auch so eine weiße Blase über meinem Kopf … aber ganz leer. Ich muß was sagen.
(richtet sich auf, Ninive stützt ihn)
Ich weiß, was im Testament steht. Der Notar hat es mir gezeigt … er versteht es nicht … er hat Angst vor euch … Es ist nämlich ganz leicht! … wenn wir alle unsere Anteile zusammentun, wenn jeder dem anderen hilft, ohne Angst und Mißtrauen … dann haben wir damit schon unser Erbe! … Das ist alles. Das ist viel. Sonst sind alle anderen Schätze unser Verderben … Ihr versteht es doch alle? … Ihr müßt nichts Besonderes tun … aber alle müssen es verstehen … Dann ist es leicht … ganz leicht … ein Kinderspiel …
(er stöhnt plötzlich auf, greift um sich und fällt zurück)

Ninive

(legt ihren Kopf neben Sebastians Gesicht und bleibt reglos)

Alexandra

(schließt ihm sanft die Augen)

Anton

(nimmt wie ein Schlafwandler zwei brennende Kandelaber und stellt sie zu Füßen und Häupten Sebastians auf den Tisch, dann schleppt er sich zum Thron, auf den er niedersinkt und einschläft)

Elsbeth

(beginnt zu weinen)
Mein Gott, dieser liebe, junge Mensch!

Egon

Er ist glücklich gestorben.

Klara

(zu Schweler)
Sein Tod kommt auf Ihr Haupt, General.

Anna

Mörder!

Schweler

(wendet sich zu den Anwesenden, blickt alle der Reihe nach an und senkt den Kopf)
Gut. Ich habe es erwartet. Der Sündenbock wird in die Wüste gejagt. Ich nehme es auf mich.
(er reißt sich die Epauletten ab, fast schluchzend)
Aber ich sage euch das eine: Macht es euch nicht zu einfach mit dem Schuldigen! Ich war es, der den Finger am Abzug hatte, aber die Kugel hat jeder von euch mitgegossen, jeder!
(er geht beiseite. Pause.)

Egon

Wirklich erschütternd, diese kindlichen Vorstellungen, auf die so ein junger Mensch in seinen letzten Augenblicken verfällt.

Anna

Ich glaub ihm.

Egon

Im Ernst?

Klara

Ausgerechnet Sie?

ANNA
Ich hab sowieso gewußt, daß das ganze Testament ein Schwindel ist.

EGON
Dann haben Sie wohl nichts dagegen, daß ich diese drei Anteile in der Hand des Toten – als sein Sachverwalter an mich nehme.

ANNA
Die rührt keiner an!

EGON
Erlauben Sie mal, gute Frau!

ANNA
Ich erlaube nicht. Und nennen Sie mich nicht gute Frau. Paula, bring mir die Zettel!

EGON
Das verbiete ich!

KLARA
Die Zettel dürfen von niemand berührt werden!

ANNA
Sie halten den Mund!

EGON
Ich möchte doch sehr bitten, meine Herrschaften! Etwas mehr Pietät im Angesicht eines Toten.

PAULA
Frau Baronin – was machen Sie denn da?

ALEXANDRA
(vor dem Kandelaber)
Ich verbrenne meinen Anteil, wie Sie sehen.

EGON
Sind Sie wahnsinnig? Damit vernichten Sie doch jede Möglichkeit, das Testament zusammenzusetzen!

ALEXANDRA
Ja. Das ist meine Absicht.

Klara

Ist Ihnen klar, Baronin, daß wir dann dies Gefängnis alle nicht mehr verlassen werden?

Alexandra

Es ist mir klar.

Egon

Das ist infam!

Alexandra

(ruhig)

Infam wäre, nach allem, was hier geschehen ist, nur noch eines: ein Happyend! Ich verabscheue Tragödien auf Widerruf. Nein, meine Herrschaften, eine anständige Höllenfahrt ist das einzige, was uns jetzt noch der völligen Nichtswürdigkeit entreißt. Darum will ich dem Verfasser unserer Geschichte – wer immer es sein mag – den Rückweg abschneiden, ehe er uns einer wahrhaft unerträglichen Lächerlichkeit preisgibt, indem er uns aus menschenfreundlicher Halbherzigkeit begnadigt und unser Jammerspiel im vorletzten Akt noch in eine Farce verwandelt! Ich, ihr guten Leute, wünsche keinen Widerruf! Soviel Sinn für Anstand besitze ich noch. Nach eurer Meinung frage ich nicht.

Elsbeth

Sie reden, als ginge es hier um irgendein Theaterstück. Aber es geht doch um unser Leben!

Alexandra

Vielleicht haben Sie eine zu geringe Meinung vom Theater, meine Gute.

Egon

Laß gut sein, Elly. Die Baronin hat nur einen ihrer eigentümlichen Scherze gemacht, um uns zu erschrecken. Was sie da eben mit feierlicher Miene verbrannt hat, war irgendein Stück Papier, aber nicht ihr Anteil. Wie Sie sehen, Verehrteste, befinden sich drei Anteile in der Hand unseres armen toten Freundes. Ich besitze glücklicherweise sieben. Das macht bereits zehn. Oder ergibt die Rechnung bei Ihnen elf? Peinlich, nicht wahr?

Anna
Der Kerl lügt!

Egon
Was erlauben Sie sich!

Anna
Ich weiß genau, wieviel Sie haben: gar keinen!

Egon
Sie sind ja nicht bei Sinnen!

Anna
Weil wir nämlich sieben Stück haben. Drei hat der da. Macht zehn. Peinlich, Herr Direktor, he?

Egon
Ausgeschlossen! Das wären ja schon siebzehn!

Alexandra
Vergessen Sie meinen nicht: Achtzehn!

Klara
Fragen Sie Ihre Tochter, von wem die beiden Anteile waren, die sie dem Toten gegeben hat!

Egon
Wohin, Herr Nebel?

Jakob
Euer Ehren, ich – ich möchte etwas Luft schöpfen.

Egon
Ninive, waren sie von ihm?

Ninive
(nickt)

Egon
Alle diese Zettel sind gefälscht? Ich bin also nicht – Universalerbe?

Klara
(lacht hysterisch)
Jetzt sind wir alle betrogen. Aber du, Anna, du am meisten.

Egon

Ich fordere eine Erklärung, Herr Nebel!

Jakob

Ihre direkte Art, Herr Direktor, macht mich ganz verwirrt. Ich bin sonst mehr an umständlichere Verhöre gewöhnt: Was die Blüten anbelangt, so besitze ich mein Original noch, macht neunzehn.

Schweler

(stürzt sich auf ihn, schlägt ihn nieder und zieht ihm aus allen Taschen falsche Zettel)

Egon

Aber Herr General, hören Sie auf! Er ist der einzige, der die echten von den falschen Anteilen unterscheiden kann.

Jakob

(erhebt sich mühsam)

Er will aber nicht mehr. Er wird sich vielmehr eigenhändig einsperren und in der Schutzhaft seine Wunden lecken – bis ihr auf Knien zu ihm gekrochen kommt: »Lieber Jakob, verzeihe uns noch einmal, was wir dir angetan – ohne dich wissen wir nicht mehr aus noch ein!« Und dann werde ich herausfahren aus meinem Loch, schwarz, borstig und schmutzstarrend wie eine Vogelspinne, und werde euch in die Visagen lachen!

ZWÖLFTE SZENE

Die Vorigen. Herein stürzt der Notar, kreideweiß, schlotternd, schlägt hinter sich die Tür zu und lehnt sich keuchend dagegen.

Alexandra

Herr Notar, Sie kommen im rechten Moment.

Notar

Was wollen Sie von mir?

Alexandra

Die Wahrheit. Die reine Wahrheit und nichts als die Wahrheit.

Notar
Ich weiß von nichts.

Alexandra
Warten Sie doch. Unser Freund Sebastian Nothaft ist tot.

Notar
(mit unmerklichem Aufatmen)
Tot?

Alexandra
Er hat uns vor seinem Ende etwas mitgeteilt, dessen Wahrheit nur Sie bezeugen können.

Notar
Ich?

Alexandra
Herr Notar, haben Sie ihm den Inhalt des Testamentes anvertraut?

Alle stehen im Halbkreis um den keuchenden Notar, der gehetzt von einem zum andern blickt.

Arminius
Woher sollte ich ihn kennen? Nein!

Alexandra
Im Namen dieses Toten, Herr Notar! Beschwören Sie das?

Arminius
Ich schwöre!

Ein heulender Windstoß reißt die Tür auf, herein wirbelt ein Schneesturm von Millionen Anteilen.

VORHANG

FÜNFTER AKT

Die Lichter sind erloschen. Der Palast phosphoresziert. Der Saal hat sich zur Höllenszenerie verwandelt. Wände und Säulen stehen schief und krumm. Alle Stoffe sind zerfetzt. Karyatiden und Bildnisse haben sich in Mumien, Gerippe und Fratzen verwandelt. Stille, brütende Hitze und Stickigkeit. Alles ist von den Papierschnitzeln des geheimnisvollen Schneesturms vom Ende des vorigen Aktes bedeckt.
In der Nische, durch einen zerschlissenen Vorhang etwas abgedeckt, liegt Sebastian aufgebahrt. Bei ihm sitzt, vollkommen versteinert, Ninive.
Auf dem Thronsessel hängt Anton Buldt und schläft.
Die auftretenden Personen sind zu Spukgestalten geworden. Ihre Gesichter sind kalkweiß, ihre Kleider Spinnweben.

ERSTE SZENE

Anton, Ninive, Sebastian, Klara Dunkelstern huscht herein, die Hände voller Zettel, die sie auf dem Boden auszulegen beginnt wie ein riesiges Puzzlespiel.

KLARA

Ich rette uns … ich rette uns … So! … und so! … Ich allein trage die Verantwortung für alles … ich muß sie alle zusammensetzen … ich brauche viel Platz … den ganzen Boden … alle Zimmer … alle Treppen … bis zum Speicher hinauf … über die ganze Welt! … Und so? … Es paßt nicht! … Vielleicht woanders? … Ich finde es schon … ich muß nur suchen … fleißig sein … ich rette uns …
(sie entfernt sich suchend)

ZWEITE SZENE

Die Vorigen. Dr. Arminius von der anderen Seite. Er trägt einen Besen und einen großen Sack.

ARMINIUS
(schaut Klara nach, leise)
Schnell! Weg damit!
(er kehrt ihre Zettel zusammen und stopft sie in den Sack)
… Sie suchen nach meinem Meineid! … Aber ich werde euch die Beweise entziehen …
(er taumelt)
Ich kann nicht mehr … ich schufte wie ein Höllenheizer … schüre alle Öfen des Palastes mit diesen gespenstigen Fetzen, die doch nicht weniger werden … die mich unter ihrer millionenfachen Anklage ersticken wollen … ich bin Sisyphos! Still, da kommt wer!
(er flieht)

DRITTE SZENE

Die Vorigen. Egon S. Geryon und Elsbeth.

EGON
(stürzt herein und wirft mit seinen Anteilen um sich)
Weg damit! Weg! Weg!
(er stößt mit den Füßen in die Papierschnitzel)

ELSBETH
(händeringend)
Egon, um Himmels willen, was tust du mit unseren Anteilen?

EGON
Jetzt habe ich die Brücken hinter mir abgebrochen, es gibt kein Zurück mehr! Jetzt muß die Versicherungssumme fällig werden, und zwar in voller Höhe! Die Vernichtung des Hauses ist nicht mehr aufzuhalten.

ELSBETH
Ich bekomme keine Luft mehr! Diese Hitze! Ich ersticke!

EGON

Denk an die zehn Millionen!

ELSBETH

Die Leute verlieren schon den Verstand vor Angst! Ich kann nicht ruhig zusehen, wie sie sich gegenseitig umbringen.

EGON

Ich habe nie gewünscht, daß sie sich Böses zufügen, nie. Aber nun ist nichts mehr daran zu ändern, und je schlimmer sie es treiben, desto eher wird der Augenblick kommen, wo ich uns alle retten kann.

ELSBETH

O Egon, wirst du es wirklich können?

EGON

(brüllt in Todesangst)

Woher soll ich Kraft und Selbstvertrauen nehmen, wenn du mich moralisch aushöhlst? Das ist Verrat! Das ist Defaitismus! Du fällst mir in den Rücken in dieser letzten entscheidenden Stunde!

(gebrochen)

Meinst du, ich hätte mich nicht längst in Sicherheit bringen können und euch eurem Schicksal überlassen? Ich habe es nicht getan.

ELSBETH

O Egon, ich war kleinmütig. Dieses schreckliche Warten … Könnten wir nichts dazu tun, daß es schneller zu Ende geht?

EGON

Nein, Elsbeth, ich darf nicht eingreifen. Meine Hände müssen rein bleiben. Aber du, Elly! Du könntest viel dazu tun, den Haß der Leute aufeinander zu schüren!

ELSBETH

Aber das wäre doch ein Verbrechen!

EGON
(erschöpft)
Ach, du bist eben unfähig, das Ganze zu sehen. Ich habe keine Hilfe an dir.
(er geht)

VIERTE SZENE

Die Vorigen ohne Egon.

ELSBETH
(nähert sich vorsichtig der Nische)
Ninive? Hörst du mich, mein Kindchen? Es nützt doch nichts, wenn du immerfort hier sitzen bleibst. Ninive, worauf wartest du denn?

NINIVE
(wendet ihr plötzlich ihr Gesicht zu und sagt sanft)
Ich warte darauf, daß ich weinen kann.

ELSBETH
Du hast doch schon genügend gezeigt, daß es dir leid tut.

NINIVE
Wenn ich nicht weinen kann, muß ich sterben.

ELSBETH
Jetzt will ich dir etwas sagen. Hörst du mir auch zu? Dein Vater wird uns retten! Er kennt einen Weg hinaus. Ich weiß es schon lange.

NINIVE
(starr)
Du weißt es schon lange …

ELSBETH
Ja, denk nur! Wir müssen nur noch ein bißchen warten, dann sind wir so reich, so reich, daß du es dir gar nicht vorstellen kannst.

Ninive

Ihr hättet Sebastian retten können – und habt es nicht getan!

Elsbeth

Das ging nicht anders, Kind.

Ninive

Und du hast es die ganze Zeit gewußt?

Elsbeth

Dein Vater hat mir verboten, etwas zu sagen.

Ninive

Warum hast du diesem Mann gehorcht?

Elsbeth

Hättest du nur immer getan, was wir dir gesagt haben, dann wäre viel Unheil vermieden worden.

Ninive

(langsam)

Wenn alle dieses Haus verlassen werden – wirst du nicht mehr dabei sein. Du nicht!

(sie steht auf und geht wie in Trance auf Elsbeth zu)

Elsbeth

Ninive! Was soll das heißen? Du wirst doch nicht … ich bin deine Mutter! Kind, komm doch zu dir, du bist ja … Hilfe! Hilfe! Hilfe!

Sie flieht, Ninive folgt ihr.

FÜNFTE SZENE

Anton, Sebastian. General Schweler tritt auf, blickt sich um und geht zu Anton Buldt.

SCHWELER

(leise)

Hör mal zu, Kamerad! Bring mich hier raus! Was verlangst du dafür? Komm, komm, mir kannst du nichts vormachen.

(er ohrfeigt ihn leicht, Anton murmelt etwas)

Du wartest auf den Augenblick, wo keiner aufpaßt, wie? Du weißt irgendein Schlupfloch aus diesem Fuchsbau. Wozu spielst du sonst toter Käfer?

(er schüttelt ihn)

Na, gut, ich hab Zeit. Ohne mich kommst du hier nicht raus. Wir bleiben schon zusammen, Kamerad, bis zum Jüngsten Gericht.

(er setzt sich auf die Stufen des Throns)

SECHSTE SZENE

Die Vorigen. Klara Dunkelstern huscht wieder herein.

KLARA

Wer war an meinen Zetteln? Wer hat schon wieder alles durcheinandergebracht?

(sie geht auf Schweler los)

Sie! Sie Unmensch! Sie gemeiner Verbrecher!

SCHWELER

Ich habe keine Ahnung, wovon Sie reden.

KLARA

Ich muß doch alle diese Anteile zusammensetzen. Niemand hilft mir, ich bin ganz allein. Ich beklage mich nicht darüber. Aber daß man mir immer und immer wieder alles zerstört –

(sie hockt sich auf den Boden)

Also gut – ich fange wieder von vorne an …

SIEBENTE SZENE

Die Vorigen. Alexandra von Xanadu tritt auf. Sie trägt jetzt ein glitzerndes Paillettenkostüm und unter dem Arm einen Pferdeschädel.

ALEXANDRA
Ich habe mein Pferd doch wiedergefunden.

KLARA
Ist das da – Ihr Pferd?

ALEXANDRA
Sehen Sie, da ist noch die Spur von Pantherzähnen. Damals hat Lilie mir das Leben gerettet. Mein schönes Mädchen, mein Sammetmäulchen …

SCHWELER
Sie sind schwer zu ertragen, Gnädigste.

ALEXANDRA
Was treiben Sie da, Fräulein Dunkelstern?

SCHWELER
Sie rettet uns.

ALEXANDRA
Darf ich Ihnen helfen?

KLARA
Treten Sie nicht auf meine Zettel! Gehen Sie weg!

SCHWELER
Gnädigste haben sich wieder mal umgezogen!

ALEXANDRA
Dies Kostüm habe ich immer zum Finale getragen.

SCHWELER
Was soll das Affentheater? Wie man krepiert, ist doch völlig egal.

Alexandra

Bei Ihnen ja.

(Sie will abgehen, doch der Bogen, durch den sie eingetreten ist, hat sich während der Szene geräuschlos geschlossen und ist verschwunden. Sie streicht mit der Hand über die Mauer und sagt leise, beinahe hoffnungsvoll:)

Nun wird es also doch noch – ein Fest geben?

ACHTE SZENE

Die Vorigen. Anna Fenris taumelt atemlos herein.

Anna

Hilfe! Helft mir doch! … Die will mich umbringen, die Paula, sie will mich umbringen … ist denn da niemand?

(sie tastet an der zugewachsenen Tür)

… wo bin ich denn? … Jetzt kenn ich mich nicht mehr aus!

Paula

(noch hinter der Szene, rasend)

Anna! Anna! Ich finde dich schon, Anna, und wenn du dich verkriechst bis in den Erdboden hinein!

Anna

Jetzt kommt sie! Jetzt ist es aus!

Paula

(tobt herein, einen Strick in den Händen)

Hab ich dich endlich!

Anna

Ich bin doch nicht schuld dran … die andern sind schuld dran … das Fräulein Dinkelstern, die ist schuld dran, die hat es eingefädelt, an die mußt du dich halten …

Paula

Nein, Anna, du hast ihn und gibst ihn mir jetzt!

Anna

Aber schaun Sie, liebe Dame, davon haben Sie doch jetzt nichts mehr, wenn ich ihn hergeb. Die Zettel sind doch jetzt sowieso wertlos …

Paula

Ich will meinen Anteil!

Anna

Wie kann man denn nur so versessen sein auf eine solche Unwichtigkeit …

Paula

Gib ihn her! Anna!

Anna

Ich kann nicht, wenn ich auch möcht, es gibt nichts, was ich lieber möcht im Moment, aber es geht nicht, das ist mir ja selber am allerärgsten …

Paula

Was hast du gemacht damit?

Anna

Gemacht? Was soll ich gemacht haben?

Paula

Was du damit gemacht hast, will ich wissen!

Anna

Es hilft nichts, wenn ich dir's sag, Paula …

Paula

Ich werd dir's zeigen!
(sie würgt Anna mit dem Strick)

Anna

Nein … ich will's ja sagen … ich sag alles … Jetzt ist sowieso alles aus.

Paula

Was hast du gemacht damit?

Anna

Aufgegessen. *(Pause)*
Paula? – Paula, warum sagst du nichts? – Ich hab's nicht gewollt, nicht gleich von Anfang an, aber ich wollt dann auch einmal was von meinem Leben haben wie alle. Paula – Paula, kannst du das gar nicht verstehen?

Paula

Ich versteh schon. – Ich versteh, daß du mich beschissen hast. Und ich, ich hab dir geglaubt! Und du hast über mich gelacht im stillen. Alle haben gelacht über mich. Aber du, Anna, du wirst nichts davon haben, du nicht und auch sonst keiner! Euch wird das Lachen vergehn! Jetzt geh ich und zünd das Haus an! Und dazu brauch ich keinen mehr, der mir hilft!

Paula läuft fort. Während der folgenden Szene wächst auch diese Tür zu, Anna bleibt liegen.

NEUNTE SZENE

Die Vorigen ohne Paula. Egon S. Geryon kommt.

Egon

Wer schreit denn hier so furchtbar?

Klara

Sie sehen mich an? Mein Plan war richtig. Ich habe ihn gründlich durchgedacht, o ja. Aber wir müssen das noch einmal durchnehmen. Man muß den Fehler finden und ausstreichen. Man muß uns ausstreichen!

Anton

(beginnt plötzlich deutlich, aber mit seltsam veränderter Stimme im Schlaf zu sprechen)

Achtung! Achtung! Eine letzte Botschaft – an alle!

Egon

Der alte Anton! Er redet! Er wacht doch noch auf!

Anton

Rührt diesen alten Mann nicht an! Er weiß nichts von dem, was sein Mund spricht. Wenn ihr ihn berührt, so muß diese Stimme verstummen …

Egon

Anton, ich verbiete Ihnen zu reden! Es ist noch zu früh! Sie verderben alles!

SCHWELER

Woher wissen Sie denn, was er sagen will?

EGON

Nicht das Geheimnis, Anton!

ANTON

(laut)

Ohren habt ihr und hört nicht, Augen habt ihr und seht nicht – so muß nun der Schlafende zu euch reden, denn wenn erst die Steine zu schreien beginnen, dann müßt ihr sehen und hören, aber euch wird Hören und Sehen darüber vergehen …

SCHWELER

(schreit)

Sag mir, wie ich hier rauskomme!

EGON

Schweigen Sie, Anton, ich befehle es!

SCHWELER

Reden Sie, Anton, ich befehle es!

EGON

(stürzt sich auf Anton)

Nein!

ANTON

(murmelt)

Keineralleingestunnendrafenübelaufdriliri …

SCHWELER

Aus. Was haben Sie gemacht, Mensch!

(er packt Egon)

Was darf er nicht sagen?

EGON

(hysterisch)

Was fällt Ihnen ein, General, Sie vergessen sich!

ZEHNTE SZENE

Die Vorigen. Elsbeth stürzt herein und klammert sich an Egon.

ELSBETH
Egon! … Hilfe! … Die Türen, die Türen im ganzen Palast … und Ninive, mein Gott im Himmel, das Kind, du mußt mich retten, hilf mir doch!

EGON
Was ist mit den Türen?

ELSBETH
Im ganzen Palast verschwinden die Türen, eine nach der anderen, ich bin noch nie so gerannt …

EGON
Wo ist Ninive?

ELSBETH
Sie will mich umbringen, Egon! Mein eigenes Kind! Egon, laß mich jetzt nicht allein!

EGON
(außer sich)
Es geht jetzt um Wichtigeres als euren lächerlichen Familienzank.
(er reißt sich los, so daß sie zu Boden fällt und eilt hinaus)

ELFTE SZENE

Die Vorigen ohne Egon.

SCHWELER
(will Elsbeth aufheben)
Kommen Sie!

ELSBETH
Herr General … würden Sie mich bitte vor meinem Kind beschützen?

Schweler
Was ist denn los mit dem Mädchen?

Elsbeth
Ich wollte sie trösten und habe ihr verraten, daß Egon das Geheimnis kennt, das die Türen öffnet …

Schweler
Was ist das für ein Geheimnis?

Elsbeth
Ich weiß es doch nicht … Egon hat es sogar mir nicht verraten.

Schweler
Ah, so hat er sich das gedacht! Den Goldzahn werde ich dir ziehen, mein Junge, und zwar so, daß du dran ersticken sollst!
(er läuft hinter Egon her)

ZWÖLFTE SZENE

Die Vorigen ohne Schweler. Ninive tritt auf und geht langsam auf Elsbeth zu.

Elsbeth
(richtet sich im Knien auf)
Ninive … Kind … komm her zu mir … Komm! … Ich glaube, es ist das erste Mal, daß du mich … umarmst …

Man hört den rasenden Hufschlag eines galoppierenden Pferdes näher kommen, wie im ersten Akt, jetzt aber hallend und gespenstisch.

Alexandra
(legt zärtlich die Wange an den Pferdeschädel)
Lilie, mein Liebling, sei ruhig, ganz ruhig!

Der Hufschlag verklingt langsam.

Ninive
(senkt den Kopf und weint)

Elsbeth

Du weinst ja, Ninive! Kindchen!

Ninive wendet sich heftig von ihr fort und geht in die Nische, wo sie ihren ersten Platz einnimmt.

DREIZEHNTE SZENE

Die Vorigen. General Schweler kommt rückwärts mit erhobenen Armen herein, gefolgt von Jakob Nebel, der Alexandras Gewehr unter dem Arm hält. Dann erscheint Egon in sehr derangiertem Zustand. Jakob ist rußgeschwärzt und an vielen Stellen angesengt. Seine Augen sind schreckgeweitet, er vermag kaum mehr zu sprechen.

Von nun an bis zum Ende, erst noch leise, aber mehr und mehr anschwellend das Geräusch des Feuers.

Egon

(zeigt auf Schweler)

Dieser Kerl wollte mich totschlagen!

Jakob

Wer?

(er dreht sich um)

Egon

Halten Sie doch das Gewehr auf ihn gerichtet!

Jakob

Auf wen?

Egon

Den dort!

Jakob

(zu Alexandra)

Entschuldigung, daß ich es mir ausge...ausgewendet habe ... aber nur leihweise ... ich fühlte mich unge... so unge... so schutzlos ... da unten im Keller.

EGON

(zeigt auf Jakob)
Er hat mich gerettet!

JAKOB

Das wollte ich nicht … verzeihen Sie bitte!
(er richtet das Gewehr auf Egon)
… es tut mir vielmals leid.

EGON

(nimmt die Hände hoch)
Nehmen Sie doch das Ding weg!

JAKOB

Aber ich … bitte Euer Herrschaften, Sie stehen auf gespanntem Fuß mit mir … ich stehe ja selbst auf gespanntem Fuß … ich meine vielmehr … ich beteure eidesstattlich, daß Sie mich weder persönlich noch in … noch in anderer Gestalt wiedergesehen hätten … wenn nicht … es ist nämlich … darf ich vielleicht um einen Stehl bitten … ich meine einen Sussel … einen Stessel zum Hinsetzen!
(er setzt sich)

EGON

Sie haben in meiner Person uns alle gerettet! Sie haben sich selbst gerettet! Das werden Sie gleich sehen.

JAKOB

Da bin ich mir aber sehr … da bin ich mir dankbar. Meine Herrschaften, Sie haben mich schwer geschmälert, aber trotzdem habe ich nicht gezögert … weil nämlich … ich bin aus meiner Schutzhaft ausgebrochen. Weil … es ist da noch etwas ausgebrochen …

EGON

Reden Sie doch!

JAKOB

Ich rede doch … aus Leibeskräften! … So ein Dings ist ausgebrochen! Ein … Ich komm momentan nicht auf das Wort!

Paula
hinter der Bühne)
Feuer! Feuer! Feurio!

Arminius
(von weitem)
Feuer im Haus!

Jakob
Genau. Das war's.

VIERZEHNTE SZENE

Die Vorigen, dazu Paula Olm und Dr. Arminius. Es sind jetzt nur noch zwei Eingänge vorhanden, die sich aber nach dem Auftritt der letzten Personen rasch schließen.

Paula
(taumelt herein)
Hilfe! Das Haus brennt! Es brennt überall!

Schweler
Wir müssen sofort löschen!

Anna
Ich will nicht verbrennen. Laßt mich nicht allein!

Egon
Zehn Millionen, Elly! Jetzt ist es soweit. Endlich! Zehn Millionen!

Paula
Das ganze Treppenhaus steht schon in Flammen!

Arminius
(erscheint auf der Galerie durch die letzte noch vorhandene Öffnung, die sich sofort hinter ihm schließt. Er fällt mehr als er läuft die Treppe herunter)
Da! Da oben! Der Dachstuhl! Alles brennt lichterloh! Rette sich, wer kann!
(er landet in Klara Dunkelsterns Armen und starrt sie verzerrt an)

Ich gestehe! Ja, ja, ja, ich habe einen Meineid geschworen, ich schwöre es!

KLARA
Halten Sie mich nicht auf! Ich habe noch sehr viel Arbeit.

Nun sind alle Öffnungen verschwunden. Rauch steigt aus dem Boden.

EGON
Hört mich an! Es wird euch nichts geschehen! Ich bin bei euch! Fürchtet euch nicht!

Auch der Durchblick zur Nische, wo Ninive bei Sebastian sitzt, schließt sich.

ELSBETH
Das Kind! Das Kind! Hol es heraus!

EGON
Ninive, komm sofort her! Komm da heraus!

ELSBETH
Bitte, bitte, komm doch!

EGON
Wirst du wenigstens dies eine Mal gehorchen?

NINIVE
Nein!
(ihre Antwort verhallt schon hinter der Mauer, die sich schließt)

EGON
(in Euphorie)
Ruhe, Elsbeth. Ich werde sie retten! Ich werde uns alle retten! Die Stunde ist da! Wer unter euch kann mich irgendeiner Unredlichkeit zeihen! Der trete jetzt vor! Keiner? Ich habe es nicht anders erwartet. Es gibt in meinem ganzen Leben nichts, dessen ich mich schämen müßte. Meine Hände sind rein! Und vor diesen meinen Händen, so steht es geschrieben, werden die Mauern sich auftun! Folgt mir!
(Keiner rührt sich vom Fleck. Egon tritt an die Mauer und pocht. Man hört ein seltsames Echo, sonst geschieht nichts. Er pocht nochmals, stärker und immer stärker, sein Gesicht ver-

zerrt sich, er hämmert verzweifelt mit beiden Fäusten gegen die Wand.)
Lüge! Alles war Lüge! Philadelphia hat mich betrogen!
(er bricht wimmernd zusammen)

FÜNFZEHNTE SZENE

Die Vorigen.

ARMINIUS
Den Schuldigen! Wir müssen den wahren Schuldigen suchen. Wenn wir ihn opfern, vielleicht läßt das Haus uns andere frei. Nur Recht und Gesetz können uns noch retten. Das Haus will unerbittlich sein Recht.
(er stellt sich an das Kopfende des langen Tisches)
Ich erhebe Anklage gegen Unbekannt!
(alle setzen sich um den langen Tisch, wie zu Ende des ersten Aktes)
Die Verhandlung ist eröffnet. Schnell, schnell, wer ist der Schuldige an dieser Katastrophe? Meldet sich niemand?

Während der folgenden Szene beginnt der Boden des Saales zu glühen, so daß die »Geschworenen« nach und nach auf ihre Stühle klettern und sich auf die Lehnen setzen.

ANNA
Die Paula! Sie hat das Haus angezündet! Sie hat gedroht, daß sie's tut – aus lauter Rachsucht! Hängt sie auf!

PAULA
Ich hab nichts gemacht! Die Dunkelstern, die hat's gemacht! Sie ist verrückt!

KLARA
Ich? Ich habe uns zu retten versucht. Aber niemand hilft mir.

ELSBETH
Der Notar! Er hat die Zettel verbrannt! Er hat das Haus angezündet!

ANNA

Aufhängen!

ARMINIUS

Ich bin der einzige Volljurist. Ich führe die Verhandlung!

ANNA

Hängt ihn auf!

ARMINIUS

Ruhe! Herr Direktor Geryon, wieviel verdienen Sie am Untergang dieses Hauses? Zehn Millionen? Sollten Sie nicht auch den Brand gelegt haben?

EGON

Ungeheuerlich! Das wäre ja Versicherungsbetrug bei der eigenen Firma! … aber dieser Nebel, dieser Zuchthäusler dort, der gedroht hat, es uns heimzuzahlen, woher wußte er schon lange vor uns allen, daß Feuer ausgebrochen war?

ANNA

Aufhängen!

JAKOB

Hochver… jetzt … jetzt will man mir aus meiner … aus meiner Freundeshand einen Strick drehen! Ich erhebe Dings! Wie heißt das denn gleich? Aber der General, der! Ich weiß genau, daß er es war, er will doch nur die Spuren von seinem Mord verwischen.

SCHWELER

Warum fragt niemand dieses Weib da, das uns alle aufhängen will?

ANNA

Ich? Hab ich vielleicht die Zettel gefälscht? Das war doch der Gauner!

JAKOB

Weil, weil, weil der Direktor mich erpreßt hat!

EGON

Das war geschäftliche Notwendigkeit. Sie wollten ja mit Ihrer Diebesbeute auf und davon gehen!

ELSBETH

Der Notar hat seinen Meineid eingestanden! Wer lügt, der stiehlt, der zünd't auch Häuser an!

ARMINIUS

Und Ihre Tochter hat wohl nicht gelogen?

EGON

Diese Baronin, sie hat absichtlich ihren Anteil verbrannt, um uns alle umzubringen! Sie hat es selbst gesagt.

SCHWELER

Und Sie haben die Türen abgesperrt! Deshalb sitzen wir in der Falle!

PAULA

Aber die Anna hat unsere Anteile gefressen!

ANNA

Aufhängen! Aufhängen!

ARMINIUS

Schluß! Es ist nicht mehr zu entwirren. Wir sind zu Filz gekocht. Unter uns gibt es keinen Schuldigen und keinen Unschuldigen. Der wahre Schuldige ist jener Mann, der uns alle ins Verderben gelockt hat: Johannes Philadelphia! Ich bitte die Geschworenen um das Urteil!

PAULA

Aber der ist doch nicht da, oder?

ANNA

Der war überhaupt nie da! Das hat sich alles der Anton, der alte Lump, nur ausgedacht! Hängt ihn auf!
(Tumult)

ALEXANDRA

(springt auf den Tisch)
Werdet Ihr endlich schweigen! Wenigstens dieses eine Mal! Verdammtes Idiotenpack, müßt Ihr auch noch unseren Abgang verderben? Das Spiel ist aus! Das Fest ist mangels geeigneter Gäste endgültig abgesagt!

Elsbeth

(klettert zu ihr auf den Tisch)

Nein … nein! … nicht schweigen, um Gottes willen! … Das kann doch nicht wirklich das Ende sein! … Es muß doch noch irgendeinen Ausweg geben! … Wir müssen uns nur erinnern … an die Worte, die auf unseren Anteilen standen … Jeder hat sie doch einmal gelesen … ganz zu Anfang …

Anna

Ich nicht!

Elsbeth

Wir müssen nur die Worte wiederfinden … dann können wir doch noch alles retten!

Während Alexandra schweigend mit geschlossenen Augen in der Mitte steht, kriechen nacheinander alle übrigen Erben auf den Tisch, klammern sich aneinander und suchen, sich gegenseitig überschreiend, die Worte aus ihrer Erinnerung in folgendem

BABYLONISCHEN CHORUS:

Den goldenen Schlüssel …
    Ihr verteilen werdet …
Mein erster und mein letzter …
    Nicht an Zukunft …
Verdoren … habt genusch …
    die fanze Belt …
Verbeilen Mißgeweten …
    Untrag Ziel …
Zu Gast aufschleten gaber …
    Euch und Erbe …
Verkonst affhegen numpp …
    Brüderlichkeit verelzen …
Ermeilen steze Brüderleis …
    Geschlude …
Kreibla …
    Bla … urg …
        Bla … bla …
            Bla … bla …

Das Geheul der in den Saal einbrechenden Flammen verschlingt das Geschrei der Erben.

VORHANG

Einige Anmerkungen zum Stück

EIN NARRENSPIEL

Das zentrale Thema dieses Stückes ist die Solidarität. Die Figuren der Handlung sehen sich unvermittelt in ein »Spiel« verwickelt, in dem entweder alle gewinnen oder alle verlieren. Verlieren werden sie Kopf und Kragen, gewinnen können sie einen vorerst ganz ungewissen Preis. Ob es sich dabei um enorme Reichtümer, um Erkenntnis tiefer Geheimnisse, um Macht über unbekannte Kräfte oder um alles drei handelt, werden sie erst erfahren, wenn sie das »Spiel« gut und richtig gespielt haben. Doch sie sind der Aufgabe nicht gewachsen, sie erweisen sich als »Spielverderber« und gehen ins Verderben, das sie sich selbst bereitet haben. Doch gehen sie nicht an ihrer besonderen Bosheit zugrunde, sondern an ihrer Dummheit. Sie sind Narren. Das müßte bei einer Aufführung vor allem deutlich werden.

Wir leben in einem Jahrhundert, in dem Dummheit und Unvernunft zum Verbrechen werden kann. Seit jeher redet man den Menschen ein, daß sie nicht gut genug seien, daß sie mehr Selbstlosigkeit, mehr Opfermut, mehr Idealismus an den Tag legen sollen, um die Probleme zu lösen, in die wir auf fast allen Gebieten des Lebens geraten sind. Dieses Stück will die Frage anders stellen. Von keiner der Personen, die sich »auf's Spiel gesetzt« sehen, werden derartige heroische Tugenden verlangt. Was von ihnen verlangt wird, ist schlicht und einfach Vernunft.

Solidarität ergibt sich sozusagen von selbst aus der Einsicht in die Gemeinsamkeit von Interessen. Das gilt allerdings ebenso für einen Mönchsorden wie für eine Gangsterbande, für eine politische Partei wie für eine Zirkustruppe. Wo die eigenen Interessen, seien diese nun geistiger oder profaner, hoher oder niederer Art, besser oder sogar einzig und allein verwirklicht werden können, wenn man zugleich anderen Gleichgesinnten zur Verwirklichung ihrer Interessen verhilft, ist Solidarität keine moralische Frage, sondern eine der Rationalität. Das scheint einfach, ist aber in der Lebensrealität offenbar mit schier unüberwindlichen Schwierigkeiten verbunden.

Wenn eine Schiffsbesatzung, die mitten auf hoher See in Streit darüber gerät, wer die Kommandogewalt über das Schiff haben soll, welcher Kurs einzuschlagen ist, wem die Ladung und schließlich das Schiff selbst gehört, über der Auseinandersetzung das Schiff samt Ladung und obendrein sich selbst versenkt, ist das nicht tragisch, sondern ganz einfach blödsinnig. Wenn Politiker und Militärs den Fortbestand der Menschheit (und ihren eigenen) durch atomare, chemische oder biologische Bewaffnung aufs Spiel setzen, um dadurch ihre jeweilige Staats- oder Wirtschaftsform zu verteidigen, so verhalten sie sich nicht weniger narrenhaft. Wenn unsere Industrie Arbeitsplätze schaffen und Wohlstand und Überfluß für jedermann erzeugen will und dabei die natürlichen Grundlagen des Lebens auf dieser Welt ruiniert, indem sie die Gewässer vergiftet, die Luft verpestet, die Erde auspowert und die unersetzlichen Ressourcen besinnungslos vergeudet, dann ist das ganz einfach schwachsinnig. Die Liste der Narrheiten ist beliebig verlängerbar.

Das Wort »Narr« hat in unserem Sprachgebrauch zweierlei Bedeutungen. Einmal bezeichnet es einen Menschen, der tatsächlich geistesschwach ist, der sein Tun den Verhältnissen nicht anpassen kann, der Wichtiges von Unwichtigem, Dringendes von Nebensächlichem nicht zu unterscheiden weiß, der die Rangfolge seiner eigenen Interessen nicht versteht. Wer sich weigert, ein brennendes Haus zu verlassen, weil er sich draußen einen Schnupfen zuziehen könne, der fordert wohl eher unser Gelächter als unser Mitgefühl heraus. Die andere Bedeutung des Wortes bezeichnet den Berufsnarren, der den wirklichen Narren nur spielt, um durch Übertreibung und Darstellung anderen ihre Narrheit vor Augen zu führen. Diese Aufgabe war zu allen Zeiten prekär und trug dem Narren nicht selten Prügel ein – von seiten der Herrschenden nicht weniger als von seiten des Volkes. In diesem Sinne versteht sich unser Stück als Narrenspiel.

EIN PARABELSPIEL

Um komplizierte und vielschichtige Vorgänge anschaulich zu machen, bedient man sich seit alters her der Parabel, der Rede im Gleichnis. Ein Gleichnis hat immer einen erklärenden, demonstrativen Charakter. Es will etwas lehren, eine bestimmte Botschaft an den Mann bringen. Dabei wird naturgemäß vereinfacht, es wird versucht, das Typische drastisch hervorzuheben, das Untypische, das ja im konkreten Einzelfall auch immer vorhanden ist, wegzulassen. In diesem Sinne handelt es sich bei unserem Stück um Typentheater, das nicht die Absicht hat, den Eindruck zu erwecken, es handle sich um wirkliche Menschen mit einer jeweils ganz individuellen Vergangenheit und komplexen Psyche. Wir erfahren über jede Spielfigur nur soviel als notwendig ist, um ihre charakteristischen Verhaltensweisen zu erklären. Diese charakteristischen Verhaltensweisen sollten also bei einer Aufführung so deutlich herausgearbeitet werden, daß ihr Grundmuster in der Realität wiedererkennbar wird. Nur durch eine solche Deutlichkeit kann bei den jeweiligen Handlungsdrehpunkten die mögliche Alternative zum Verhalten der Figuren im Bewußtsein des Zuschauers aufblitzen: »Hier hätte er oder sie nicht so, sondern so handeln sollen.«

EIN PUZZLESPIEL

Schon von der Fabel her steht bei diesem Stück ein Puzzlespiel im Zentrum des Konfliktes. Doch auch das Stück selbst ist eines. So wie es beim Puzzlespiel kein erkennbares Haupt- oder Mittelteilchen gibt, sondern erst durch Zusammensetzen vieler gleichwertiger Teile sich ein Bild ergibt, so gibt es in diesem Stück keine Hauptrolle, um die sich die Nebenrollen gruppieren, sondern alle Figuren der Handlung sind für das Ganze von gleicher Bedeutung und übernehmen immer abwechselnd die Führung. Diese besondere dramaturgische Struktur entspricht eben dem besonderen Thema, um das es hier geht. Keiner kann etwas tun, ohne daß es für alle anderen Folgen hat. Sie bilden gleichsam einen Kreis um das gemeinsame zentrale Problem, das sie zu lösen haben, treten einer nach dem anderen in den Vordergrund – wie in einem Ringelspiel –, treiben die Handlung um ein Stück weiter und verschwinden wieder in den Hintergrund. Der Zuschauer soll sich also mit keiner der Figuren identifizieren können, sondern den Standpunkt eines kritischen Beobachters einnehmen. Keine der handelnden Personen trägt allein die Schuld am Mißlingen des »Spiels«, jede streut nur ihr mehr oder weniger harmloses Sandkorn in die Maschinerie, bis die

Katastrophe eintritt. Der vorgeführte Untergang wird herbeigeführt durch die Summierung vieler Einzelvorgänge. Ähnlich wie auf den Bildern von Bosch oder Breughel soll die Wirkung also durch eine Vielzahl von Einzelszenen entstehen, nicht durch eine zentrale Gruppe oder Einzelfigur. Bei einer Aufführung sollte deutlich werden, daß auch dieser Umstand unserer gegenwärtigen gesellschaftlichen und politischen Situation entspricht.

EIN KOMISCHES TRAUERSPIEL

In seinem Aufbau greift das Stück auf die äußere Form des klassischen fünfaktigen Trauerspiels zurück, doch zitiert es diese Form sozusagen in ironischer Weise. Zwar endet das Stück mit dem Untergang aller, doch ist dieser Untergang nicht tragisch, sondern einfach nur ein heilloses Desaster. Ihm mangelt jede Größe und Würde. Er ist ganz einfach jämmerlich, weil die Narrheit gesiegt und die Dummheit triumphiert hat. In diesem Sinne kann man das Trauerspiel komisch nennen, wobei diese Bezeichnung hier gewiß keinen Beiklang von »heiter« hat. Auch die Hölle hat, wie man weiß, ihre spezifische Komik. Die Geschichte unseres Jahrhunderts kennt sie gut genug.

EIN MÄRCHENSPIEL

Die Konvention des Märchens gibt uns die Gewißheit, daß trotz aller Schrecknisse am Ende doch alles gut ausgeht. Innerhalb der Märchenwelt ist diese Gewißheit berechtigt und hat ihren guten Sinn. In diesem Stück geht es aber um eine phantastische Metapher für unsere höchst reale Situation. Einem skeptischen Beobachter mag es bisweilen durchaus so vorkommen, als ob unser so »aufgeklärtes Zeitalter« die Ebenen ohne Skrupel durcheinanderwirft. Der Optimismus, der im Märchen berechtigt ist, wird in dem Maße, wie man echte Märchen nicht mehr versteht, auf die äußeren Tatsachen verlagert. In der Wissenschaft, in der Technik, in der Wirtschaft und in der Politik geht man davon aus, daß »schon alles gut gehen wird«. Man fährt mit zunehmender Geschwindigkeit in der alten Richtung weiter, obgleich die Warnschilder am Straßenrand inzwischen so dicht stehen, daß sie wie Wälder aussehen (und vielerorts schon an deren Stelle getreten sind). Eben aus diesem Grund bedient sich unser Stück in gewissem Sinne der Form des Märchenspiels, denn ein Märchen, das finster endet wie dieses, verstößt gegen die Regel. Ein solcher Verstoß ärgert und irritiert. Diese Provokation wird den Zorn des Zuschauers – so hofft der Autor – nicht gegen das Stück, sondern gegen die Vernunftlosigkeit derer wenden, die sein wirkliches Leben und seine Zukunft bedrohen.

EIN VEXIERSPIEL

Die Personen des Stückes befinden sich von Anfang an in einer Situation totaler Verunsicherung. Sie kennen den Erblasser nicht, sie kennen sich untereinander nicht, sie kennen auch das Erbe nicht, um das es geht. Der Palast des Johannes Philadelphia ist gedacht als ein Arsenal aller nur denkbaren Kulturgüter der verschiedensten Zeiten und Länder, vom Mumienschrein bis zum Flipperautomaten. Dieser Mischmasch entspricht unserer gegenwärtigen Bewußtseinslandschaft, in der alle Werte museal zusammengetragen und gerade deshalb ungewiß sind. Die Atmosphäre, die den Schauplatz bestimmt, ist eine, in der alle Dinge fortwährend ihre Bedeutung, ja sogar ihr Aussehen ändern. Wir erfahren es ja täglich aufs neue, daß wir lernen müssen, all unsere Ansichten über die Wirklichkeit in der Schwebe zu halten. Die Personen des Stückes versuchen vergebens, irgendeinen äußeren Anhaltspunkt zur Lösung der Frage, vor der sie stehen, zu finden. Sie klammern sich an gewisse Vorstellungen und Verhaltensnormen, an die sie gewöhnt sind, und sind deshalb unfähig, sich der ungewöhnlichen Situation gemäß zu verhalten. Sie sind Narren, weil sie sich ganz »normal« verhalten. Sie können nicht begreifen, daß sie den sicheren Boden, auf den sie sich stellen könnten, erst gemeinsam aus ihren eigenen Kräften heraus neu schaffen müssen.

Anmerkungen zu den Personen der Handlung

Ninive Geryon

etwa vierzehn Jahre alt, hübsch, malkontent und aufsässig. Eine kleine Salomé, die daran gewöhnt ist, daß jeder ihrer Wünsche sofort erfüllt wird. Nur ihr tiefster, geheimster Wunsch, den sie selbst nicht benennen kann, blieb immer unerfüllt – gerade durch das Überangebot, durch das ihre Eltern sich loszukaufen versuchen. Bei Ninive mischt sich vieles auf eine auch für sie selbst nicht mehr zu entwirrende Weise. Das Harmloseste an ihr sind jedenfalls ihre Phantastereien, mit denen sie sich eine Gegenwelt gegen die Banalität ihres Elternhauses aufzubauen versucht. Daß gerade eine ihrer »Lügengeschichten« das winzige Steinchen ist, das die Lawine ins Rollen bringt, liegt an der prekären Situation, die sie zwar ahnt und die ihr durchaus gefällt, deren wirkliche Gefährlichkeit sie aber nicht ermessen kann. Sie spielt wie ein Kind am Zünder einer Zeitbombe herum. Sie ist zu intelligent, um gar nicht zu begreifen, was sie tut, andererseits aber zu infantil-egoistisch, um den Ernst der Lage zu erkennen. An dem tölpelhaften Sebastian gefällt ihr zunächst, daß sie Macht über ihn hat. In dem Augenblick, als er ihr seinen Anteil aushändigt, begreift sie zum ersten Mal die Wirklichkeit dieser Macht und wehrt sich dagegen. All ihre bisherigen Provokationen verliefen immer konsequenzlos, nun fühlt sie zum ersten Mal, daß sie Verantwortung auf sich lädt. Diese möchte sie so schnell wie möglich wieder loswerden. Daraus erklärt sich die Schwäche, fast Willenlosigkeit, mit der sie sich von ihrem Vater das »Liebespfand« wegnehmen läßt. Aber nun verirrt sie sich völlig im Dschungel ihrer pubertären Seele. Sie begreift, daß sie nun erst recht verantwortlich geworden ist. Ihr Spielzeug, Sebastian, wird immer mehr Wirklichkeit für sie. In ihrer Hilflosigkeit droht sie ihm mit Selbstmord (wie man aus dem Bericht des Notars erfährt), um ihn abzuschütteln. Schließlich lügt sie den Sterbenden in eine glückliche Illusion hinein, aber durch Sebastians Reaktion wird ihre Beziehung nun vollends unwiderruflich und bindend. Sie entrinnt nicht mehr. Mit Sebastians Tod beginnt Ninives eigentliche Liebesgeschichte, durch die nichts Kindliches mehr in ihr zurückbleibt und die sie zu den fürchterlichsten Konsequenzen fähig werden läßt. Daß sie zuletzt darauf verzichtet, ihre Mutter umzubringen, bedeutet nicht, daß sie noch immer vor einer folgenschweren Tat zurückschreckt; Ursache für ihren Verzicht ist vielmehr der gespenstische Hufschlag, durch den sie sich daran erinnert, daß sie selbst es war, die all das ausgelöst hat. Dadurch ist sie zum ersten Mal wirklich ganz allein, für die Eltern buchstäblich unerreichbar, und kann endlich weinen.

Egon S. Geryon

etwa fünfzig Jahre alt, bürgerlicher Geschäftsmann, gute Erscheinung, ein Mensch, dessen Denken von »Standards« beherrscht wird: Was der Herr trägt, welchen Wagen der Herr fährt, wo der Herr speist usw. Das Erschreckende an ihm ist sein »gutes Gewissen«. Es gibt eine Art von Unschuld, die aus einer eigentümlichen Borniertheit stammt, aus der Unfähigkeit, die eigene Schuldhaftigkeit zu begreifen. Jeder Zweifel an seiner Wohlanständigkeit, ob dieser nun von anderen geäußert wird oder aus dem eigenen Innern aufsteigt, wird sofort und mit blindwütiger Entschlossenheit bekämpft. Diese Figur darf also ganz und gar keine Ähnlichkeit mit dem zigarrenrauchenden, melonetragenden »Ausbeuter« haben, der ja immerhin über einen gewissen Zynismus verfügt und weiß, was er tut. Egon S. Geryon ist unzynisch bis zur Langweiligkeit. Darauf wird besonders zu achten sein in den Szenen, wo er wohlgefällig den Verfall des Palastes registriert und erst recht in seiner Heilands-Euphorie im letzten Akt. Daß sich vor ihm zuletzt die Wände nicht auftun, wie er ernstlich geglaubt hat, bringt ihn nicht etwa zu der Einsicht, seine Hände wären möglicherweise doch nicht genügend rein, sondern nur zu der verzweifelten Annahme, vom Erblasser betrogen worden zu sein. Da er sich sein Leben lang selbst betrügt, ist seine größte Furcht, betrogen zu werden, nicht genügend clever zu sein. Er will immer auf Nummer sicher gehen, die Situation »voll im Griff« haben. Es haßt alles, was nach Risiko, Abenteuer oder gar Schicksal riecht. Er läßt bestenfalls noch Begriffe wie Glück oder Pech gelten. Und gegen Pech kann man sich versichern. Darum eben ist er Versicherungsdirektor, er ist es mit Leib und Seele. Denn die total versicherte Gesellschaft ist die total schicksallose Gesellschaft – das Ideal der Bürgerlichkeit. Daß

Geryon gleich zu Anfang auf die Phantasterei seiner Tochter hereinfällt, hängt damit zusammen, daß er sich in diesem Gebäude, in dem Schicksal in der Luft liegt, so unsicher und unbehaglich fühlt, daß er fast alles für möglich hält. Er klammert sich blind an seine Normen. Im selben Maße, wie diese ihn im Stich lassen, verliert er nach und nach den Verstand.

Elsbeth Geryon

etwa vierzig Jahre alt, ehemals sehr attraktiv, kämpft einen verzweifelten Kampf gegen Alter und Übergewicht, gibt sich anderen Menschen gegenüber als Dame der Gesellschaft, ist ständig darum besorgt, sich die Zuneigung ihres Gatten zu erhalten, den sie restlos bewundert. Sie gehört zu jenen Menschen, die immer und unter allen Umständen versuchen, die Dinge »positiv« zu sehen. Sie ist eine leidenschaftliche Veranstalterin von »Wohltätigkeitsfesten«. Sie ist davon überzeugt, daß letzten Endes, »alles gutgehen« wird – vor allem, wenn ihr Mann die Sache in die Hand nimmt. Auch wenn sie Schlimmes anrichtet, so war es doch in jedem Fall »gutgemeint«. Sie verfügt durchaus über einen Rest von weiblichem Instinkt – immerhin läßt sie sich durch die Veränderungen, die im Palast vorgehen, ernstlich beunruhigen, ja sie bemerkt sie sogar als erste – aber sie selbst erstickt die Stimme des Instinkts in sich aus Unterwürfigkeit ihrem Mann gegenüber. Es ist wichtig, daß bei der Darstellung dieser Figur immer wieder deutlich wird, daß sie nicht erkennen *will*, obwohl sie es könnte. Mehrmals sehen wir sie in Situationen, in denen sich die Alternative für sie zeigt, die darin bestünde, daß sie ihrem Mann das bedingungslose Vertrauen aufkündigt. Aber jedesmal fällt sie in die Gewohnheit des Gehorsams zurück. Weil sie das aber gegen ihren Instinkt tut, haßt sie ihre Tochter, die in diesem Punkt ehrlicher und skrupelloser ist. Sie fürchtet sich im Grunde sogar vor Ninive. Würde Elsbeth sich die geahnte Wahrheit über ihren Mann offen eingestehen, so wäre das für sie gleichbedeutend mit der Bankrotterklärung ihres ganzen Lebens. Ihr Verhalten Mann und Kind gegenüber ist eigentlich ein dauerndes Flehen, sie nicht aus ihrem Irrtum zu reißen. Daher das Gekünstelte, zutiefst Unsichere, was ihr anhaftet. Einen einzigen Augenblick lang ist sie ganz ehrlich und ihrer Tochter innerlich nah, nämlich in dem ihres völligen Zusammenbruchs, als Egon sie von sich gestoßen hat und Ninive auf sie zugeht, um sie zu erwürgen. »Es ist das erste Mal, daß du mich umarmst ...« Aber auch dieser Augenblick der Wahrheit geht vorüber, sie flüchtet sich in ihre gewohnte »normale« Verhaltensweise zurück, indem sie die Endgültigkeit der letzten Konsequenz einfach ableugnet und sich und den anderen einzureden versucht, es werde trotz allem doch noch »alles gutgehen«.

Sebastian Nothaft

um die siebzehn, achtzehn Jahre alt, anfangs mit dem lässigen Gehabe des typischen Halbstarken, aus armseligen Verhältnissen stammend, ein wenig zurückgeblieben, vollkommen naiv, manchmal begriffsstutzig, sogar etwas blöde wirkend, nahezu Analphabet, bezieht seine Vorstellungen über die Welt vorwiegend aus Comic-Heftchen, deren Inhalt er für bare Münze nimmt. Er schlägt sich so irgendwie durchs Leben, träumt aber von Heldentum im Sinne seiner Vorbilder. Dazu gehört die Überzeugung, daß die Welt einzuteilen ist in Gute und Böse. Und schließlich der Glaube an die wortwörtliche Bedeutung aller Mitteilungen. Daß er Lügen nicht leiden kann, hat keine moralischen Gründe, sondern sie machen ihn hilflos und rauben ihm seine einzige Orientierungsmöglichkeit. Sebastian ist töricht, aber diese Torheit ist in gewissem Sinne seine einzige Stärke. Im selben Maße, in welchem er seine Torheit einzubüßen beginnt, wird er schwach. Erst mit der Botschaft des Johannes Philadelphia, die der Notar ihm anvertraut, gewinnt er ein letztes Mal seine Stärke, also seine Torheit zurück, denn hier ist das wortwörtliche Verstehen richtig und notwendig. Und so stirbt er – jedenfalls in seiner eigenen Vorstellung – tatsächlich als Held. In seinem Delirium identifiziert er sich mit seinem Comic-Ideal, sieht sogar die Sprechblasen über den Köpfen der anderen. Aber er stirbt im Irrtum, denn über seiner Leiche geht der Streit der Erben erst richtig los. Doch Sebastian besitzt eben trotz oder gerade wegen seiner offensichtlichen Mängel eine Eigenschaft, die ihn als einzigen befähigt, die Botschaft des Testamentes zu verstehen und die wiederum als einzige von Ninive begriffen wird: Die Kraft eines geradezu kindlichen Vertrauens. Sie kommt nicht aus seiner Torheit. Vielleicht kommt umgekehrt seine Torheit vielmehr aus dieser Vertrauenskraft. Zwar vermag der Verrat Ninives, dieses Vertrauen tief zu erschüttern, aber schließlich behält es doch die Oberhand. Diese Figur ist von allen die unschuldigste. Wenn er überhaupt mitverantwortlich ist für die Katastrophe, in die die Erbengemeinschaft hineinrennt, dann im Grunde nur durch seine allzugroße Bereitwilligkeit, sich zum Opfer machen zu lassen. Diese Bereitwilligkeit wird von Alexandra gleich bei ihrer ersten Begegnung mit ihm »gesehen«. Für ihren Blick trägt er von Anfang an das Stigma derjenigen an sich, die »immer dran glauben werden« – im doppelten Sinne des Wortes.

Alexandra von Xanadu

zwischen vierzig und fünfzig Jahre alt, eine grande dame der Boheme, ironisch, barsch, sprunghaft im Denken, jäh in ihren Gefühlswechseln, mit einer Art »zweitem Gesicht« begabt. Ihr Adel ist möglicherweise mehr artistisch-poetischer als genealogischer Herkunft. Dennoch verkörpert Alexandra die große alte Welt der Noblesse mit ihren Vorstellungen von Größe und innerer Haltung, nur eben auf die völlig unbekümmerte Art einer Abenteurerin und Einzelgängerin. Sie liebt Risiko und Gefahr und ist geradezu süchtig danach. Sie sucht die Todesnähe, weil durch diese das Leben in gesteigertem Glanz und intensiverer Farbigkeit funkelt. In ihrem Leben ist alles »schicksalhaft«. Die größte Herausforderung, zugleich aber auch der höchste Luxus, den das Leben zu bieten hat, ist für sie die Tragödie – ein Fest, ja eine Orgie der Schicksalhaftigkeit, das mit dem Leben bezahlt werden muß. Und Alexandra wäre durchaus »tragödienfähig«. Daher spricht sie von Anfang an von einem Fest und wartet bis zuletzt auf dessen Beginn, aber vergebens. Sie kommt in das Schloß des Johannes Philadelphia und spürt sogleich durch ihre kassandrahafte Begabung, daß hier ein Untergang stattfinden wird. Sie bleibt nicht etwa trotzdem, sondern gerade deshalb. Sie ist bereit, ihre Rolle in der Tragödie zu übernehmen, aber sie findet keinen Partner. Der General reizt nur ihren Spott, in ihren Augen ist er nichts als ein alberner Popanz. Alle anderen Erben sind sowieso unter ihrem Niveau. Aber eine Tragödie spielt man eben nicht allein, und so geht auch Alexandras »Fest« schief. Der Untergang ist weder groß noch tragisch, sondern jämmerlich. Die Chance ist unwiderruflich vertan. Das verursacht Alexandras Zorn und Bitterkeit. Ihr Charakter ist diamanthart, aber höchst sensibel. Die Art, wie sie ständig die anderen provoziert, soll nicht burschikos erscheinen, sondern elegant, leichthin und verächtlich. Ihr Hochmut ist echt und keineswegs vorgetäuscht. Ihre Sprunghaftigkeit, ihr provozierendes Verhalten kommen aus einer ihr eigenen Art von grimmiger guter Laune, sie sind Amüsement. Nur mit dem jungen Sebastian verbindet sie vom ersten Augenblick an eine unausgesprochene, möglicherweise sogar erotisch gefärbte Sympathie. Eben weil der Junge auf seine Art ebenfalls »tragödien- und schicksalsfähig« ist. Doch liegen ihre beiden Welten natürlich alters- und bildungsmäßig zu weit voneinander entfernt, als daß es jemals zu einer wirklichen Berührung zwischen ihnen kommen könnte.

Dr. Leo Arminius

unbestimmtes Alter, hagere Erscheinung, abweisende Haltung, hält nicht viel von den Menschen im allgemeinen und im besonderen, sieht in dem ganzen Testament nichts als den bösartigen Scherz eines Misanthropen, lehnt die ganze Veranstaltung innerlich zutiefst ab, tut aber gleichwohl seine Pflicht, zu der ihn sein Beruf zwingt. Er ist völlig humorlos, gestattet sich aber hin und wieder eine sarkastische Bemerkung. Sein Amt übt er nicht ohne Selbstgefälligkeit aus. Die Bitte der Erben, ihnen bei der Ordnung der verzwickten Angelegenheit auch weiterhin beizustehen, lehnt er mit einer deutlichen Schadenfreude ab. Erst später beginnen die Gewissensskrupel in seiner pedantischen, staubtrockenen Seele zu wühlen. Und schließlich bekommt er es mit der nackten Angst zu tun, Angst vor der Rache der Erben, die sich möglicherweise an ihm vergreifen könnten, Angst vor allem vor der immer unheimlicher und gefährlicher werdenden Lage, aus der auch er sich nun nicht mehr retten kann, Angst vor dem elenden Zugrundegehen. Er kann sich niemals über seine beruflichen Normen hinwegsetzen, kann sich aus eigener Kraft zu nichts entscheiden, denn er hat niemals Entscheidungen zu treffen gehabt, sondern nur die anderer Leute beglaubigt. Unter der Anforderung, die die Situation ihm nun aufzwingt, zerreißt sein zunderdürrer Verstand. Es bleibt ihm nur noch die eine fixe Idee, seinen Meineid nicht aufkommen zu lassen, seine Reputierlichkeit zu retten. Auch er hat seinen Augenblick der Wahrheit, wenn er schreit, er sei nur ein schwacher Mensch. Aber er ist sogar zu schwach, seine Schwäche öffentlich einzugestehen. Wenn seine beruflichen Konventionen und seine juristischen Richtlinien ihn nicht mehr stützen, löst er sich in seine Bestandteile auf und zerfleddert wie ein losegeschnürtes Aktenbündel.

Anton Buldt

ein achtzig- oder hundertjähriger Greis, eine in jeder Hinsicht merkwürdige Erscheinung, die anfangs eine bisweilen fast komisch wirkende Würde und Feierlichkeit ausstrahlt, nach und nach aber äußerlich und innerlich von den vielen Herren, denen er gleichzeitig dienen muß, zugrunde gerichtet wird. In dieser Figur ist gleichsam der ganze Palast mit all seinen Geheimnissen und Kuriositäten noch einmal in menschlicher Gestalt verkörpert. Auf irgendeine Art ist er nicht ganz von »dieser Welt«, er lebt diesseits und jenseits der Träume gleichzeitig und bedarf deshalb nicht des Schlafs. Er ist eine wandelnde Chronik, aber niemand stellt ihm zur rechten Zeit die richtige Frage. Er liebt es, sich ornamental und metaphorisch auszudrücken, die Erben staunen ihn an, sind sichtlich von ihm beeindruckt und fasziniert, zugleich aber auch befremdet und irritiert – außer Alexandra, die sich als einzige auf sein »Spiel« einlassen kann und ihn versteht. Wenn seine Redeweise schon zu Anfang das Auffassungsvermögen seiner Zuhörer übersteigt, so widerfährt das erst recht seinen flehentlichen Bitten und Warnungen und schließlich seinem Entsetzen. Auch diese letzteren sind sozusagen von ganz anderer Art als Angst und Entsetzen der anderen. Für ihn haben alle Dinge und Vorgänge eine andere, transzendente Bedeutung. Sein körperlicher und geistiger Ruin ist kein Absinken zum Ordinären, Gewöhnlichen, sondern gleicht eher der Verwüstung eines kostbaren Bauwerks. Auch die Trümmerstätte, die zuletzt bleibt, läßt den einstigen Glanz noch erahnen. Sie vermag noch immer zu sprechen – für den, der Augen und Ohren hat. Bis auch dieser letzte Rest zum Schweigen gebracht wird.

etwa fünfzig bis sechzig Jahre alt, nicht blind geboren, sondern nach und nach erblindet, z. B. an Altersstar oder dergleichen, massig und schwerfällig. Ihre Familie hat ihr wegen ihrer Behinderung im Laufe der Zeit alles weggenommen, was sie besaß. Sie ist argwöhnisch und hält die ganze Erbschaft für einen bösen Streich, den man ihr spielen will. Zunächst verlegt sie sich aufs Jammern. Die »feinen Herrschaften« und die ganze ungewöhnliche Umgebung schüchtern sie ein. Instinktiv demonstriert sie die »Demutshaltung« des armen, alten, hilflosen Weibes. Darauf fällt ja die Lehrerin Dunkelstern alsbald herein, die Anna für eine beschränkte, aber doch redliche Person hält. In Wahrheit ist sie schlau und ziemlich niederträchtig. Charakteristisch ist für sie eine bestimmte lauschende, witternde Kopfhaltung. Sie verfolgt zunächst noch keinen bewußten Plan. Auch in dem nächtlichen Gespräch mit dem Spülmädchen Paula Olm brabbelt sie mehr aus Wichtigmacherei und Lust an düsteren Prognosen vor sich hin, als daß sie hier schon eine präzise Absicht verfolgt. Als ihr aber dann zuerst diese und später auch noch die Lehrerin ihre Anteile geradezu aufdrängen, riecht sie förmlich den vorteilhaften Handel. An die »Ideen« der Lehrerin glaubt sie nicht einen Augenblick. Sie durchschaut sofort, daß sie benutzt werden soll, und stellt sich dumm, um die beiden anderen in ihre Falle zu locken. Da sie an eine tatsächliche Erbschaft nicht glaubt, andererseits aber durch den Besitz der Anteile die anderen von sich abhängig weiß, beschließt sie, diesen Zustand so lange wie möglich zu erhalten. Darum verschlingt sie die Zettel. Der Besitz von Macht über andere Menschen versetzt sie in eine Art Rausch. Je sicherer sie sich in diesem Besitz fühlt, desto mehr läßt sie die Maske fallen. Nackte, triumphierende Bosheit kommt zum Vorschein. Die groteske Ohrfeigenszene der »drei Gäns' im Haberstroh« sollte durchaus das Grundmuster einer Terrorszene zeigen. Aber nachdem Annas Macht sich wieder in nichts aufgelöst hat, bleibt nur noch ein jämmerliches, schlotterndes altes Weib übrig, das um sein bißchen Leben winselt.

Paula Olm

zwischen zwanzig und fünfundzwanzig Jahre alt, blöde, aber gutmütig und ehrlich, ein Trampel, reizlos und verkümmert, von Gestalt klein und sozusagen »in sich zurückgestaucht«. Sie gehört zu jenen Menschen, die durch ihre ganze Art dazu reizen, sie zu mißhandeln. Sie ist wohl auch schon oft mißhandelt worden, was aber keinen besonderen Eindruck auf sie gemacht hat. Sie hat es niemals anders gekannt. Ihre totale Unsicherheit, die sich in dem fortwährenden »oder?« am Ende ihrer Rede ausdrückt, fordert die anderen geradezu auf, sich ihrer zu bemächtigen. Sie bettelt förmlich darum, von irgend jemand gegängelt zu werden. Dabei ist es ihr gleich, von wem. Selbst entscheiden zu müssen und auf sich gestellt zu sein, erfüllt sie mit Panik. Ihre Vertrauensseligkeit ist einzig und allein Flucht vor dem Alleinsein und vor der Verantwortung. Kaum hat sie eine neue »Chefin« gefunden, unter deren Fittichen sie sich sicher fühlt, wird sie auch schon frech. Doch auch diese Frechheit anderen gegenüber kommt bei ihr mehr aus dem Wunsch, sich bei Anna Fenris lieb Kind zu machen, als aus eigener Aufsässigkeit. Sie möchte gern gelobt werden. Wenn sie hin und wieder Anna gegenüber aufmuckt, dann höchstens wie ein Kind, das schmollt. Aber wie bei einem Kind liegt auch bei ihr im Untergrund ihres Wesens ein elementares, durch keine Reflexion gebrochenes Gefühl für Gerechtigkeit und Ungerechtigkeit. Es dauert lang, viel zu lang, bis dieses Gefühl sich in ihr zu regen beginnt, aber dann kocht es auch gleich über. Sie kennt in ihrer Wut und Enttäuschung kein Maß mehr, sie ist zu allem fähig, selbst zu Mord und Brandstiftung. Daß ihre Erkenntnis viel zu spät kommt, daß ihr Racheakt sinnlos geworden ist und nichts mehr bewirkt, ja daß sie zu diesem Zeitpunkt damit erst recht ihr eigenes Verderben besiegelt, kümmert sie nicht. Es kümmert sie überhaupt nichts mehr. Sie ist blind vor Empörung, wie sie vorher blind war vor Geduld.

Klara Dunkelstern

etwa vierzig Jahre alt, mager, etwas altjüngferlich, völlig humorlos, aber von überheiztem Enthusiasmus, kleidet und frisiert sich streng, unterdrückt ihre eigene Weiblichkeit, um ganz »Mensch« zu sein, kümmert sich ständig um das Los anderer. Dieser Altruismus, wie sie selbst es nennt, ist jedoch eher beschlossen als ihrer Natur entsprechend. Im Grunde macht sie anderer Leute Sache zu der ihren, um der Leere ihres eigenen Daseins zu entrinnen. Menschen interessieren sie nicht wirklich, sie lebt von und mit »Idealen«, seien diese nun sozialer, ethischer oder politischer Art. Dennoch oder gerade deshalb ist sie sofort beleidigt, wenn man sie, wie Paula, eine Idealistin nennt, denn sie legt ungemein großen Wert darauf, realistisch zu sein. Sie lebt gleichsam mit zusammengebissenen Zähnen, in einer ständigen Überanstrengung. Daher das Schrille und Fanatische, was ihr Tonfall sofort annimmt, wenn ihre Kompetenz bezweifelt wird. Sie ist immer ein wenig gereizt, auf dem Sprung, bereit zu argumentieren und zu dozieren. Mit den meisten Menschen redet sie ein wenig von oben herab, nervös, aber mit hörbarer Anstrengung, sich geduldig zu zeigen. Ihre wirklichen, ein Leben lang unterdrückten Wünsche und Sehnsüchte sind freilich ganz anderer Art, wie sich in der Szene des dritten Aktes zeigt, wo sie sich für einen Augenblick in der Rolle der Schloßherrin fühlt – allerdings handelt es sich da um Vorstellungen, die einem billigen Frauenroman entstammen könnten. Doch mit dem Verzicht auf die Erfüllung ihrer persönlichen Träume ist es ihr bitterernst. Sie ist bereit, mit allen Konsequenzen selbstlos ihre Pflicht zu erfüllen, und das ist, dem Wohle aller zu dienen – ob die Betroffenen das wollen und einsehen oder nicht. In diesem Punkt wirkt sie für einen Moment fast rührend. Mit dem Scheitern ihrer so logisch und realistisch gedachten »Ideen« bricht für sie die Welt zusammen. Woran soll sie sich noch halten, wenn ihre so vernünftigen Argumente zum Gegenteil dessen führen, was sie gewollt hat? Sie geht verzweifelt die Rechnung immer und immer wieder durch und kann den Fehler nicht finden. So endet Klara Dunkelstern in einer letzten, wahnsinnigen Überforderung ihrer selbst, indem sie die Verantwortung für alles auf sich nimmt, doch auch das bleibt so abstrakt und lebensfremd wie alles, was sie vorher tat. Sie versucht, das sinnlos gewordene, unendliche Puzzlespiel zusammenzusetzen und kann nicht begreifen, warum es ihr immer und immer wieder durcheinandergebracht wird.

General Markus Schweler

etwa Mitte fünfzig, eher klein und etwas bullig von Gestalt, rotgesichtig, gibt sich gern ein sportliches, legeres, modernes Flair, spielt den Weltmann und feinen Herren, hat aber in Wirklichkeit sehr schlechte Manieren, neigt zu Jähzorn und Unbeherrschtheit, argwöhnt ständig, daß man ihn nicht genügend respektiert. Er gehört zu jenen Leuten, die es gerne hören, wenn ihre Untergebenen von ihnen als vom »Alten« reden und sie verehren und fürchten. In Wirklichkeit ist er ein ziemlich unbedeutender, vulgärer Mensch, der eben eine hohe Position erlangt hat und sich krampfhaft bemüht, souverän zu wirken. Alexandras Provokationen reizen ihn bis aufs Blut, weil er sich von ihr durchschaut fühlt. Er will ihr unbedingt den Schneid abkaufen. Obwohl er sich demokratisch und sogar antimilitaristisch gibt – »aber jemand muß es eben machen« – , glaubt er im Grunde, daß sich die Konflikte der Welt nur durch Gewalt lösen lassen, oder zumindest durch Drohung und Einschüchterung. Dabei geht es ihm tatsächlich um das »Wohl aller«. Er sieht in sich den »starken Mann«, der entschlossen und rücksichtslos genug ist, die »Karre aus dem Dreck zu ziehen«. Doch die besonderen Umstände bewirken, daß sein Plan nur zu einem blutigen Unglücksfall führt. Nach seiner großen Buß- und Reueszene der Selbstdegradierung könnte man für einen Augenblick tatsächlich glauben, daß mit ihm eine Wandlung vorgegangen sei, doch schon kurz danach erweist er sich als ganz gewöhnlicher Schläger, wenn er Nebeljakob zusammendrischt. Von diesem Moment an verläßt ihn der letzte Rest seiner vorgeblichen Selbstachtung und Respektabilität. Wie General Schörner, der im Zweiten Weltkrieg seine Armee im Kessel von Stalingrad zurückließ, wo sie aufgerieben wurde, und sich selbst mit dem letzten Flugzeug in Sicherheit brachte, so trachtet auch Schweler zuletzt nur noch danach, sich selbst zu retten und die anderen die Suppe auslöffeln zu lassen, ein feiger, charakterloser Schuft, gerade noch fähig, einen Schicksalsgenossen niederzumachen, um ihm das Geheimnis abzupressen, wie man sich selbst retten kann.

sein Alter ist unbestimmbar, doch da er ein Gutteil seines Lebens im Knast war, ist er bestimmt über Fünfzig. Eine vogelscheuchenhafte, irgendwie unglückselige Erscheinung, auf naive Art gerissen und verschmitzt, durchaus stolz darauf, in seinen Kreisen eine bekannte Figur zu sein. Er begreift sofort, daß er »als einfacher Krimineller« einem »veritablen Versicherungsdirektor« gegenüber keine Chance hat, und versucht deshalb auf seine Art, sein Schäfchen ins Trockene zu bringen. Er ist ein Original, von Anfang an schief ins Leben gebaut, ein Einzelgänger, der nie in seinem Leben eine wirkliche Beziehung zu einem anderen Menschen hatte, ein Monologist, der sich gern reden hört und meistens nicht genau versteht, was er sich sagt. Er ist im eigentlichen Sinne des Wortes asozial, er braucht überhaupt keine anderen Menschen, hat an seiner eigenen Gesellschaft Unterhaltung genug. Doch da es für ihn keinerlei Alternative gab oder gibt, ist er auf seine Art unschuldig. Seine kriminellen Karambolagen mit der menschlichen Gesellschaft nimmt er hin als etwas Naturgegebenes wie ein Gewitter oder Zahnschmerzen. Er ist niemandem böse deswegen. Sein Humor ist nur begrenzt freiwillig, im Grunde versteht er nicht, warum man über ihn lacht. Er ist sogar ziemlich selbstgefällig und rasch beleidigt, wenn es um seine Art von Reputation geht. Das Phantastische und Ungewöhnliche des Gebäudes und der Situation, in die er sich verstrickt sieht, beeindruckt ihn überhaupt nicht. Er würde auch im Paradies oder der Hölle versuchen, sich zu arrangieren, wie er es bisher im Leben getan hat. Die Klemme, in die er diesmal geraten ist, bedeutet für ihn nicht mehr als eben eine neue Tücke des Schicksals, wie er sie schon oft erlebt und durch List bewältigt hat. Er begreift im Grunde überhaupt nicht, wozu er in diesem Fall aufgefordert ist. Zynismus ist ihm fremd. Auch in dem Gespräch mit dem sterbenden Bastian redet er nicht anders, als er mit einem Kumpel reden würde, den es erwischt hat. Ebenso ist seine Todesangst im letzten Akt echt und kreatürlich, auch wenn sie auf uns, die Zuschauer, grotesk und sogar komisch wirkt. Aber einmal angenommen, Nebeljakob würde sich dem allgemeinen Untergang auf irgendeine Weise entziehen und ihn überleben können, so hätte er sich nachher um kein Haar geändert. Er würde die ganze Sache höchstens als verrückte Geschichte in der nächsten Kneipe oder im nächsten Knast erzählen – auf seine »hochgebildete« Art natürlich.

Auszug aus der Inventar-Liste des Nachlasses von Johannes Philadelphia
(Band 897, Seite 1227)

Nr. 1273548 – Ein Bathyscaph in Gestalt eines riesigen Auges
Nr. 1273549 – Eine Flaschenpost vom Sirius
Nr. 1273550 – Eine Fibel für ABC-Schüler der Planetenkursivschrift
Nr. 1273551 – Alle Widersprüche aufgelöst in einem Glas Wasser
Nr. 1273552 – Ein verlorenes, aber von einem ehrlichen Finder zurückgegebenes Lächeln
Nr. 1273553 – Der Schlüssel zur Tür einer geschlossenen Auster auf dem Grunde des Ozeans
Nr. 1273554 – Das Entsetzen im Auge eines Polizisten, der einen Mann aus Papier verhaftet hat
Nr. 1273555 – Die erstaunten Augenbrauen eines Vogelfluges
Nr. 1273556 – Drei kleine Flaschen Wein aus der Kelter des Zorns
Nr. 1273557 – Ein Abschiedsbrief, der niemals geschrieben wurde
Nr. 1273558 – Die unvorstellbar kostbare Spitzendecke eines welken Ahornblattes
Nr. 1273559 – Die Grimasse eines Mundes, der sich gegen die Lüge seines Besitzers wehrt
Nr. 1273560 – Das Spiegelbild eines Kunstschützen, der sich selbst traf, weil er sich mit ihm verwechselte, dazu eine Kugel aus schwerem Blei in Herzform
Nr. 1273561 – Ein Gebiß aus Kandiszucker
Nr. 1273562 – Eineinhalb Fässer Goldstaub aus dem Beifall von der falschen Seite
Nr. 1273563 – Die in der Lotterie gewonnene Zeit eines Liebespaares ohne Hoffnung
Nr. 1273564 – Eine Landkarte vom Totenreich
Nr. 1273565 – Ein Zeitkompaß
Nr. 1273566 – Ein Loch im leeren Raum, von Kugelformen umkreist, nebst einer Gebrauchsanweisung dazu
Nr. 1273567 – Das Gelächter in einem Namen
Nr. 1273568 – Das schwächste Glied einer Kette, einzeln und unzerstört in einer Reliquienmonstranz

Nr. 1273569 – Das tägliche Brot und das nächtliche Brot, zu einem Zopf geflochten
Nr. 1273570 – Die völlige Finsternis einer Umarmung und deren leuchtender Schatten
Nr. 1273571 – Ein Himmelsglobus im Maßstab eins zu eins mit genauen Abbildungen aller Einzelheiten Gottes
Nr. 1273572 – Ein Herbarium mit ca. dreizehntausend getrockneten Erinnerungen
Nr. 1273573 – Eine Sphärenharmonielehre (nebst Kontrapunktik)
Nr. 1273574 – Fersen-Papiergeld
Nr. 1273575 – Ein Kochbuch für Weltgerichte, handgeschrieben
Nr. 1273576 – Aller Tage Abend (mit Wechselrahmen)

Gründe

Bei Ausbrechen eines Brandes nicht zu löschen:

(Kreuzen Sie bitte das für Sie Zutreffende an!)

1. Weil man noch nicht mit Sicherheit weiß, ob man überhaupt zu den Betroffenen gehört.
2. Weil man sich für wichtigere Aufgaben bereit halten muß, zu denen man möglicherweise gerufen werden wird.
3. Weil die Experten überhaupt noch nicht eindeutig bewiesen haben, daß es tatsächlich brennt.
4. Weil man davon überzeugt ist, daß die dafür zuständigen Leute schon längst dabei sind zu löschen.
5. Weil man aus bestimmten Gründen durchaus dafür ist, daß alles abbrennt.
6. Weil man es vorzieht, sich nicht in Gefahr zu begeben.
7. Weil man sich beim besten Willen nicht vorstellen kann, daß Gott so etwas zuläßt.
8. Weil man den anderen zeigen will, daß kein Grund zur Panik besteht.
9. Weil es einem gleichgültig ist.
10. Weil man auf Anweisung von oben warten muß.
11. Weil man zunächst alle anderen vom Ausbruch des Brandes benachrichtigen muß.
12. Weil man nicht zur Brandstelle hinfinden kann.
13. Weil man eingesperrt und an Händen und Füßen gefesselt ist.
14. Weil es sowieso schon zu spät ist und nicht mehr lohnt.
15. Weil man erst mal sehen will, was die anderen jetzt wohl ohne einen anfangen.
16. Weil es in gewisser Weise schon oft gebrannt hat und man daran gewöhnt ist, daß bisher auch immer alles gutging.
17. Weil man zunächst mal eine Feuerwehrtruppe aufbauen und alles gründlich planen muß.
18. Weil man trotz Flammen und Rauch zutiefst davon überzeugt ist, daß es einfach nicht brennen *kann*.
19. Weil man sich auf keinen Fall Angst machen lassen will.
20. Weil schließlich diejenigen löschen sollen, die den Brand verursacht haben, bitte sehr.

21. Weil man den Brand gelegt hat und sich nicht verraten will.
22. Weil man den Brand *nicht* gelegt hat, und Löschen den Eindruck erwecken könnte, man habe ein schlechtes Gewissen.
23. Weil man den grandiosen Anblick der Feuerbrunst genießt.
24. … …
25. … … *(weitere Gründe sind vom Leser selbst einzutragen)*
26. … …

Ein möglicher Epilog

Alle Darsteller treten vor den geschlossenen Vorhang und wenden sich mit den folgenden Worten ans Publikum:

Verehrtes Publikum, wir bitten um Geduld!
Der vorgeführte Schluß hier ist nicht unsre Schuld.
Der Autor meint, dies sei das Ende der Parabel.
Wir finden sie zu negativ, die Fabel.
Uns scheint die Feuersbrunst doch reichlich theatralisch
und in gewissem Sinne sogar unmoralisch.
Weltuntergang zu predigen, ist heutzutage
doch allzu wohlfeil. Also bleibt die Frage:
Wie können wir das Spiel jetzt noch zum Guten wenden?
Was heiter anfing, soll auch heiter enden.
Drum haben wir – obgleich der Autor uns verflucht –
nach einem andern, positiven Schluß gesucht.
Hier oben ist die Welt zerstört und ausgebrannt,
doch bleibt uns noch die vierte, unsichtbare Wand.
Ihr wunderschönen Damen und ihr klugen Herrn,
wir sind ganz sicher, unsre Torheit liegt euch fern.
Bei euch ist niemand, der um Macht und Reichtum streitet,
wenn er sich damit selbst den Untergang bereitet.
Bei euch wird stets Vernunft am Ende Wege finden,
Mißtraun und Dummheit, Haß und Angst zu überwinden.
Kurzum, was ihr auf dieser Bühne habt gesehen,
das kann in eurer Welt auf keinen Fall geschehen.
Drum bleibt uns nur zu euch der letzte Fluchtweg offen.
Ob wir willkommen sind? Wir wolln es hoffen.

Alle Darsteller steigen ins Parkett hinunter.

Der Rattenfänger

Ein Hamelner Totentanz

◆

Oper in elf Bildern

Libretto von Michael Ende

Personen

Der Spielmann

Die beiden Kinder

Heiner Gruelhot, Bürgermeister

Atela Gruelhot, seine Frau

Magdalena Gruelhot, seine Tochter

Gottfried Weregesius, ein Priester

Amelung Reicke, der Vogt

Abt Lambert

1. Mann

1. Weib

2. Mann

2. Weib

3. Mann

3. Weib

Volk, Bettler, Mönche, Ratsherren
und reiche Kaufleute,
Landsknechte, Mägde und Kinder

Anno · 1284 · an Dage · Iohannis et Pauli ·
war der · 26. Iunii · dorch · einen · Piper ·
mit · allerlei · Farven · bekledet · gewesen ·
cxxx Kinder ·Verledet · binnen · Hamelin · geborn ·
to Calvarie ·bi den Koppen · verlorn

PROLOG

Aus dem Dunkel erscheinen zwei Kinder – ein blinder Junge, der ein gelähmtes Mädchen auf dem Rücken schleppt. Beide sind in Lumpen gekleidet und sehen hungrig aus. Sie singen mit harten, etwas schreienden Stimmen, teils einzeln, teils zweistimmig, jede Silbe betonend wie in einem alten Choral.

In Gottes Nam', hört zu, ihr Leut
aus anderm Land, aus andrer Zeit:
Was hier zu Hamelin ist geschehn,
wir haben's gehöret, wir haben's gesehn.
Und hat's euch auch mancher schon erzählt,
die Wahrheit hat man doch allzeit verhehlt.
So stehen wir als Vicarii nur
für alle geschundene Kreatur,
und wollen euch erstatten Bericht
von einer gar bitteren Geschicht.
Wir Kinder legen Zeugnis ab,
auf daß männiglich seine Mahnung hab.

Sie verschwinden wieder im Dunkel.

1. BILD

Der Platz vor dem Dom von Hamelin. Morgengrauen, Nebel. Einzelne zerlumpte Gestalten hocken auf dem Boden und auf den Stufen, nach und nach kommen immer mehr dazu, Bettler, Blinde und Sieche, bis der Platz voll ist. Ihre Stimmen, anfangs leise und in großen Abständen, steigern sich schließlich bis zur Raserei.

1. MANN
Verfluchte Ratten! Haufen über Haufen!

Leises Seufzen, Gewisper: »Ratten … Ratten …«

1. WEIB
Nachts ist mir eine übers Maul gelaufen.
(sie enthüllt ihr entstelltes Gesicht)

2. MANN
Sind's Ratten? Wirklich Ratten? Oder nicht?

2. WEIB
Ich hör nur stets, daß man von Ratten spricht.

3. MANN
Wenn's aber keine Ratten sind, wer weiß …

3. WEIB
Hat's einer schon gesehen, das Geschmeiß?

1. MANN
Was da im Dunkeln kreischt und umme fährt,
bei Tag und Nacht sich mehrt und immer mehrt,
ist kein gewöhnliches Getier, klein oder groß,
das ist Gezücht aus einem andern Schoß!

Alle entsetzen sich.

1. Weib
Was sie mit ihrem Kot besudeln, stirbt.

2. Mann
Was sie belecken und bespein, verdirbt.

2. Weib
Das Brot verfault, noch eh man es verschlungen.

3. Mann
Das Wasser steigt vergiftet aus den Brunnen.

3. Weib
Das Kleid, das sie mit ihrem Seich benetzen,
zerfällt dir gleich am Leib zu Haderfetzen.

1. Mann
Die Balken modern und die Mauer wankt.

1. Weib
Die Stadt versinkt in Jauche und Gestank.

2. Mann
Ein übler Dunst streicht von der Weser her.

2. Weib
Der Fluß ist tot. Kein Fisch, kein Vogel mehr.

3. Mann
Kein Baum, kein Strauch, kein Halm wächst auf dem Feld.

3. Weib
Die Nahrung kommt weit her für teueres Geld.

1. Weib
Der Hunger zehrt uns aus bis aufs Gebein.

1. Mann
Doch wer gebissen wird, hat ärgere Pein.

2. Mann

Der fiebert, krankt, sich bald im Krämpfen windet, verkrüppelt, lahmt, wird schwärig und erblindet.

2. Weib

Nur Ratten, sagt ihr? Wollt ihr drauf beharren?
Das soll das Werk von Ratten sein? – Ihr Narren!

3. Mann

Was lügen wir uns vor? Was Ratten, Ratten!
Des Teufels Scharen sind's, des Todes Schatten!

Die Menge stöhnt auf.

3. Weib

Ein Strafgericht des Herrn, uns zu vernichten!

Schreie

1. Mann

Höllische Ausgeburt! Gott will uns richten!

Geheul.

1. Weib

Die Geißel Gottes, wie's geschrieben steht,
für unsre Sünden, die uns aufgebläht!

Gebrüll.

2. Mann

Tut Buße, Leute! Betet! Betet! Schreit
zu Gott dem Herrn, damit er uns verzeiht!

Alle

Gnade uns Gott, jetzt und in Ewigkeit!

Tumult bricht aus. Es formieren sich drei Gruppen: Geißler, Veitstänzer und eine Knie- oder Springprozession. Die drei Chöre singen durcheinander.

Die Geissler
Aus der Tiefe schreien wir,
Kyrie eleis!
Unser Fleisch kasteien wir,
Kyrie eleis!
Unter Tränen, Blut und Schweiß,
tief im Fleisch den Dorn,
büßen wir der Sünde Preis.
Du, der alles sieht und weiß,
wende deinen Zorn!
Kyrie eleis!

Veitstänzer
Unser Sinnen, unser Schaffen
macht aus uns des Teufels Affen.
Blinde Narren, blöde Toren,
ohne Gott sind wir verloren.
Satansböcke, Hurentreiber,
unsre Seelen, unsre Leiber
klirren in des Teufels Ketten.
Herr, nur du kannst uns erretten!

Prozession
Herr, uns trafen
deine Strafen!
Willst uns richten
und vernichten,
so geschehe uns dein Wille!
Dies irae, dies illae!
Wir verzagen
und wir klagen.
Du mußt finden
lauter Sünden,
wenn du prüfst auf Herz und Niere.
Dies illae, dies irae!

Die Bürgermeisterin Atela Gruelhot und ihre sechzehnjährige Tochter Magdalena mit Dienerschaft treten aus der Kirche. Sie sind reich gekleidet. Sie betrachten das Treiben des Volkes, das bei ihrem Anblick nach und nach innehält. Manche nehmen die Hüte ab und verbeugen sich demütig, andere kriechen herzu und strecken bettelnd die Hände aus.

MAGDALENA
Ach Mutter, mich dauern diese Leute.
Ich hab für sie gebetet heute.
Warum sind sie arm und wir sind reich?

ATELA
Mein Kind, vor Gott sind alle gleich,
doch auf Erden sind wir verschieden.
Das muß so sein, auch wenn du's nicht faßt.
Ein jeglicher trägt seine eigene Last,
auch wir haben unsere Bürde hinieden.

MAGDALENA
Das mag wohl sein, doch macht's mir Harm.
Ich wäre gern auch einmal arm.

ATELA
Das sagst du so, liebes Engelskind.
Doch wenn da nicht die Reichen sind,
wer gäbe dann Almosen an die Armen?

MAGDALENA
Ja wahrlich! Mitleid und Erbarmen
kann der nur zeigen, der etwas hat.
Die Reichen machen die Armen satt.
Dann, Mutter, gib mir bitte Geld,
damit ich tu, was Gott gefällt.

ATELA
(gibt ihr eine Börse)
Da nimm und gib – doch nicht zu viel!

MAGDALENA

'S ist mir das allerliebste Spiel.
(wirft Münzen unter das Volk, das sich gierig darauf stürzt)

VOLK

Laß los! – Gib her! – Wo ist es hin?
Du Dieb! – Du Sau! – Nein, das ist mein!
Gott segne die Bürgermeisterin
und ihr hochedles Töchterlein!
(einige küssen den Rocksaum der beiden)

Der Magistrat tritt auf, darunter der Bürgermeister Heiner Gruelhot mit Ratsherren, der Vogt Amelung Reicke, der Abt Lambert. Sie stellen sich auf den Stufen des Doms auf.

GRUELHOT

Leute von Hamelin, habt Geduld
und hört, was ich euch sage:
Nicht euer ist die schwere Schuld
an dieser Rattenplage.

ABT LAMBERT

Sucht Gott uns so gewaltig heim,
dann nicht für Schwachheitssünden.
Für größere Untat insgeheim
muß man den Schuldigen finden.

GRUELHOT

Erforscht hat drum der Magistrat
und ich, der Bürgermeister,
Abt Lambert auch, im Hohen Rat
den Grund der Plagegeister.

VOGT REICKE

Mit Gottes Hilfe haben wir
den Schuldigen gefunden,
und abgeurteilt wird er hier
am Domplatz noch zur Stunden.

VOLK

Wer ist's? Wer ist's?

ABT LAMBERT

Ein Satanssohn,
Wahrsager, Nekromant!
Unter der Folter hat er schon
sein Teufelswerk bekannt.

VOLK

Wer kann das sein in unserer Stadt,
der solche Verbrechen begangen hat?

Mehrere Henkersknechte schleppen einen alten Mann herein, der kaum noch bei Bewußtsein ist. Seine Hände sind gebrochen, er blutet aus Mund und Ohren. Gemurmel im Volk.

VOGT REICKE

Gottfried Weregesius, vormals »der Seher« genannt
und manchem von euch als Priester bekannt,
hat gestanden unter der harten Tortur,
er sei ein Diener des Satans nur,
der, um zu verlängern das eigene Leben,
seinem Herrn wollt die Stadt zu eigen geben.
Dazu hat er geschaffen mit schwarzer Magie
die Rattenplage, die wütet allhie.
Er wird euch nun vorgeführt als Delinquent,
auf daß er öffentlich seine Schuld bekennt.

WEREGESIUS

(erst kaum hörbar, wimmernd, dann immer lauter und mächtiger)
Weh, Hamelin, wehe …
Ich sehe … ich sehe …
viel Blut und Rauch und Flammen …
die Mauern brechen zusammen …
Da reitet der Tod durch jegliches Haus …
keiner von euch wird ihm kommen aus …
Aber zuvor …

durchs Wesertor …
kommt ein anderer, der euch retten kann …
ihr aber, ach, ihr nehmt es nicht an …
Ich sehe … ich sehe …
wie ihr selbst euren Untergang sucht …
weh, Hamelin, wehe …
du bist verflucht!

GRUELHOT
Bringt ihn zum Schweigen!

Die Henker versuchen es, weichen aber vor ihm zurück.

WEREGESIUS
Weg! Laßt mich! Du, Henker, hüte dich!
Ich sprech in höherem Auftrag – nicht für mich!

ABT LAMBERT
Da hört ihr selber seine Lästerung!

WEREGESIUS
Hamelin, Hamelin, hör, was ich sage!
Deine Reichen werden reicher an dieser Plage,
und die Armen ärmer von Tag zu Tag.
Ja, hört nur, was keiner hören mag!
Ihr wißt nicht, was im Verborgnen geschieht,
doch jene, die jeder dort stehen sieht,
sie kennen ihr arges Geheimnis gut
und hüten es wohl und vergießen
das Blut, das Blut
all derer, die wagen ein wahres Wort!
Der Reichtum, der ihnen muß reichlich fließen,
ist geboren aus Mord!
Für jedes Goldstück, das sie erwerben,
muß etwas sterben …
ein Baum … ein Tier … ein Gewässer … ein Kind …
Sie nehmen's in Kauf, weil sie käuflich sind.
Sie können's schon nicht mehr enden …
Gefangene sind sie der eigenen Gier!

Blut klebt an ihren Händen!
Ich spreche die Wahrheit, glaubt es mir!

2. Weib
Er lügt, er lügt! Verleumdung und Verrat!
Wer sorgt für uns, wenn nicht der Magistrat?
(sie bekommt ein Geldstück zugeworfen)

2. Mann
Wir wissen alle, daß unsere Obrigkeit
mildtätig ist heute und allezeit!
(er bekommt ein Geldstück zugeworfen)

3. Weib
Wenn sie uns keine Almosen würden zuschmeißen,
dann hätten wir gar nichts zu schlucken und beißen!
(sie bekommt ein Geldstück zugeworfen)

3. Mann
Gott segne die Herren samt ihren Geschenken,
auf daß sie auch fürderhin unser gedenken!
(er bekommt ein Geldstück zugeworfen)

Weregesius
Fluch euch, die ihr dem Mund, der Wahrheit sagt,
den Lebensodem von den Lippen preßt.
Und Fluch dem Volk, das nicht nach Wahrheit fragt
und sich von Lügnern willig leiten läßt!
Die Blinden führen Blinde,
sie scheuen keine Sünde
an Mensch und Gottes Welt.
Jedoch noch diese Stunde
geht ihr und sie zugrunde:
Die Grube ist bestellt!
Gott hab Erbarmen
mit euch Armen!

Abt Lambert
Ihr habt es selbst gehört.
Ist einer unter euch, der Zweifel hegt,
daß dieser Mensch
vom bösen Geist besessen ist?

Stille.

Gruelhot
Durch seine Zauberei, Wahrsagerei,
Verleumderei und üble Teufelskünste
ist er die Ursach für die Plage,
die unsre Stadt getroffen hat.
Will irgendwer für ihn den Fürsprech machen?

Stille.

Gruelhot
Herr Vogt, verlest das Urteil!

Vogt Reicke
In Befolgung der Gebote Gottes
und kraft meines Amtes als Vogt dieser Stadt
verkünde ich, Amelung Reicke, dem Volk,
was der Hohe Rat beschlossen und besiegelt hat,
ohne Verzug an Gottfried Weregesius zu tun:
Ihm sollen mit einem schweren Wagenrade
alle Gebeine an Leib und Gliedern
zweenmal gebrochen werden,
wonach man ihn auf selbiges Rad soll flechten
und auf einer hohen Stangen
den Vögeln unter dem Himmel zum Fraß überlassen.
Und dies geschehe zur Warnung,
daß hinfort niemand sich unterwinde,
mit teuflischer List Zwietracht zu säen
und Aufruhr zu stiften zwischen dem Volk
und der von Gott gesetzten Obrigkeit.

Henker, bringt ihn hinaus
zum Berg Calvarie bei den Köppen
und waltet eures Amtes!

Die Henker schleppen Weregesius fort, das Volk drängt hinterher.

MAGDALENA
Ist's wahr, daß sie ein Geheimnis bewahren
vor den Leuten in unserer Stadt?
Ist's gewiß, Mutter, daß er gelogen hat?

ATELA
Ach, bald schon, zu bald wirst du's müssen erfahren.

Ein unheimliches Geräusch, erst leise, ein Knistern und Knacken, fernes Kreischen und Pfeifen, vielfüßiges Trappeln kommt rasch näher. Plötzlich brechen von allen Seiten die Ratten wie eine Sturzflut auf die Bühne. Ein panischer Aufschrei der Menschen, dann Dunkel.

2. BILD

Am Ufer der Weser vor der Stadt. Eine tote Landschaft. Am Strand steht ein einzelner abgestorbener Baum.
Der blinde Junge mit dem lahmen Mädchen auf dem Rücken stellt sich außerhalb des Bühnenrahmens auf.

DIE BEIDEN KINDER

In Hamelin, der unseligen Stadt,
da hat es viel Kinder gegeben,
um die sich keiner gekümmert hat.
Sie wollten so gerne leben.

Eine Schar von Kindern, alle sehr verwahrlost, unter ihnen auch Kranke und Verkrüppelte, kommen herein. Sie schauen sich öfters um, als befürchteten sie, verfolgt zu werden. Sie setzen sich unter den toten Baum und schauen auf den Fluß.

DIE BEIDEN KINDER

Die Angst hat sie aus der Stadt gejagt.
Sie wollten's der Weser klagen.
Die Kinder, nach denen keiner fragt,
sie hörten nicht auf zu fragen.

Ein Junge kommt gelaufen. Er hat Brot und ein bißchen welkes Gemüse unter seinem Hemd versteckt und teilt es nun mit den anderen.

DIE BEIDEN KINDER

Sie wußten nicht, was ihnen geschah,
und sie wußten nicht, warum.
Eine Antwort zu geben, war niemand da.
Die Welt war tot und stumm.

Aus weiter Ferne hört man die Melodie des Spielmanns. Die Kinder stehen auf und starren gebannt auf den Fluß.

Die beiden Kinder

Die Kinder, um die sich niemand schert,
die haben von fernher leise
das Lied eines fremden Spielmanns gehört,
das hat eine seltsame Weise.

Die Kinder fliehen und verstecken sich.

Die beiden Kinder

Und die Kinder fürchteten sich gar sehr,
und sie sahen in Ängsten und Bangen:
Als wär's eine Straße, kam einer daher
auf den Wassern der Weser gegangen.

Auf dem Wasser des Flusses kommt langsam der Spielmann näher. Er sieht anders aus als auf den üblichen Darstellungen: Er ist barhäuptig, hat lange blauschwarze Haare, die mähnenartig bis auf den Rücken herabhängen, und trägt ein enganliegendes Gewand aus Blättern. Sein Gesicht ist braun. Er setzt sich unter den toten Baum und spielt weiter.

Die beiden Kinder

Und der Zaubermann fuhr zu spielen fort,
da kamen sie zu ihm gekrochen.
Die Kinder verstanden ihn Wort für Wort,
und doch hat er keines gesprochen.

Die Kinder nähern sich vorsichtig dem Spielmann. Eines nach dem anderen setzt sich dicht zu ihm. Er lacht und weint auf seinem Instrument.

Die beiden Kinder

So erzählt er Geschichten und Schwänke viel,
da schwindet ihr heimliches Grauen.
Die Kinder, sie lauschen dem Spiel, dem Spiel –
und sie wollen dem Spielmann vertrauen.

Nach und nach, während er fortfährt zu spielen, beginnt der tote Baum zu blühen.

3. BILD

Ein düsteres Kellergewölbe, von Fackeln erleuchtet. Den Hintergrund bildet ein Vorhang.
Gruelhot und Atela führen Magdalena herein, die nur mit einem Umhang bekleidet ist.

MAGDALENA
Warum habt ihr mich hierhergeführt
in den tiefsten Keller der Stadt? Mich friert.
Hier riecht es nach Fäulnis und Tod.
Das Atmen macht mir Not.
Ach, Vater, wo habt ihr mich hingebracht?
Ich fürchte mich. Was wird mit mir gemacht?

GRUELHOT
Der große Augenblick ist gekommen.
Magdalena, du wirst heute aufgenommen
in den innersten Kreis der Eingeweihten.
Nun wirst du dich müssen vorbereiten,
das ganze Geheimnis zu erfahren,
das die Reichen verbindet seit vielen Jahren
in unserer Stadt. Du wolltest es wissen –
nun wirst du die Prüfung bestehen müssen.

MAGDALENA
Welche Prüfung? Was soll ich tun?

ATELA
Leg ab, mein Kind, alle Kleidung nun.
Nackt, wie du einst auf die Welt getreten,
mußt du unseren Herrn anbeten.

Da sie sich wehrt, wird sie von den Eltern gewaltsam entkleidet.

MAGDALENA
Vater! Mutter!

GRUELHOT

Hier hast du nicht Vater noch Mutter mehr.
Nur einer befiehlt uns allen.
Ihm einzig mußt du gefallen.
Schau hin und begrüße ihn! Dort ist Er!

Der Vorhang öffnet sich. Dahinter wird eine goldgeschmückte Krypta sichtbar. Die Reichen der Stadt sind dabei, eine Schwarze Messe zu zelebrieren. Alle tragen identische, glatte Goldmasken. Der Abt Lambert als Priester. Im Hintergrund ein gewaltiges Tabernakel, davor ein Altar. In dem Tabernakel dreht sich langsam, aber stetig eine Dämonenfigur von grausigem Aussehen: Ein pustel- und beulenbedeckter fetter Körper in hockender Stellung, als Kopf der halbverfaulte Schädel einer Riesenratte. Der Schwanz ist dem Popanz wie eine Schlinge von hinten um den Hals geknotet. Immer wenn der Hintern nach vorn kommt, scheißt er ein Geldstück in einen auf dem Altar stehenden großen Kelch. Im gleichen Augenblick löst sich jedesmal von ihm ein verkleinertes, schattenhaftes Ebenbild, das hinaushuscht.
Atela und Gruelhot setzen ebenfalls Masken auf.

ATELA

Bald wirst auch du diese Maske tragen,
unkenntlich werden, deinem Namen entsagen,
doch zuvor mußt du erst mit Leib und Leben
und ganzer Seele dem Herrn dich ergeben.

MAGDALENA

Entsetzlich! Wer ist dieses Fratzengesicht?

ATELA

Der Rattenkönig. Doch nennt man ihn nicht.

GRUELHOT

Du wirst nun das Glaubensbekenntnis hören
und selbst am Ende darauf schwören.

Abt Lambert nimmt ein Geldstück aus dem Kelch und hält es mit beiden Händen hoch. Während des Folgenden respondiert die Gemeinde, wobei sich ein obszönes Ritual vollzieht. Ballett.

Abt Lambert

Mysterium aller Mysterien! Und gesegnet ist,
wer daran teilhat.
(Amen! Amen!)
Sehet die Wahrheit und die einzige Wahrheit!
(Amen! Amen!)
Auch das Wahre ist eine Ware,
denn was niemand begehrt,
das ist nichts wert.
(Amen! Amen!)
Ihr alle müßt daran glauben,
und euer Glaube sei
unverbrüchlich und blindlings!
(Amen! Amen!)
Denn erst euer Glaube macht es zu dem, was es ist.
(Amen! Amen!)
Darum ist unser Gott ein eifersüchtiger Gott
und duldet keine anderen Götter neben sich.
(Amen! Amen!)
In seiner großen Güte hat er sich
in unsere Hände gegeben
und sich selbst zur Ware gemacht.
(Amen! Amen!)
Auf daß wir handeln
durch ihn
und mit ihm
und seinen Segen empfangen.
(Amen! Amen!)
Wir lobpreisen seine Allmacht!
(Amen! Amen!)
Er verbindet und trennt
alle Menschen nach seinem Willen.
(Amen! Amen!)
Durch Geben und Nehmen lenkt er die Welt.
(Amen! Amen!)

Er vermag, alles in alles zu verwandeln,
Geist in Stoff und Stoff in Geist.
(Amen! Amen!)
Er macht Steine zu Brot und Brot zu Stein.
(Amen! Amen!)
Er schafft sich selbst aus dem Nichts
und zeugt sich fort in Ewigkeit.
(Amen! Amen!)
Er allein ist unvergänglich
und waltet von Anfang bis Ende.
(Amen! Amen!)
Gelobt seist du, unser Gott,
denn wo alle sich an allen bereichern,
da werden am Ende alle reich.
(Amen! Amen!)
Und wo alle auf Kosten aller reich werden,
da zahlt keiner die Kosten.
O Wunder aller Wunder!
(Amen! Amen!)
So sind wir unsere eigenen Gläubiger
und unsere eigenen Schuldner,
und wir vergeben uns
unsere Schulden in Ewigkeit, Amen!
(Amen! Amen!)
Magdalena Gruelhot, tritt vor!
Willst du dich zu all diesem bekennen,
so sprich: Ich glaube.
Dann bist du sein.

MAGDALENA
Nein!

GRUELHOT
Sie ist verwirrt. Sie wird gehorsam sein.

ABT LAMBERT
So bringt sie zur Prüfung vor den Schrein!

Die Eltern schleppen sie mit Gewalt zum Altar.

MAGDALENA
Ihr tut mir weh!

GRUELHOT
So geh doch, geh!

MAGDALENA
Was packt ihr mich so hart?

ATELA
Du mußt dich auf den Altar legen,
dann spendet der Herr dir seinen Segen –
auf seine Art.

GRUELHOT
Stell diesen Kelch auf deinen Schoß,
und ist Er dir wohlgesonnen
und schenkt dir ein einziges Geldstück bloß,
dann bist du angenommen.

MAGDALENA
(macht sich los)
Für jedes Geldstück, das da fällt,
geht ein Todesschatten hinaus in die Welt.
Ich seh es. Auch ihr seht es klar.
Für jedes Geldstück, das wir erwerben,
muß etwas sterben:
ein Baum – ein Tier – ein Gewässer – ein Kind …
Wir nehmen's in Kauf, weil wir käuflich sind.
So sagte der Seher. Ist es wahr?

ATELA
Magdalena, du kannst das nicht verstehen.
Stell keine Fragen! Gehorche stumm!

MAGDALENA
Erklärt es mir, dann werden wir sehen.
Ich bin kein Kind mehr. Ich bin nicht dumm.

GRUELHOT

(nach einer Pause)
Vielleicht hätten wir's besser nicht begonnen.
Vielleicht warn wir damals unbesonnen,
denn anfangs schien es ein leichtes Glück.
Jetzt aber können wir nicht mehr zurück.
Wir sind schon zu weit gegangen,
nun müssen wir weiter gehn.
Wir haben uns selbst gefangen
im Teufelskreis, in dem wir uns drehn.
Denn je mehr hier schon unfruchtbar ist und tot,
desto mehr tut uns fernher zu kaufen not.
So brauchen wir mehr und immer mehr Geld.
Das ist es, was Ihn in Bewegung hält.
Er muß sich schneller und schneller drehn,
sonst werden wir alle zugrunde gehn.

MAGDALENA

Und wenn ihm niemand mehr Anbetung zollt?

GRUELHOT

Dann bliebe Er wohl für immer stehn,
und wir wären ohne Gold.
Das würde das Elend verhundertfachen.
Es ist schon zu spät.
Wir können nur immer weitermachen,
weiter, solange es geht.

MAGDALENA

Wie lang? Wie lange wird es noch gehn?
Und wir selber? Wie werden wir's überstehn?

GRUELHOT

Wir, die Gläubigen, kommen nicht so bald dran
wie die andern, unwissenden …

MAGDALENA

Also wann?

Atela
Magdalena, höre doch auf zu fragen!
Willst du keine köstlichen Spitzen mehr tragen?
Keine Ohrringlein? Kein schönes Geschmeide?
Keine hübschen Kleider aus Samt und Seide?
Keine Süßigkeit – und was sonst dir gefiel?
Und willst du nie wieder Almosen geben?
Denk an die Armen, die davon leben!
Denk an dein allerliebstes Spiel!
Willst du auf all das verzichten?

Magdalena
Nein, das will ich mitnichten.

Atela
Dann wirst du dich wohl auch müssen bequemen,
deinen Platz unter uns hier einzunehmen.

Magdalena
Das, Mutter, will ich erst recht nicht leiden.

Gruelhot
Magdalena, du mußt dich jetzt entscheiden.

Magdalena
Ich? Warum ich? Ihr habt dies angerichtet!
Ich hasse euch und eure Lehre.
Zu geben seid ihr mir verpflichtet,
was immer ich begehre.
Ich kenne euer Geheimnis nun,
darum rate ich euch, meinen Willen zu tun.
(sie läuft hinaus)

Gruelhot
Das war nur kindisches Geschwätz.

Abt Lambert
Ein Wort noch. Auch Ihr kennt das Gesetz.
Es ist uns allen zumal gegeben.

Wer immer unser Geheimnis weiß
und gibt es dem Volke von Hamelin preis,
bezahlt es mit seinem Leben.

ATELA
Verlaßt Euch drauf, es wird uns gelingen,
ihren Eigensinn schon bald zu bezwingen.
Ich bitt Euch, ein klein wenig Zeit uns zu geben.

ABT LAMBERT
Beeilt Euch, Herr Bürgermeister,
zu tilgen diese Schuld.
Der Herr der Rattengeister
hat wenig Geduld.

Der Popanz läßt einen dampfenden Furz fahren.

4. BILD

Auf dem Domplatz. Volk rottet sich zusammen. Aufrührerische Stimmung. Aus den Häusern werden Leichen getragen und auf einen Schinderkarren geladen.

1. MANN

Drei Tage und Nächte sind jetzt vergangen,
daß sie den Weregesius haben gehangen,
aber die Ratten, die mehren sich immer
und plagen uns wie zuvor oder schlimmer.

1. WEIB

Ich sage euch, Leute, da ist etwas faul.
Sie haben den Falschen gehangen.

2. MANN

Halt's Maul!
Die großen Herrn haben viele Ohren.
Willst du am Scheiterhaufen schmoren?

2. WEIB

Es hilft nichts, dagegen aufzurebellen.
Wir müssen's fressen, wie sie's bestellen.
Und sie sagen, daß ihm recht geschah.

1. MANN

Nur die Ratten, die Ratten sind immer noch da.

3. Mann und 3. Weib kommen eilig herein.

3. Mann

Schweigt still! Hört zu! Habt ihr schon vernommen?
Ein Zauberer ist in die Stadt gekommen.
Man hört von ihm lauter Wundergeschichten.
Sie sagen, er könne die Ratten vernichten!

3. Weib

Die Tore der Stadt, man bewacht sie doch scharf,
weil kein Fremder heraus- und hereinkommen darf.
Ihm haben die Büttel den Zutritt verwehrt.
Da hat er den Teufel sich drum geschert.
Er hat gespielt auf seiner Schalmei
und die Büttel, die fielen in Schlaf dabei,
als hätt' sie der Schlag gleich getroffen,
und schnarchen noch jetzt wie besoffen.

2. Weib

Wie nennt sich denn dieser Wundermann?

3. Mann

Es scheint, daß er's nicht sagen kann
und daß ihn doch ein jeder versteht.

3. Weib

Da bringen ihn die Kinder! Seht!

Der Spielmann wird von einer Schar von Kindern hereingeführt, unter denen jetzt auch schon einige Kinder von Reichen sind. Die Volksmenge weicht zuerst ängstlich vor ihm zurück. Alle starren ihn schweigend an. Er macht einen Scherz auf dem Instrument. Befreites Gelächter.

1. Mann

Herr Spaßvogel, ist es denn Wahrheit, sag?
Du hast Macht zu tun, was kein andrer vermag?

Spielmann

(antwortet zustimmend)

1. Weib

Versprechen ist Wind und blauer Dunst.
So gib eine Probe von deiner Kunst.

Der Spielmann beginnt, eine Weise zu spielen, die so mitreißend ist, daß alle springen und tanzen müssen. Großes Geschrei und Gekreisch.

2. Weib

Genug, Herr Spielmann, hört auf und schweigt!
Ihr habt uns wahrlich eure Macht gezeigt.

Der Spielmann hält inne, alle ringen nach Luft

Es treten Gruelhot mit Ratsherren, Vogt Reicke und Abt Lambert auf, danach Atela und Magdalena, die beide vom ersten Moment an sichtlich von dem Fremden fasziniert sind. Bei Reicke sind einige Büttel.

Reicke

Ein Fremder, so haben wir vernommen,
ist unerlaubt in die Stadt gekommen.
Seid Ihr das? So tretet vor und sprecht!
Mißachtet Ihr unser Gesetz und Recht?

Der Spielmann wird durch Büttel nach vorn gestoßen. Die Kinder weichen ängstlich zurück.

Volk

Er kann uns von den Ratten befreien!

Gruelhot

Ist das wahr? Ist es wahr, was die Leute da schreien?

Spielmann

(antwortet zustimmend)

Reicke

Das ist keine Art, uns Antwort zu geben.
Sprich, Vogel, sonst wirst du etwas erleben!

Reicke gibt den Bütteln ein Zeichen, diese wollen den Spielmann packen, er spielt etwas, woraufhin die Büttel erstarren.

GRUELHOT
Kannst du nicht reden? Bist du stumm?

SPIELMANN
(lacht auf seiner Schalmei)

1. MANN
Er hat gesagt: Warum fragt Ihr so dumm?

Gelächter der Leute.

LAMBERT
Der Kerl ist doch nur ein Scharlatan,
ein Bauernfänger, gerissen und dreist.

REICKE
Ich warne dich, Mensch! Also sage uns an,
wer du bist und wie du heißt.

SPIELMANN
(spielt eine seltsame Melodie)

MAGDALENA
(völlig verzaubert)
Wo kommst du her in dem seltsamen Kleide?

SPIELMANN
(antwortet ihr: »Aus weiter Ferne.«)

LAMBERT
Bist du ein Christ, oder bist du ein Heide?

SPIELMANN
(antwortet)

Atela
(sinnlich)
Bist du ein elbischer Geist, sag an,
oder aus Fleisch und Blut – und ein Mann?

Spielmann
(antwortet)

Gruelhot
(sehr beunruhigt)
Und befreist du uns von den Ratten, mein Sohn,
dann sage uns erst, was verlangst du als Lohn?

Der Spielmann spielt das Motiv des »Rattenkönigs«. Gruelhot, Reicke, Abt Lambert und die Ratsherren erschrecken tödlich und schauen sich entsetzt an. Auch Atela und Magdalena wechseln Blicke.

2. Mann
Was war das? Was hat er zum Lohn begehrt?

3. Weib
Ich weiß nicht, ich hab das noch nie gehört.

1. Mann
Als er spielte, da hab ich ein Wahrbild gesehen:
Ein Schatten, der schiß Dukaten …

Die Herren treten zusammen, flüstern erregt, gestikulieren und werfen angstvolle Blicke auf den Spielmann.

1. Weib
Die Herren da scheinen ihn gut zu verstehen.

3. Mann
Was gibt's denn so lang zu beraten?

2. Weib
Was es auch sei, sie sollen's ihm geben.

2. Mann

Es geht für uns alle um Leib und Leben!

3. Weib

Wir zahlen die Zeche, wenn sie's abschlagen.

1. Mann

Die Ratten werden bald unsre Knochen abnagen.

2. Weib

Ihr Herren, nehmt an sein Angebot!

3. Mann

Wer's ihm verweigert, den schlagen wir tot!

Die Menge nähert sich drohend den Herren, die vor Angst schwitzen.

Lambert

Laßt, liebe Leute, euch nicht betören
von eines Gauklers Jahrmarktsscherzen.

Gruelhot

Wir bitten euch, Freunde, uns zuzuhören!
Uns liegt euer aller Wohl am Herzen.
Wollt ihr denn einem Betrüger aufsitzen?
Vielleicht will er nur unsre Not ausnützen.
Dem wollen wir wehren.

Reicke

Hört auf zu murren und aufzubegehren!
(er winkt den Bütteln, die sich aber nicht rühren)

Volk

Eure Not, ihr Herren, ist die unsere nicht.
Uns bleibt nur noch wenig Zeit.
Für die Rettung, die uns der Spielmann verspricht, sind wir zu allem bereit.

Sie rücken weiter drohend vor. Die Büttel stehen unbeweglich. Die Kinder beobachten alles voller Angst.

Reicke

Ihr guten Leute, ihr habt ja recht.
Wir wissen, daß ihr aus Verzweiflung sprecht.
Unser Disput galt allein dem Vertrag.
So höret denn, wie er lauten mag:
Wenn er einlöst, was er versprochen hat,
und keine Ratte mehr lebt in der Stadt,
dann soll er bekommen – hm –, was er begehrt.
Doch führt er nicht aus, was er angesagt,
so wird er schimpflich davongejagt,
auf daß er niemalen wiederkehrt.
So haben wir weislich entschieden.
Du, Fremdling, bist du's zufrieden?

Spielmann

(spielt Zustimmung)

Jubel des Volkes.

5. BILD

Der Domplatz, nachts. Ein roter Mond am Himmel. Nebelschwaden ziehen durch die Gassen. Allein mitten auf dem Platz steht völlig reglos der Spielmann als dunkle Gestalt.
Außerhalb des Bühnenrahmens tauchen aus der Dunkelheit die beiden Kinder auf, der blinde Junge, der das lahme Mädchen auf dem Rücken trägt.

DIE BEIDEN KINDER

Der Mond war rot. Zum Himmel stieg
ein giftiger Dunst empor.
Die Bürger all' versteckten sich
und schlossen Tür und Tor.

Alle Türen und Fensterläden werden geschlossen.

DIE BEIDEN KINDER

Der Spielmann, auf dem Domplatz stand
er schweigend stundenlang.
Und vor der Stille überm Land
ward allen angst und bang.

So kam die Mitternacht heran,
in der kein Bürger schlief.
Da hörten sie, wie er begann,
wie er die Ratten rief.

Die Kinder verschwinden in der Dunkelheit.
Der Spielmann beginnt, erst einzeln und sehr langsam, mit den Füßen zu stampfen. Ein dumpfer Hall geht wie ein unterirdisches Beben durch die ganze Stadt. Der Rhythmus wird schneller, es wird eine Art Tanz daraus. Gleichzeitig beginnt er zu spielen, eine unheimliche, schrille, magische Melodie. In den finsteren Ecken und Winkeln fängt etwas an, sich zu regen. Erst sind es schwarze Klumpen, die umherrollen, dann lösen sie sich auf in eine Unzahl einzelner Rattengeister. Immer mehr und mehr quellen aus allen Gassen, Kellerlöchern und Winkeln. Sie umkreisen den Spielmann, der weiter seine

Beschwörungsmusik spielt. Die Geister können nicht an ihn heran, aber sie umdrängen ihn gierig. Ganz langsam bewegt er sich rückwärts gehend und immer weiter spielend hinaus. Die Rattengeister folgen ihm alle, obgleich sie sichtlich widerstreben. Sie sind gezwungen. Die Bühne bleibt leer. Die beiden Kinder tauchen wieder aus der Dunkelheit auf.

DIE BEIDEN KINDER
Er zog durchs Wesertor hinaus,
das offenstand zur Nacht.
Die Ratten folgten seinem Spiel,
das hatte große Macht.

Man hört das Schalmeienspiel aus immer weiterer Ferne.

DIE BEIDEN KINDER
So schritt aufs Wasser er hinaus
mit leichtem Tänzergang.
Ein schwarzer Wirbel tat sich auf,
der das Geschmeiß verschlang.

Man hört das Brausen und Heulen eines gewaltigen Strudels.

DIE BEIDEN KINDER
Der Spielmann kam zurück zum Tor,
das war geschlossen schon.
Den Riegelbalken schob man vor.
Er hatte keinen Lohn.

Das hallende Geräusch des riesigen Riegelbalkens. Dunkel.

6. BILD

Die geheime Krypta. Düstere Beleuchtung. Der Rattenkönig, im Hintergrund, dreht sich im Halbdunkel langsam, aber stetig. Die Reichen der Stadt mit ihren Frauen hocken auf Geldsäcken und Truhen. Im Vordergrund Gruelhot, Atela und Magdalena. Ganz hinten in einer dunklen Ecke sitzt Abt Lambert, neben ihm ein sehr junger, sehr bleicher Mönch. Alle blicken immer wieder angstvoll nach oben.

CHOR

Steht er noch immer vor dem Tor
als Schatten in der Dunkelheit?
Was will er noch? Was hat er vor?
Niemalen tritt er wieder ein.
Das Tor wird ihm verschlossen sein
jetzt und für alle Zeit.

MAGDALENA

Einst drehten sich viel Mühlen heiter
im Wind um Hamelin immerzu –
jetzt dreht sich nur die eine weiter
und mahlet ohne Rast und Ruh
Tod für die vielen, Reichtum für ein paar …
Bald wird aufs neue ganz und gar
von Ratten wimmeln unsere Stadt.
Vergebens war es, was der Spielmann tat.

GRUELHOT

O Gott, mein Gott, wenn ich noch beten könnte!
Ich würde Gott aus tiefstem Herzen rufen,
daß er rückgängig machen wolle,
was wir erschufen,
die Jahre löschend uns zurückversetzen,
als wir noch lebten ohne diesen Götzen,
dem wir nun dienen müssen ohne Wahl.
Doch das Gebet verwelkt mir auf den Lippen.
Wir bleiben Sklaven jetzt und alle Zeit.

Verfluchter Popanz, sei vermaledeit!
Er grinst und weidet sich an unsrer Qual.

MAGDALENA
Wenn dem so ist, warum versucht ihr dann,
um seinen Lohn zu prellen den fremden Mann?
So gebt ihm doch, was er von euch begehrt,
dann seid ihr endlich los, was euch beschwert.

Man hört aus der Ferne ein gewaltiges, berstendes Geräusch. Kalkstaub rieselt von der Decke, ein Riß entsteht in der Wand. Alle Anwesenden klammern sich angstvoll aneinander.

GRUELHOT
Fürchtet euch nicht, ihr lieben Leute!
Was immer auch der Lärm bedeute,
uns soll nicht kümmern, was es war.
Nur ruhig! Wir sind nicht in Gefahr.
Im Labyrinth der Keller die geheime Tür
ist unauffindbar. Sicher sind wir hier.

MAGDALENA
Ich warte noch auf Antwort, Vater. Sprecht!

GRUELHOT
Ach, Magdalena, Kind, versteh mich recht.
Ihm geben, was er will, kann nicht geschehn,
sonst müßten wir doch offen eingestehn,
daß wir's besitzen und besessen haben,
daß unser Reichtum hier schon immerdar
Grund für der Armen Elend war.
Das Volk, es würde uns erschlagen
wie tolle Hunde – uns in Stücke reißen –,
auch dich, mein Kind, zu Tod mit Steinen schmeißen
für die Almosen, die sie oft erhalten,
doch selbst zuvor mit Leib und Leben zahlten.
Das Volk, mein Kind, darf's nicht erfahren,
auch du mußt das Geheimnis wahren.

Magdalena

So dreht sich diese Todesmühle fort,
und immer weiter mahlt sie Geld aus Mord?

Gruelhot

Wenn du nicht schweigst, bringst du uns ins
Verderben.
Willst du denn sterben?

Magdalena

Es ekelt mich vor meinem eignen Leib,
weil ihr ihn zeugtet, du und dieses Weib.

Vogt Reicke

(kommt hastig herein)
Er ist zurückgekehrt! Er hat's vollbracht!
Vorm Stadttor drauß' stand er die ganze Nacht.
Im Morgengraun spielt er auf der Schalmei –
der schwere Riegelbalken bricht entzwei –
das Stadttor biegt sich einwärts, splittert, kracht,
die Schlösser bersten von der Töne Macht –
er kommt herein – das Volk in breitem Strom
zieht staunend mit – jetzt steht er vor dem Dom
und wartet stumm, als wäre er aus Stein.

Panik unter den Anwesenden. Alle raffen Geldsäcke zusammen, beladen sich mit Truhen, rennen durcheinander.

Chor

Flieht! Flieht! Uns bleibt die Flucht allein!
Wenn er sich holt, was er gefordert hat,
erfährt es jeder in der Stadt!
Flieht! Rennt um euer Leben!

Vogt Reicke

Nein!!!
Was er gefordert hat – das wird ihm nicht negiert!
(grinsend)
Er hat doch nur ein wenig musiziert.

Wer hat verstanden, was er sagen wollt?
Wir alle hörten's: Eine Handvoll Gold!
Mehr war es nicht. So lautet der Vertrag.
Wer will das Gegenteil beweisen?
Das ist der Lohn, den er bekommen mag,
dann soll er schleunigst weiterreisen.

GRUELHOT
Wir hörten ihn von anderm Lohne sprechen.
Wenn Ihr ihn prellt, wird er sich bitter rächen.

REICKE
Das kann er nicht. Wir sind im Recht, ihr Leute.
Wir haben das Gesetz auf unsrer Seite.
(er geht ab, alle – außer den folgenden – gehen mit ihm)

MAGDALENA
Nun gut, ich werde schweigen. Darf ich gehen?
Ich will den Fremdling nur noch einmal sehen.
(sie geht ab)

GRUELHOT
(sinkt jammernd auf seine Geldsäcke)
Der Pöbel wird auf ihn hören
und fordern von uns den Preis!

ATELA
Wie soll das Volk begehren,
wovon das Volk nichts weiß?
Hör auf zu flennen und schweig still!
Der Pöbel wie ein Kind nur ist,
das rasch verlangt und rasch vergißt
und weiß nicht, was es will.

GRUELHOT
Was solln wir tun, Atela?

Atela
Sei ein Mann!
Einmal nur zeige dich entschlossen!
Einen Feind, den man nicht besiegen kann,
macht man sich zum Genossen.

Gruelhot
An was, liebes Weibchen, denkst du dabei?

Atela
Seine große Macht liegt in seiner Schalmei.
Solang er die hat, habt ihr keine Gewalt.

Gruelhot
Willst du sie ihm nehmen?

Atela
Noch nicht so bald.
Ich will ihn zu einem der unseren machen.

Gruelhot
Du scherzest. Ich kann darüber nicht lachen.

Atela
O nein. Er wär gerne wie unsereiner.
Das ist sein eigner Plan, lieber Heiner.
Warum sonst, glaubst du, hat er als Dank
gerade den Rattenkönig verlangt?
Warum tat er's auf eine Art, lieber Mann,
die außer uns keiner verstehen kann?

Gruelhot
So glaubst du? – Ah, dieser listige Hund!

Atela
Wir nehmen ihn auf in unseren Bund.
Dann hat er an unserm Geheimnis teil –
und entfernt uns die Ratten von Weil' zu Weil'!

Uns sprudelt des Reichtums Quell wie bisher,
und die peinlichen Folgen – es gibt sie nicht mehr.
Es wär unser aller Vorteil nur!

GRUELHOT
Du fandest des Kreises Quadratur!

ATELA
Sprich mit den andern! Rasch, hole sie ein!

GRUELHOT
Nur eins noch, Atela.
Wie willst du ihn
so völlig auf unsere Seite ziehn?

ATELA
Das laß nur meine Sorge sein.
Es genügt, wenn du die Augen verschließt.
Was kümmert dich, was du nicht hörst und nicht siehst?

GRUELHOT
(kläglich)
Was du auch planst, Liebste, denk daran:
Was ich je tat, ich hab es für dich getan.
(er geht ab)

ATELA
(ihm nachblickend)
Du, Gruelhot, hast mir nichts gegeben.
Leer ist mein Herz und leer mein Leben.
Er riecht nach Wildnis und Waldgetier!
Es brennt mein Leib vor Liebesgier.
Mein Schoß ist heiß. Ich will mich legen
und wilde Spiele mit ihm pflegen.
Doch daß er mir ganz zu Willen sei,
brauch ich Gewalt über seine Schalmei.
Sie ist seine Seele und seine Kraft.
Mein ist er, hab ich die an mich gerafft.

Ich will sie beide mir untertan,
so die Schalmei – wie auch den Mann!
(sie geht ab)

Abt Lambert

(kommt aus seiner dunklen Ecke, gefolgt von dem jungen, bleichen Mönch)
Wer soll's noch steuern, dieses Schiff voll Narren?
Der Mast ist morsch, verfault sind Kiel und Sparren.
Wer halten will, was längstens schon verloren,
geht unter und ersauft – nach Art der Toren.
Ich nicht!
Komm, kleiner Bruder Fuchsgesicht –
so abgefeimt, wie jung und zart –,
du dientest mir schon auf so manche Art.
(er streicht ihm über die Tonsur)
Mir sandte Botschaft Graf von Ebersfeld.
Er schuldet mir, ich lieh ihm sehr viel Geld,
und doch sind seine Kassen ständig leer.
Seit langem sammelt er ein Landsknechtsheer,
Fußvolk und Reiter, einen Mörderhaufen …
Ich will ihm unsres Reichtums Quell verkaufen.
Und die Stadt Hamelin noch obendrein,
denn sie wird so und so verloren sein.
Er weiß von unserm »Tilger aller Sorgen«,
nur haben wir ihn gar zu gut verborgen.
Als Preis hat er – sollt ich den Ort ihm sagen –
den Bischofsstuhl von Fulda mir angetragen.
Nun reise zu ihm, insgeheim, sofort,
und sag ihm in der Beichte dieses Wort:
Er halte sich mit seinem Heer bereit.
Ein einzelner Glockenton außer der Zeit
wird bald vom Turm erklingen.
Dann findet er das Stadttor unverrammelt.
Die Bürger alle sind im Dom versammelt.
Ohne Widerstand kann er die Stadt bezwingen.
Und zu unserem »Herrn« will ich selbst ihn bringen.
Nun eile und komme bald zurück.

Wenn alles gelingt, machst auch du dein Glück.
(der Mönch verneigt sich und geht ab)
Wo es um Macht geht, um Gewalt und List,
gibt's immer einen, der noch stärker ist.
Leb wohl, Freund Mammon, ich hab mich anders bedacht.
Die größte Macht ist doch die geistliche Macht.

7. BILD

Ein prächtiges Zimmer im Hause Gruelhot. Mägde sind dabei, eine Tafel üppig zu decken, andere richten ein Bad in einem großen Zuber, wieder andere decken im Hintergrund ein Himmelbett auf.
Atela, in verführerischem Kleid, wird von einer Magd vor einem Spiegel schöngemacht.

ATELA

Genug so! Fort mit euch! Nur fort!
Versteckt euch alle! Du da, du dort.
Sobald er die Schalmei von sich getan,
tretet ihr vor und legt ihm Fesseln an.
Und hütet euch: Von all dem hier kein Wort!

Die Mägde verstecken sich. Atela gießt aus einem kostbaren Fläschchen ein paar Tropfen in den dampfenden Zuber.

ATELA

Ein wenig mehr von der Liebesessenz ins Bad.
Ah, wie es lüstern duftet! – Still! – Er naht.

Der Spielmann wird von einer jungen Magd hereingeführt, die sogleich wieder verschwindet. Er steht, blickt sich schweigend um.

ATELA

Mein guter Freund – was starrst du mich so an?
Nur daß ich meinen Dank abstatten kann
für das, was du geleistet hast,
ließ ich dich rufen. – Sei mein lieber Gast!
Du wirst wohl hungrig sein nach langer Nacht
und müde auch. Das Bett ist schon gemacht.
Für dich bereit steht Speis und süßer Trank.
Greif zu und tu, wonach es dich verlangt,
als wär's dein eignes Haus – und ich dein Weib.
Begehrst du andern Zeitvertreib?
Wir können zusammen im Bade schmausen,
ich will dich reiben, deine Zotten zausen.

Soll ich dir beim Entkleiden dienen?
Wozu, mein Liebster, diese strengen Mienen?
Wir sind allein. Es ist niemand hier.
Scheu bist du wie ein wildes Tier.
Ich werde dich schon zähmen,
will mit dir spielen, in den Arm dich nehmen …
Vom ersten Augenblick, da ich dich sah,
wollt ich nur dir gehören.
Was stehst du wie ein Felsblock da?
Sei unbesorgt, es wird uns niemand stören.
(er steht reglos und schaut sie an)
Du willst nicht? Bist du denn kein Mann?
So lehre mich, was dir gefallen kann!
Nimm mich! Ich bitte, ich bettle dich nun!
Ich will dir alles zuliebe tun,
warum tust du mir dies zuleide?
(er steht weiterhin reglos und schaut sie an)
Ich will dir gehorchen, was immer es sei.
Komm, lege sie dorthin, deine Schalmei,
und hilf mir aus meinem Kleide.
(er steht weiterhin reglos und schaut sie an)
Steh länger nicht wie ein Bild aus Stein!
Du machst mir angst …
(sie bekommt keine Luft mehr)
Dein Schweigen schließt mich wie Mauern ein!
Bedeute mir, was du verlangst!

Den Spielmann beginnt auf seinem Instrument zu spielen. Es ist die magische Melodie der Ewigkeit.

ATELA
(mit wachsender Angst)
Nein! Nein! Hör auf! Was machst du mit mir?
Ich fühle mich nackt und bloß vor dir,
aber anders, als ich es wollte!
Du zwingst mich, in einen Spiegel zu schauen.
O diese Angst! O dieses Grauen!
Hör auf mit der grausamen Folter!
(er fährt immer zu spielen fort)

Nun seh ich mich selbst vor der Ewigkeit,
allein – in unendlicher Dunkelheit …
Erbarmen! Gott! Ich ertrage es nicht.
Was gehst du so hart mit mir ins Gericht!
Ich flehe dich an, mir dies zu ersparen.
Der Wahnsinn packt mich schon bei den Haaren.
Ich muß mir selber die Zunge zerbeißen,
mit den eigenen Nägeln in Stücke mich reißen.
Ich bin ja ein wandelnder Leichnam nur,
eine einzige Lüge der Unnatur!
Oh, zwing mich nicht länger, die Wahrheit zu sehn,
sonst muß ich vor Grausen zugrunde gehn!
(sie bricht zusammen, er hält inne)

ATELA
(weinend)
O Gott, mein Gott, ich bin todeswund.
Wie soll ich denn weiterleben?
Ich bitte dich, Spielmann, mach mich gesund!
Willst du deine Schalmei mir geben?
Nur ein einziges Mal will ich sie halten
und spüren des wahren Lebens Gewalten.
Sie wird mich heilen im Augenblick,
dann gebe ich sie dir gern zurück.

Er reicht ihr zögernd die Schalmei hin, sie reißt sie an sich. Im selben Augenblick brechen die Mägde aus ihren Verstecken, überwältigen und fesseln den Spielmann, der es, ohne sich zu wehren, über sich ergehen läßt.

ATELA
Nur fort! Nur fort! Aus meinem Gesicht!
Bringt ihn weg! Ich ertrage ihn länger nicht.
(er wird fortgeschleppt)

ATELA
(allein)
Nun ist sie mein, die ganze Macht!
Sie brennt und glüht. Wie Feuer scheint's zu rauchen.

Und wenn die ganze Hölle lacht,
ich werde sie für mich gebrauchen!

Sie versucht, auf der Schalmei zu spielen, aber kein Ton kommt heraus. Plötzlich schreit sie vor Schmerz auf und wirft sie von sich. Sie starrt auf ihre Hände, von denen Rauch aufquillt.

ATELA

Was tut dies Teufelsinstrument?
Mein Mund und meine Hand verbrennt!
Nein, Spielmann, du kannst meinen Willen nicht brechen.
Ich will mich grausam an dir rächen.
Die Wahrheit, die du mir offenbart,
sollst du mir bitter büßen!
So werden wir doch – auf verschiedene Art –
gemeinsam die Freuden der Hölle genießen.

8. BILD

Der Domplatz. In der Mitte ist auf einem Podest ein Schandstock errichtet. Volk ist versammelt. Vogt Reicke mit Ratsherren auf der Kirchtreppe. Abt Lambert etwas abseits mit einigen Mönchen. Alle warten.

1. MANN
Wo bleibt er? Warum kommt er nicht?

1. WEIB
Lang warten wir schon um seinetwillen.

2. MANN
Wir haben große Dankespflicht,
die wollen wir an ihm erfüllen.

2. WEIB
Er ist uns allen von Herzen lieb.

3. MANN
Geh einer und hole ihn doch herbei!

3. WEIB
Weiß niemand, wo der Fremde blieb?

ALLE
Wo ist der Mann mit der Schalmei?

1. PAAR
Was er versprach, er hat's vollbracht.

2. PAAR
Hat seine Sache gut gemacht.

3. Paar
Jede Arbeit ist ihres Lohnes wert.

Alle
Nun soll er bekommen, was er begehrt.

Vogt Reicke
Was er begehrt hat? – Laßt mich euch fragen.
Ist einer unter euch, der's weiß?
Der trete vor und mag uns sagen,
was war denn der verlangte Preis?

Betretenes Schweigen, alle schauen sich an.

1. Mann
(leise)
Für wen ist jener Schandblock aufgestellt?

1. Weib
Was es auch sein mag, Gut oder Geld,
ihr müßt ihm alles zugestehn.

2. Mann
Er ist ein mächtiger Zauberer, wie ihr wißt.
Bekommt er nicht, was ihm versprochen ist,
dann wird's uns allen dreifach schlecht ergehn.

Reicke
Ein mächtiger Zauberer? Und macht euch bange?
Bringt ihn, daß er gerechten Lohn empfange!

Der Spielmann wird von Bütteln hereingeführt. Man hat ihm lächerliche Narrenkleider angezogen, er trägt schwere Ketten an Händen und Füßen. Alles weicht erschrocken zurück. Die Büttel stoßen den Gefangenen in die Kniekehlen, er fällt hin, steht wieder auf, fällt wieder hin.

REICKE

Leute von Hamelin, seht ihn euch an!
Glaubt ihr, daß solch ein erbärmlicher Wicht
irgendein Wunder vollbringen kann?
Sich selber zu helfen, vermag er nicht.
Er ist nur ein Gaukler, ein Schwadroneur.
Er hat unsre Not fein ausgespürt
und uns alle mit Frechheit nasgeführt.
So hat er's gestanden im strengen Verhör.

3. WEIB

Er hat uns doch von den Ratten befreit!

ALLE

Gerechtigkeit! Gerechtigkeit!

ABT LAMBERT

Ich will diese Lästerung nicht leiden!
Seid ihr denn abergläubische Heiden?
Es gibt nichts zu fürchten und nichts zu danken.
Macht dieser Schalksnarr euren Glauben
schwanken?
Er hat nur mit unserem Unglück gespaßt
und sich allerlei Wunderkraft angemaßt.
Doch Wunder, die tut nur Gott allein!
Gott ist es, der uns die Strafe sandte,
und Gott allein, der sie von uns wandte
nach dem unerforschlichen Ratschluß sein.
Eh' ihr alle dem höllischen Feuer verfallt,
besinnt euch, ihr Leute, besinnt euch bald!
Keinen anderen als Gott dort oben
sollt ihr für eure Errettung loben.

REICKE

Für seine lästerlichen Possen
wird der Betrüger in den Block geschlossen.
Dort mag er stehen der Tage sieben,
dann wird er schmählich aus Hamelin vertrieben.

Auf einen Wink Reickes setzen die Büttel dem Spielmann einen Kochtopf auf und beginnen, ihn auf die Füße zu schlagen. Er tanzt wie ein Bär. Die Leute beginnen zu lachen.
Gruelhot tritt auf, er zieht Atela hinter sich her, die ein graues Kleid und einen grauen Schleier trägt. Das Gelächter erstirbt.

GRUELHOT

Bürger von Hamelin! Hoher Rat!
Oh, wahrlich viel üblerer Missetat
klage ich diesen Fremden an:
Er hat meinem Weibe Gewalt getan!

REICKE

Atela Gruelhot, ist das wahr?

ATELA

Ihr Herren, unschuldig bin ich zwar,
und doch drückt mich die Scham zu Boden.
(sie kniet nieder)
Der Unhold dort – so hassenswert –
hat niederträchtig mich entehrt!
Mir schwinden die Sinne … mir stockt der
Odem …
(sie wird ohnmächtig, Gruelhot richtet sie auf)

REICKE

Sprecht ohne Scheu, doch wägt Euer Wort.
Fügt nichts hinzu, und laßt nichts fort.

ATELA

Ich stand beim Küchenherd allein –
die Mägde fort – er tritt herein –
ich biet ihm, wie's bei uns der Brauch,
ein wenig Trank – und Speise auch –
er aber greift mir untern Rock –
berührt mich geiler als ein Bock –
ich schelt' ihn – er gerät in Wut –
nimmt einen Bratspieß aus der Glut –
bedroht mich damit fürchterlich –

dringt auf mich ein mit Hieb und Stich –
seht meine Hände, blutig wund
vom glühenden Eisen – auch mein Mund.
Mein Fleisch hat er verbrannt, versehrt –
ich hab gefleht – hab mich gewehrt –
er fiel mich wie ein Eber an
und hat mir grausam Gewalt getan!

REICKE
Du, Fremder, hörst du diese Klagen?
Antworte! Was hast du zu sagen?

SPIELMANN
(blickt Atela schweigend an)

REICKE
Du schweigst? Somit gestehst du's ein.
Atela Gruelhot, seid Ihr bereit,
zu leisten einen heiligen Eid,
daß Ihr die Wahrheit sprecht allein?

ATELA
Ich schwör's, Gott soll mein Zeuge sein!
Ich bin zu jedem Eid bereit,
bei meiner ewigen Seeligkeit,
beim Leben meines Kindes gar,
ich schwöre, was ich sprach, ist wahr!

REICKE
Genug! Genug! Besinnt Euch, liebe Frau!
Wir glauben Euch aufs Wort genau.
Gerechtigkeit wird Eure Wunden heilen,
doch wollen wir den Fall nicht übereilen.
Heut ist der Tag zur Freude ausersehn.
Wir wollen morgen den Gerichtstag halten,
dann mag der Henker seines Amtes walten –
bis dahin soll der Schelm im Schandblock stehn.

Der Spielmann wird von den Bütteln mit Kopf und Händen in den Schandblock geschlossen.

GRUELHOT
(leise zu Reicke)
Beeilt Euch, Vogt, Grund ist genug vorhanden.
Wir müssen diesen Mann vor allen Dingen
– und bald! – für immer zum Schweigen bringen.

REICKE
Seid unbesorgt. Wir haben uns verstanden.

GRUELHOT
(zum Volk)
Euch, denen heut das Leben neu gewonnen,
soll unser Kummer nicht zu sehr verdrießen.
Zur Feier dieses Tags sind wir gesonnen,
euch unsre Vorratskammern aufzuschließen.
Der Rat der Stadt lädt alle Bürger ein!
Umsonst soll heute Bier und Wein
für alles Volk in Strömen fließen.
Weil Gott in Gnaden unser hat gedacht
und uns erlöste von der Rattenpest,
soll dieser Tag und diese Nacht
gefeiert werden künftig als ein Fest.
Doch damit Gott, auf den wir fest vertraun,
auch fürder möge Gutes uns bescheren,
kommt alle morgen früh bei Tagesgraun
in unsern Dom, gemeinsam Gott zu ehren.

Das Volk jubelt. Alle eilen fort, um sich vorzubereiten. Nur die Büttel bleiben mißvergnügt bei dem Gefangenen.

ABT LAMBERT
(im Abgehen, leise zu einem Mönch)
Ist Bruder Fuchsgesicht zurück?
Ich mache mir Sorgen um ihn.
Wenn er kommt, bringt ihn zu mir im Augenblick.
Wo mag er so lange verziehn?

Während des Folgenden wird es rasch dämmerig. Karnevalsmusik, schrill und unheimlich.

DIE DREI MÄNNER UND DIE DREI FRAUEN AUS DEM VOLK:

Wer bei dem Narrentanz auf Erden
kein Narr wird, ist nicht recht gescheit.
Ihr narrt, um nicht genarrt zu werden,
und zeigt durch Masken, was ihr seid:
Ihr Lumpenliebchen, Luderlaffen,
Greet Buhlebalg, Hans Wanstefett …
Mich deucht, Gott hat uns nur erschaffen,
damit er was zu lachen hätt'.

Die ersten Maskengruppen treten auf, Bruegel- oder Boschfiguren. Sie tanzen. Mehr und mehr wird die Szene durch Fackeln erleuchtet. Mägde kommen und bringen den Bütteln Wein und Bier. Die Büttel schäkern mit ihnen und werden von ihnen zum Tanz gezogen.
Eine Gruppe der verwahrlosten Kinder tritt auf, eines von ihnen stiehlt einem der Büttel den Schlüssel, den der am Gurt hängen hat. Wilderes Maskentreiben, die Büttel verschwinden in der Menge mit den Mädchen. Die Kinder bringen eine Art Strohmann oder Vogelscheuche. In einem unbewachten Augenblick befreien sie den Spielmann und schließen statt seiner die Strohpuppe in den Stock. Der Spielmann entsetzt sich vor den Masken, die ihrerseits jedoch nicht auf ihn achten. Er flieht wie ein wildes Tier mehrmals über die Bühne. Die Kinder finden ihn nicht mehr.

9. BILD

Die geheime Krypta. Sehr dunkel. Der Vorhang ist geschlossen. Der Spielmann kommt auf der Flucht herein. Er schaut sich mehrmals in Panik um, als fürchte er Verfolger. Sein Gesicht ist bleich und glänzt von Schweiß.
Plötzlich reißt der Vorhang von selbst auf, der Rattenkönig beginnt, in einem bösen Licht aufzuglühen. Sie stehen sich gegenüber.
Aus den dunklen Ecken drängen die Todesgeister heran. Erst scheinen sie noch Furcht vor dem Spielmann zu haben, da sie aber seine Machtlosigkeit bemerken, werden sie kühner. Er will fliehen, doch sie verstellen ihm den Weg, stürzen sich von allen Seiten auf ihn, zerfetzen seine Kleider, verbeißen sich in ihn. Er bricht zusammen, sie wälzen sich in Klumpen über ihn.
Der Rattenkönig scheint zu riesiger Größe aufzuschwellen. Er triumphiert. Man hört schmatzende und knirschende Geräusche. Plötzlich hält das ganze Geschmeiß inne.
Magdalena, im Kostüm einer Taube, mit Maske vor dem Gesicht, tritt auf. Sie trägt die Schalmei. Es scheint, als nähme sie die Todesgeister kaum wahr. Diese weichen widerwillig vor der Schalmei zurück. Der Rattenkönig wartet lauernd. Der Spielmann liegt wie tot am Boden.

MAGDALENA

Dein Herz – ich hab dir's zurückgebracht,
die Schalmei, deine Seele, dein Leben …
Meine Mutter hat es zu schlecht bewacht,
so kann ich dir's wiedergeben.
(sie kniet sich zu ihm, legt seinen Kopf auf ihren Schoß)
Was zog dich an diesen schlimmen Ort?
War er es, der böse Dämon dort?
Gern hätte er dich wohl umgebracht.
Hab keine Angst, er kann dir nichts mehr tun.
Zusammen sind wir stärker nun.
Über die Liebe hat er keine Macht.
(sie hilft ihm, sich aufzurichten)
Ich hatte einen Traum die letzte Nacht.
Da war ein Berg, der tat sich vor uns auf.
Ein wundersames Licht kam da herauf.

Du hast mich bei der Hand genommen,
und sieben Feuer mußten wir durchqueren.
Und hinter sieben Bergen, sieben Meeren
sind wir am Ende in ein Land gekommen,
wo alles schön war, rein und sonnenklar,
so wie die Welt nach Gottes Schöpfung war.
O lieber Fremdling, willst du, dann erzähle
mir von dem Land, so schön und wundervoll.
Ich sehne mich dorthin mit ganzer Seele
und weiß doch nicht, wie ich's erreichen soll.

Während der Spielmann auf der Schalmei vom Geheimnis des Paradieses erzählt, schrumpft der Rattenkönig immer mehr in sich zusammen, dreht sich immer langsamer, bleibt zuletzt stehen und erlischt.

MAGDALENA
(schmiegt sich, während er spielt, an ihn)
Ich hab im Traum gewußt: Es ist kein Traum.
In Tränen hab' ich mich gesehnt, gebangt …
Es gibt dies Land, dort steht der Lebensbaum,
das wahre Heimatland, nach dem mich so verlangt.
Im tiefsten Herzen hab ich's jetzt geschaut.
O bring mich fort! Laß uns gemeinsam fliegen!
Dort wirst du mich in deinen Armen wiegen,
ich bin dein Kind und deine Braut …

ATELA
(stürzt herein, rasend vor Wut)
Rechtzeitig komm ich an den rechten Platz!
Der Herr der Ratten hat mir's eingegeben,
daß ich hier finden würde meinen Schatz.
Du, Turteltäubchen, wer du immer bist,
für diesen Raub zahlst du mit deinem Leben!
Gib mir zurück, was mein gewesen ist,
so die Schalmei wie auch den Mann.
Du, feile Dirne, hast kein Recht daran.
Nur mir gebührt die Macht, mir ganz alleine,
zu tun mit beiden, was mir eben paßt.

Gib mir zurück, was du gestohlen hast!
Und wärst du meiner eignen Mägde eine,
wenn du's nicht tust – und tust es alsobald –,
dann nehm ich mir, was mein ist, mit Gewalt!

Sie ergreift einen goldenen Leuchter und schlägt damit auf Magdalena ein, die sich vor den Spielmann stellt. Magdalena stürzt zu Boden, der Spielmann kriecht in die Dunkelheit fort.
Atela beugt sich über Magdalena, nimmt ihr die Maske ab und erkennt ihre Tochter.

ATELA
Nein … Nein, nein, nein!
Mein Kind … Mein Kind … Das hab' ich nicht
gewollt!

MAGDALENA
In Ewigkeit … werd ich dir … nicht …
verzeihn …
(sie stirbt)

ATELA
Ein Fieberwahn … nicht Wirklichkeit … gewiß …
(sie betrachtet ihre Hände)
Blut! Blut! Eine blutige Woge rollt
und reißt mich auf den Grund der Finsternis!

Der Rattenkönig scheißt ein Goldstück, das klingelnd in den Kelch fällt. Er glüht auf und beginnt, sich von neuem zu drehen.

10. BILD

Der Domplatz. Morgendämmerung. Die Bürger strömen in die Kirche. Gruelhot kommt mit Bediensteten, darunter einige Mägde.

GRUELHOT

Warum ist Frau Atela noch nicht da?
Sonst hat sie's mit dem Kirchgang doch so eilig.
Ist niemand beim Gesinde, der sie sah?
Grad heut zu fehlen, wäre unverzeihlich.
(er geht in die Kirche)

Abt Lambert kommt mit einigen Mönchen.

LAMBERT

Hat niemand, niemand denn bisher
unsern kleinen Bruder wiedergesehn?
Ich fürchte, oh, ich fürchte sehr,
mit ihm ist etwas Schlimmes geschehn.
(er geht in die Kirche)

Vogt Reicke kommt mit Ratsherren.

REICKE

Die letzten Tage fühlte ich mich beklommen,
als käme ein Gewitter. Das ist vorbei.
Der Himmel ist von neuem wolkenfrei.
Wir werden einen schönen Tag bekommen.
(er geht in die Kirche)

Nachdem alle eingetreten sind, wird das Portal geschlossen. Im Dom beginnt eine Litanei.
Atela kommt auf den Platz wie eine Schlafwandlerin. Ihr Haar ist wirr, sie ist fahl im Gesicht, ihr Kleid ist blutbesudelt. Sie setzt sich auf die Kirchentreppe und wirft Brotstückchen vor sich hin.

ATELA

Ruckedigu! Ruckedigu!

Komm zu mir, mein weißes Täubchen du.
Du kannst mir traun. Ich will dir nichts tun.
Da, nimm, satt werden sollst du nun,
hast lang so großen Hunger gelitten.
Ich will dich um Vergebung bitten.
Hier, noch ein Bröckchen … Schau, dort im Sand …
Nimmst du nichts an von meiner Hand,
läßt dir von mir nichts schenken?
Der rote Fleck auf deiner Brust,
woran macht er mich denken?
Ich hab's gewußt und nicht gewußt …
nun klingt es wieder mir im Ohr,
das alte Liedchen – ich sing dir's vor:
»Dein Mutter, die dich schlacht',
dein Vater, der dich aß,
mein Tochter, das Marleneken,
nun such ich deine Beneken
und bind sie in ein seiden Tuch …
Ruckedigu! Ruckedigu!
Was für ein schönes Täubchen warst du …«
Nun ist es ängstlich fortgeflogen,
hoch auf dem Turm sitzt es und putzt sich fein –
ich seh's – im Glockenstuhl da oben.
Ich will es locken, will's betören.
In einen goldnen Käfig sperr ich's ein.
Ich muß es fangen, es soll mir gehören,
und einzig mir … mir ganz allein …
(sie eilt in den Turm)

Die Sonne geht auf.
Der Spielmann kommt auf den Platz. Sein Gesicht, seine Kleider sind jetzt grau wie Stein. Er bewegt sich nur noch mit großer Mühe. Während die Litanei weiter aus dem Dom klingt, beginnt er zu spielen, eine leise, zärtliche Melodie, ähnlich der im 2. Bild. Einzelne Kinder kommen zögernd, dann mehr und mehr, jetzt sind auch die Kinder der Reichen dabei. Sie umringen ihn schweigend. Er geht langsam hinaus, und sie folgen ihm in einer feierlichen Prozession. Das Lied verklingt.

Die Bühne bleibt einen Augenblick leer, dann: ein dröhnender, lang anhaltender, geborstener Glockenton. Gleichzeitig fällt ein Schatten, der auf- und abschwingt, über die Front des Domes. Es ist der Schatten Atelas, die sich an einem Glockenstrang erhängt hat.

Die Litanei bricht ab. Gruelhot, Lambert und Reicke, hinter ihnen Ratsherren und Volk, erscheinen in der Kirchentür und blicken erschrocken und fragend nach oben, während der Ton verklingt.

11. BILD

Der Galgenberg Calvari bei den Köppen. Auf einer hohen Stange das Rad mit den Überresten des Leichnams von Weregesius. Starker Wind.
Der Spielmann kommt mit den Kindern, er spielt nicht mehr. Es scheint fast, als führten die Kinder jetzt ihn.
Das lahme Mädchen und der blinde Junge erscheinen vor dem Bühnenrahmen.

DIE BEIDEN KINDER
Sie sind zum Berg Calvari gekommen,
zu dem blutigen Hochgericht,
wo man seit jeher das Leben genommen
dem, der die Wahrheit spricht.

Der Zug der Kinder mit dem Spielmann will um den Berg herumziehen, doch bleiben sie erschrocken stehen und weichen dann zurück.

DIE BEIDEN KINDER
Und als sie um die Köppen bogen,
da sah'n sie des Grafen Heer,
das kam von allen Seiten gezogen.
Da war kein Ausweg mehr.

Die Kinder drängen sich zusammen und hocken sich nieder, als wollten sie gegenseitig beieinander Schutz suchen. Der Spielmann steht allein.

DIE BEIDEN KINDER
Dem Spielmann ward der Atem schwer.
Schwer ward ihm Brust und Arm.
Da bat er den Berg Calvari, daß der
der Kinder sich erbarm.

Der Spielmann beginnt noch ein letztes Mal zu spielen. Langsam tut sich der Berg auf, aus dem Spalt dringt goldenes Licht. Die Kinder sehen es mit Staunen, eines nach dem anderen steht auf und geht wie träumend hinein, erst einzeln, dann zu zweit oder in Gruppen.
Das kleinste der Kinder dreht sich noch einmal um, geht zum Spielmann und will ihn mitziehen. Er schüttelt den Kopf und gibt dem Kind seine Schalmei. Das Kind nimmt sie ehrfürchtig und trägt sie in den Berg. Die Schalmei spielt allein weiter. Der Berg beginnt sich zu schließen. Der Spielmann steht wie ein schwarzer Schatten davor.
Der blinde Junge mit dem lahmen Mädchen auf dem Rücken will den Spalt noch erreichen, aber sie kommen zu spät.

DIE BEIDEN KINDER

Wohin die Kinder gegangen sind,
das weiß nur Gott allein.
Das Lied verweht wie Rauch im Wind.
Der Spielmann ward zu Stein.

Der Landsknechtsgesang setzt ein. Die beiden Kinder fliehen wieder vor den Bühnenrahmen, wo sie sich verstecken. Das Heer des Grafen Ebersfeld zieht über die Bühne, ein Haufen von Galgenvögeln und Lumpenpack, angeführt von Bruder Fuchsgesicht. Während des Folgenden verdüstert sich der Himmel mit Rauchschwaden, der ganze Horizont steht in Flammen. Der Wind saust.

CHOR

Wir armen Landsknecht ziehen
zum Kriege in das Feld.
Das Sterben und das Töten
besorgen wir für Geld.
Wer über Tag und Jahre
am Hungertuch gekaut,
dem bleibt nichts zu verhökern
als wie die eigne Haut.
Wenn der Knöchel auf der Trommel rollt,
verspielt ist Leben oder Sold.
Ho hei! Ho hei!
Am End ist's einerlei.

Wir dienen jedem Herrn,
der uns bezahlen kann,
heut dem und morgen jenem,
es liegt uns gar nichts dran.
Wir scheun nit Tod noch Teufel,
der Mut geht uns nit aus,
bloß wenn die Herrn nit zahlen,
dann nehmen wir Reißaus.
Wenn der Knöchel auf der Trommel rollt,
verspielt ist Leben oder Sold.
Ho hei! Ho hei!
Am End ist's einerlei.

Heut sind wir Kameraden
und morgen vielleicht Feind.
Wir haben kein Feinsliebchen
und haben keinen Freund.
Wir arme Landsknecht haben
gar nichts auf dieser Welt.
Wir töten und wir sterben
für einen Batzen Geld.
Wenn der Knöchel auf der Trommel rollt,
verspielt ist Leben oder Sold.
Ho hei! Ho hei!
Am End ist's einerlei.

Die letzten Nachzügler des Heeres stoßen die Steinsäule, zu der der Spielmann wurde, beiseite. Sie fällt um und zerbricht in mehrere Stücke.

EPILOG

Das Kinderpaar, wie am Anfang, aus der Dunkelheit auftauchend.

Die Soldaten haben die Stadt eingenommen.
Kein Bürger ist davongekommen.
Dies ist in Hamelin geschehn.
Wir haben's gehöret, wir haben's gesehn.
Den Popanz hat man fortgebracht
und wurde gar sorgsamlich bewacht.
Doch wo er heut geblieben ist –
wer sollt es wissen, wenn ihr's nicht wißt?
Wir stehen als Vicarii nur
für alle geschundene Kreatur.
Wir Kinder legen Zeugnis ab,
auf daß männiglich seine Mahnung hab.

Sie verschwinden in der Dunkelheit.

Das Gauklermärchen

Ein Spiel in sieben Bildern
sowie einem Vor- und Nachspiel

Personen

(Die Unterstreichung bedeutet die betonte Silbe):

JOJO, der Clown, im Märchen Prinz JOAN

ELI, ein schwachsinniges kleines Mädchen, im Märchen Prinzessin

KALOPHAIN, der Zauberspiegel der Prinzessin *(weibliche Rolle)*

ANGRAMAIN, die große Spinne, auch SMERALDA, die grüne Dame *(männliche Rolle)*

DER NARR des Prinzen Joan

DER EHEMINISTER

PIPPO, Akrobat und Jongleur, Chef der Gauklertruppe

LOLA, die Seiltänzerin

WILMA, die Kunstschützin und Messerwerferin

JUSSUF, Zauberer und Feuerschlucker

BUX, der Bauchredner mit seiner Sprechpuppe OTTOKAR

Gesangs- und Tanzgruppen

DIE SPIEGELBILDER
DIE WÜRDENTRÄGER DES MORGENLANDES
DIE BRÄUTE DES PRINZEN JOAN
DIE FIGUREN DES DAMENSPIELS

Zeit und Ort der Handlung

Das Vor- und Nachspiel in der Gegenwart am Rande eines Industriegeländes. Das Märchen außerhalb der Zeit, im Heute- und im Morgen-Land.

Pause nach dem fünften Bild des Märchens.

Der Vorhang besteht aus vielfach geflickter Zeltleinwand, auf die der Titel ›Das Gaukler-Märchen‹ in ungeschickter, zirkushaft-ornamentaler Schrift gemalt ist.
Jojo ist im Vor- und Nachspiel etwa fünfzig Jahre alt, im Märchen als Prinz Joan dagegen einundzwanzig. Umgekehrt ist Eli im Vor- und Nachspiel höchstens zwölf, im Märchen als Prinzessin dagegen eine schöne junge Dame um die Zwanzig.

VORSPIEL

Industriegelände am Rande einer Großstadt. Ein Winterabend. Am Himmel, der noch hell ist, aber während des Vorspiels nach und nach dunkel wird, steht über der dunstigen Silhouette aus Schloten, Silos und Fabrikgebäuden ein großer, blasser Vollmond. Ein leichter Wind weht kalt und anhaltend.

Im Vordergrund liegt ein kahler Bauplatz, eben vor dem Beginn der Ausschachtungsarbeiten. An seinem Rande stehen schon Bagger und Baumaschinen aller Art bereit. Dahinter erheben sich die Hallen und Anlagen eines ausgedehnten Chemiewerks.

Mitten auf der freien Fläche stehen gleichsam ängstlich zusammengedrängt drei armselige, ehemals bunte Zirkuskarren. Alles an ihnen, Dächer, Räder und Fenster, ist notdürftig geflickt, ihre Farben sind abgeblättert und von Wind und Wetter verwaschen und ausgebleicht. Es handelt sich um Deichselkarren ohne Pferde. Sie stehen so, daß sie ein kleines, nach vorn offenes Geviert bilden, um Schutz gegen den Wind zu bieten.

In diesem Hof brennt auf der nackten Erde ein Feuerchen, das mit Pappkartons und brennbarem Müll genährt wird. Darum herum hocken und stehen die letzten Mitglieder der Zirkustruppe und wärmen sich. Alle sehen verwahrlost und verhungert aus. Sie tragen gewöhnliche, wenn auch zerschlissene Winterkleidung. Daß es sich um Artisten handelt, kann man nur aus einigen sonderbaren Einzelheiten erkennen.

Bux, *der Bauchredner, sitzt nahe am Feuer auf einem alten Koffer. Er ist ein kleiner, zarter Mann um die sechzig, mit weißem Haar und weißem Schnurrbärtchen. Sein Benehmen ist das eines englischen Lords. Er trägt einen schwarzen Mantel, der einstmals hochelegant war, jetzt aber völlig abgetragen und fleckig ist. Auf seinen Knien hält er die Sprechpuppe* Ottokar, *die wie ein Liftboy gekleidet ist und über ein ungewöhnlich ausdrucksvolles Mienenspiel verfügt. Die beiden sind fast immer miteinander beschäftigt, tuscheln, flüstern sich etwas ins Ohr oder spielen.* Bux *scheint völlig vergessen zu haben, daß* Ottokar *nur ein Teil seiner selbst ist. Für ihn ist die Puppe ein lebendiges Wesen.*

Neben ihm steht Jussuf, *der Zauberer, ein Neger unbestimmbaren Alters, der mit fremdländischem Akzent spricht. Er trägt einen knöchellangen Militärwachmantel, um den Hals einen langen bunten*

Wollschal, auf dem Kopf einen zerbeulten Zylinder. Wenn er redet, zeigt er sein Gebiß und rollt die Augen. Ab und zu machen seine Finger sich selbständig, lassen eine Zigarette erscheinen und wieder verschwinden, voltigieren mit alten, abgegriffenen Spielkarten oder ziehen einem Kollegen ein Ei aus der Nase. Aber niemand achtet darauf, nicht einmal er selbst.

Auf der anderen Seite des Feuers steht Pippo, *der Akrobat und Jongleur, ein rotgesichtiger, untersetzter Mann um die vierzig. Er trägt alte, ausgebeulte Kordhosen, einen dicken Seemannspullover mit Rollkragen und auf dem kahlen Schädel ein kleines, gestricktes Mützchen. Seine Stimme ist heiser, seine Nase läuft, er ist unrasiert. Später, während des Gesprächs, nimmt er manchmal ein paar Steinchen vom Boden auf und jongliert damit oder balanciert einen Stock. Aber zunächst steht er reglos, die Hände in die Hosentaschen vergraben, und starrt ins Feuer.*

Neben ihm hockt auf den Fersen die Seiltänzerin Lola *und wärmt sich die Hände. Sie ist klein und mädchenhaft zierlich, aber ihr Gesicht sieht alt und verhärmt aus. Sie trägt ihr schwarzes Haar nach Ballerinenart gescheitelt und am Hinterkopf zu einem Knoten geschürzt. Sie hat sich in eine Unmenge alter Decken gewickelt. Wenn sie sich bewegt, sieht man, daß sie darunter allerhand rosa Wollzeug trägt, auch dicke fleischfarbene Strumpfhosen. Um den Hals hat sie eine mottenzerfressene rosa Federboa geschlungen.*

Links außerhalb des Wagengevierts steht Wilma, *die Kunstschützin und Messerwerferin, den Rücken zum Zuschauer gegen einen der Karren gelehnt. Sie späht erwartungsvoll nach dem Chemiewerk im Hintergrund hinüber. Sie trägt Reithosen und lange Stiefel, einen Gürtel mit Revolvertasche, darüber einen Mantel aus schäbigem Katzenfell. Ihr Haar ist karottenrot, ihr Gesicht ist viel zu stark geschminkt.*

Auf der anderen Seite des Wagengevierts, rechts im Vordergrund, hockt Eli, *ein Mädchen von etwa zehn oder zwölf Jahren, und gräbt mit den Fingern Kanäle von einer Pfütze zur anderen. Sie ist sehr schmutzig. Alle Kleidungsstücke, die sie anhat, sind falsch zugeknöpft und hängen grotesk um ihren kleinen, ausgemergelten Körper. Offensichtlich sind sie ihr aus dem Fundus der Truppe überlassen worden, weil sie zu nichts mehr zu gebrauchen waren. An der Kopfhaltung* Elis *und an ihren Bewegungen merkt man, noch ehe sie spricht, daß das Kind schwachsinnig ist.*

Nach längerem Schweigen wirft Pippo, der Akrobat, wie erwachend einen Blick zum Himmel hinauf und sagt leise:

PIPPO
Jetzt wird es schon dunkel.

LOLA
Und kalt.

Pippo legt wärmend den Arm um sie.

WILMA *(kommt zu den anderen und wärmt sich)*
Wir brauchen nicht mehr länger auf ihn zu warten.

JUSSUF
Nein, jetzt kommt er bestimmt nicht mehr.

BUX
Das hätte ich nicht von ihm gedacht. Diesmal nicht.

DIE PUPPE
Ich schon. Das sieht ihm ganz ähnlich.

BUX
Du hältst den Mund, Ottokar!

ELI
Jojo kommt. Eli weiß bestimmt. Jojo ist lieb.

WILMA
Ja ja, »Jojo ist lieb«! Wie oft haben wir schon Vorstellungen ohne ihn geben müssen, weil er plötzlich verloren gegangen war! Der arme Hund gerät immer in Schnapskneipen, die nur einen Eingang, aber keinen Ausgang haben – sagt er.

DIE PUPPE
Kann heute gar nicht passieren.

WILMA
Warum nicht?

Die Puppe
Heute gibt's keine Vorstellung, he he he!

Bux
Ach, laß doch deine blöden Witze, Ottokar! Danach ist keinem von uns zumut.

Pippo
Vielleicht hat er nichts erreicht bei denen. Jetzt schämt er sich und mag's uns nicht sagen.

Lola *(ironisch)*
Ja, manchmal ist er sehr sensibel.

Jussuf
Daß er so lang nicht zurückkommt, kann aber auch bedeuten, daß er's noch nicht aufgegeben hat. Vielleicht sieht er noch irgend eine Hoffnung.

Pippo
Und ich wette mit dir um einen Sack voll Geld, daß er uns im Stich gelassen hat!

Die Puppe
Bux! Hast du gehört, Bux? Pippo wettet um einen Sack voll Geld!
(Kräht vor Vergnügen)

Bux
Halt endlich den Schnabel, sonst kommst du in den Koffer!

Die Puppe *(johlt)*
Kain sprach zu Abel:
Halt den Schnabel!
Und stach Abel
mit der Gabel
in den Nabel!
Nicht in den Koffer, Bux! Bitte bitte! Bin ja schon still.

Lola

Aber, hört mal – wenn sie ihn vielleicht gleich dabehalten haben?
(Sie kreuzt die Handgelenke)

Pippo

Eingesperrt? Wieso denn?

Lola

Vielleicht gibt's irgend ein Gesetz, das wir übertreten haben. Ich meine, einfach weil wir immer noch hier sind. Vielleicht holen sie uns noch alle miteinander heute abend.

Wilma

Meinetwegen. Da kämen wir wenigstens ins Warme.

Eli *(ängstlich)*

Eli ist lieb. Eli hat nichts getan. Ihr seid alle lieb.

Die Puppe

Klar, Eli. Brauchst keine Angst zu haben.
Lola hat nur Spaß gemacht. Niemand tut uns was.

Wilma

Wir hätten jemand hinschicken sollen, der ernsthaft mit den Leuten reden kann.

Jussuf

Jojo kann von uns allen am besten reden, das steht fest.

Wilma

Ja, Kinder zum Lachen bringen, das kann er. Aber das wird in diesem Fall wenig nützen.

Pippo

Wir haben alle für ihn gestimmt. Du auch, Wilma.

Die Puppe

Ich auch.

WILMA

Wie ich ihn kenne, hat er sich bestimmt falsch benommen. Diese Leute da haben doch immer gleich den Verdacht, daß man sich über sie lustig macht.

ELI

Wilma braucht keine Angst haben. Eli hat auch keine Angst.

LOLA

Was kann er schon erreichen? Im Grund ist es ganz gleich, und ihr wißt es auch. Ob sie uns morgen wegjagen oder erst in ein paar Tagen – hier ist Endstation, alles aussteigen! Seit uns die Gläubiger auch noch die letzten drei Gäule weggeholt haben, was kann Jojo bei den Leuten von der Fabrik erreichen? Daß sie die Bauarbeiten aufschieben, nur damit wir unsere Karren stehen lassen können? Sollen wir sie selber wegziehen? Wohin denn? Und wozu überhaupt? Es ist nichts mehr drin. Alles, was nicht nietend nagelfest war, hat man schon längst weggeholt. Mir war das alles schon vor zwei Monaten klar, als wir das Zelt und die Kostüme versetzen mußten, um Pferdefutter zu kaufen. Wenn ein Zirkus schon sein Zelt versetzen muß … Die Vorstellung ist zu Ende, Herrschaften.

WILMA

Es hat viel früher angefangen. Macht euch doch nichts vor, ihr wißt genau, was ich meine. Vor drei Jahren, genau an dem Tag, als wir dieses Unglückswurm da aufgefischt haben. Ich war gleich dagegen, aber niemand hat auf mich gehört. Vorher waren wir zwölf, aber dann waren wir auf einmal dreizehn. Dreizehn! Ihr wißt alle, was das bedeutet. Erst wurde Nick krank. Dann ist Carlo verunglückt und im Jahr drauf hat uns Leo und seine Familie verlassen. Von dem Tag an ist im Grunde alles schief gegangen. Wir hätten das Kind nicht mit uns nehmen dürfen – oder wir hätten gleich noch jemand dazu engagieren sollen, damit wir vierzehn gewesen wären. Aber dreizehn!

PIPPO

Dazu engagieren! Wen denn? Womit denn?

Lola
Wir konnten das Kind doch nicht einfach im Straßengraben liegen lassen, Wilma. Eli war todkrank. Sie wäre einfach umgekommen.

Jussuf
Außerdem bringen Bucklige und Schwachsinnige Glück, das weiß jeder, Wilma. Sie sind heilig.

Wilma
Glück? Na, da schau uns doch an!

Pippo
Eli ist bestimmt nicht schuld dran.

Wilma
Schuld! Wer redet denn von Schuld, Pippo? Die Zahl ist es eben gewesen, die Zahl, verstehst du?

Lola
Seid doch leise, sie hört doch zu.

Wilma
Ach was, sie versteht doch nichts.

Eli *(geht zu Wilma und streichelt sie)*
Wilma ist lieb. Eli ist auch lieb, ja? Alle sind lieb.
(Sie geht zu jedem und streichelt ihn zart. Alle schweigen beschämt und blicken zu Boden. Sie streichelt auch die Puppe.)

Die Puppe
Und überhaupt: Mit mir waren wir nämlich vierzehn!

Bux
Du zählst leider nicht, Ottokar.
(Pause)

Pippo
Ob wir's nicht doch noch mal bei einem großen Zirkus versuchen? Vielleicht gibt's einen, der uns brauchen kann.

Lola
Uns alle zusammen?

Pippo
Alle oder keinen. So hatten wir's doch ausgemacht. Wir bleiben auf jeden Fall zusammen. Oder denkt einer von euch inzwischen anders darüber?

Jussuf
Bei den fünf Größten hast du doch schon gefragt. Sie haben uns weggeschickt.

Pippo
Es gibt noch andere.

Wilma
Ach Pippo – mach dir doch keine Illusionen! Wir sind einfach nicht gut genug. Keiner von uns. Heutzutage muß man Weltnummern bieten, sonst hat man keine Chance. Das Publikum ist nicht mehr wie früher.

Bux
Nicht mal die Kinder. Sie haben alles schon hundertmal besser im Fernsehen gesehen. Sogar auf den Dörfern. Für jeden von uns wär's besser, umzulernen und ein nützliches Mitglied der menschlichen Gesellschaft zu werden.

Die Puppe
Ich auch? – Sag mal, Bux, tut das weh?

Bux
Ein bißchen.

Die Puppe
Dann lauf ich lieber davon! *(Sie strampelt)*

Bux
Gib Ruhe, mein Kleiner. Ohne mich kannst du nicht weg.

Wilma
Habt ihr gehört, daß Leo jetzt beim Film ist? Als Double für gefährliche Szenen. Er verdient nicht schlecht, heißt es.

Pippo
Ja, er hat uns eben im Stich gelassen.

Wilma
Früher oder später werden wir alle soweit sein.

Eli
Jojo kommt! Da kommt Jojo!
(Sie läuft ihm entgegen und umarmt ihn stürmisch)
Jojo! Jojo! Eli hat so gewartet!

Jojo, ein Mann um die fünfzig, trägt einen schäbigen, ausgefransten Wintermantel. In der ausgebeulten Tasche steckt eine Flasche. Auf dem Kopf sitzt schief eine fleckig-weiße, spitze Clownsmütze, die er zur Begrüßung der Kollegen zeremoniell abnimmt, wobei er sich nach allen Seiten tief verneigt, als empfinge ihn brausender Applaus. Er trägt ein Bandonion auf dem Rücken.

Pippo
Also erzähl schon, Jojo!

Lola
Hast du was erreicht, Jojo?

Jojo *(schüttelt den Kopf)*
Ja.

Wilma
Was denn nun? Ja oder nein?

Jojo *(nickt heftig)*
Nein.

PIPPO

Jojo, laß jetzt die Faxen!

BUX

Was hast du gemacht, Jojo?

DIE PUPPE

Warum bist du so lang nicht wiedergekommen, Jojo?

JOJO

Weil …
(Er denkt angestrengt nach)
weil …
(Er schlägt sich vor die Stirn)
Also, vorhin hab ich's noch gewußt. Ganz bestimmt! Es muß mir hier irgendwo entfallen sein …
(Er sucht auf dem Boden herum)

WILMA

Na bitte, was hab ich gesagt. Er ist zu nichts zu gebrauchen.

PIPPO

Dann war also alles umsonst? Sag doch, Jojo!

Jojo macht abwehrende Bewegungen und sucht weiter auf dem Boden.

BUX

Das war vorauszusehen, Ottokar.

DIE PUPPE

Alles ganz logisch, Bux.

JUSSUF

Solche Zähne haben die, solche Zähne! Sie machen mir Angst.

LOLA

Was redest du denn, Jussuf? Wen meinst du?

JUSSUF

Die Ungeheuer. Die Drachen. Die Saurier. Da drüben und da und da.

LOLA

Ach, die Baumaschinen! Das sind doch Bagger und Krane.

JUSSUF

Sie warten. Sie stehen da und warten. Auf uns.

PIPPO

Quatsch doch nicht, Jussuf! Nimm dich zusammen! Was sollen die uns denn tun? Wir sind doch in einem zivilisierten Land! Wir gehen einfach nicht weg. Wir bleiben alle zusammen. Dann können sie uns gar nichts tun. Meinst du, die baggern uns einfach unter?

JOJO

Halt! Jetzt hab ich's wieder! Wißt ihr, was ich getan habe? Leid! Und zwar sehr.

WILMA

Wem hast du denn leid getan, Jojo?

JOJO *(mit großer Geste)*

Allen.

PIPPO

Das ist ja großartig. Und was hast du sonst noch getan?

JOJO

Ich habe mit der allerhöchsten Generaldirektion persönlich gesprochen.

PIPPO *(fassungslos)*

Hast du?

JOJO *(stolz nickend)*

Hab ich.

PIPPO

Mit der Generaldirektion von diesem Werk da?

JOJO

Jawohl, und zwar persönlich. Von Person zu Person, versteht ihr? Sie hier, ich da. Oder vielmehr umgekehrt. Sie da, ich dort. Und wißt ihr, was sie mir gesagt hat, die höchstpersönliche Generaldirektion? Sie hat mir gesagt, daß es ihr leid tut, sehr, sehr leid. Und zwar persönlich.

PIPPO

Und was tut ihr persönlich leid, Jojo?

JOJO

Daß alles schon festgelegt ist und daß sie auch nichts mehr daran ändern kann. Hier, wo wir stehen, baut der Chemiekonzern eine neue Fabrikhalle, die er dringend benötigt. Morgen früh beginnen die Arbeiten. Hier wird alles eingeebnet, ausgeschachtet, umgebuddelt, aufgegraben, plattgewalzt. Auch unsere Karren, wenn sie zufällig noch herumstehen sollten. Aber wir haben natürlich noch Zeit bis morgen früh, sie woanders hinzustellen.

PIPPO

Nämlich? Wohin?

JOJO *(deutet da hin und dort hin, läßt dann die Arme sinken)*

Siehst du, Pippo, genau das habe ich auch gefragt.

PIPPO

Und was hat dir die Generaldirektion gesagt?

JOJO

Du behältst aber auch gar nichts, Pippo: Daß es ihr leid tut.

PIPPO *(setzt sich nieder)*

Dann sind wir erledigt. Aus und vorbei.

Die Puppe

Du, Jojo! Hör mal, Jojo! Haben die dir wirklich gar nichts anderes gesagt?

Jojo

Doch, jetzt erinnere ich mich. Was war es nur? Ah, richtig. Sie wollen uns engagieren.

Pippo

Was wollen sie?

Jojo

Uns engagieren.

Pippo

Uns alle zusammen?

Jojo

Uns alle zusammen.

Wilma

Und das sagst du erst jetzt?

Pippo

Moment mal! Moment mal! Als was wollen sie uns engagieren?

Jojo *(zieht ein Papier aus der Tasche)*

Als Werbe-Zirkus. Hier ist der Vertrag. Wir brauchen nur zu unterschreiben. Wir bekommen neue Wagen, motorisierte natürlich. Und neue Kostüme. Und überhaupt alles neu. Auch lauter neue Nummern. Die denkt sich die Reklameabteilung für uns aus. Natürlich auch einen neuen Namen, unser Zirkus heißt wie die Firma.

Wilma

Und die Bezahlung?

Jojo

Nicht schlecht.

Wilma
Kinder – es geschehen noch Zeichen und Wunder!

Jussuf
Und was müssen wir dafür tun?

Jojo
Wir ziehen durch die Gegend und machen Reklame für die chemischen Produkte der Firma. Vor allem auf dem Land, in den Dörfern. Aber auch in der Fernsehwerbung sollen wir auftreten.

Pippo
Das ist die Rettung.
(Er weint)

Lola *(nimmt ihn tröstend in den Arm)*
Wir werden noch ganz groß.

Pippo
Hat jemand einen Einwand?

Jojo *(hebt den Finger)*
Ich, bitte.

Wilma
Natürlich! Er! – Was gibt's denn da zu überlegen?

Pippo
So rede doch, Jojo!

Jojo
Die Herrschaften haben eine kleine Bedingung. Wir müssen uns von Eli trennen.

Jussuf
Von Eli? Warum denn?

Jojo
Sie sagen, es macht keinen guten Eindruck, wenn ausgerech-

net – so ein Kind bei uns ist. Wir sollen doch um Vertrauen zu ihren chemischen Produkten werben, sagen sie. Wir sollen doch den Leuten zeigen, wie harmlos und nützlich das Zeug ist, das die Firma verkauft – sagen sie. Und so ein Kind könnte die Leute auf ganz falsche Gedanken bringen – sagen sie. Und das wollen sie nicht.

LOLA
Und was soll dann aus Eli werden?

JOJO
Oh, da brauchen wir uns keine Sorgen zu machen, sagen sie. Die Firma unterhält ein Institut für solche Kinder. Alles nach modernsten Erkenntnissen. Fabelhafte Apparate, fabelhafte Ärzte, fabelhaftes Pflegepersonal. Alles fabelhaft wissenschaftlich. Da wollen sie Eli aufnehmen.

WILMA *(nach einer Pause)*
Na, dann ist doch alles in Ordnung. Da ist sie bestimmt besser aufgehoben als bei uns. Die können ihr vielleicht sogar helfen. Was sagst du, Eli? Möchtest du nicht in ein schönes Heim, wo du vielleicht wieder gesund wirst und allerhand lernst?

ELI *(hält ängstlich Jojos Hand fest)*
Eli ist lieb. Ihr alle seid lieb, ja?

JOJO
Ihr wißt ja, daß ich dumm bin. Zu dumm für so was. Wir müssen das alle gemeinsam entscheiden. Bis morgen früh haben wir Zeit. Aber mir ist da noch was eingefallen. Vielleicht ist es ganz dumm. Wißt ihr noch, wie das war, damals vor drei Jahren? Da waren wir doch in so eine Gegend geraten, wo es plötzlich so komisch roch. Die Leute waren alle auf der Flucht. Auf der Straße lagen überall tote Hühner und Hunde und Katzen. Und dann fing es zu regnen an und das Gras wurde gelb. Nachher stand in den Zeitungen, daß es eine Giftwolke war. Damals ist Nick krank geworden, und er ist es bis heute geblieben. Und damals haben wir Eli gefunden, wie sie im Straßengraben dahinkroch. Das war es, was mir eingefallen ist.

Pippo

Ja, das war eine Katastrophe. Irgendein Schaden in einer Fabrik, die zehn Kilometer weit weg war. Warum erzählst du das?

Jojo

Die Fabrik gehörte zu der gleichen Firma wie diese hier. Und sie produzieren hier das gleiche. Und dafür sollen wir Reklame machen – und uns von Eli trennen.
(Alle schauen sich ratlos an)

Wilma *(unruhig)*

Kinder, jetzt will ich euch mal was sagen: So wie's um uns steht, können wir's uns nicht aussuchen. Wir müssen nehmen, was sich uns bietet. Wenn wir's nicht tun, dann werden wir die Welt auch nicht ändern. Und außerdem, wir sind schließlich nicht verantwortlich für das, was die da machen.

Jojo *(schaut sie lange an)*

Nein? – Ich bin zu dumm dazu, ihr müßt entscheiden, was wir tun.
(Lange Pause)

Die Puppe

Redet doch nicht alle auf einmal!
(Jojo nimmt sein Bandonion und beginnt leise seine Melodie zu spielen)

Eli *(zupft ihn am Ärmel)*

Jojo? – Jojo ist lieb. Jojo erzählt Eli was.

Jojo

Eine Geschichte? Ich glaube, mir fällt heute nichts ein. Ich bin ganz dumm, mein Kind. Das weißt du doch.

Eli *(lacht)*

Nein. Ist nicht wahr. Jojo erzählt Eli ein Märchen, ja?

Jojo *(setzt das Bandonion ab)*
Ein Märchen? Und von wem soll's handeln?

Eli
Von uns.
(Zeigt auf jeden einzelnen)
Von Eli und Jojo und allen.

Jojo *(zieht die Flasche aus seiner Tasche, trinkt einen Schluck, blickt sich nachdenklich im Kreise seiner Zuhörer um, die zögernd näher treten, nimmt noch einen Schluck und stellt die Flasche vor sich hin)*
Wir wollen sehen, wie es geht …
(Er beginnt wieder leise auf dem Bandonion zu spielen. Während seiner Erzählung wird es rasch dunkel. Die Szene erlischt. Man hört nur noch JoJos Stimme.)
Also, hör zu, Eli. Es war einmal eine schöne kleine Prinzessin mit Namen Eli, die ging in Samt und Seide und wohnte hoch über der Welt in einem Schloß aus buntem Glas. Sie hatte alles, was man sich nur wünschen kann. Sie aß nur die feinsten Speisen und trank nur den süßesten Wein. Sie schlief auf seidenen Kissen und saß auf Stühlen aus Elfenbein. Sie hatte alles – aber sie war ganz allein. Denn alles um sie her, ihre Dienerschaft und ihre Kammerfrauen, ihre Hunde und Katzen und Vögel, ja sogar ihre Blumen – alles das waren nur Spiegelbilder …

Die Musik geht weiter, bis das nächste Bild erscheint.

DAS ERSTE BILD

Langsam taucht aus dem Dunkel das Schloß aus buntem Glas hoch über der Welt auf. Ein großer Saal.

Morgensonne bricht sich funkelnd und in tausend Farbenspielen in den durchsichtigen Wänden und Säulen. Prinzessin Eli ruht in einem riesigen Himmelbett. Aus dem schwachsinnigen Kind aus dem Vorspiel ist jetzt eine wunderschöne junge Dame zwischen sechzehn und zwanzig geworden. Kammerfrauen kommen herein und bringen ein herrliches Kleid. Sie ziehen die Vorhänge des Himmelbettes auf und wecken die Prinzessin. Eli erhebt sich und wird während des Folgenden von den Dienerinnen mit allerlei kostbaren Duftwässern gewaschen, danach angekleidet, gekämmt und geschmückt.

Zuletzt wird ihr ein funkelndes Krönchen aufgesetzt.

ELI

Ein neuer Tag! Ein neues Kleid!
Zu neuem Spiel macht mich bereit,
Ihr stummen Dienerinnen!
Was woll'n wir heut beginnen?

Nur Spiel ist all mein Leben.
In ewig gleicher Heiterkeit
Vergeht mir Zeit – und doch nicht Zeit.
Ach, daß ihr Spiegelbilder seid
Und könnt nicht Antwort geben!
Auch jede Blume, jedes Tier,
Nur Spiegelbilder alles hier …

Ich hab geträumt, ich wär weit fort
An einem andern, fremden Ort,
An einem dunklen, schlimmen …

Dort waren Wesen so wie ich,
Die sprachen, sangen, riefen mich
Und hatten Menschenstimmen …

Sie gaben *Antwort* und das war
So tröstlich und so wunderbar …

O spräche eine doch zu mir
Einmal wie dort auf Erden!
Ich wollte lauschen, lauschen ihr
Und niemals müde werden.

Und doch – um ihnen nah zu sein,
Muß man hinab ins Erdenreich,
Muß sterblich werden, ihnen gleich …

Wie bang mir wird! – Nein, nein, o nein!
Im Schloß aus buntem Glase bleib'
Ich immer Kind und Königin,
Im Reiche außerhalb der Zeit,
Wo ich *unsterblich* bin.

Von fern ist ein vielstimmiges gläsernes Klingen vernehmbar, das sich nähert.

ELI
Mein Zauberspiegel naht, mein Kalophain!

KALOPHAIN *(eine dunkle Frauenstimme, noch entfernt)*
Wende dich ab, mein Kind! Sei weise!
Mein Anblick könnte dir verderblich sein!

ELI *(sich abwendend)*
Komm nur und ruhe aus von deiner Reise!
Ich warte schon auf dich, du Schöner, Milder!
Hast du von deinem Weg durch Tag und Nacht
Mir wieder tausend neue Spiegelbilder
Zu tausend neuen Spielen mitgebracht?

KALOPHAIN *(schon nah)*
Ich komme erst, wenn du die Augen schließt,
Daß du dein eignes Bild in mir nicht siehst!

Eli *(bedeckt die Augen mit der Hand)*
Daß ich mein Bild in ihm nicht schauen soll,
Das sagt er mir tagaus, tagein.
Ich folge seinem Rat vertrauensvoll,
So bleibe ich unsterblich – und allein.

Der Zauberspiegel schwebt groß wie eine Mondscheibe herein und senkt sich nieder. Er wird von einer silbernen Frauengestalt getragen, die mit seinem Rahmen verwachsen und wie aus Ornamenten gebildet ist.

Kalophain
Gehorsam meiner kleinen Herrin, dir,
Bring' ich, was ich an Bildern aufgefangen.

Eli *(für sich)*
Wie anders klingt doch diese Stimme mir,
Als die in meinen Träumen klangen!

Kalophain
Befiehlt Prinzessin Eli anzufangen?

Eli
Nein, warte noch! Gib Antwort erst und sprich:
Wenn du die Menschen siehst bei deinem Schweben
Hoch über ihrer Welt und ihrem Leben –
Was macht, daß sie so anders sind als ich?
Was haben sie, das ich nicht haben kann?

Kalophain
Nein, kleine Herrin, denke nicht daran!

Eli
Und doch, ich will's! Du sollst mir Antwort geben!

Kalophain *(beginnt betörend zu klingen und zu singen)*
Ach laß dir genügen
Am keuschen Vergnügen,
Die Bilder zu schaun!
Schicksallos schweben

Hoch über dem Leben
In ewigem Traum!
Die Bilder, sie schweigen –
So bleibst du dein eigen
Für ewige Zeit.
Mit ihnen zu spielen,
Läßt Liebe nicht fühlen
Und tut dir kein Leid.

ELI *(wie in süßer Betäubung)*
Zwar ganz versteh' ich nicht den Sinn –
Es klingt so süß. Ich schwinde hin
In deinem sanften Schimmer …

KALOPHAIN
Durch meine zärtliche Magie,
die Fragen – nun vergißt du sie!
(Für sich)
Und so verliere ich dich nie
Und du bleibst mein für immer.

ELI *(erwachend)*
Was wollt' ich denn? Ich weiß es nimmer …
Was sagst du, lieber Kalophain?

KALOPHAIN
Du wirst mit mir zufrieden sein.
(Das Spiegelrund beginnt zu leuchten)
Heraus, heraus, ihr lustigen Scheingestalten!
Nun tretet aus dem silberlichten Rund!
Ihr Bilder, die mein Zauber festgehalten,
Nun löst euch wieder, lebensvoll und bunt!

Aus der Tiefe des Spiegels kommen phantastische Figuren aller Art, Tiere, Fabelwesen, Menschen in seltsamen Kleidern. Sie treten aus dem Spiegelrahmen und erfüllen den Saal. Auch die Personen aus dem Vorspiel sind darunter, jetzt aber in ihren prachtvollen Zirkuskostümen. Die Spiegelbilder beginnen einen labyrinthischen Reigentanz, der immer verwirrender wird.

Kalophain

Schwebenden Wegs über Länder und Meere,
Hoch über Städte und Felder dahin
Zog ich als regloses Aug' meine Sphäre,
Schauend und sammelnd mit gläsernem Sinn.
Was ich da auffing an mancherlei Schätzen,
Schön oder seltsam und wunderlich gar,
Bring ich zum Spiel und zum reinen Ergötzen
Dir, meiner kindlichen Herrin, nun dar!

Der Tanz der Spiegelbilder wird wilder und wilder. Als letztes tritt Jojos Bild hervor, jetzt aber als Prinz Joan. Der Darsteller des alten Clowns aus dem Vorspiel erscheint nun als schöner junger Mann in der fürstlichen Kleidung eines Märchenprinzen. Er verschwindet sogleich im Wirbel der Tanzenden.

Eli

Steht still! Verdeckt mir nicht
Dies schöne Angesicht!
Schon ist es fort! O holder Augen Glanz!
Ich will sie wiedersehn.
Hört auf, euch wild zu drehn!
So haltet ein! Zu Ende sei der Tanz!

Der Tanz bricht ab, die Spiegelbilder erstarren.

Kalophain

Was ist dir, kleine Herrin mein?
Es war ein Bild wie andre mehr.
Erfreu dich dran und laß es sein!
Ist dies nicht lustig? Sieh nur her!

Eli *(hat das Bild des Prinzen gefunden und steht vor ihm)*

Wie trifft es mich
So wunderlich!
Ich kann es nicht begreifen, ach!
Dies Antlitz hier,
Es ruft in mir
Ein tiefes, dunkles Ahnen wach.

O Kalophain,
O Spiegel mein,
Nie gabst du mir ein Bild wie dies.
Wo nahmst du's her?
Und wer ist er,
Der dir dies schöne Abbild ließ?

KALOPHAIN
Ich weiß es nicht. Und hätte ich bedacht,
Was es dir tut, ich hätt' es nicht gebracht.

ELI
So such ihn! Frage, wie er heißt!
Bring ihn zu mir! Willst du, so wird's gelingen.

KALOPHAIN
Ihn bringen? Herrin, ach, du weißt:
Ich kann es nicht. Ich bin ein Geist
Und kann nur Bilder bringen.

ELI
Du willst nicht?

KALOPHAIN
Zähme deinen Willen!
Vergiß den Wunsch! Er kann sich nicht erfüllen.

ELI
Vergessen? Was mich ahnungsschwer
Anweht aus dunkler Zukunft her
Als meines Lebens heimlich-tiefstes Leben?
Vergessen? Ihn? Wie könnte ich das tun!
Und kann ich anders ihm kein Zeichen geben,
So werd' ich dafür sterblich nun!
(Sie nähert sich dem Spiegel)

KALOPHAIN
Zurück, zurück! Du bringst dich in Gefahr!
Was hast du vor? Halt ein, halt ein!

Eli

Du Zauberspiegel hell und klar,
Mein Kalophain,
Hör meinen Willen!
Was mir auch droht,
Du sollst mein Gebot
Gehorsam erfüllen!
Nimm auf mein Bild und trag es hin
Weit über Land und Meer!
Vielleicht weiß er nicht, wo ich bin.
Vielleicht irrt er umher.
Vielleicht blickt er gerade auf
Und sieht mein Bild in dir.
Vielleicht folgt er dann deinem Lauf
Und findet so zu mir.
(Sie tritt entschlossen vor den Spiegel und erblickt ihr Bild)

Kalophain

Zu spät! Ach, zu spät! Mit deinem Gebot
Nun hast du erzwungen die eigene Not!

Eli

Wie wird mit einemmal mir gar so eigen?
Verwandelt fühle ich mich ganz und gar!

Kalophain

Du sahst dein Bild! Du, die unsterblich war –
Und ich, unsel'ger Spiegel, muß dir's zeigen!

Eli

Was drängt und brennt in mir? O Kalophain,
Ich hab ein Herz! – Doch scheint's nur halb zu sein.
Daß mir die andre Hälfte fehlt,
Wie arm und elend macht es mich!

Kalophain

Die Sehnsucht ist es, die dich quält,
Doch größ're Leiden warten nun auf dich.

Eli

Verlängere sie nicht! Laß sie nicht ungestillt!
Erheb dich! Eile! Fliege in die Ferne!
Gewiß erblickt er, der mir fehlt, mein Bild.

Kalophain

Ich will es tun. Doch tu' ich es nicht gerne.

Elis Bild bleibt im Zauberspiegel, während dieser sich erhebt und entschwebt.

Eli

Ihr Spiegelbilder fort! Geht in den Garten!

Die Spiegelbilder gehorchen. Eli zwingt das Bild des Prinzen, das auch entschwinden will, mit einer Gebärde zu bleiben.

Nur dieses eine will ich vor mir sehn,
Will achten nicht, wie Tag und Nacht vergehn,
Will warten – warten – warten –

Alle anderen Spiegelbilder gleiten hinaus. Eli und das Bild des Prinzen stehen sich gegenüber, während es langsam dunkel wird.

DAS ZWEITE BILD

Nacht. In der Leere leuchtet langsam ein riesenhaftes Spinnennetz auf. In seiner Mitte sitzt Angramain, die große Spinne. Diese Rolle wird von einem Mann gespielt.

Der Zauberspiegel, der das Bild der Prinzessin Eli in sich trägt, schwebt herein und verfängt sich im Netz.

KALOPHAIN

O weh! O weh!
Wem bin ich da ins Netz gegangen?
Ich kann mich nicht befrein!
O weh! O weh! Nun muß ich hangen
In arger Not und Pein!

ANGRAMAIN *(tastend, geblendet)*

Johe! Johe!
Was mir da grad ins Netz gegangen,
Scheint rund und fett zu sein!
Johe! Johe! Gleich mit Verlangen
Verleib' ich es mir ein!

KALOPHAIN

Was führst du Gräßliches im Schilde?

ANGRAMAIN

Hab' ich dich fest, du hübsches Lichtgebilde?

KALOPHAIN

O ich erkenn' dich, Spinne Angramain!

ANGRAMAIN

Auch ich erkenn' dich, Kalophain!
Doch liegt mir nichts an dir und deiner Nähe –
Und nichts an jenem Bild, das ich erspähe.
Wer mir nur Schein zu bieten hat,
Macht mich nicht hungrig und nicht satt.

Kalophain
So laß mich ziehen, Angramain!

Angramain
Das möchtest du wohl gern? O nein!
Bist du auch selber mir zu schlecht,
So kommst du mir doch grade recht
Zu andrem Zweck – drum schwöre,
Zu tun, was ich begehre!

Kalophain
So rede denn! Ich höre.

Angramain
Es gibt ein Land, das ist selbst mir verborgen.
Im Gestern liegt es nicht und nicht im Heute,
Doch in der Zukunft liegt es, liegt im Morgen.
Man sagt, es reicht in ungemess'ne Weite,
Dies vielgerühmte Morgen-Land.
Sag, hübscher Spiegel, ist es dir bekannt?

Kalophain
Ach, daß du dieses Land mir nennst!
Ich soll zu Prinz Joan, des Landes Herrn.

Angramain
Du, der du alles siehst und alles kennst,
Erzähl mir mehr. Ich bilde mich so gern.
Ist jenes Reich vollkommen und beständig?
Endgült'ge Ordnung ein für alle Mal?

Kalophain
Vollkommen? Nein, es ist lebendig!
Und jene, die dort wohnen, sind's zumal.
Dort sind die Menschen frei in ihrem Geist,
Zu schaffen, was ihr Innerstes sie heißt.
Dem selbstgegebenen Gesetz fügt jeder sich.
Der Erde Güter teilt man brüderlich:
Man wirkt zusammen, hilft sich arbeitsteilig.

Jeder ist Künstler dort auf seine Art.
Das absichtslose Spiel ist ihnen heilig,
Weil es des Menschen Freiheit offenbart.
Und keiner macht dem andern angst und bang,
Denn niemand übt dort Macht aus oder Zwang.

ANGRAMAIN
Nicht Angst noch Macht? Was nennt er sich dann König?

KALOPHAIN
Weil er, der Träumer, sich dies Land erträumte.

ANGRAMAIN
Führ mich zu ihm! – Gib zu, ich ford're wenig!

KALOPHAIN
Ich könnt' es wohl – zumal ich nichts versäumte.
Doch wenn ich's tue, hilfst du dann auch mir?

ANGRAMAIN
Zwar ist das Helfen nicht grad mein Pläsier,
Doch wenn es sein muß, muß es eben sein.

KALOPHAIN
So will ich dich denn führen, Angramain.
Ich frag' nicht nach den Plänen, die du spinnst.
Ich hab' nicht teil am Bösen, das du sinnst.

ANGRAMAIN
Kein Makel trifft dich. Du bleibst blank und rein.
Fürwahr, du heißt mit Recht der Schöne Schein!
Doch sag, was wolltest du dir ausbedingen?

KALOPHAIN
Du mußt – dies schwöre mir! – den Prinzen zwingen,
Daß er sein Auge nie zu mir erhebe,
Wenn ich auf meiner Bahn vorüberschwebe,
Daß nie das Bild er sehe, das ich trage.

ANGRAMAIN
Das hätt' ich ohnedies getan!
Es paßt dein Plan zu meinem Plan.
Du siehst, auch ich stell' weiter keine Frage.
(Der Spiegel leuchtet auf)

ANGRAMAIN *(geblendet)*
Laß, eifersücht'ger Spiegel, dieses Glänzen!

KALOPHAIN
Glaub nicht, es wäre Freundschaft, was uns eint!

ANGRAMAIN
Wie gut man sich versteht, selbst Feind und Feind,
Wenn die Int'ressen sich so schön ergänzen!

KALOPHAIN
So sind wir einig?

ANGRAMAIN
Unser Handel endet.

KALOPHAIN
Ich führe dich.

ANGRAMAIN
Prinz Joan wird verblendet.

KALOPHAIN
So löse mir die Fessel, die mich band!

ANGRAMAIN
Flieg zu! Ich folge dir – ins Morgen-Land!

Plötzliche Dunkelheit

DAS DRITTE BILD

Großer Thronsaal im Palast des Morgen-Landes. Die Architektur ähnelt nicht der arabisch-orientalischen, sondern ist aus vegetativen Formen gebildet, als sei der ganze Bau gewachsen wie eine Pflanze, oder vielmehr wie viele Pflanzen, deren Formen ineinander übergehen. Auf dem erhöhten Thron sitzt der junge Prinz Joan, auf den Stufen zu seinen Füßen sein Narr. Vor ihnen stehen die Würdenträger und der Eheminister.
Alle tragen phantastische, farbenprächtige Kostüme.

CHOR DER WÜRDENTRÄGER
Freudig bewegt
Das Herz uns schlägt,
Privat und auch von Amtes wegen!
Einstimmig wie
Bisher noch nie
Hast du des Ministeriums Segen.
Es jauchzen unsre Seelen –
Soweit es schicklich!
Dein Wunsch, ein Weib zu wählen,
Er macht uns glücklich.

JOAN
Ich dank' euch herzlich, meine Herren – allein,
Von *meinem* Wunsch kann keine Rede sein.
Der Herr Minister für die königliche Ehe
Ist es, durch den ich mich getrieben sehe.
Ich selber hätte nicht so große Eile.
Ich wählte lieber nicht – nicht jetzt sofort.
Warum nicht warten wir noch eine Weile?

EHEMINISTER
Erlaubt mir, Majestät, ein Wort:
Seit einundzwanzig Jahren Eures Lebens
Wart' ich nun schon in meinem Amt vergebens.
Die andern Könige – das lehren die Annalen –
Heiraten jährlich, jedenfalls die meisten,
Oder doch ab und zu – wie's eben geht.

Ja, *da* hat man zu tun, kann etwas leisten!
Doch ich, wie steh' ich da? Als Nullität!

NARR
Da hat er recht! Wann hat man je vernommen,
Daß ein Minister für sein Nichtstun Geld bekommen?

EHEMINISTER
Und zweitens gibt's in morgen-länd'schen Reichen
Uralte, heilige Tradition – und zwar:
Daß unsre Prinzen sich vermählen in dem Jahr,
In welchem sie die Mündigkeit erreichen.

NARR
Uralte Tradition? Obgleich dies Land
Nicht älter ist als Jojo, der's erfand!

EHEMINISTER
's ist Tradition, weil's Tradition ist! Wer wird fragen
Nach Sinn und Zweck! Der Sitte beugt man sich!
Drittens …

JOAN
Genug, genug! Ich gebe mich geschlagen.
Die Gründe überzeugen gründlich mich.

NARR
Mich auch – denn sie sind närrischer als ich.

JOAN
So laßt uns mit der Brautschau gleich beginnen!

EHEMINISTER
Wir haben, Prinz, aus den Bewerberinnen
Die schönsten nur, die sanftesten und feinsten,
Vornehmsten, sittsamsten und tugendreinsten,
Kurzum, die besten Jungfraun Euch gebracht.
Sie alle haben sich so hübsch gemacht,
Wie's irgend ging, denn jede der Bewerberinnen
Brennt ganz und gar darauf, Euch zu gewinnen.

NARR

Warum denn nur? Mir würd' er nicht gefallen.

EHEMINISTER

Weil Prinz Joan wohl zweifellos von allen
Der schönste Jüngling und der beste Sänger,
Geistvollste Plauderer, größte Humorist,
Genialste Dichter und – die Liste wär' noch länger –
Auch der galanteste Liebhaber ist!

NARR

Hör, Jojo, übertreibst du nicht zu sehr?

JOAN

Ich? Wieso ich? Das alles sagt doch er!

NARR

Schon, schon! Doch unter uns: Im Grund genommen,
Der all das hier erzählt, der bist doch du.

JOAN

Pst, Narr, sei still! Man hört uns zu.
(laut)
Man lasse meine Bräute kommen!

EHEMINISTER

Ich geh' sie holen aus dem Brautgemach.
(geht ab)

NARR

Du scheinst so blaß. Denkst du am Ende nach?

JOAN

Ja, Narr. Und weil es närrisch ist, verrückt,
Will ich dir sagen, was mein Herz bedrückt:
Mir wird so sonderbar und traurig nun,
Als sei ich im Begriffe eben,
Unwiderruflich falschen Schritt zu tun.
Fremd werde ich mir selbst und meinem Leben.

Sind Mann und Frau nicht Hälften *einer* Welt?
Die beiden richtigen nur ergeben eine Sphäre,
Ergänzen sich in Fülle und in Leere,
Wenn man behutsam sie zusammenhält.
Doch wenn man *die* leichtfertig, mit Gewalt,
Zusammenpreßt, die sich nicht angehören,
Zerspringt die zarte Fügung der Gestalt.
Wie, wenn wir damit schon die Welt verlören?
Denn wer die Harmonie, die alles Sein beseelt,
Im kleinen Kreis zerstört, zerstört sie auch im All.
Ich sollte warten auf die Hälfte, die mir fehlt
Zum lichten Stern aus schimmerndem Kristall.

Narr
Wenn's närrisch war, was Joan eben sprach,
Dann rät sein Narr ihm: Handle nun danach!

Die Bräute ziehen ein. Sie tragen lauter verschiedene, einander an Reiz und Schönheit überbietende Kostüme. Zunächst begrüßen sie den Prinzen durch einen tiefen Knicks. Die Musik beginnt.

Chor und Tanz der Bräute
Dir nur zu gefallen,
Machten wir uns schön und fein.
Keine von uns allen
Möchte abgewiesen sein.
Ach, nimm *mich*! Nimm *mich*! Nimm *mich*!
Schau, wir alle lieben dich!
Alle beten wir dich an!
Aber eine nur allein
Kann die Auserwählte sein.
Welche, Prinz Joan?
(Sie verharren in erwartungsvoller Pose)

Joan
So viele wunderschöne junge Damen!
Ich muß gestehn, die Wahl fällt mir zu schwer.
Da ich nicht alle nehmen kann, die mir gefallen,
Nehm' ich am besten keine von euch allen.

Es tut mir leid, daß Sie vergebens kamen.
Adieu, ihr Schönen! Ich bedaure sehr!

Plötzlich verändert sich das Licht. Grünes, magisches Halbdunkel. Vor Joan steht wie aus dem Boden gewachsen Angramain, aber jetzt nicht in Spinnengestalt, sondern in verführerisch schöner Frauenmaske und einem grünen, sehr raffinierten Kleid. Süße, fieberhaft-quälende Musik.

ANGRAMAIN *(immer mit verstellter Stimme)*
Süßer, todessüchtiger Duft
Nimmt dir schon die Atemluft.
Alle Zeit steh' für dich stille!
Freies Denken, freier Wille
Sind gelähmt in Herz und Hirn:
Schatten legt sich auf die Stirn!
Andre dunkle Zaubermächte
Ruf' ich aus der Nacht der Nächte:
Lüsternes Verlangen!
Larven kriechen dir ins Blut,
Steigt erst aus der Sinnenglut
Heillos wirres Bangen.
In dem Labyrinth der Triebe
Locken böse Zärtlichkeiten.
Liebeswonnen ohne Liebe
Süßen Untergang bereiten.
Komm! Ich ziehe dich wie jeden
In mein Netz hinein.
Tausend feine Silberfäden
Spinnen schon dich ein.
Ist mein Gift in dich geronnen,
Jüngling, schon ergibst du dich!
Rettungslos von mir umsponnen
Siehst du nichts mehr – nur noch mich!

JOAN
Wie heißt du, schönstes Wesen auf der Welt?

Angramain
Smeralda – wenn der Name dir gefällt.

Joan
Smeralda! Herz und Sinn verwirrst du mir!
O diese Augen, die mich schwindlig machen!
Wie trunken bin ich ganz und gar von dir.

Narr *(für sich)*
Der Katzenjammer folgt nach dem Erwachen.

Joan
Wenn ich samt Reich und Thron nicht zu gering dir bin,
So sprich: Willst du mein Weib sein, meine Königin?

Angramain
Ja, wenn du schwörst, zu tun nach meinem Willen.

Joan
Was es auch sei, ich werde ihn erfüllen!

Angramain
Zum Silberspiegel, der am Himmel zieht,
Darfst du fortan den Blick nie mehr erheben!
Brichst du den Eid, mußt du zur Stunde mir
Das ganze Morgen-Land zu eigen geben.
Du selber mußt vergessen, wer du bist,
Und wie ein Dieb dich bald von dannen heben
Und mußt ins Heute-Land,
Allein und unerkannt,
Und dort als armer Strolch für immer leben.

Joan
Was du verlangst, ist leicht. Ich muß gestehen:
Solang ich dich nur seh', will ich nichts andres sehen.
Nun gib mir deinen Mund, nach dem ich mich verzehre!

Angramain

Nicht hier! Nicht jetzt! Komm mit! Daß ich dich küssen lehre. *(Sie eilt fort, der Prinz folgt ihr wie ein Schlafwandler. Das Licht wird wie vorher.)*

Eheminister

Wer war die grüne Dame? Wenn ich das nur wüßte!
Vergebens such' ich ihren Namen auf der Liste.

Narr *(singt)*

Dann gibt es sie wohl nicht.
Denn Nichts ist Wirklichkeit.
Nichts zu verstehn, gelingt
Nur dem im Narrenkleid.

Rasches Dunkel

DAS VIERTE BILD

Im Schloß aus buntem Glas. Abenddämmerung. Der Zauberspiegel allein.

KALOPHAIN
Zurückgekehrt nun schon an hundert Mal
Bin ich vom Fluge über Berg und Tal,
Mit nichts beladen als der leichten Bürde,
Dem Bildnis, das der Prinz, säh' er nur einmal auf,
Erblicken und – erkennen würde.
Doch ist er ganz im Banne Angramains.
Mit der im Bund zu sein – ich nehm's in Kauf,
Denn dies Geheimnis bleibt auf ewig meins.
So kann ich meiner Herrin Wunsch vollführen
Und lauf' doch nicht Gefahr, sie zu verlieren.
Sie weiß nicht, daß er niemals kommen wird,
Daß sie vergeblich harrt, sie wird's nicht inne.
Auch heute wieder späht sie von der Zinne
Des höchsten Turms. Noch hofft sie unbeirrt.
O daß doch ihre Hoffnung endlich schwände!
Vergessen soll sie ihn – und wird's am Ende.
Und wenn erst alle Hoffnung von ihr wich,
Dann habe ich sie wieder ganz für mich.
Ja, fester-fest muß ich sie an mich binden!
Denn ohne ihren Glanz verfinstre ich,
Ohne ihr Augen-Licht – muß ich erblinden.

ELI *(gefolgt vom Zuge der Spiegelbilder, darunter auch dem des Prinzen, kommt langsam und traurig herein. Sie singt.)*
Tage und Nächte voll Bangen und Sehnen,
Stunde um Stunde erwarte ich ihn.
Und wird er nicht kommen, zu trocknen die Tränen,
In Dunkel und Einsamkeit schwinde ich hin.

KALOPHAIN *(singend)*
Eli, vergebens dein Bangen und Sehnen!
Eli, vergebens erwartest du ihn!

Vergiß deine Sehnsucht! Vergiß deine Tränen!
Dann schwinden auch Liebe und Leiden dahin.
(Er spricht)
Laß dir an seinem Spiegelbild genügen!
Der wahre Prinz kann reden – doch auch lügen.
Wer weiß, ob *sein* Herz so wie deines spricht?
Er sieht das Zeichen nicht, das wir ihm geben –
Doch vielleicht sah er's längst und achtet's nicht?
Drum kehr zurück zum alten, heitern Leben
Und alles wird wie früher leicht und licht!

ELI

Du, Spiegel, bist es, der nun lügt,
Zum Kummer mir den Zweifel fügt.
Vergißt du, daß ich sterblich bin?
Ich werde nie mehr so wie früher fühlen,
Nie mehr die alten, heitern Spiele spielen,
Bin nie mehr Kind und Königin!
Wenn er bei Tag nicht, noch im Traum bei Nacht
Mein Bild erkennt, den Weg zu mir nicht findet,
Dann kann's nur sein, weil eine böse Macht
Ihn blendet oder bindet.
Drum hör, was ich entschlossen bin zu tun:
Ich werde gehen und ihn suchen nun.
Ich will hinuntersteigen auf die Erde,
Will Menschen lauschen, einem wie dem andern,
Durch aller Herren Länder will ich wandern,
Bis ich ihn finde – oder sterben werde.
Euch Spiegelbildern, meinem langen Traum,
Euch gebe ich die Freiheit nun zurück.
Fahrt hin! Fahrt hin in einem Augenblick,
Dorthin, woher ihr kamt aus Zeit und Raum!
Auch du, mein Kalophain, unehrlich oder ehrlich,
Flieg fort! Sei frei! Du bist mir nun entbehrlich.
Was mich gefangen hielt, ich will es nimmer.
Dies ganze Schloß mit seinem bunten Schimmer,
Mit seinen Türmen, Gärten und Alleen –
Es soll im Nu verschwinden und vergehen!

Unter gewaltigen Zauberklängen verschwindet alles. Eli steht allein auf einem öden Berggipfel. Nacht. Eisiger Wind pfeift. Während sie den Abstieg beginnt, hört man die Klage des Zauberspiegels aus großer Höhe.

KALOPHAIN

Ach, meine Königin, mein Kind!
So grausam hast du mich vertrieben.
Nun werd' ich blind. Nun werd' ich blind.
Dein Bild nur ist in mir geblieben.
Was wird aus dir und mir, mein Kind?
Hart ist die Erde, kalt der Wind.
Was willst du lieben?

Langsam verschwindet das Bild im Dunkel.

DAS FÜNFTE BILD

Auf der Dachterrasse des morgen-ländischen Palastes. Sternennacht.
Prinz Joan liegt mit Angramain auf einem Ruhelager.
Diener und Würdenträger, Musikanten, der Eheminister, der Narr.

EHEMINISTER
Und wann, mein Fürst, wollt Ihr die Hochzeit halten?
Durch meine Ohren lauscht das ganze Reich.

JOAN
Morgen, Smeralda? Heute nacht? Jetzt gleich?
Wann immer dir's gefällt, befiehl's dem Alten!

ANGRAMAIN
Noch bin ich deiner nicht genügend sicher.

NARR
– sagte die Katze zu der Maus.
Die Schwanzspitz' hing ihr noch zum Maul heraus.
Ein Ruck, ein Schluck und weg! Daß ich nicht kicher'!

EHEMINISTER
Und Ihr, Madame, enthüllt uns bitte sehr
Nun endlich Euere Identität!

NARR
Sie ist doch schon enthüllt! Enthüllter geht's nicht mehr.

JOAN
Mir scheint, daß dieser Spaß zu weit nun geht!

ANGRAMAIN *(schmiegt sich an ihn)*
Hör nicht auf ihn! Es schaudert dich?

JOAN
Wie kühl du bist!

Angramain
    So wärme mich!

Auf ein Zeichen des Prinzen beginnen die Musikanten zu spielen.

Joan *(singt)*
    Ja, mein warmes Blut, mein Leben
    Will ich dir zueigen geben!
    Schmelzen will ich all dein Eis
    In den Flammen süß und heiß,
    Bis du dich mir ganz ergeben.

Angramain *(singt)*
    Ja, dein warmes Blut, dein Leben
    Sollst du mir zu trinken geben,
    Doch du weißt nicht, was das heißt.
    Drum zerstreue deinen Geist,
    Dann erfüllt sich bald dein Streben.

Eheminister *(singt)*
    Gerne wüßt' ich für mein Leben
    Wird's nun endlich Hochzeit geben?
    Ewig zögert sie's hinaus!
    Nein, das halt' ich nicht mehr aus,
    So in Ungewißheit schweben!

Narr *(singt)*
    Gerne möcht' ich für mein Leben
    Joan zu verstehen geben
    Was ich weiß, es macht mich heiß,
    Aber ihn macht's kalt wie Eis!
    Doch er will's nicht hören eben.
    Musik zu Ende

Joan
    Zerstreuung also, wie du sagst,
    Führt mich zum Ziel?

Angramain

Es ist ein Spiel.
Ich ford're dich heraus – wenn du es wagst.

Joan

Was kann ich verlieren?

Angramain

Dich.

Joan

Was kann ich gewinnen?

Angramain

Mich.

Narr

Gehupft wie gesprungen – sag ich.

Joan

Wie heißt das Spiel? Wie ist sein Name?

Angramain

Dame.

Joan

Das kenn' ich gut. Der Preis gehört schon mir,
Da ich dies Spiel noch nie verlor.
Wahrhaftig, gerne spiel' ich es mit dir!

Narr

Sie aber spielt es dir nur vor.

Angramain

Doch spiel' ich's nicht mit Brett und Stein,
Mit lebenden Figuren spiele ich's vielmehr.

Joan

Nun gut, wo nehmen wir die her?

Angramain

Das laß nur meine Sorge sein!

Auf eine magische Gebärde Angramains verändert sich wiederum das Licht. Die Spielfiguren erscheinen. Sie sind von aufreizender Nacktheit, nur ihre Köpfe sind dicht verschleiert. Der schachbrettartige Fliesenboden der Terrasse dient ihnen als Spielbrett. Die Partie wird durch einen Tanz dargestellt, den Prinz Joan und Angramain abwechselnd durch Gesten dirigieren. Der Gesang der Dame-Figuren ist aufreizend, ihre Bewegungen sind obszön.

Tanz und Chor der Dame-Figuren

Hör, was wir singen und sagen:
Du mußt überspringen und schlagen,
Mußt schlagen und überspringen!
Dem Listigen wird's gelingen.
Und wer im Weg steht, ist gerichtet,
Weil die Geläufigen ihn schlagen.
Und wer allein steht, wird vernichtet,
Wenn ihn die vielen jagen.
Hör, was wir sagen und singen:
Du mußt, was dich hemmt, überspringen!
Spiele, ohne zu fragen!
Wer nicht schlägt, der wird geschlagen!
Schlagen und überspringen,
Überspringen und schlagen
Und Schlagen und schlagen und schlagen …

Angramain

Das Spiel ist aus.

Joan

Wer hat gewonnen?

Angramain

Ich!

Joan

Gewonnen hast du nicht das Spiel allein,
Sondern mit Haut und Haar auch mich.

NARR
So was sagt einer selbst und sieht es doch nicht ein.
Ich wollt', *ich* wär' der Narr. Es muß ein andrer sein.

Man hört aus der Ferne die Klage des Zauberspiegels.

KALOPHAIN
Ach, meine Königin, mein Kind!
So grausam hast du mich vertrieben!

ANGRAMAIN *(zornig)*
Tanzt! Tanzt! Bewegt euch! Schlaft ihr schon?

JOAN
Nein, haltet ein! Was war das für ein Ton?
Klang's nicht wie eine Klage?

ANGRAMAIN
Schau *mich* an! Ganz alleine *mich!*
Was kümmert fremder Jammer dich?
Entziehe dich der Plage!

JOAN
Nein, nein! In meinem Reich soll niemand je
Zu Klagen Anlaß haben und zum Weh.

Der Zauberspiegel schwebt hoch am Himmel herein. Er trägt noch immer Elis Bild in sich.

KALOPHAIN
Nun bin ich blind. Nun bin ich blind.
Ihr Bild nur ist in mir geblieben.

JOAN
Bist du auch blind, so bist du dennoch schön!
Dies Abbild, das du trägst, ich hab' es nie gesehn,
Und doch erkenn' ich's tief im Herzen hier,
Als sei's von Ewigkeiten her ein Teil von mir.

Kalophain
Was wird aus ihr, aus meinem Kind?
Hart ist die Erde, kalt der Wind.
Wer wird sie lieben?

Joan
Ich, blinder Spiegel, ich! Ich will sie lieben!
Nun erst begreif' ich, was es heißt, dies Wort.

Kalophain
Wer spricht zu mir? Wo bin ich hingetrieben?

Joan
Du kommst zur rechten Zeit und an den rechten Ort.
Prinz Joan ist es, der zu dir gesprochen.

Angramain *(plötzlich mit unverstellter Stimme)*
Nun hast du deinen Eid gebrochen!

Joan
Du aber, wer bist du? War ich verrückt?
In Wahn und Irrtum hast du mich verstrickt!
Du bist nicht, was du scheinst. Ich seh' die List.
Grün-kaltes Blut rinnt in den Adern dir.
Dein Angesicht ist Lüge, deine Kälte Gier.
Fort mit der Maske! Zeig mir, wer du bist!

Joan reißt Angramain die Maske vom Gesicht, anstelle der grünen Dame steht plötzlich die große Spinne vor ihm. Gleichzeitig enthüllen alle Figuren des Dame-Spiels ihre Köpfe: Insektengesichter, Totenschädel und Fratzen. Joan erstarrt.

Angramain
Nun sollst du mir bezahlen, was du schuldest!
Tor, der du bist! Da stehst du und erduldest
Vor Grausen starr den wahren Höllenschmerz!
Mit Klauen greife ich in deine Brust
Und schlinge einen Knoten in dein Herz.
Ich, Angramain, bin's, der du weichen mußt!

Du hast verspielt! Ich will, daß du vergißt
Alles, was dein ist, alles, was du bist.
Flieh, armer Tor! Du hast mich nie gekannt.
Fort! Fort mit dir! Flieh aus dem Morgen-Land!

Joan entflieht.

NARR *(ruft ihm verzweifelt nach)*
He, Jojo! Nun gehst *du* zu weit, nicht ich!
Gib der Geschichte einen andern Lauf!
Uns, die Geschöpfe deiner Phantasie, läßt du im Stich?
Im Ernst, da hört der Spaß sich auf!
Er weint.

ANGRAMAIN *(die ins Riesige zu wachsen scheint)*
Beugt euch! *Ich* herrsche nun hier in den Morgen-Landen.

EHEMINISTER *(zitternd)*
De jure habt Ihr recht: So war's vertraglich.
Die Paragraphen sprechen *für* Euch ganz unfraglich.
So bin auch ich mit allem einverstanden.

ANGRAMAIN
Noch tiefer! Tiefer noch! Zu meinen Füßen!
Doch du, geschwätziger Spiegel, sollst nun büßen!

KALOPHAIN
Ich wollt' es nicht! Ich sah nicht, wo ich war.
Ich bin doch blind und hilflos ganz und gar!
(Er schwebt eilig fort)

ANGRAMAIN *(greift mit riesigen Spinnenbeinen in den Himmel)*
Willst du um Mitleid winseln, Kalophain?
In mir ist Gnade nicht, noch schone ich die Schwäche.
Ich hasse jenes Bild, darum zerbreche
Ich dich mit ihm. Vernichtet sollst du sein!
Ins Dunkel sollst du stürzen aus dem Hellen
Und an der harten Wirklichkeit zerschellen!

Aus der Ferne hört man den Wehschrei Kalophains, während er niederstürzt. Er zerschellt, wobei für einen Augenblick der ganze Himmel aufflammt und Tausende von Lichtsplittern umherwirbeln. Dann wird es dunkel.

Vorhang

DAS SECHSTE BILD

Wenn der Vorhang sich hebt, sieht man die gleiche Szenerie wie im Vorspiel, jetzt aber so, wie sie in der Erzählung Jojos erscheint: Die Zirkuskarren auf dem freien Feld vor dem Industriekomplex, aber alles ein wenig ins Imaginäre gesteigert, wie auf einem naiven Bild gemalt. Es ist ebenfalls Abend und der blasse Vollmond steht über den Schloten. Auch die Gruppe der Gaukler steht genauso wie zu Beginn des Vorspiels, nur daß jetzt alle ihre Kostüme tragen. Diese sind oft geflickt, ja, sie bestehen eigentlich nur aus Flicken, die mit Pailletten besetzt sind.
Anwesend sind, wie im Vorspiel:
Eli, Pippo, Wilma, Lola, Jussuf und Bux mit seiner Puppe. Auch Eli hat jetzt irgendwelche alten Kostümteile an, die ihr viel zu groß sind. Sie trägt einen Bauchladen voller Lose, auf dem ein Papagei turnt.

PIPPO *(tritt vor und nimmt Rednerpose ein)*
Heut sind's genau drei Jahre, liebes Kind,
Daß wir dich aufgegabelt haben.
Wir fanden dich halbtot im Straßengraben,
Bewußtlos fast, durchnäßt vom Regenwind,
Wie ein ertrunknes Kätzchen lagst du dort.
Wir packten dich in einen unsrer Wagen
Und päppelten dich auf in ein paar Tagen.
Seither zogst du mit uns von Ort zu Ort …
(Er verliert den Faden und blickt hilfesuchend umher)

ELI
Und Jojo war's. Er hat mich aufgenommen.

DIE PUPPE
… der heute leider fehlt, wie schon so oft.

BUX
Still, Ottokar! Er wird bestimmt noch kommen.

ELI
Grad heute hab' ich so auf ihn gehofft.

Jussuf
Ihm fehlt das künstlerische Pflichtgefühl.

Lola
Er ist und bleibt ein Vagabund.

Wilma
Sein Auftritt kümmert ihn auch nicht so viel!
Nie wird er ein Artist aus diesem Grund.

Eli
Doch will er sicher keinen von uns kränken.

Pippo
Mag sein. Wir woll'n auch jetzt nicht daran denken,
Denn heut' sind wir vereint zu deinen Ehren.
Wo war ich stehngeblieben? – Da du selbst es wolltest,
Versuchten wir ein Kunststück dich zu lehren,
Mit dem du dir dein Brot verdienen solltest.

Die Puppe
Doch leider warst du ziemlich unbegabt.

Lola
Nicht zum jonglieren, Seiltanz, Gehen auf den Händen,
Noch nicht mal als zersägte Jungfrau zu verwenden.

Jussuf
Doch haben wir dich alle gern gehabt
Und wollten dich bei uns behalten.

Pippo
So kamen wir – nach einigem Kopfzerbrechen –
Auf unsern Papagei, den alten,
Der leider keine Lust mehr hat zu sprechen.
Wir bauten jenen Kasten dir zum Tragen
Und füllten ihn mit bunten Schicksalslosen …

Die Puppe
Natürlich nur mit günstigsten Prognosen!

Bux
Halt deinen Mund! Willst du dich wohl betragen?

Die Puppe
Na, Bux, das ist doch alles Schwindelei.

Lola
Wer würde sonst nach seiner Zukunft fragen?
Ein bißchen Hoffnung, daß das Glück nicht fern,
Ruhm, Liebe, Reichtum greifbar nahe sei –
Dafür zahlt mancher ein paar Groschen gern
Und läßt sein Los sich ziehn.

Die Puppe
Vom Papagei!

Bux
Na und, mein Sohn, was ist denn schon dabei?

Pippo
Was ihr verdient, es bringt zwar nicht Gewinn
In unsre leere Kasse –

Wilma
Leider nein.

Pippo
Doch sorgt ihr beide immerhin
Für euren Lebensunterhalt allein.

Die Puppe
So braucht ihr niemand dankbar sein!

Wilma
Was wir dir danken, steht auf einem andern Blatt,
Dafür, daß du bei uns geblieben bist,
Weil – ja, wie soll man sagen, was es ist,
Das sich durch dich für uns geändert hat?

Jussuf
Wir war'n ein würdeloser Haufen einst,
Uns selbst verachtend, krank, vermaledeit …

Lola
Doch deine Art, wie du uns siehst und meinst,
Sie gab uns Glanz, ja, sogar Wichtigkeit …

Pippo
Als hinge etwas ab von unsren Sprüngen …

Die Puppe
Viel mehr als nur das bißchen Eintrittsgeld.

Bux
Da sagst du endlich was, das mir gefällt.

Jussuf
Als ob wir was bedeuten für die Welt …

Lola
Grad weil es nutzlos ist, was wir vollbringen.

Pippo
Genug! Und da du uns nicht sagen willst,
Woher du kommst, wann du Geburtstag hast,
Da du dich lieber in Geheimnis hüllst,
Drum haben wir nun den Beschluß gefaßt,
Den heutigen Tag zum Festtag zu ernennen.
Das einzige, was wir dir bieten können,
Ist diese Extrawurst für dich allein!

Eine gebratene Wurst wird hereingetragen und Eli vorgesetzt.

Die Puppe
Zu mehr hat das Budget nicht mehr gereicht.

Bux
Du Naseweis, misch dich nicht immer ein!

Eli
Ihr seid so lieb! Wollt ihr nicht auch vielleicht …?

Wilma
Nun iß und laß die Redensarten sein!

Lola
Hier ist die Gabel und das Messer.

Alle schauen gespannt zu, wie Eli ißt.

Eli
Ihr seht so hungrig aus und dünn!
Willst du ein Stückchen, Feuerfresser!

Jussuf
Du weißt doch, daß ich Vegetarier bin.

Pippo
Was steht ihr so herum, die Zähne klamm?
Da mag der Teufel eine Wurst verzehren!
Wir geben jetzt – hopp, hopp! – zu Elis Ehren
Ein kleines Extra-Gala-Fest-Programm!

Während Eli schmaust, machen die Artisten alle gleichzeitig ihre Nummern. Pippo jongliert mit bunten Bällen oder Keulen, macht Handstand und Flickflack. Jussuf speit Feuer und zieht Kaninchen aus seinem Zylinder. Lola tanzt auf einem Seil, das zwischen zwei Zirkuskarren gespannt ist. Wilma wirft mit Messern, die in einer Karrenwand um eine gemalte Figur stecken bleiben, wirbelt den Revolver und schießt brennende Kerzen aus. Bux und Ottokar schnattern durcheinander. Zuletzt verbeugen sich alle mit zirkushafter Attitude vor Eli.

Eli *(klatscht begeistert)*
Ihr wart ganz groß! So wunderbar wie eben
Habt ihr mir nie zuvor gefallen!
Warum, warum nur läßt man euch nicht leben?
Was ist denn mit den Leuten allen?

Alle werden plötzlich traurig und mutlos.

WILMA
Die Leut' sind abgebrüht durch größ're Sensationen.
Wer bei uns lacht, lacht uns im Grund nur aus.

LOLA
Wo alles nützlich sein muß und sich lohnen,
Gibt's für bescheid'ne Wunder nicht Applaus.

PIPPO
Ja, Freunde, unsre Chancen stehen kläglich.
Wir sind nicht mehr am Platz auf dieser Welt.

JUSSUF
Wir tragen unsre Haut zum Markte täglich,
Bloß kauft sie keiner.

DIE PUPPE
Deine Haut für Geld?
Wer will denn auch für Schorf und Runzeln blechen?

BUX
Still, Ottokar, wenn die Erwachsenen sprechen!

LOLA
Wenn wenigstens der Clown noch bei uns wär',
Weil der noch immer Kinder zu uns zieht.

DIE PUPPE
Mit seiner Nummer ist es nicht weit her!

BUX *(hebt drohend die Hand)*
Nun kriegst du's aber, Ottokar!

DIE PUPPE
Und sein Musik-Repertoire
Besteht aus einem einzigen Lied!
(Er bekommt eine Ohrfeige und heult)

Pippo

Man kann auf diesen Burschen niemals bauen.
Er kommt, zieht ein paar Wochen mit herum,
Dann plötzlich, eines Tags, wer weiß warum,
Gefällt's dem Herren einfach abzuhauen.

Lola

Ich weiß nicht, was – doch etwas treibt ihn um.

Wilma

Er zieht auf eigne Faust von Stadt zu Stadt
Und singt mit seinem Lied die Kneipen leer.

Pippo

Wie oft man ihn schon rausgeworfen hat,
Das geht auf keine Kuhhaut mehr!

Jussuf

Ich hab ihm oft gesagt: Dir fehlt der Ernst des Lebens!

Die Puppe

Bei dem ist jede Liebesmüh' vergebens.

Bux

Man spricht nicht von Kollegen in dem Ton,
Merk dir das endlich, Ottokar, mein Sohn!

Wilma

Ich glaube nicht, daß er sich jemals wandelt.

Lola

Es heißt, daß man ihn hier vor kurzem sah.

Eli

Glaubt ihr, er kommt? Vielleicht ist er ganz nah!

Jojo springt mit einem Satz mitten unter sie. Er ist jetzt der verzauberte Prinz, also noch immer jung. Er trägt außer dem spitzen weißen Hut das Kostüm des spanischen Clowns, mit Pailletten be-

setzt. Sein Gesicht ist mehlweiß geschminkt. Sein Bandonion hat er bei sich.

JOJO
Wenn man vom Teufel spricht, hopp! ist er da –
Auch wenn sich's nur um einen armen handelt!

JUSSUF
He, Jojo! Hast du mich erschreckt!

LOLA
Kriegt man dich doch mal wieder zu Gesicht!

WILMA
Du hast wohl den Ensemble-Geist entdeckt?

JOJO
Es kann schon sein. Vielleicht. Vielleicht auch nicht.

PIPPO
Warum bist du schon wieder ausgerissen?

JOJO
Ihr wißt, daß ich nichts weiß. Wie soll ich's wissen?

PIPPO
Bleibst du jetzt bei uns? Du – antworte mir!

JOJO
Vielleicht. Vielleicht auch nicht. Jetzt bin ich hier.

PIPPO
Auf jeden Fall
Wir ziehen morgen weiter
Vor Tagesgraun. So sparen wir die Pacht.
Jetzt woll'n wir schlafen gehn, das ist gescheiter,
Damit wir frisch sind morgen früh. Gut' Nacht!
(Er geht in seinen Wagen, die anderen folgen Pippos Beispiel. Nur Jojo und Eli bleiben sitzen.)

Jojo

Ujeh! Das nenn' ich mir Empfang!
Wie lang war ich denn fort?

Eli

Drei Wochen lang.

Jojo

Sie sind mir bös. Daher der kühle Ton.
Wenn ich mich selber nicht versteh sogar,
Wie soll'n die andern mich verstehn?

Eli

Ich schon.
Ich mag dich, wie du bist.

Jojo

Ganz wirklich wahr?

Eli

Ja, wenn du da bist, ist mir nicht mehr kalt.

Jojo

Ich finde auch, daß wir uns gut verstehen.

Eli

Ich kenn' dich schon so lang – drei Jahre bald! –
Und hab' noch niemals dein Gesicht gesehen.

Jojo

Wenn du's nicht weitersagst: Ich habe keins!
Und darum male ich mir eins,
Daß man den leeren Fleck nicht sieht.

Eli

Du, Jojo? Singst du mir ein Lied?

Jojo

Ein Lied? Du machst dich lustig, Kleine!

Du weißt, ich kann doch nur das eine.
Du hast es hundertmal gehört.

ELI
Ich möchte wissen, wen das stört.

JOJO
Und ob! Ich kenne Damen und Herrn,
Die werden schon wütend, wenn sie mich sehen.
»Der alte Hut!« – Ich kann's verstehen.

ELI
Ich hör' es immer wieder gern.

JOJO
Erklär mir mal, mein Kind, wieso?

ELI
Es macht mich traurig und macht mich froh.
Es ist immer das alte, sicherlich,
Und ist doch immer neu für mich.
So oft ich's hörte – ich weiß nicht die Zahl –
Klingt's jedesmal mir wie zum ersten Mal.

JOJO
Dann sing' ich's diesmal ganz allein für dich!
(Er spielt auf dem Bandonion und singt)
Ich weiß nicht, woher ich komme
Und weiß nicht, wo gehe ich hin.
Ich weiß nicht, was ich suche
Und weiß nicht, wer ich bin.
Ich weiß nur, ich muß etwas finden,
Das hab ich verloren vor langer Zeit,
Doch ich weiß nicht wo und ich weiß nicht warum.
Ich weiß nur: Mein Weg ist weit.

ELI *(nimmt die Melodie auf und singt, während er weiterspielt)*
Ich weiß wohl, woher ich komme,
Doch kann ich dort nie wieder hin.

Ich weiß wohl, was ich suchte,
Und weiß auch, wer ich bin.
Doch kann ich den Einen nicht finden,
Den einstmals ich suchte, dem keiner gleicht,
Dann möcht' ich vergessen, vergessen wie du –
Mein Herz wäre leer, aber leicht.

JOJO *(setzt erstaunt das Instrument ab)*
Du hast dir eigne Worte ausgedacht
Zu meiner alten Melodie?
Willst du nicht sagen, was dir Kummer macht?
Warum sprichst du darüber nie?

ELI *(nach einer Pause)*
Hast du mir diesmal gar nichts mitgebracht?

JOJO
O doch! Wie konnt' ich's nur vergessen!
Was ganz Besond'res! Und für dich persönlich!
Ich bin einmal spät nachts noch – wie gewöhnlich –
In einer trüben Schnapsbutik gesessen
Und hab' mein Lied gespielt wie überall –
Einmal zu oft vielleicht – Auf jeden Fall:
Der Wunsch des Publikums hat mich bewogen,
Rasch fortzugehn – und zwar in hohem Bogen.
Als ich so lag, zerschlagen und im Dunkeln,
Seh' ich vor meiner Nase etwas funkeln:
Ein Scherbchen Spiegelglas – mehr schien es nicht.
Und doch – was für ein wundersames Licht
Ging von ihm aus, so stark und doch so mild!
Ich hob es auf. Was, glaubst du, sah ich drin?
Ein winzigkleines klares Spiegelbild
Von einer schönen, jungen Königin!
Ach, dies Gesicht! Mir war so weh zumut,
Als müßte ich mich immer nach ihr sehnen,
Und so getrost zugleich, so gut,
Als gäb's auf dieser Welt nie wieder Tränen.
Da dachte ich: Das bring' ich dir als Gabe!
Hier, nimm! Es ist das Schönste, was ich habe.

Eli *(nimmt das Scherbchen staunend entgegen und blickt lange hinein)*
O Kalophain,
O Spiegel mein!
Dies arme Scherbchen blieb von dir.
Was so zerstört
Mir wiederkehrt,
War einstmals Spiel und Freude mir.

Jojo
Was sagst du da? Wach auf! Wie ist dir denn?
Du träumst! Wie du mir ganz verändert scheinst!

Eli
Was ich in diesem Scherbchen wiederkenn',
Das ist mein eignes Spiegelbild von einst.

Jojo
Es sieht dir ähnlich, das ist nicht zu streiten.
Jetzt, wo du's sagst, seh' ich es auch fürwahr.

Eli
Vor langen, langen Ewigkeiten,
Jenseits der Welt und außerhalb der Zeiten,
Als ich Prinzessin und unsterblich war
In einem Schloß aus buntem Glas –
Den Zauberspiegel, den ich da besaß,
Ich sandte ihn hinaus mit meinem Bildnis,
Den Einen mir zu suchen, jenen Einen,
Der mich die Sehnsucht lehrte und das Weinen …
Er fand ihn nicht – da ließ ich ihn erblinden.
Dann brach ich selber auf, den Freund zu finden,
Und stieg hinab durch Eis und Felsenwildnis.
Unzählige wirre Straßen mußt' ich wandern
Von einem Erdenende zu dem andern,
Durch viele Länder bis ins Heute-Land.
Da war ich müd. Und meine Hoffnung schwand.
Wo sollte ich noch hin? So bin ich hier geblieben.

Wer einen Menschen liebt, kann alle lieben –
Doch was liebt der, der keinen Liebsten fand?

Jojo
Und dieses Scherbchen da in deiner Hand …?

Eli
Ich hab' mein Reich zerstört auf Nimmer-Wiederkehr.
Mein Spiegel irrte blind seit da umher.
Zuletzt ist er wohl irgendwo zerschellt
Und seine Splitter fielen auf die Welt.

Jojo
Was du da sagst, erregt in meinem Innern
Ein Ahnen von Vergangnem, ein Erinnern,
So bang und fern und riesengroß …
Doch etwas hält es fest und läßt's nicht los.
Sprich weiter! Sag mir – jenen, den du meinst,
Wie wußtest du von ihm? Sahst du ihn einst?
Vielleicht ist er verzaubert
Durch magische Gewalt?

Eli
Ich würde ihn erkennen
In jeglicher Gestalt!
Mein Spiegel brachte unter tausend Bildern
Dies eine mir, durch welches mir geschah,
Daß ich fortan kein anderes mehr sah.
Ich seh's noch jetzt vor mir …

Jojo
Kannst du es schildern?

Eli
Sein Haar war – so wie deins, will mir fast scheinen,
Nur fiel es ihm viel schöner ins Genick.
Das Lächeln seiner Lippen – liegt auf deinen!
Aus deinen Augen trifft mich oft – sein Blick!
(Sie hält bestürzt inne)

Mir klopft mein Herz so wild!
Bergreif' ich, was ich sage?
Bist du, den ich hier frage,
Des Ebenbildes Bild?
Gleichst du auch keinem Königssohn,
Ich muß dich doch so nennen.
Wie konnt' ich nur so lange schon
Dich sehn und nicht erkennen?

JOJO
Nun scheinst du ganz verwirrten Sinns
Und redest unverständlich!

ELI
Du bist es!

JOJO
Ich?

ELI
Mein schöner Prinz!
Ach endlich! endlich! endlich!
(Sie will auf ihn zustürzen und ihn umarmen, aber er weicht zurück und schüttelt traurig den Kopf)

JOJO
Was soll ein armer Taugenichts
Mit solchem Wort beginnen?
Den Zügen meines Angesichts
Kannst du's nicht abgewinnen.
Mein Herz erinnert sich an nichts:
Ein Knoten ist darinnen.
Taub ist's und keine Antwort spricht's
Und kann sich nicht besinnen.
Den Knoten, geschlungen vom Bösen,
Kann niemand auf Erden mehr lösen.

ELI
Ich kann's! Gib acht, es ist ganz leicht,

Den Zauber auszuführen:
Laß mich dein Herz berühren!
Vertrau mir nur, sei nicht erschreckt!
Vergessenheit und Dunkel weicht,
Wenn Liebe Liebe weckt.
(Sie berührt sein Herz und löst den Knoten)

JOJO *(nimmt ihr Gesicht in beide Hände)*
Du süßes Himmelsangesicht,
So rätselhaft vertraut.
Der Augensterne liebes Licht
Hab' ich so oft geschaut.
Ich kenne dich – und kenn' dich nicht –
Als Schwester, Kind und Braut.
Ich zittere am ganzen Leib:
Du schönes Mädchen bist mein Weib!
So sanft verlangt mich nun nach dir,
Wir sind nicht mehr geschieden,
Und mit der Sehnsucht gibst du mir
Im Herzen endlich Frieden!
Was ist mir denn durch dich geschehn?
Wie Schnee im Schuh fühl' ich vergehn
Die Fessel, die mich band.
Mein blindes Herz lernt wieder sehn
Dich, die ich längst gekannt.
Nichts konnte mich im Innern
In Wahrheit von dir trennen.
Daß wir uns nun erkennen,
Ist ewiges Erinnern.

Sie küssen sich. Die Gaukler kommen aus den Karren.

WILMA
Was ist das? Ein Klingen liegt in der Luft!

LOLA
Ein Frühlingswehen – ein lieblicher Duft!

DIE PUPPE
Da seht mal die beiden! Was machen denn die?

BUX
Sei leise, mein Kleiner, sonst stören wir sie.

JOJO *(singt leise, während sein Bandonion, das abseits liegt, von selbst zu spielen beginnt)*
Nun weiß ich, woher ich komme,
Und weiß auch, wir gehen dorthin.
Nun fand ich, was ich suchte,
Und weiß wieder, wer ich bin.
Nun hab ich dich endlich gefunden,
In dir mich selbst und mein Leben zugleich.
Mein erstorbenes Herz, du machst es gesund.
Wir gehn in mein Königreich!

JUSSUF
Dein Königreich? Dann laß uns mit dir kommen!

PIPPO
Hier wird uns doch die Lebensluft genommen.
Jojo, ich bitt', nimm uns mit!

ALLE
Nimm uns mit!

JOJO
Ich lade jeden ein, der kommen mag.
Mein Land hat Raum und Brot für jedermann,
Denn in der Zukunft liegt's – um einen Tag.
Kommt mit ins Morgen-Land! Ich geh' voran!

Jojo, auf dem Bandonion spielend, geht mit Eli voraus, die anderen folgen ihnen. Langsam wird es dunkel.

DAS SIEBENTE BILD

Aus der Dunkelheit taucht eine Felsenklippe auf, die über einen finsteren Abgrund hinausragt.
Auf dieser Klippe stehen und sitzen zusammengedrängt Eli, Jojo und die Gaukler.
In einer Höhlung etwas abseits kauert eine graue Gestalt, die man zunächst kaum bemerkt, weil sie selbst wie ein Stück Fels aussieht.
Auf der anderen Seite des Abgrundes erkennt man die Hauptstadt des Morgen-Landes und Joans Palast.
Alles ist mit riesigen Spinnweben überdeckt.

PIPPO
Was nun, Prinz Clown? Soll unser Weg hier enden?

JUSSUF
Dort unten seh' ich Nebelschwaden bloß.

LOLA
Der Abgrund scheint wahrhaftig bodenlos.

WILMA
Wir sollten schleunigst uns zur Rückkehr wenden,
Denn diese Klippe, fürcht ich, trägt uns nicht.

JUSSUF
Was man dort drüben sieht im Dämmerlicht –
Soll das dein Morgen-Land am Ende sein?

DIE PUPPE
Selbst wenn ich könnte, ging' ich da nicht rein!

BUX
Sei still, mein Sohn! Wir können es ja nicht.
Doch muß auch ich, Jojo, dir eingestehen:
Der erste Anblick hält mich eher fern.

PIPPO
Das Land, das du versprachst, hätt' ich wohl gern

Einmal von weitem wenigstens gesehen,
Doch das da drüben macht nur, daß ich laufe.

Wilma
Ja, und zwar schnell. Vor Spinnen graut es mir.

Bux
Schlimm war's, woher wir kommen, aber hier
geraten wir –

Die Puppe
– vom Regen in die Traufe!

Lola
Was kümmert euch, ob euch das Land gefällt!
Schön oder schrecklich ist jetzt ganz egal.
Es führt kein Weg in jene Morgen-Welt.
Umkehren müssen wir, das ist fatal.
Schickt euch darein! Die Fahrt war lang und schwer.
Ihr seht, wir haben sie umsonst gewagt.
Wir sind enttäuscht – doch Jojo ist's noch mehr.
Er hat bis jetzt kein einziges Wort gesagt.

Jojo
Was soll ich sagen, Freunde? – Nur noch dies:
Ich hab' nicht mehr bedacht, daß ich mein Reich,
Indem ich aus ihm floh, damit zugleich
Für immer jener Spinne überließ.
Was ihr dort seht, das ist nicht meine Stadt,
Es ist, was sie daraus geschaffen hat.
Und dieser gähnend finstre Abgrund hier,
Ich hab' von ihm nicht mehr gewußt als ihr,
Weiß nicht, woher er kommt, wie er entstand,
Doch unerreichbar ist mein Morgen-Land.
Ich wollt' euch führen – und verführte bloß.
Was Hoffnung schien, ist nun erst hoffnungslos.
Verzeiht mir, was ich tat – und was ich bin!
Ihr seid erschöpft, verhungert und am Ende.

Zu weit der Rückweg – selbst, wenn ich ihn fände …
Nichts bleibt uns mehr. Ich weiß nicht mehr, wohin.

ELI
Verliere nicht den Mut! Das Land ist dein,
Du bist sein Schöpfer. Laß es nicht im Stich!

JOJO
Ich hab's erträumt und hab's erdichtet – ich!
Nun aber trennt von ihm der Abgrund mich
Und es gehört der großen Angramain.

DIE GESTALT *(seufzt leise und langgezogen)*
Ach!

ELI
War das nicht wie eine Stimme eben?

JOJO
Das Bündel dort – ist das ein Mensch? Ein Tier?
(Er geht hin)
Bist du ein Bettler? Warum hockst du hier?
Hier wird dir selten jemand etwas geben.
Für deinen Zweck ist dies ein schlechter Ort.
Komm, Alter – wenn du magst, geh mit uns fort!
Zwar sind wir auch nicht besser dran als du,
Doch stirbt sich's leichter, drückt dir wer die Augen zu.
(Er erschrickt, weil die Gestalt ihm ihr Gesicht zuwendet)
Wie seltsam sehn mich diese Augen an,
So funkelnd und so starr!

DIE GESTALT
Kennst du mich nicht mehr, Prinz Joan?
Ich bin's – dein alter Narr.

JOJO
Du? – O mein Gott! – Wie lang sitzt du schon hier?

NARR

Seit du dich selbst vergessen hast, Freund Liederlich.

JOJO

So tat dir Angramain dasselbe an wie mir?

NARR

Dazu gehören zwei. Nein, ich verdrückte mich.
Wo Angramain regiert, da ist kein Platz für Späße.
Ich bin geflohn aus ihrem Todesgarten,
Hab' mich hierher gesetzt, dich zu erwarten,
Daß einer wenigstens dich nicht vergäße.

JOJO

Wie tief beschämst du mich! Doch schau, nun kehr' ich wieder
Mit meinen Freunden und mit meiner wahren Braut.

NARR

Ja, sie ist wahr. Hier knie' ich vor ihr nieder.
Ihr Lächeln macht, daß mein gefror'nes Lachen taut.

ELI

Steh auf, mein alter Freund! Darf ich so sagen?
Mir ist, als wärst du mir seit je bekannt.

JOJO

Wenn Angramain nichts daran lag, dich fortzujagen,
Warum bist du geflohen aus dem Morgen-Land?

NARR

Wo alles wie am Schnürchen läuft – am Faden! –
Da kann der Narr nichts nützen und nichts schaden.
Es ist, als gäbe es ihn nicht. Was soll er machen?
Perfekte Automaten bringt man nicht zum Lachen.
Wo nichts mißlingt, kann's kein Gelächter geben.
Wozu Humor, wo kein Versagen droht?
Menschliche Unvollkommenheit – das ist mein Leben,
Unmenschliche Vollkommenheit – mein Tod.

Eli

Vollkommenheit? Wie kann das möglich sein?
Herrscht dort denn nicht die Spinne Angramain?

Narr

Vollkommen, ja. Wenn auch auf ihre Weise:
Nach Art des alten klappernden Skeletts!
Sie überzog das Land geheim und leise
Mit einem einzigen großen Spinnennetz.
Sie sitzt im Zentrum. Abertausend Fäden
Laufen bei ihr zusammen, gehen von ihr aus.
Wo immer sich was regt, sie spürt's voraus,
Weiß alles, regelt alles, gängelt jeden.
Sie selbst jedoch, gepanzert und geschuppt,
Saugt Macht und Lebenskraft aus diesem Ganzen.
Wer dort noch lebt, den hat sie eingepuppt,
Gelähmt sein Wille, mutlos und korrupt...
Sie ganz allein läßt alle Puppen tanzen!
Doch dieser Tanz der Puppen ist ein Fluch:
Wie Weberschiffchen emsig hin und her
Durchhasten sie einander kreuz und quer
Und weben nur – ein riesiges Leichentuch!
Vollkomm'ne Ordnung, der man nicht entschlüpft,
Denn alles ist berechnet und bedacht.
Das Netz ist unzerreißbar, weil aus Angst geknüpft.
Aus List und Angst besteht der Spinne Macht.

Jojo

Mein schönes Land! Mein schönes Morgen-Land!
Wie anders warst du, als ich dich erfand!
Hätt' ich auch sonst gewagt, dich so zu heißen?
Doch dieser Abgrund – sag, wie er entstand?
Hat sie sogar Gewalt, die Welt entzwei zu reißen?

Narr

An vielem hat sie schuld, die Dame Angramain,
Doch daran nicht, mein Junge. Die trifft dich allein!

Jojo
Was sagst du? Durch mich, durch meine Schuld entstellt
Die fürchterliche Wunde das Gesicht der Welt?

Narr
So ist es, Prinz Joan, auch wenn du es nicht weißt,
Weil sich der Traum vom ungetreuen Träumer reißt,
Wenn der ihn von sich stößt, aus der Erinnerung.
Zur Stunde da du gingst, entstand der erste Sprung,
Dann wurde draus ein Riß, ein tiefer Felsenspalt,
Dann eine Kluft, ein dunkles Tal alsbald –
Und so von Tag zu Tag ging's fort, von Nacht zu Nacht,
Bis draus der Abgrund ward, der heut' dich schaudern macht.

Jojo
Nun will mich Schuld und Scham zu Boden drücken!
Ich bitt' dich, weiser Narr, hör meinen Hilferuf!
Wenn ich unwissend diesen Abgrund schuf,
Hab ich kein Mittel, ihn zu überbrücken?

Narr *(singt)*
Wer aber kann überm Leeren
Schwebende Brücken bauen
Ohne Pfeiler und Bogen?
Niemand kann es dich lehren.
Du mußt deinem Stern vertrauen:
Gewogen wirst du, gewogen,
Auf daß sich, was wahr ist, bewähre!
Diesmal aber erreicht
Keiner den Sieg durch die Schwere,
Darum – sei leicht!

Jojo
Versteht ihr, was der Narr da spricht?
Seltsame Litanei!

Narr
Versteh' ich sie doch selber nicht.
Es war wohl Narretei.

Angramain erscheint als riesige Spinne auf der anderen Seite des Abgrundes.

ANGRAMAIN *(für sich)*
Was zirpt und schwirrt da drüben?
Ich wittere Gefahr!

NARR *(flüstert)*
Mit tausend Augen zwar
Glotzt Madame Potyphar,
Jedoch mit tausend trüben.
Schau, sie erkennt dich nicht!
Du siehst, auch sie hat Schwächen:
Die Gier ist ihr Gebrechen
Und ihre schlechte Sicht.

ANGRAMAIN *(noch immer für sich)*
Farbtüpfchen seh ich treiben.
Mir ist, als ob's Gestalten gleicht.
List und Geduld! Ich kann vielleicht
Sie bald mir einverleiben.

ANGRAMAIN *(laut)*
Was treibt ihr da, ihr Püppchen?
Wer seid ihr? Sagt, was ihr begehrt!

JOJO
Wir sind ein Gauklertrüppchen
Und hätten gern Euch unsre Kunst gelehrt.

ANGRAMAIN
Mich wollt ihr lehren? Hab ich recht gehört?

JOJO
Ganz recht, Madame. Man hat uns zwar erzählt
Von Eurer Allmacht und Allwissenheit,
Doch kennen wir ein Kunststück, das Euch fehlt
Und ohne das Ihr nicht vollkommen seid.

Angramain
Hör zu, mein Freund, und merke dir:
Mit mir ist nicht gut scherzen.
Betrügst du mich, dann stirbst du hier –
Und unter tausend Schmerzen.

Jojo
Bei dieser Art Disput beruhigt mich's recht,
Ihn über einen Abgrund weg zu führen.

Angramain
Vor mir schützt dieser Abgrund dich nur schlecht,
Das würdest du, falls du verlierst, bald spüren!

Jojo
Falls ich verliere … Doch wenn ich gewinne,
Was gibt mir Angramain, die große Spinne?

Angramain *(für sich)*
Er will mich schrecken, weil er meinen Namen kennt,
Und macht mich unbesorgt indessen,
Denn jener, der sich Herr des Landes nennt,
Hat ihn durch mich für immerdar vergessen.
So bin ich sicher: Dieses Mehlgesicht
Ist der, den ich zu fürchten habe, nicht!
(laut)
Weißt du wahrhaftig mehr, als mir bekannt,
Als meine Macht vermag, vermagst du mehr –
Dann überlaß' ich dir dies ganze Morgen-Land
Und mache mich davon auf Nimmer-Wiederkehr!

Jojo
Sprichst du im Ernst?

Angramain
Im Ernst!

Jojo
So soll es gelten!

Angramain
Und nun das Kunststück, das ich nicht durchschau'!

Jojo
Es ist ein Zauberspiel und wahrlich selten.
Gebt acht! Denn ich erklär's zuerst genau:
Denkt Euch zwei festverschloss'ne Schreine,
Kunstvoll verziert auf jeder Seite.
Den Schlüssel zu dem zweiten birgt der eine
Und den zum ersten wiederum der zweite.
Und nun die Kunst, die Euch verborgen ist:
Nicht durch Gewalt, Zerstörung oder List,
Nur mit den Schlüsseln, die im Innern liegen –
Wie stellt man's an, die Schreine aufzukriegen?

Angramain wendet ihm ihr Hinterteil zu, aus dem lange Fäden kommen, die über den Abgrund wehen.

Narr
Das muß dich nicht besonders kränken,
Es ist nur ihre Art zu denken.

Angramain
Das läßt sich rechnen: Zwei verschloss'ne Schreine,
Jeder enthält den Schlüssel zu dem andern –
An *den* zu kommen, fehlt zunächst der eine,
Den ich bekäme, hätt' ich *diesen* hier,
Doch dazu mangelt wieder jener mir…
(Sie läuft immer spinnend hin und her, so daß sich nach und nach ein Netz über dem Abgrund bildet)

Jojo
So mußt du ewig hin und wider wandern
Und all dein spinnewebender Verstand
Reicht doch nicht aus mit abertausend Fäden!
Nur Totes hält dein harter Griff umspannt.
Drum magst du von Vollkommenheit wohl reden!
Lebendiges hast du noch nie erkannt
Und nicht das Werdende, das Morgen-Land.

Doch dies Geheimnis hütet selber sich,
Ist nicht von außen abzulesen.
Nur wer sich drein verwandelt innerlich,
Versteht sein wunderbares Wesen.

ANGRAMAIN *(zornig)*
Und deine Schreine – wenn es selbst so wär –
Wozu sie schließlich öffnen? Sie sind leer!

JOJO
Wo du das Nichts erblickst, ist eine Kraft,
Verborgen, unerreichbar allem Bösen,
Die aus sich selbst – sich und die Welt erschafft.
Und die vermag's, das Rätsel aufzulösen.

ANGRAMAIN
Es gibt nichts Neues, gibt nichts, was entsteht!
Die Welt ist Staub, der sich im Kreise dreht!
Die Schöpferkraft! Das alte Spiel des Affen,
Der wiederholt, was schon seit je bestand!

ELI
Und doch gäb's nicht dies ganze Morgen-Land,
Das du beherrschen willst, hätt' niemand es erschaffen.

ANGRAMAIN
Es war schon immer da – und das genügt.
Nichts Neues wurde je hinzugefügt.
Und da nicht existiert, wovon er spricht,
Bin ich vollkommen – denn es fehlt mir nicht!

JOJO
Was du nicht kennst, das, meinst du, soll nicht gelten?
Du meinst, daß Phantasie nicht wirklich sei?
Aus ihr allein erwachsen künftige Welten:
In dem, was wir erschaffen, sind wir frei.

ANGRAMAIN
Freiheit ist Trug, denn alles ist bedingt,
Notwendigkeit, die uns umringt und zwingt!

Und da nicht existiert, wovon er spricht,
Bin ich vollkommen – denn es fehlt mir nicht!

Eli

Es fehlt dir! O es fehlt dir sehr!
Weißt du dich selber nur von Zwang getrieben?
So ist dein Reich vollkommen liebeleer
Und darum hat es keine Zukunft mehr.
Nur wo wir frei sind, können wir auch lieben!

Angramain

Hör' einer sich das süße Schnäuzchen an!
Und freilich hat es auch schon was zu sagen.
Und weil's mich amüsiert, will ich dich fragen:
Was fang ich denn mit Liebe an?
Kann ich sie wägen, zählen, messen?

Eli

Das kannst du nicht.

Angramain

Kann ich sie etwa fressen?

Eli

Auch das nicht.

Angramain

Wozu nützt sie dann?
Unordnung schafft sie nur, Verwirrung allezeit.
Sie ist ein Fehler! Wenn ein Fehler fehlt,
So fehlt er nicht an der Vollkommenheit.

Jojo

Und doch ist sie's allein, die uns beseelt,
Denn nur die Liebe macht uns schöpferisch.

Angramain

Da hör' ich doch das alte Wasch und Wisch!
Das nenn' ich einen schönen Zirkelschluß:

Ihr dreht die Worte bis zum Überdruß
Und wo es aufhört, fangt ihr wieder an,
Beweist das eine immer mit dem andern,
Um wieder dort zu enden, wo's begann!

Jojo
So mußt du ewig hin und wider wandern,
Denn was dir dreifach scheint, ist immer nur das Eine.

Angramain
Genug geschwätzt! Mich ekelt dieses Spiel!
Mit Rätselreden rettet ihr nicht viel.
Nun zeigt mir endlich eure Wunder-Schreine!
Tatsachen einzig überzeugen mich.

Jojo (*nimmt Eli an der Hand*)
Wir beide sind die Schreine – sie und ich.

Angramain
Dacht' ich's mir doch, daß ihr mich foppen wollt!
Mit leeren Worten zaubert man auf leichte Weise.
Ich fordere unwiderlegliche Beweise,
Weil ihr es sonst mit eurem Leben büßen sollt!

Jojo
Was drohst du mir? Ich bin bereit dazu!
Bald hast du Grund genug, dich aufzuregen.
Ich werde dir beweisen, was selbst du
Nicht leugnen kannst und auch nicht widerlegen.
Die Liebe, sagst du, gibt es nicht,
Nicht Freiheit, noch das schöpferische Spiel?
Wen wundert es, daß Angramain so spricht,
Die nur sich selbst als Zweck erkennt und Ziel!
Denn dem allein sind diese drei gegeben,
Der es vermag, ganz absichtslos zu handeln.
Sie halten gegenseitig sich im Schweben
Und jedes will ins andre sich verwandeln.
Ich war gefangen im Verlies des Bösen,
In tiefer elender Vergessens-Nacht.

Dies Mädchen konnte mir die Fessel lösen
Und ihre Liebe hat mich frei gemacht.
Als ich die Freiheit atmete, da sah ich klar
Und wußte wieder, wer ich bin und war:
Ich bin es, der in Traum und Spiel erfand
Dies ganze mir geraubte Morgen-Land!
Was niemand, auch nicht du, bezweifeln kann:
Daß ich hier steh', ist der Beweis! Hier, sieh mich an!
Erkennst du mich? Ich bin es, Prinz Joan!
Du hast verloren. Steh zu deinem Wort!
Gib mir mein Land zurück und mach dich fort!

Angramain
Verflucht! Verflucht! Es kann nicht sein!
Der Knoten war unlösbar fest geschlungen.
Wie immer euch der faule Trick gelungen,
Jetzt geht es um Gewalt – und die ist mein!
Habt ihr, nutzloses Pack, im Ernst gedacht,
Ich ließe mich auf solche Wette ein?
Ihr habt die Rechnung ohne Wirt gemacht!
Euch festzuhalten war mein Zweck allein,
Bis ich die Brücke übern Abgrund spann.
Ihr gingt mir auf den Leim – und ich gewann.
Jetzt komm' ich und verleibe euch mir ein!
(Sie kommt über das Netz, das sich über dem Abgrund gebildet hat, auf sie zu)
Laßt sehn, was eure Zauberkraft vermag,
Wenn ich euch nun in meine Bande schlag'!
Kommt her und kämpft und zeigt mir, was ihr seid,
Ihr Ritter von der Absichtslosigkeit!

Die Monsterfiguren des Damespiels schwärmen aus dem Abgrund, noch grausiger als zuvor. Die Gaukler kämpfen gegen die große Spinne und ihr Gefolge. Angramain schlägt wie mit Peitschen lange Fäden um sie, in denen sie sich verwickeln. Die Gaukler verteidigen sich jeder auf seine besondere Art durch Saltos, Messerwürfe, Feuerblasen usw. Es gelingt ihnen, die Monster in den Abgrund zu drängen, da fallen Angramains Netze über sie, in welchen sie hängenbleiben und sich nicht mehr zu bewegen vermögen. Auch Joan und der Narr sind schon überwältigt, nur Eli ist noch frei. Sie hat das Spiegelscherbchen hervorgezogen und blendet damit die Spinne, so daß diese sie immer wieder verfehlt.

ANGRAMAIN
Verdammtes Gleißen! Buntes Licht-Geflirr!
Das funkelt, glitzert, macht mich irr und wirr!
Was ist das für ein Ding, das mich da blendet?
Hör du, die es beharrlich auf mich wendet:
Es scheint mir sehr begehrenswert. Gib's her!
Du kannst damit das Leben dir erkaufen.
Gibst du es mir und blendest mich nicht mehr,
Dann laß' ich dich und deine Freunde laufen.

ELI
Ich glaub' dir nicht. Du hältst nicht deinen Schwur!
Was du versprichst, das ist Verstellung nur
Und alles, was du sagst, ist Lüge.

ANGRAMAIN
Schon möglich, daß ich dich betrüge,
Doch hast du keine andre Wahl.
Dir nützt kein Feilschen. Gibst du's nicht sofort,
Dann sterben deine Freunde allemal,
Doch gibst du mir's – halt' ich vielleicht mein Wort.
Lohnt diese Hoffnung nicht die kleine Gabe?

ELI
So nimm's. Es ist das Schönste, was ich habe.
(Sie legt das Scherbchen auf den Boden und tritt zurück)

ANGRAMAIN *(greift gierig danach)*
Leichtgläubiges Kind! Für nichts hast du's gegeben,
Denn was ich einmal hab', behalt' ich auch.
Mir sammelt sich das Gift im Maul und Bauch.
Verspielt hast du nun euer aller Leben!
(Sie blickt in das Scherbchen)
Was seh' ich da? Wenn nicht mein Auge trügt,
So scheint's, daß dies ein Spiegelbildchen sei.

Und da ein Spiegel, wie man weiß, nicht lügt –
So ist es meins, mein eignes Konterfei!
Wie schön es ist, wie süß! O Herrlichkeit!
So schau' ich endlich doch einmal
Mich selbst, mein höchstes Ideal
In meiner eigenen Vollkommenheit!
O ja, wenn etwas auf der Welt
Den Durst, der ewig mich befällt,
Den ewigen Hunger stillen kann,
Die ewige Leere füllen kann,
Die Gier, verzehrend, kalt und wild –
Wenn jemals etwas mir im Leben
Einmal nur Sättigung kann geben,
So dies allein: Mein eigenes Bild!
(Sie verschlingt es)
Doch weh! Doch weh!
Was für ein fürchterliches Grauen
Erfaßt mich mit Gewalt?
Ich muß mich in mir selbst erschauen
In meiner Mißgestalt!
Vergeh! Vergeh!
So hab' ich mich denn selbst betrogen!
O Stunde des Gerichts!
Vom Abgrund werd' ich aufgesogen –
Hinweg mit mir ins Nichts!
(Sie stürzt sich in den Abgrund. Dieser lodert für einen Augenblick von grünen Flammen. Während sie zusammensinken, erhebt sich aus ihnen der Zauberspiegel und schwebt über die Klippe empor.)

KALOPHAIN
O Eli, Kind und Königin!
Du hast aus mir den Tod vertrieben.
Nimm wieder mich als Diener hin!
Von Selbstsucht ist mir nichts verblieben.
Du gabst mir einen neuen Sinn:
Der ich durch dich verwandelt bin,
Weiß nun zu lieben.

Eli
O Kalophain!
O Spiegel mein,
Kaum glaub' ich meinem Aug' und Ohr!
Wo kommst du her?
Du warst nicht mehr
Und bist nun schöner als zuvor!

Kalophain
Verzehrende Flammen,
Sie fügten zusammen
Was weithin verstreut.
Woran ich zersprungen,
Hat selbst sich verschlungen –
Mich hat es erneut.
Ich will euch erlösen:
Gespinste des Bösen
Bescheine ich hold,
Und laßt ihr mich handeln,
Ich kann sie verwandeln
In leuchtendes Gold!

Die Netze, in welchen die Gaukler gefesselt liegen, verwandeln sich durch den Schein des Zauberspiegels in Goldfäden und fallen ab.
Die Gefangenen können sich befreien.
Auch das große Netz über dem Abgrund und dem Morgen-Land blinkt und funkelt nun golden.

Lola
O seht! Seht her! Wie schön! Wie wunderbar!

Die Puppe *(flüstert)*
Das ist doch nur ein Traum.

Bux *(ebenso)*
Still, Ottokar!
Bei großen Wundern schwätzt man nicht, mein Kleiner.

Wilma

Seht doch! Das Netz ist golden ganz und gar!

Pippo

Mir kommen Tränen – *(drohend)* lacht da etwa einer?

Jussuf

Kein Zauber ist mit diesem hier vergleichbar!

Narr

So schließt sich die Geschichte nun zum Ring:
Was erst durch Angramain verloren ging,
Wird durch ihr Werk uns wiederum erreichbar!

Eli

Mein schöner Zauberspiegel, schwebe uns voran
Und führe übern Abgrund uns mit deinem Schein!

Jojo

Wer über goldne Spinnwebfäden tanzen kann,
Der mag uns folgen – und willkommen soll er sein!

Die Gruppe der Gaukler folgt dem schwebenden Zauberspiegel über das Spinnennetz und verschwindet im Morgen-Land. Langsames Dunkel.

NACHSPIEL

Die gleiche Szenerie wie im Vorspiel.
Musik: Jojos Lied.

Hinter der Silhouette der Industrieanlagen dämmert das erste fahle Morgengrauen. Es beginnt ein wenig zu schneien.

Die Gaukler sitzen und stehen um das Feuer, dessen Schein sie beleuchtet, und sehen zu, wie es langsam erlischt.
Eli ist an Jojos Schulter geschmiegt eingeschlafen. Langes Schweigen. Jojo spielt mit der leeren Flasche, dreht sie um, schüttelt sie, wringt sie aus, schaut mit einem Auge hinein, benutzt sie als Fernrohr, bläst darauf. Schließlich stellt er sie behutsam vor sich hin. Plötzlich setzt der Lärm der Baumaschinen ein, erst noch einzeln und entfernt, dann kommen mehr und mehr dazu.

Die Gaukler schrecken auf und blicken sich gegenseitig alarmiert an. Der Lärm steigert sich und scheint von allen Seiten näher zu kommen. Jojo steht auf, zieht den Vertrag aus der Manteltasche, sucht in all seinen anderen Taschen, bis er einen Schreibstift gefunden hat, dann geht er zu Pippo und bietet ihm beides an. Pippo streckt langsam die Hand danach aus, zieht sie wieder zurück, schaut die anderen an, dann wieder den Vertrag und schüttelt schließlich den Kopf.
Jojo geht nun von einem zum andern, doch jeder weigert sich zu unterschreiben. Der Lärm nimmt immer mehr zu.
Eli ist aufgewacht und beobachtet mit großen Augen, was geschieht. Sie fürchtet sich vor den näherkommenden Maschinen. Jojo ist bei Wilma als letzter angelangt. Wilma nimmt das Papier und betrachtet es lang, dann schaut sie die Kollegen an, nickt bitter lächelnd, aber im Einverständnis mit ihnen und zerreißt den Vertrag langsam und sorgfältig in viele kleine Stücke, die sie ins Feuer wirft. Es züngelt noch einmal auf und erlischt endgültig.

Die Gaukler nehmen Eli in ihre Mitte und stellen sich schützend dicht um sie.
Der Maschinenlärm wird unerträglich laut.

Vorhang

Ingeborg Bachmann
Sämtliche Gedichte

229 Seiten. Piper Taschenbuch

»Die Zeile, die bleibt, das Wort, das nie schal wird, die große Strophe haben ihren Ursprung dort, wo Leidensfähigkeit und Leiderfahrung auf den Formwillen und das Formvermögen einer trotz aller Sensitivität im Kern unbeirrbaren Natur treffen. Seit Gottfried Benn hat es im deutschen Sprachraum kein lyrisches Talent gegeben, an dem sich diese Grundbedingung dichterischer Existenz überzeugender bewahrheitet hat als an Ingeborg Bachmann.«
Frankfurter Allgemeine Zeitung

»Dieses Œuvre gehört zu den großen dichterischen Leistungen unseres Jahrhunderts, es ist von jener Schönheit, die allem innewohnt, was rein gedacht und gelebt worden ist.«
Neue Zürcher Zeitung

01/1137/02/R

Aber das ist eine andere Geschichte – Das große Michael Ende Lesebuch

Herausgegeben von Andrea und Roman Hocke. 352 Seiten. Piper Taschenbuch

Mit seinen Figuren Jim Knopf, Momo und der Kindlichen Kaiserin schrieb Michael Ende sich in die Herzen junger und junggebliebener Leser. Noch Jahre nach seinem viel zu frühen Tod 1995 ist er einer der beliebtesten und erfolgreichsten deutschen Schriftsteller der Nachkriegszeit. Dieses große Michael Ende Lesebuch präsentiert das Beste und Schönste aus seinem Werk und bringt uns den Künstler, den Denker und den Menschen Michael Ende nahe. Abgerundet mit bisher unveröffentlichten Texten aus der »Unendlichen Geschichte«, ist es eine Fundgrube für Fans, Wiederentdecker und Neueinsteiger.

05/2033/02/L

Michael Ende

Trödelmarkt der Träume

Mitternachtslieder und leise Balladen. 112 Seiten. Piper Taschenbuch

Michael Ende, der unvergessene Schöpfer von »Momo« und der »Unendlichen Geschichte«, hat auch phantasievolle literarische Kleinode geschaffen – mal lustig, mal seltsam, auch bitter oder versöhnlich. Lieder und Balladen, die sich wie kunterbunte Flicken in unserem grauen Alltagskleid ausnehmen und sich als poetisches Pendant zu Endes Romanen lesen lassen. Angeregt durch die Balladenkultur Frankreichs und Italiens erfand Michael Ende Texte, zu denen jeder selbst eine Melodie finden kann, ob im Rhythmus eines Tangos, einer Polka oder eines Walzers.

05/2034/02/R

Michael Ende

Das Gefängnis der Freiheit

Geschichten von Wundern und Zeichen, von Geheimnissen und Rätseln. 256 Seiten.
Piper Taschenbuch

Ein schimmernder Palast aus Mondstein, ein Korridor, dessen Ende nie erreicht werden kann, ein Katakombensystem, in dem das Schattenvolk lebt … Michael Ende entführt den Leser in seinen Geschichten in eine farbenprächtige Welt der Wunder und Zeichen, der Geheimnisse und Rätsel. Doch auch wenn es die magischen Orte, in denen die phantastischen Geschichten spielen, in der Realität nicht gibt, so erkennen wir sie wieder, weil sie in die Innenwelt der Menschen führen. Begeben Sie sich ins Land der Phantasie – mit den hier versammelten magischen Abenteuern von Michael Ende.

Michael Ende

Momo

oder Die seltsame Geschichte von den Zeit-Dieben und von dem Kind, das den Menschen die gestohlene Zeit zurückbrachte. Ein Märchen-Roman. Mit Bildern des Autors. 304 Seiten.
Piper Taschenbuch

Momo lebt am Rand einer Großstadt in den Ruinen eines Amphitheaters. Sie besitzt nichts als das, was sie findet oder was man ihr schenkt, doch sie hat eine außergewöhnliche Gabe: Sie hat immer Zeit und ist eine wunderbare Zuhörerin. Eines Tages treten die grauen Herren auf den Plan. Sie haben es auf die kostbare Lebenszeit der Menschen abgesehen, und Momo ist die Einzige, die ihnen noch Einhalt gebieten kann …

»Ein eindrucksvolles Plädoyer, den Alltag nicht mit der Trauer um verlorene Jahre, sondern mit einer Summe aus Glücksmomenten und gefühlten Ewigkeiten anzufüllen.«
Die Welt

PIPER

Michael Ende

Die unendliche Geschichte

Das Original mit den Illustrationen von Roswitha Quadflieg. 448 Seiten. Piper Taschenbuch

»Tu, was du willst!«, lautet die Inschrift auf dem Symbol der unumschränkten Herrschaftsgewalt in Phantásien. Doch was dieser Satz in Wirklichkeit meint, erfährt Bastian erst nach langem, mühevollem Suchen.

05/2504/01/L

Die schönsten Liebesgedichte

Herausgegeben von Michaela Kenklies. 208 Seiten. Piper Taschenbuch

Liebesrausch und schmerzliches Vergnügen, geglückte Flirts und verpaßte Chancen: Kein Gefühl beflügelt Dichter mehr als die Liebe. Dieses Buch enthält die schönsten deutschen Liebesgedichte vom Mittelalter bis heute, so facettenreich wie die Liebe selbst. Von Walther von der Vogelweide über Johann Wolfgang von Goethe und Clemens Brentano bis zu Friedrich Hölderlin, Rainer Maria Rilke, Ingeborg Bachmann und vielen anderen. Eine bezaubernde Sammlung für Verliebte, Geliebte und Liebende.

05/1974/02/R

Die Lieblingsgedichte der Deutschen

Herausgegeben von Lutz Hagestedt. 174 Seiten mit 20 Federzeichnungen von Wolfgang Nickel. Piper Taschenbuch

Klassiker wie Goethes »Mailied«, Hölderlins »Hälfte des Lebens«, Eichendorffs »Sehnsucht« oder Rilkes »Herbsttag«, Liebesgedichte wie Erich Frieds »Was es ist« oder Bertolt Brechts »Die Liebenden«, aber auch Humorvolles von Joachim Ringelnatz, Erich Kästner und Kurt Tucholsky – in diesem liebevoll gestalteten Band mit den hundert bekanntesten und beliebtesten deutschen Gedichten werden auch Sie gewiß Ihr persönliches Lieblingsgedicht wiederfinden. Ein schönes Geschenk zum Sich-Erinnern, zum Nachlesen und zum Neu-Entdecken.

»Worte prägen, Gedichte stiften Kontinuität, besonders wenn man sie auswendig kann. Gedichte sprechen von Dauer, die Zeiten ändern sich, die Klassiker bleiben auf ihren Sockeln.«

Lutz Hagestedt im Nachwort

05/1637/02/L

Heinrich Heine

Die schönsten Gedichte

Herausgegeben von Annika Krummacher. 192 Seiten. Piper Taschenbuch

»Ich weiß nicht, was soll es bedeuten«, »Leise zieht durch mein Gemüt«, »Im wunderschönen Monat Mai« – viele von Heinrich Heines Gedichten sind bis heute berühmt und beliebt, nicht zuletzt durch die Vertonungen von großen Meistern der Romantik. Seine Lyrik ist leidenschaftlich, hintergründig, geistreich und von einer stilistischen Leichtigkeit, die heute noch immer gefällt. Diese Auswahl vereint die schönsten und bekanntesten Gedichte eines der größten deutschen Schriftsteller des 19. Jahrhunderts – zum Wiederentdecken und Kennenlernen.

»Mein Wahlspruch bleibt: Kunst ist der Zweck der Kunst, wie Liebe der Zweck der Liebe, und gar das Leben selbst der Zweck des Lebens ist.«

Heinrich Heine

05/2013/02/R